KB028567

예루살렘 해변

Jerusalem Beach by Iddo Gefen
© 2021 by Iddo Gefen
All rights reserved.
Korean translation rights arranged with The Deborah Harris Agency, Jerusalem through Danny Hong Agency, Seoul.
Korean translation © 2021 by Munhak Segye-Sa Publishing Company.
이 책의 한국어판 저작권은 대니홍 에이전시를 통한 저작권사와의 독점 계약으로 문학세계사에 있습니다. 저작권법에 의해 한국 내에서 보호를 받는 저작물이므로 무단전재와 복제를 금합니다.

예루살렘 해변

이도 게펜 소설
임재희 옮김

문학세계사

작가의 말

『예루살렘 해변』을 읽는 한국 독자들에게

한국 독자들에게 먼저 고마운 마음을 전합니다.

책은 세 번 만들어집니다. 처음엔 작가가 쓸 때, 두 번째는 인쇄되어 출간될 때, 그리고 세 번째는 독자들의 눈과 만날 때라고 생각합니다. 아마도 책이 독자와 직접 만나는 세 번째의 역할이 그 가운데 가장 중요한 것 같습니다. 오직 그 만남을 통해 이야기는 풍성해질 수 있으며 의미가 살아나기 때문입니다.

좀 엉뚱한 얘기지만, 집필 기간 내내 내게 힘을 준 한국 음식에 대한 고마움을 이번 기회에 꼭 전하고 싶습니다. 이 소설책에 수록된 작품들 일부를 집필하는 동안 저는 뉴욕에 오래 머물렀습니다. 그 오랜 시간 동안, 저는 숙소와 멀지 않은 곳에서 양질의 식사를 해결하기 위해 맨해튼 32가에 있는 코리아타운을 자주 찾았습니다. 그리고 몇 주 동안 저는 뉴욕에서 한국 음식만 계속 먹었습니다. 그 도시에서 가장 뛰어난 음식이었고, 그곳에서 만난 사람들은 언제나 친절했고 제게 호의적이었습니다. 저는 이런 환대를 지금도 기억하고 있으며, 두말할 것도 없이 제 원고를 완성하는 데 커다란 힘이 되었다고 언제든 말할 수 있습니다.

이스라엘에서 한국까지 8,302킬로미터의 먼 거리를 이야기의 띠로 멋지게 이어준 번역가 임재희님께 무한한 감사를 전합니다. 그녀의 질문들은 늘 저를 긴장하게 만들었습니다. 제 소설이 한국 독자들에게 좋은 소설로 기억되길 고대하면서 이 글을 맺습니다.

고마운 마음을 담아

이도 게펜

차례

베를린에서 3시간 떨어진

1

타마라는 그를 단박에 알아보았다. 새로 맞춘 둥근 테 안경과 검은 턱수염도 그녀의 눈을 속일 수 없었다. 불행히도 그 역시 단박에 그녀를 알아보았다. 그녀는 그들이 서로를 모른 채 지나쳐 갈 수 없다고 느꼈다. 짧은 대화이기를 바랐는데 그럴 가능성은 희박하다는 것도 알고 있었다. 안부 인사 2분, 그들의 대학 시절 얘기 3분, 그리고 독일에서의 그의 일상에 대한 대화 5분 정도. 우연이라도 베를린 부동산 시세에 대한 대화로 빠지지 않는다면 다행.

그에게 다가가며 그녀는 과장된 미소를 지었다.

"와우, 와우, 와우." 그녀가 놀란 표정을 지어보았다.

"정말 오랜만이네, 안 그래?" 그가 대답하며 그녀를 끌어안았다. 그의 빨간 스웨터는 부드럽고 두툼했다. "무슨 일로 하데라에 왔어?"

"3일간의 세미나."

"와, 대단하군. 주제가 뭐야?"

"디지털 시대의 세금." 그녀도 따분한 주제라고 생각하며 말했다. 그에 대해 기억하는 건 많지 않았다. 이름이 마이클 차바리라는 것과 예루살렘에서 그녀와 함께 회계학을 공부했으며, 어느 날 졸업 후 독일로 건너가 이름도 기억나지 않는 작은 마을에서 비디오 예술가가 되었다는 것뿐. "그냥 그런 세미나야. 그런데 너는 무슨 일로? 이스라엘에서 뭐 하는 거야?"

그는 일 때문에 짧은 일정으로 왔다고 말했는데, 그녀는 귀 기울여 듣지 않았다. 가끔 무의미한 대화를 억지로 나누고 있다는 생각이 들 때면 그녀는 "신을 믿어?", "어린 시절 장래 희망이 뭐였어?" 같은 엉뚱한 질문을 던지고 싶은 생각이 들기도 했다. 그러나 이번에는 그런 질문을 던질 필요가 없었다. 그는 뭔가 바빠 보였고 서둘러 떠나게 돼 미안하다며 사과했다. 그의 작품에 관심 있는 유명 큐레이터와 미팅이 잡혀 있다고 했다. "어쩌지, 약속이 몇 분 안 남아서 아쉽네." 그는 홀연히 근처 골목으로 사라졌다. 그녀는 이유도 모른 채 괜히 불쾌한 감정이 들었다.

2

하루가 끝날 때쯤, 그녀는 주전자를 레인지에 올려놓고 주전자 바닥에서 하얀 기포가 올라오는 걸 물끄러미 바라보다 설탕을 넣은 블

랙커피 한 잔을 만들었다. 그러고는 거실 소파에 자리를 잡고 앉았다. 다리에 태블릿을 올려놓고, 멀리 떨어져 있는 수백 명의 온라인 친구들의 삶을 엿보았다. 그날 저녁 그녀는 상당한 시간을 할애해 마이클의 게시물을 살펴보았다.

독일에서 1년인데 아직도 브레히트를 이해 못 함☺
내가 바이에른 팬이 되었다는 걸 할아버지께 어떻게 깨우쳐 드려야 할까?
#MilkyProtest : 베를린이 더 싸요 – 그러나 여전히 밀키 푸딩을 좋아하지 않죠.

그녀는 세상에 세 가지 유형의 사람들이 있다고 생각했다. 그녀보다 더 힘든 사람들, 그녀처럼 인생이 지루한 사람들, 그리고 그녀가 어쩔 수 없이 질투할 수밖에 없는 멋진 인생을 사는 사람들. 마이클의 경우, 세계문화유산을 찍은 한 장의 사진 게시물만으로도 그녀로 하여금 거부감 없이 무릎을 꿇게 만들었다. 타마라는 몇 장의 사진을 더 보았다. 마이클은 잘생긴 남자였다. 그의 미소에는 아이 같은 순수함이 있는데 특히 그가 수수한 검은 재킷을 입고 찍은 사진들에서는 그런 분위기가 더 느껴졌다. 어떤 사진에는 통통한 독일 여성이 영원히 사라지지 않을 미소를 띤 모습이 담겨 있었다. 타마라는 그녀가 그의 여자 친구인지 궁금해하면서 어떻게 자신은 독일 남자와 데이트할 생각을 감히 하지도 못했을까 의아했다. 그녀는 그의 삶이 그녀보다 낫다고 결론 내리고 TV를 켰다. 퀴즈 쇼를 하고 있었다. 탈락한 참가자들이 바닥에 있는 작은 문을 통해 곤두박질쳤다. 한 시간도 되지 않아 수십 명의 사람들이 마이클 차바리에게 댓글을 남겨서 그녀는 몹시 부러웠지만 곧 잊었다. 그런데 그날 밤 늦게 그가 전화를 했다.

마이클은 급히 자리를 떠서 미안했다고 사과하는 것으로 대화를 시작했다.

"걱정하지 마." 그녀는 자신의 목소리가 그의 사과에 얼마나 감동받았는지 전달되지 않기를 바라며 말했다.

"다시 만날 수 있지 않을까?"

그녀는 대답하지 않았지만, 마이클은 집요했다. 그는 내일 다시 하데라에 올 것이라며, 그녀가 시간을 낼 수 있으면 좋겠다고 했다. 그는 그녀에게 부탁이 있다고 말했다. "전화로 부탁하는 건 예의가 아니지."

타마라는 거절할까 잠시 생각했지만, 마이클의 이상한 요청이 직장 상사와 점심 식사를 거절할 수 있는 드문 기회라고 생각했다. 상사는 항상 가장 비싼 메뉴를 골랐고 계산할 때는 꼭 반반 나눠 내자고 주장했다. 그녀는 마이클에게 오전 세미나 후 한 시간 동안 휴식 시간이라고 말했다. 마이클은 그 이상의 시간은 필요 없을 거라고 대답했다. 그는 그녀에게 카페 주소를 알려주면서 약속에 대해 아무에게도 말하지 말아 달라고 부탁했다. 다시 한번 그들의 대화를 갑자기 끝내고 마이클이 전화를 끊어버리자 그녀는 TV에 집중할 수가 없었다. 그의 부탁이 무엇인지 궁금해 생각을 멈출 수 없었다. 인정하고 싶지 않았지만, 그녀의 삶에 슬금슬금 파고드는 이 갑작스러운 설렘이 싫지 않았다.

3

그들은 타마라가 텔아비브에만 있다고 확신했던 건강 카페들 중 한 곳에서 만나기로 했다. 그곳으로 가는 길에 이슬비가 내리기 시작했다. 그녀는 그것이 좋은 징조인지 나쁜 징조인지 궁금했다. 타마라는 창가 쪽 테이블에 앉았다. 벽은 연두색 벽지로 도배되어 있었고 좋은 생활을 위한 조언이 씌어 있었다. "콩으로 바꿔요", "흐름에 맡겨요", "대화가 중요해" 그녀는 그것들 중 어떤 것도 실행에 옮길 마음은 없었다. 초대의 예를 지키기 위해 앤티크 동전 펜던트가 달린 얇은 금목걸이를 걸고 있던 그녀는 손으로 옆면을 쓸어 만지작거렸다.

마이클은 게시물 사진에서 보았던 검은 재킷을 입고 그녀 앞에 마주 앉더니 미소지었다.

"하데라에서 점심 먹기에 호화로운 차림이네." 그녀가 빙그레 웃었다. "정장용 모자만 쓰면 진짜 영국 신사처럼 보이겠다."

그는 웃으면서 파이프를 집에 두고 왔다고 농담했다. 그러고는 웨이터를 부르더니 카페에서 직접 만든 빵과 함께 매운 샤크슈카(지중해 음식으로 토마토와 마늘, 양파 등을 넣어 만든 소스 위에 계란을 올린 것—역자 주)를 주문했다. 그녀는 같은 것을 주문하려다 렌즈콩 샐러드를 선택했다. 웨이터는 메뉴판을 집어 들었고, 그들의 대화 첫 30분은 독일로 이주한 그의 이야기와 그녀의 직업적 열정과 의미에 대한 이야기로 채워졌다. 물론 그녀의 직업적 열정이나 의미는 진심이 아니었다.

"독일로 가기 전 여름부터 이주 계획에 대해 많이 생각했어." 마이클이 말했다. 그는 8월 한 달 내내 다프니 리프(이스라엘 사회운동가, 비디오 예술가, 편집자 —역자 주) 텐트에서 두 텐트 떨어진 로스차일드(이스라엘 텔아비브 중심 도로—역자 주) 대로에서 보냈다고 한다. 그는 그 시위가 마침내 나라의 상황을 바꾸기를 고대했지만, 텐트가 철거되고 나자 그런 결과를 기대하기 힘들다는 걸 깨달았다. 만약 그녀가 좀 더 논쟁적인 분위기에 젖어 있었다면 그가 경기에 한 번 졌다고 응원하는 팀을 바꾸는 축구 팬처럼 보인다고 말했을 것이다. 하지만 그녀는 그런 말을 하지 않았다.

"왜 오늘 이렇게 여기에서 보자고 한 건지 설명해 줄래?"

"좀 복잡해." 그가 대답했다.

"그러니 설명 좀 해봐."

그는 조용히 포크를 토마토소스에 찍어 달걀 흰자 위에 올려놓았다. "어제 여기 오기로 되어 있지 않았으니까." 그가 말하며 그녀를 올려다보았다.

"아무도 영원히 하데라에 가면 안 되고." 그녀가 말했다. 그가 웃자 그녀도 기분이 좋았다.

"원래 내가 이스라엘에 오기로 되어 있지 않았다고." 그의 목소리가 긴장되었다. 그는 자신의 방문이 비밀이라고 말했고, 자신을 봤다고 아무에게도 말하지 말아 달라고 부탁했다.

"내가 누구한테 말하겠어?" 그녀가 이해하려고 애쓰며 물었다.

"모르지, 그냥 부탁이야." 그녀를 향해 몸을 숙이며 그가 대답했다. "이상한 질문 하나 할게, 알았지?"

"해봐."

"예를 들어." 그는 적당한 단어를 떠올리며 천천히 말하기 시작했다. "누군가 너에게 다가와서 편도 티켓을 주며, 이전에 알고 있던 그 어떤 것과도 다른 삶을 약속한다면. 떠날 수 있겠어?"

"검정 재킷에 정장용 모자 쓴 사람이?"

그가 미소를 지었다.

"조건이 뭐야?"

"목적지도 모르고." 그의 표정이 진지하게 변했다. "그리고 사랑하는 사람들에게 어디로 떠난다고 말할 수도 없다면."

"안 떠날 것 같은데." 그녀가 머뭇거리며 말했다.

"알았어." 그는 아무런 경고도 없이 손을 들어 웨이터에게 계산서를 달라고 말했다. "나 가야겠어."

"뭐?"

"일어나야겠어."

"지금 이게 무슨 상황인지 설명 좀 해줄래?" 그녀가 물었다. 그가 먼저 점심을 먹자고 해놓고 반도 안 먹은 상태에서 일어서는 모습을 보자 그녀는 놀랐다.

"사람들에게 너 만났다고 말할 거야." 그녀가 대답을 기어코 듣고 말겠다는 듯 말했다.

"아니, 안 그럴걸." 그는 단호하게, 그러나 친근한 어조로 말했다.

"두고 봐." 그녀는 탁자 위에 놓인 자신의 전화를 힐끗 쳐다보며 대답했다. 방금 그녀의 머리에 좋은 생각이 떠올랐다. "페이스북에 우리 만남을 공유하겠어." 그녀가 선언했다.

그녀는 앞으로 몇 년 동안 그 순간을 되돌아볼 것만 같았다. 그녀가 그를 놓아주지 않겠다고 고집한 이유에 대해 오래 생각할 것이다. 그녀는 마음속으로 진짜 해답은 간단하다는 것을 이미 알고 있었다. 그녀는 외로웠고, 우연히 자신의 삶 속으로 걸어 들어온 사람과 작별 인사를 하고 싶지 않았다.

"네 성이 뭐였지? 차바리?" 그녀는 예전부터 모르고 있었다는 듯 물었다.

마이클은 그녀의 전화를 힐끗 보았다. "몰라서 묻는 게 아니고, 전화번호 입력하려고." 그가 긴장한 듯 턱수염을 쓰다듬으며 그녀의 말을 바로잡았다. "옛날의 너는 더 친절했어." 그가 지적했다.

그녀는 그의 말이 틀리지 않다고 생각했다.

"언제 독일로 돌아가?" 그녀가 물었다. 그가 대답을 하지 않자 그녀는 마치 예의상 그렇게 한다는 듯 그의 이름을 주소록에 입력하기 시작했다. "언제 돌아가?"

"안 돌아가." 그는 예민한 목소리로 단호하게 대답했다. 그녀는 그가 의도했던 것보다 더 많은 감정을 노출한 것만 같아 전화를 보고 있던 시선을 옮겨 그를 바라보았다.

웨이터가 계산서를 들고 나타나 빈 접시를 가져갔다. 둘은 말없이 앉아 있었다. 마이클은 안경을 벗더니 눈이 빨개질 때까지 비볐다.

그녀는 자신이 너무 멀리 나갔다고 생각했다.

4

"시위 후, 그해 여름부터 베를린에 있었어." 마이클은 단어와 단어 사이에 정해진 순서처럼 한숨을 내쉬었다. 그는 베를린에 도착한 지 3시간이 지났을 때 어느 멋진 드러머와 함께 아파트를 빌렸다고 말했다. 그 후 2주 동안 그는 활기 넘친 일본인 관광객처럼 카메라 렌즈로 도시 곳곳을 담으려고 노력했고, 어느 순간 거의 다 완성했다고 느꼈다. 관광 안내를 받으며 옛날 독일 의회를 둘러보았고, 크루즈버그에서 여섯 개의 다른 술집을 다니며 술에 취했다. 멋진 드러머가 소개한 덕분에 아파트 근처 레코드 가게에서 일할 수도 있었다. 아파트 위층에 살고 있는 레바논 아가씨가 두 번이나 그에게 추파를 던졌다는 말도 했다.

"멋졌겠네." 그녀가 맞장구치자 그는 정말 좋았다고 대답했다. "그런데 한 달 후, 내가 그 지옥 같은 곳에 머물 확률이 없다는 것을 깨닫게 되었어."

그리고 그는 바로 그 순간부터 견딜 수 없었다고 말했다. 추위와 기름진 음식들. 독일어와 한 달도 안 돼 그에게 두 차례 벌금형을 내렸던 U-Bann 지하철 표 검사관들까지도. "진심으로 나에게 친절을 베풀어 주었던 사람들조차 점점 싫어졌어." 그는 그곳이 마치 여름 캠프의 첫날밤처럼 느껴졌다고 묘사했다. 누군가 목에 총을 겨누고 있는 것처럼 숨 쉴 수 없는 그런 느낌이었다고. "문제는 독일에 머물고 싶지 않다는 게 아니라, 집에 올 수 없다는 거야."

"왜 못 와?"

그는 사람들이 자신의 말을 이해하지 못할 거라고 말했다. 레코드 가게 사장에게 떠난다고 말한 후에 느낀 게 아니었다. 시장 근처 고구마 국수를 단념한 후도 아니었다. "어떻게 이스라엘에는 꿈을 좇아 살아갈 용기를 가진 사람이 한 명도 없는지에 대해 떠벌린 후도 아니었어."

그는 어느 날 밤 베를린에서 욕실 거울 앞에 서 있는 자신을 바라보았다. 자신이 결코 원하지 않았던 인생을 살아온 쭈글쭈글한 80세의 모습을 자신이라고 상상하며 거울을 바라보았다고 그녀에게 말했다.

날카로운 전율이 그녀를 관통했다. 그가 그녀의 머리에 박혀 있던 생각을 그대로 훔쳐 자신의 것인 양 쏟아낸 것 같은 기분마저 들었다. 그는 그날 저녁 이후에 대해 들려주었다. 늦게 페이스북을 들여다보다가 문득 하얀 민소매만 입은 음탕한 모습으로 침대에 누워 허탈한 표정의 셀카를 찍고 싶은, 그야말로 억누를 수 없는 욕구를 느꼈다고 말했다. 가상세계에 올리기 위한 사진. "다른 사람들에게 내 베를린 생활이 그들의 상상과 얼마나 멀리 떨어져 있는지 까발리고 싶었어." 그는 정말 그런 사진을 찍으려다가 마지막 순간에 아무 의미 없다는 생각이 들어 포기했다. 지난 몇 년간 올린 수백 장의 사진들을 들여다보며 모두 다른 누군가의 삶을 연기한 모습이라고 느꼈다.

"그럼 페이스북이 엄청난 허위라는 걸 깨달은 거야? 대단한 통찰력이야."

마이클은 그녀가 옳다고 말했지만, 그것이 바로 그가 모순이라고 생각하는 부분이었다. "사람들은 그들의 가상 인물이 대단한 허위라는 것을 이미 알고 있는데도 그것을 계속 유지하고, 심지어 더 완벽하게 만들기를 고집하고 있어."

그가 말하는 열정은 그녀가 열여섯 살 때 체 게바라의 전기를 다 읽고 공산혁명에 충성을 맹세했을 때를 떠올리게 했다. 2주 후 맥도날드에서 일하기 시작하면서 그 맹세는 다 깨졌다. "그러니까 내가 맞춰 볼게." 그녀가 회의적인 목소리로 말했다. "바로 그때 거기서,

페이스북 계정을 삭제하기로 결심했고, 진본의 삶을 살겠다고 스스로에게 약속했고, 그런 기분이 죽 이어져 자기계발서 같은 책 하나를 샀다는 말이네."

"완전 그 반대야." 그가 대답했다. "거짓말이 얼마만큼 뻗어나갈 수 있는지 의문이 들었을 뿐이야."

그녀는 이해하지 못했다. 마이클은 벽 쪽으로 시선을 돌렸다. 그녀는 확신할 수 없었지만, 그의 시선이 벽에 걸려 있는 포스터로 향해 있다고 추측했다. '헬스에 등록해요. 내일 말고, 오늘.'

"자신이 원하는 대로 살고 있어?" 그가 물었다.

"그래." 그녀가 거짓으로 말했다.

"그렇다면 설명하는 게 아무 소용없네."

다시 한번 그들은 완전한 침묵 속에 마주 앉아 있었다. 그가 주머니에서 100셰켈짜리 지폐를 꺼내 탁자 위에 올려놓는 동안 그녀는 시간을 보기 위해 전화기를 힐끗 보았다.

"제발, 우리가 만난 거 누구에게도 말하지 마." 그는 다시 부탁을 하며 일어나서 카페를 걸어 나갔다. 그녀는 그를 말리지 않았다. 대신, 그녀는 화장실로 가서 거울 앞에 섰다. 마스카라가 왼쪽 눈 밑에 조금 번져 있었다. 그녀는 혀를 내밀어 웃고는 진작 운동을 시작하지 못한 걸 후회했다. 배구라도 말이다.

타마라는 첨단기술 기업과 규제에 관한 마지막 강연을 가까스로 소화했다. 뒷줄에 앉아 눈을 감고 어린 시절을 떠올렸다. 눈을 감으면 온 세상이 그녀와 함께 사라지는 듯한 기분이었다.

5

사진이 아니었다면 그들이 다시 대화할 일은 없었을 것이다. 두 시간 후, 그녀가 페이스북에 로그인했을 때 그녀는 그가 올린 게시물을 보았다. 마이클은 파란 코트를 입고 서서 미소를 지으며 등 뒤 독일어로 된 표지판을 가리켰다. 순간적으로 그녀는 그 사진이 오래전에 봤던 것이라는 사실을 깨달았지만, 게시물은 바로 27분 전에 올린 것이었다. 위치—독일. 그리고 약간 의심의 여지를 남기는 글. "만약 내가 맞춤법 오류를 지적한다면, 마침내 나도 이 지역 사람이 되었다는 것을 의미하겠지?"

최선을 다해 따져 보아도 앞뒤가 맞지 않았지만, 결국 그냥 무시하기로 결정했다.

타마라는 다음 날 사무실로 출근했다. 언제나처럼 바쁜 시기였고, 그녀는 일찍 퇴근할 핑계를 찾고 있었다. 그러다 자기보다 세 살 어린 키 작고 명랑한 여자 인사부장과 함께 외출할 계획을 세웠다. 새로운 친구를 사귈 수 있다는 것을 스스로 증명할 수 있는 좋은 기회라고 여겼다. 그러나 한 시간 후, 인사부장이 사무실에서 가장 섹시한 남자 직원 다섯 명을 뽑아보자고 주장하는 동안 타마라는 그들의 관계가 틀어졌다고 느꼈다. 집에 도착했을 때, 그녀는 페이스북에 접속해 에후드 바나이의 〈30세 소년에 관한 노래〉를 공유했다. 그녀가 공유한 노래가 그녀의 실존적 상태를 표현하는 세상에 던지는 은유라고 느꼈다. 이 노래를 그렇게 자주 공유하는 이유는 단 한 번도 공유하고 싶을 만큼 좋아하는 다른 노래가 없기 때문이었다. 그런 다음 그녀는 옛날에 좋아했던 사람이라도 발견하기를 바라며 왓츠앱WhatsApp에 올라온 목록들을 훑어보았다. M이라는 글자에 닿았을 때 그녀는 마이클의 얼굴을 보았다. 사진을 클릭하고 확대했다. 맥주병을 들고 진지한 표정으로 카메라를 응시하고 있는 그는 실제보다 강인해 보였다. 그녀는 거짓말이 어디까지 뻗어 나갈 수 있을지 의문이라고 했던 그의 말이 다시 떠올랐다.

마이클의 이름 옆에 녹색 점이 나타났다. 그녀는 그에게 독일어 표지를 배경으로 찍은 그의 페이스북 사진을 포워드 하며, 이렇게 덧붙였다. "게시물이 재밌네, 어떻게 그렇게 빨리 독일로 갔는지 이해할 수 없어……."

잠시 후 그에게 전화가 왔다. "사진 봤구나." 그가 말했다.

그녀는 대답하지 않았다.

"내 말 좀 들어봐……." 그의 목소리가 소음에 파묻혔다.

"어디야?"

그는 질문을 피하며 알아들을 수 없는 혼잣말을 계속했다. 그녀는 확성기를 타고 흘러나오는 기계음에 초점을 맞췄다. "특가 제공, 10셰켈에 콜라 3병!"

"너 아직 이스라엘에 있네." 그녀는 자신의 결론에 확신하며 말했다.

그는 질문을 던지기 전에 잠시 침묵했다. "무슨 말을 듣고 싶은 거야?"

"설명."

"전화로는 할 수 없어."

"그럼 만나자." 그녀가 대답했다. 그녀는 자신이 너무 적극적이라고 생각하면서 그의 반응을 기다렸다.

"하데라 스트림에서?" 그가 제안했다.

그녀는 망설임을 가장하기 전에 동의했다.

6

다음 날 4시, 그녀는 그럴듯한 구실을 만들어 사무실을 빠져나왔다. 서안지구 정착촌에 사는 빨강 머리 동료에게 2년 전 구입한 낡은 스바루 레오네를 타고 하데라로 향했다. 차를 주차하며 보니 세 개의 발전소 굴뚝이 위태로울 정도로 컸다. 그녀는 계단을 통해 강가로 내려갔다. 마이클은 회색 울 코트 주머니에 손을 넣은 채 물끄러미 강물을 바라보고 서 있었다. 그녀는 조용히 그의 뒤로 다가갔다. 그의 어깨에 손을 얹자 그가 돌아섰다.

"다 설명할게." 그가 말했다.

"기다려." 그녀는 천천히 듣고 싶었다. 그래서 그의 옆에 서서 생각에 잠긴 채 강물을 바라보았다. 어렸을 때 그녀는 어른이 되면 전원에서 살겠다고 자신과 약속했었다. 그녀는 심호흡을 하고 벤치에 앉았다. 마이클은 그대로 서 있었다. "와서 앉아도 좋아." 그녀가 말했다.

그는 허리를 꼿꼿이 세우고 그녀 옆에 앉았다. 태양이 지평선 아래로 무너지고 있었다. 그는 강을 불멸의 상징으로 형상화한 시인에 대해 이야기했는데 시 제목은 기억하지 못했다.

"여자가 당신에게 반할 만큼 멋진 시구는 아니네."

"나한테 반하게 만들어야 해?" 그는 아주 진지하게 대답했다.

그녀는 그의 순수함을 꺾을 수 없다는 사실을 즐기며 미소지었다. "그건 네 맘이지." 추운 날씨 탓에 둘은 하얀 입김을 내뿜기 시작했다.

"거울 앞에 서서 팔순의 내 모습을 상상했다고 했던 말 기억하지?" 그가 물었다. 그의 소셜 네트워크 정체성이 자신을 자유롭게 해줄 거라고 깨달은 순간이었다고 말했다. "현실에서 벗어난 무제한 카드." 그는 그렇게 불렀다. 이전에는 불가능하다고 생각했던 일을 마음껏 할 수 있게 해주는 초능력 카드. 꿈꾸던 삶을 살아보게 만들고, 동시에 그가 기대했던 삶을 맛보게 해주는 신비의 카드. 그는 비디오 아티스트가 된 적이 없다고 고백했다. 베를린에서 한 달을 보낸 후 집으로 돌아왔고, 지난 1년을 여기, 그의 방에서 바다를 등지고 있는 작은 아파트에서 보냈다.

타마라는 누군가의 큰 비밀을 처음 고백한 글을 그의 흥분된 목소리로 전해 듣는 느낌이었다. 그녀는 그에게 비스듬히 다가가 무릎 위에 손을 얹었다. 무릎이 떨리는 걸 느낄 수 있었다.

"춥다." 그녀가 말했다.

마이클은 그가 만들어낸 허구의 인물에 대해 말하기 시작했다. 인물을 왜 비디오 아티스트로 설정했는지에 대한 얘기였다. 그의 주변에 그 분야에 대해 아는 사람이 없다는 게 가장 큰 이유였다. 그리고 그가 머물렀던 마을은 베를린에서 차로 3시간 거리에 있었기 때문에 이스라엘 사람들과 마주칠 걱정도 없었다. 그는 일주일 동안 렌터카로 독일 전역을 돌아다니며 배우의 꿈이 꺾인 독일의 어느 통통한 여자 —여자 친구도 아닌—를 모델로 고용해 수천 장의 사진을 찍었다.

그녀 역시 거짓 게시물을 한 번 올렸다고 고백했다. 친구와 함께 키네레 산 정상에서 등반 기념으로 찍었다고 올린 사진은 실제로 스바루 차를 타고 겨우 올라간 거라고.

"짜릿한 경험이지, 응?" 그가 말했다.

"집에서 멀리 떨어져 있으면 대담해지나 봐, 그렇지? 그런데 넌 정말 간도 크다……." 그녀가 그의 옆구리를 콕 찌르며 말했다.

"세심한 고민 끝에 이 도시를 선택했어." 그는 페이스북 친구 리스트를 검토하고 이 지역에 사는 사람이 한 명도 없다는 걸 확인했다고 말했다. 예루살렘에 사는 그의 가족과 친구들과도 충분히 멀리 떨어져 있고, 그들이 주말을 보내기 위해 즉흥적으로 이 도시를 선택할 만큼 매력 있는 장소가 아니라는 것도 선택의 이유였다.

"그럼에도, 나를 이 도시에서 만난 거네." 그녀가 대답했다.

"전혀 예기치 못했어, 정말." 그가 대답했다. 어색한 몸짓으로 그녀의 어깨에 손을 얹더니 다정하게 쓸어내렸다.

그녀는 감동했다.

"솔직히, 약간 비겁하게 들리기도 해. 이런 식으로 도망가는 거." 그녀가 말했다. 그의 표정이 뭔가 시작하기도 전에 그녀가 좋은 기분을 망쳐버렸다고 말해 주었다. 그녀는 그에게 몸을 기대고 보상이라도 하듯 그의 입술에 가볍게 키스했다. 그들은 다시 서로의 얼굴을 바라보고 미소지었다. 그녀의 손을 쥔 그는 따뜻한 온기를 나눴다.

그들은 며칠에 한 번 만났다. 처음에는 그가 하데라 지역 밖으로 발을 내딛는 것조차 거절해 그녀를 화나게 만들었다. 시간이 흐르면서 그녀가 바뀌었다. 무슨 일이 일어나지만 동시에 일어나지 않는 그 도시의 한적함을 사랑하게 되었다. 그녀는 적어도 일주일에 두 번 일찍 퇴근했고 다음 달에 그 시간을 보충하면 된다고 스스로를 안심시켰다. 동료들은 그녀가 어디로 가는지 추측하며 쑥덕거렸지만 타마라는 그 모습을 즐겼다. "미안하지만, 정말 말할 수 없어."라고 짧게 대답할 뿐이었다. 그들의 호기심 어린 표정을 보니 그들이 마음속으로 바라던 것을 그녀는 실제로 손에 쥐고 있는 느낌마저 들었다.

그들은 대부분 카페에서 만났다. 로맨틱한 분위기를 느끼기 위해 색다른 장소를 찾기도 했다. 종합건강관리기관 카페테리아, 사회보장사무소 밖 벤치 같은 곳이었다. 시간과 공간이 제한된 곳에서 만나면 그녀는 항상 의도한 것보다 더 많은 것을 고백하곤 했다. 목덜미에 난 흉터, 처음이자 유일한 대마초 흡연 경험, 열네 살 때 집을 뛰쳐나가 버스를 타고 해변에서 밤을 새웠는데 겨우 아침에 집에 가 보니 어머니가 공황 발작을 일으켜 병원에 실려 갔다는 사실을 알게 된 것들이었다. 그녀는 자신이 하는 모든 말에 냉소적으로 반응하지 않고 이해심 넘치는 모습으로 고개를 끄덕이는 그의 모습을 어떻게 받아들여야 할지 몰랐다.

7

한 달 뒤 그녀는 해고되었다. 상사는 해고 조치를 취할 수밖에 없었다고 변명했다. 그녀는 그를 믿지 않았지만, 논쟁하고 싶지 않았다. 해고된 것이 그녀가 마음을 정하는 데 도움이 되었다. 마이클의 제안은 일주일 전에 이루어졌다. 그들은 하데라 숲을 거닐고 있었다. 그녀가 함께 간다면 아마 그를 온전히 이해할 수 있을 것이라고 그가 말했다.

"하지만 이보다 더 가까워질 수 없지." 그녀는 그들 사이의 아주 좁은 거리를 측정하기 위해 손을 내밀며 말했다.

"친밀함은 지리적 문제가 아니야." 그는 단언한 뒤 그녀가 진정으로 그 의미를 알고 싶다면 그와 함께 가자고 덧붙였다.

"어디로?"

"독일." 그가 말했다. "용기가 있다면 거기로."

그녀가 짧게 웃었다. 그가 걸음을 멈췄고, 그녀는 손으로 그의 턱수염을 부드럽게 쓸었다.

"듣고 있을게. 어떻게 해야 갈 수 있는지 설명해 줘." 그녀가 말했다.

"설명서 같은 건 없어. 그냥 와." 그가 대답했다.

그녀는 고개를 들어 비가 올지도 모르겠다고 중얼거렸고, 그는 그녀의 목덜미를 쓰다듬으며 어떻게 그녀가 진정한 자유를 얻을 수 있는 기회를 포기할 수 있는지 이해할 수 없다고 말했다. 그녀는 얼굴을 찡그렸다. 화가 났다. 그가 거들먹거리며 말하는 것처럼 느껴졌다.

"네 말이 맞아." 그녀가 대답했다. 그리고 그녀는 고백하기 시작했다. 부모님이 그녀에게 실용적인 공부를 하도록 설득했기 때문에 회계학을 선택했으며, 친구들과 나누는 대화는 대부분 무의미한 것들이라고. 그리고 하나 더, 열여덟 살 때 코 성형 수술을 받았다는 말까지. "하지만 넌 이해 못 해, 그 모두가 네가 지금 마주하고 있는 하나의 나로 만들어주었다는걸." 그녀는 거의 종교적으로 지켜온 그 모든 금욕과 규칙들이 그녀를 온전하게 유지시켜 주었다고 설명했다. 그녀를 안전하다고 느끼게 해준 것들이었다. 그리고 만일 〈마스터 셰프〉(요리 경쟁 TV쇼—역자 주)를 일주일에 한 번 보는 것이 정상적인 삶의 대가라면 그녀는 기꺼이 그 대가를 치르겠다고 했다.

그녀는 논쟁에서 이기고 싶었는데 그는 더 이상 대꾸하지 않았다. 마이클은 예의 그 침묵 속으로 빠져들었다.

그들은 무거운 침묵을 지키며 다시 차 쪽으로 갔다. 헤어지기 전, 그녀의 차 문이 열려 있을 때 그는 주머니에서 노란 봉투를 꺼내 그녀에게 내밀었다.

"그게 뭐야?" 그녀가 물었다.

"베를린으로 가는 비행기표." 그가 그녀의 뺨을 어루만지며 말했다. "2주."

"하데라야, 독일이야?" 그녀는 혼란스러워 어리둥절해졌다. 그가 재빨리 대답했다. "네가 선택해." 그녀가 그 비행기 표로 베를린에 가서 2주를 혼자 보내는 걸 환영한다고 그가 말했다. "아니면 여기로 와도 돼." 그가 말했다. 그녀가 미리 말하지 않아도 기차역 입구에서 그녀를 기다리겠다고 약속했다. 그녀가 올지도 모르니까 거기 있을 거라고.

타마라는 그를 바라보며 반하게 만들려고 작정한 거냐고 물었다.

"네 마음에 달렸어." 그가 대답했다.

그녀는 백미러를 조정하고 문을 닫고 시동을 걸었다. 그리고 파도를 보기 위해 아폴로니아 해변에 들렀다. 밤새도록 그곳에 머물며 그의 제안에 대해 생각해 볼 계획이었으나, 10분 정도 지나자 추위가 느껴졌다. 그녀는 가출했던 때를 다시 떠올렸다. 오늘 그녀가 사라져도 공황 발작을 일으키는 사람은 없을 것이다.

금요일 밤, 타마라는 부모님 집에서 독일 여행을 갈까 생각하고 있다고 말했다. 머리 좀 식히고 싶다고 서둘러 설명했고, 곧바로 뭔가 들켰다는 걸 느꼈다. 식탁에 있던 가족들은 그녀가 지난 두 달 동안 하데라에 살지도 않는 하데라 남자와 기괴한 관계라는 것과, 이제 그녀가 독일로 휴가를 갈지 아니면 그를 방문할지를 두고 고민하고 있다는 것도 눈치채고 있었다. 오히려 가족들은 그녀의 고백에 태연한 반응을 보였다. 그녀의 아버지는 베를린 중심부에 있는 호텔을 추천했고, 그녀의 이모는 그녀의 등을 토닥이며 재미있게 사는 게 중요하다고 말했다. 타마라는 자신의 이야기가 다시 한번 관심의 대상에서 벗어나 있다는 사실에 조금 실망하며 미소지었다.

8

타마라의 부모님은 그녀를 공항까지 태워다 주겠다고 고집했다. 벤 구리온으로 출발하는 입구에서 작별을 고하며 아버지는 약간 서운해 보였는데 어머니는 잠깐 포옹을 하고 그녀를 면세점들이 늘어져 있는 쪽으로 서둘러 배웅했다. 그들이 작별 인사를 나누기 전, 그녀는 첫 순간부터 전략이 시작되어야 한다고 생각하며 부모와 셀카를 찍었다. 그 사진과 함께 '베를린으로 향하며'라고 쓴 글을 페이스북 게시물로 올렸고, 레너드 코헨에 대한 헌사가 거짓말을 조금 덜 끔찍하게 만들었다고 자신을 타일렀다. 그들이 사라지는 뒷모습을 지켜보자 벌써부터 강렬한 그리움을 느꼈다.

타마라는 공항 청사로 들어가 화장실로 바로 갔다. 좁은 화장실 안으로 여행 가방을 밀어 넣으며 문을 등지고 기대서서 왼쪽 주머니에 있던 핸드폰을 꺼내 항공사에 전화를 걸었다. 그녀가 비행기를 타지 못하는 이유에 대해 그럴듯한 변명을 준비했지만, 고객센터 여자는 아무 질문도 하지 않았다. 타마라는 여행 가방을 열고 긴 꽃무늬 원피스를 꺼냈다. 몇 년 전 어머니가 선물한 것이다. 절대 입지 않을 거라고 모두에게 선언했던 옷인데, 누가 봐도 그녀라고 짐작하기 어려울 것이었다.

30분이 지나는 동안 청소부는 두 번이나 문을 두드리며 괜찮냐고 물었고, 그녀는 화장실에서 나왔다. 에스컬레이터를 타고 아래층으로 내려가 '도착' 게이트를 지나 기차 출발 2분 전에 플랫폼에 도착했다. 그녀는 재빨리 기차표를 사서 마지막 칸에 올랐고 가방을 옆 좌석으로 툭 던지며 좌석에 앉았다. 바닥에 시선을 고정시키고는 아는 사람과 마주치지 않기를 기도했다. 그녀의 게시물에 11개의 '좋아요'가 있었고, 전혀 모르는 어느 여자가 남긴 "더 이상 질투할 수 없을 정도로 멋져요!"라는 댓글은 그녀를 흡족하게 만들었다. 타마라는 창문에 머리를 기대고 잠을 청했다.

9

마이클은 역 입구에서 그녀를 기다리고 있었다. 그녀는 핸드폰 스크린에 비친 자신의 모습을 살피느라 바빠서 그를 알아보지 못했다. 그의 기침소리에 깜짝 놀라 그 상황에 멋쩍어했다. 그들은 잠시 동안 말이 없었고, 그는 계속 그녀를 응시했다.

"옷 정말 멋지다." 그가 말했다.

"멋지다니 기뻐." 그녀가 대답했다. "이 옷 입는 건 이걸로 마지막이야."

마이클은 손을 내밀어 그녀의 머리를 쓰다듬으려다 멈췄다. 그의 손길에는 분명한 경외심이 묻어 있었다. 그녀는 그런 표현이 좋았다.

"이발했구나." 그녀가 말했다. 짧은 머리 때문인지 그가 더욱 진지해 보였다. 그는 두 팔로 그녀를 감싸안으며 끌어당겼다. 그녀가 누군가와 그런 뜨거운 포옹을 나눈 건 정말 오랜만이었다. 옛날 남자친구들도, 친구도, 심지어 가족과도 나누지 못한 포옹이었다. 그들은 거기에 잠시 서 있었다. 그가 그녀에게 두른 팔을 풀었을 때, 그녀는 그 순간이 더 오래 지속되지 못해서 아쉬웠다. 마침내 그가 그녀의 여행 가방을 집어들었다. "무겁네." 계단을 내려오면서 그가 말했다.

그들은 역에서 나와 걷기 시작했다. 타마라는 그의 아파트가 근처에 있기를 바랐다. 그녀는 마치 지구 반을 가로질러 날아온 것 같은 기분이었다.

"페북에 올릴 사진 두 장만 찍고 가서 뭘 좀 먹자."

"내일 하면 안 돼?" 그녀가 물으며 크게 하품을 했다. 그는 불행히도 낭비할 시간이 없다고 말했다. 마이클은 실종의 처음 몇 시간이 매우 중요하다고 설명했다. 의문을 제기할 사람이 아무도 없기 때문이라는 게 이유였다. 그는 그녀에게 하데라에 몇 군데의 장소가 있는데, 각도를 잘 맞춰 찍고 배경의 일부를 잘라내면 베를린과 똑같이 보인다고 말했다.

"만약에 하데라 사람들이 눈치챈다면." 그녀가 말했다.

그는 미소지었다.

그녀는 계속 이의를 제기해야 할지 고민했지만, 호기심이 그녀의 마음을 더 사로잡았다.

기차역에서 멀지 않은 곳에 커다란 그라피티로 뒤덮인 예술적인 돌담이 있었다.

"베를린 장벽이라고 말하게?" 그녀가 실망하듯 웃었다. "전혀 닮지 않았어."

"기다려." 그가 커다란 바위 옆에 여행 가방을 내려놓고 그녀에게 따라오라고 손짓했다. 그는 눈을 감은 밥 말리의 얼굴이 그려진 커다란 그림 앞에 멈춰 섰다.

"다 생각해 뒀구나." 그녀가 말했다. 그는 그림 옆에 쓴 'Legende'라는 단어를 가리키며 만족스러운 미소를 지었다.

"왜 철자를 틀리게 썼을까?"

"독일어니까." 그가 설명했다. 그는 그녀에게 전화기를 달라고 말했다. 그녀를 벽에 등지게 세워놓고 몇 걸음 뒤로 물러선 다음 그림 앞에 선 그녀를 찍었다.

"우리를 위해 진짜 활짝 웃어봐." 그가 말했고, 그녀는 개똥을 밟는 것이 두려워 웃기 힘들다고 말했다.

"우리에게 서로가 있어."라는 말에 타마라는 사진을 보고 그의 말이 틀리지 않다는 것을 깨달았다. 행복에 대한 환상을 만들어내는 것은 끔찍할 정도로 쉬운 일이었다.

그들은 거리 뒤편에 있는 좁은 오솔길을 따라 올라갔다. 그는 그녀의 손을 잡고 따뜻한 입김을 불어 넣었다.

타마라는 인도를 따라 터벅터벅 걸어가는 사람들을 무심코 쳐다보다가 마이클을 바라보았다. 그가 세상에서 그녀가 있는 정확한 위치를 알고 있는 유일한 사람이라는 생각이 들자 둘 사이에 깊은 유대감이 싹텄다는 기분이 들었다.

그들은 요기를 하기 위해 평범한 이탈리안 레스토랑으로 들어갔다. 그녀가 주문한 버섯이 든 라비올리가 나오자 그는 가급적 위에서 사진을 찍으라고 말했다. 그녀는 독일 요리가 아니라고 지적하며 반대했지만, 마이클은 음식 사진에 관한 한 국적과 무관하다고 주장했다.

"맥주가 유일하게 숨기려고 해도 숨길 수 없는 고자질쟁이야." 그가 덧붙이며 바이엔슈테판 맥주 두 병을 주문했다. 그는 골드스타(이스라엘인이 가장 선호하는 맥주 —역자 주)를 더 선호한다고 말하면서 다른 맥주를 주문할 수밖에 없는 이유를 정당화시켰다.

"와, 정말 너는 남을 감동시키기 위해 사는구나."

"음, 시간의 일부만." 그는 인정했다. "항상 그렇게 사는 사람들이 문제지."

마이클의 아파트는 기차역에서 멀지 않은 건물 2층에 있었다. 그는 출구가 길로 바로 이어진 곳에 사는 게 안전하다고 믿는 유대인의 특성 가운데 하나일 거라고 말했다. 타마라는 그가 불을 켜기도 전에 더 이상 사진을 찍고 싶지 않다는 듯 침대로 가는 길을 더듬어 찾았다. 그러고는 눈을 감고 누웠고 잠시 후 그가 옆에 누워 있는 것을 느꼈다. 그는 손을 뻗었지만 만지지는 않았다. 그녀는 돌아서서 그의 얼굴에 얼굴을 맞대고 키스했다. 그런 다음 눈을 뜨고 그의 뺨을 어루만졌다. 두 사람은 마치 이야기를 나누기 위해 상대를 제 세상으로 초대한 사람처럼 서로를 바라보며 장난스럽게 웃었다.

10

다음 날 아침 타마라가 깨어났을 때 침대 머리맡 테이블 위에 커피 한 잔이 그녀를 기다리고 있었다. 그녀는 호기심어린 눈으로 그의 아파트를 둘러보았다. 상상했던 것과 달리 어두침침한 은신처가 아니라는 것을 알고 놀랐다. 바닥은 쪽모이 세공을 한 마루로 되어 있었고, 벽은 옅은 크림색이었다. 육중한 책장에는 대학 시절 교과서가 여전히 꽂혀 있었고, 그 위에는 통기타가 걸려 있었다. 마이클은 빵과 오믈렛, 잘게 썬 야채샐러드를 담은 쟁반을 들고 주방에서 나왔다. 하데라에서 2주를 보내도록 그녀를 설득한 것에 비하면 작고 불충분한 보상이라고 말했다. 타마라는 신선한 빵을 샐러드와 함께 먹으며 그가 무염식을 이상적으로 여기는지 물으려다 말았다.

그의 노트북에 베를린 관광지 사진 수십 장이 들어 있는 폴더가 있었다. "거짓말을 만들어 낼 시간이야." 그가 그녀에게 말했다. "내가 다 직접 찍은 것들이야." 그가 자랑스럽게 말하며 그녀에게 세 장을 고르라고 했다. 예쁜 사진을 고를 필요는 없지만 그녀가 방문할 만한 장소의 사진들을 고르라고 말했다.

"그럼 포토샵으로 내 얼굴을 끼워 넣는 거야?" 그녀는 궁금했다.

그는 그 말이 기분 좋게 들리지 않았는지 얼굴을 찡그렸다. "그럴 리가 없지." 그가 항의했다.

"거짓말이 어디까지 뻗어나가게 할 건지 네가 미리 정해야 해. 예를 들어 부모님과 함께 찍은 사진을 독일 여행 게시물에 올리는 건 좋지 않다는 말이야."

"왜?" 그녀가 모욕감을 느끼며 물었다. 그는 페이스북 사용자 습관을 기준으로 검토했는데 그녀가 셀카를 올리는 그런 종류의 사람이 아니라는 결론을 내렸다고 말했다.

"네가 그렇게 세밀하게 검토했다니 좀 불편한 마음이 드네." 그녀가 말했다.

"사실 그건 아무것도 아니야." 그가 말했다. "요즘은 사진만으로 어떤 사람이 암에 걸렸는지 혹은 표정만으로 아내와 이혼하려고 하는 남자인지를 결정할 수 있는 알고리즘이 있어."

마이클은 사진 없이 레너드 코헨 노래를 올리는 것이 차라리 훨씬 더 그녀답다고 말했다. 실제로 어떤 의혹도 받지 않을 게시물이라고 안심시켰다. 그는 그녀에게 이틀을 기다렸다가 아테네 여행에서 했던 것처럼 관광지 사진과 함께 우스꽝스러운 상태 메시지를 올리라고 제안했고, 주말쯤 독일 DJ가 리믹스한 아사프 아비단(이스라엘의 싱어송라이터—역자 주)의 노래를 올리라고 말했다. 타마라는 그가 얼마나 끔찍할 정도로 정확한지, 아니 그녀의 숨결 하나의 의미까지 예측하며 세상에 살고 있다는 사실이 놀라웠다.

타마라는 샤워를 하고 아버지에게 전화를 걸어 모든 것이 괜찮다고 알렸다. 마이클은 통화 대신 문자메시지로 소식을 전하는 게 더 좋은 생각이라고 제안했지만 그녀는 재고의 여지가 없는 것임을 분명히 밝혔다. 그녀는 또한 그가 괜한 걱정을 하고 있다고 생각했다. 그녀의 부모에게 기대할 수 있는 가장 큰 질문은 호텔에서 아침 식사를 제공했는지와 같은 형식적인 것이었고, 결코 많은 관심을 받아본 적이 없기 때문이었다.

아버지 목소리를 듣자 그녀는 차분해졌다. 그녀가 지금 집 가까이 있다는 사실을 아버지가 안다면 몹시 슬퍼할 거라고 생각했다.

마이클은 아파트에서 걸어서 5분 거리에 위치한, 그의 사무실 역할을 하는 카페로 그녀를 데리고 갔다. 그는 매일 그곳에서 몇 시간씩 노트북을 펴고 앉아 지브롤터 기반의 서버를 통해 운영되는 캐나다 온라인 도박 회사의 회계업무를 보았다고 말했다. 처음 하데라로 이사 왔을 때 그는 회계와 관련된 일은 하지 않겠다고 결심했지만 저축한 돈이 바닥난 뒤로는 하루에 네 시간씩 회계를 보는 희생은 감수하겠다고 결정했다.

"독일의 비디오 아티스트만큼 로맨틱하지 않다는 건 알아." 그가 말했다. "하지만 나는 그것을 깨달았어……."

"그럼 넌 정말 어디 있는 거야?"

"뭐라고?"

"정말 어디 있는 거냐고?" 그녀가 탁자 위에 손을 놓으며 물었다.

"무슨 말이야? 나 여기 있잖아."

"그래, 지금은. 하지만 가끔 넌 독일에 있어. 그리고 일할 때는 캐나다나 지브롤터에 있는 거고." 그녀는 자신의 생각을 말로 표현하려고 애쓰며 말했다.

"알다시피 나만 디지털 유목민이 아니야."

"그러니까." 그녀가 다른 손도 테이블 위에 올려놓으며 말했다. "엉망으로 느껴지지 않아? 그러니까, 나도 모르겠는데, 육체가 무의미한 세상이 되어 버린 곳에 살고 있다는 거?"

"반대로 생각해." 그가 단호하게 대답했다. "해방이야."

그녀는 그의 대답이 마음에 들지 않았다. 마이클은 가방에서 노트북을 꺼내 탁자 위에 놓았다.

"남은 하루를 혼자서 보내 봐." 그가 제안했다.

"무슨 말이야?" 그녀가 발끈하며 물었다. 그는 재빨리 유화적인 몸짓으로 그녀에게 손을 얹으며 그녀를 떼어놓으려는 것이 아니라고 명확하게 말했다.

"여기 나와 함께 있어도 좋아." 그가 말했다. "난 그냥 네가 너만의 시간을 갖기 위해 온 줄 알았어." 그는 이번 2주가 그녀가 하고 싶은 일을 할 수 있는 흔치 않은 기회라고 설명했다. 일이나 심지어 그에 대해서도 생각하지 않는 2주. "이 자유를 진정으로 체험하라고." 그가 말했다.

타마라가 손을 뻗어 그의 뺨을 부드럽게 어루만졌다. "네가 그렇게 말하길 바랐어." 그녀는 정해진 목적도 없이 이 세상에서 단 하루라도 보내는 게 두려워 거짓말을 했다.

타마라는 아코디언을 연주하는 노인을 우연히 만났을 때 약간 안

도감을 느끼며 거리를 걸었다. 잠시 동안 그 자리에 멈춰 설 수 있는 기회가 고맙게 여겨져 통에 20세켈을 넣었다. 그러고는 근처 아이스크림 가게로 들어가 피스타치오 젤라토를 샀다. 그 순간을 연장시키고 싶어 천천히 아이스크림을 핥아먹었다. 그의 아파트에 전화를 두고 왔다는 생각이 들었지만 돌아가고 싶지 않았다. 혼자 있는 것이 힘들어 그녀가 되돌아왔다고 그가 생각할 것이었다.

그녀는 바닷가로 가기로 결심했다. 몇 년 만에 처음으로 버스를 탔고, 그녀가 그곳에 도착했을 때 겨울 아침의 유일한 방문객이 자신뿐이라는 것을 알았다.

여름의 몇 달, 특히 토요일에는 어떤 아이의 머리를 밟지 않고는 해안가를 향해 1인치도 움직일 수 없는데 그 넓은 장소가 온통 그녀만의 것이 되었다. 그녀는 세계 곳곳을 누비며 오랜 시간을 다녔지만 야망은 없었다는 사실을 깨달으며 바닷가 앞에 섰다. 그녀에게는 기바타임에 집을 사고 싶은 생각도 없었다. 회사 간부 자리도 탐나지 않았다. 뉴욕으로 휴가를 가고 싶지도 않았다. 이 모든 욕망들이 누구로부터 온 것인지도 불분명했고, 그녀가 정말 바라는 것들도 아니었다. 모래 알갱이들이 머리에 파묻힐 정도로 그녀는 모래 위에 길게 몸을 뉘었다. 회색 구름이 그녀 위로 흘러갔다. 가출한 여자가 스스로를 자랑스럽게 생각하는 기분이었다.

돌아오는 길에 비를 만났다. 버스에서 그녀 앞에 앉아 있는 두 노인이 계속 눈짓을 주고받고 있었고, 그녀는 스스로가 대견했다.

"어디 갔었어?" 그녀가 아파트로 들어서자 마이클이 비명을 지르며 재빨리 담요로 그녀를 감쌌다. "다 젖었네?"

그는 그녀를 주방 식탁으로 데려가 옥수수 수프를 대접했다. 우산 없이 그녀를 세상으로 내보낸 것에 대해 얼마나 죄책감을 느꼈는지 모른다고 말했다. 그녀는 옥수수를 좋아하지 않았지만 그릇을 말끔히 비웠다.

"어때?"

"좋아." 그녀가 대답했다. "정말 맛있어."

그는 흡족한 미소를 지었다. "겨우 몇 시간 지났는데 내가 이럴 줄 몰랐어." 그가 말했다.

"뭐가?"

그가 쑥스러운 표정을 지었다. "보고 싶더라."

그녀가 웃었다. 테이블에 놓인 『Lonely Planet Germany』 여행 가이드 책자를 발견하고 물었다. "새 게시물 올릴 아이디어라도 연구하고 있었어?" 그는 아니라고 말했다. 그러더니 그녀 옆에 앉아 그녀가 2주 이상 머무는 경우를 대비하기 시작했다고 말했다. 그럴 경우, 그들은 정말 더 많은 사진을 찍기 위해서라도 베를린에 함께 가야 할 것이다. "그렇지 않으면 사람들이 의심을 품기 시작할 거야. 그리고 사진을 비축해 두는 것도 나쁘지 않아."

"그렇겠지." 그녀는 잠시 4성급 호텔 발코니에 둘이 앉아 어떤 강을 내다보고 있는 모습을 상상하며 말했다. 그곳에 강이라도 있다면.

11

그녀는 거짓말을 유지하는 데도 상당한 노력이 필요하다는 것을 깨닫기 시작했다.

그들은 매일 몇 시간씩 그녀가 방문한 모든 장소에 대해 상세한 지도를 그리며 그녀가 먹은 음식, 그녀가 했던 쇼핑의 순간들 중 게시물에 올릴 만한 것들을 골라냈다. 상상력을 마구 날뛰게 만들어 올린 게시물들은 그녀에게 짜릿한 느낌마저 안겨주었다. 예를 들어, 그녀가 베를린 시장을 위해 준비된 행사에 몰래 숨어 들어간 것에 대해 쓴 글이나, 독일 유부남 앞에서 넘어지며 맥주병을 엎질렀을 때 그 남자가 놀라 그녀를 일으키던 사진을 올렸을 때였다. 그녀는 늘어나는 '좋아요' 숫자와 자신에 대한 질투를 숨기지 못하는 댓글들을 보자 기뻤다. 그녀가 다른 사람의 게시물을 바라보던 것처럼 누군가가 자신의 게시물을 보고 있을 거라는 생각만으로도 즐거웠다.

그들은 하루의 상당 부분을 함께 보냈지만, 마이클이 뚜렷한 이유 없이 자기만의 생각 속으로 빠져드는 순간도 있었다. 그는 아파트를 나가 한 번에 몇 시간씩 사라지거나, 아침 내내 침대에서 의미를 알 수 없는 암울한 표정을 지었다.

"이런 환경이 익숙하지 않아." 그가 솔직히 인정했다. "1년 내내 혼자 지내다 갑자기 누군가와 이 모든 일상을 함께 보내는 것이 쉽지 않네."

마음이 편하지 않았지만 그녀는 이해할 수 있었다. 그가 맞닥뜨린 부정적인 감정을 떨쳐내길 바라며 그만의 시간을 주려고 애썼다. 그녀는 자신에게 인생은 흑백만 있는 게 아니라고 말하며 회색과 함께 사는 법도 배워야 한다고 생각했다. 그녀 자신을 계속 따라다니는 상념들을 무시하려고 애썼다. 불쑥 그녀의 머릿속에 떠오르는 사소한 것들은 결국 그녀와 마이클의 본질적인 차이라고 느껴졌다. 그녀는 이 모든 경험을 즐기고 있었음에도 불구하고 그가 1년 내내 그렇게 산다는 걸 솔직히 이해할 수는 없었다. 그가 정말로 두 삶을 동시에 살고 싶어 하는 게 아니라 오히려 하나의 삶을 찾고 있는 것이 아닌지 의심하기 시작했다.

"한 달쯤 지나면 시들해지려나?" 어느 날 저녁, 약속한 2주가 거의 다 되었다고 그녀가 덧붙이며 물었다. 마이클은 대답하지 않았지만 그의 표정은 정확하고 분명하게 읽혔다. 마이클에게 있어 현실 세계란 자신이 진정으로 원하는 삶을 가로막는 기술적 결함의 시공간일 뿐이라고.

"삶은 저 거리에 있다는 것 이해 못하겠어?" 그녀가 물었다. "인터넷은 삶의 대체품이 아니야."

마이클은 그것을 부정하지 않았다. "나도 가끔 같은 생각을 해." 그가 말했다. "지난 몇 달 동안 이제 벗어날 때가 된 게 아닌지 스스로에게 묻고 있었거든. 그런데 한편으로, 아직 경험해 보지 않은 가능성이 너무나 많아." 그가 눈을 반짝였다. 마이클은 온라인 생활의 무한한 잠재력과 그가 죽은 후에도 몇 년 동안 계속 업로드될 수 있는 수천 개의 게시물을 미리 준비할 수 있는 가능성에 대해 말하기 시작했다. 자신을 시간과 장소의 제약에서 완전히 자유롭게 만들기 위한 거라고.

"그런데 왜 여기서 일어나는 일에서 자꾸 도망쳐?" 그녀가 답답해하며 물었다. "진짜 자신이 원하는 세상에서 살지 그래?"

그는 입술을 깨물고 마치 이미 같은 질문을 적어도 한 번 이상 자신에게 한 사람처럼 고개를 끄덕였다. "왜냐하면 인생이라고 부르는 것이 단 두 가지 느낌으로 이루어져 있다는 생각이 들었기 때문이야." 그가 말했다. "가보지 못한 곳을 그리워하거나 또 가보지 못할 곳을 그리워하는 거. 나머지는 일상이야. 인생의 가장 아름다운 순간마저 소비하는, 생기 잃은 일상. 결국 천국에 방을 짓고 사는 사람이라도 세금을 내지."

"그래서 네가 원하는 게 뭐야?" 그녀가 물었고, 그는 미소지었다.

"결점 없는 하나의 공간을 만드는 거. 매 순간순간이 순수한 행복인 것. 페이스북이 그렇게 할 수 있게 해주거든. 최상만 살고 나머지는 버려라, 이해돼?"

그녀는 멍해졌다. "잠깐! 천국에 방을 짓는 사람들. 그게 무슨 뜻이야?"

그가 미소지었다. "기억 안 나?" 그가 물었다. "대학 구내식당에서, 돈이 문제가 되지 않는다면 어떤 직업을 선택할 것인가에 대해 모여서 이야기했었잖아."

"어렴풋이 기억나." 그녀가 두 팔로 자신을 끌어안으며 중얼거렸다.

"너만 그럴듯한 대답을 했었지. 네가 어렸을 때, 모든 사람이 같은 천국으로 가는 게 아니라는 걸 깨달았다고 말했어. 왜냐하면 천국에 대한 개념이 사람마다 다르기 때문이라고. 천국이라는 곳을 자기만의 방이 있는 거대한 환상의 아파트 건물로 상상했던 거지." 그녀는 그를 바라보며 코코넛이 있는 섬에 방이 있던 남자와 수면 아래 있는 도시에 방을 가진 여자를 상상했던 것을 기억했다.

"만약에 천국이 그런 거라면 방을 짓는 여자가 되고 싶다고 네가 말했어."

그녀의 심장이 요동쳤다. “그런 걸 다 기억하다니, 놀라워.” 그녀가 말했다.

마이클은 그녀의 팔에 손을 얹고 부드럽게 쓰다듬었다. 그녀는 그에게 그런 온화함이 있었다는 사실을 몰랐다.

“그때도 널 사랑했어.” 그가 말했다. “나머지는 그런 마음에 대한 부수적인 것일 뿐.”

타마라는 그가 먼저 고백할 것이라는 생각은 안 했었다. 그녀는 그들의 이마가 닿을 때까지 그의 얼굴을 끌어당겼다. 그러고는 눈을 감았고, 곧 그녀가 진정으로 원하는 한 가지가 무엇인지 깨달았다.

“가자.” 그녀가 말했다. “베를린으로 가자.”

이번에는 그가 망설였다. “하루나 이틀 더 생각해 보자.” 그들의 마지막 대화 이후 그는 사실 너무 빠르게 그들의 관계가 진전되고 있는 건 아닌지 의구심이 들기 시작했다.

그녀는 그가 다시 그 시간 속으로 되돌아가도록 내버려두지 않을 것이었다. “나랑 함께 베를린에서 일주일 내내 지내며 생각해 보자.” 그녀가 고집했다.

한 시간 뒤 그들은 표를 예매했다. 심지어 첫날밤을 보낼 호텔도 예약했다. 그에게 남아 있던 의혹은 곧 사라졌다. 그 다음 날에도 그는 여행에 대한 얘기를 계속했다. 어디를 방문하고 어느 식당에서 식사를 할 것인지에 대한 이야기를 멈추지 않았다. 타마라는 여행 일정을 연장한다는 내용의 짧은 이메일을 부모님에게 보냈다. 그녀는 베를린에 대해 신경 쓰지 않았다. 혹은 마이클이 베를린에서 했던 그 어떤 것도. 그녀는 단지 그와 더 많은 시간을 함께하기를 원했다. 그들 사이에 더 많은 시간과 친밀감이 필요하다는 것을 알고 있었다. 그녀는 그들이 베를린에 무사히 도착할 수 있는지 확인하고 싶었다.

어느 날 저녁 마트에서 타마라는 대학 동기였던 한 여자가 유모차를 끌고 가게로 들어오는 것을 선반 틈으로 보았다. 그녀는 재빨리 마이클의 머리를 오이 진열대 쪽으로 돌렸다. 그들은 토마토와 고구마 더미 뒤에 숨어서 은밀한 미소로 서로를 바라보며 몇 분 동안 완벽하게 들키지 않고 가만히 있었다. 그 여자와 아기가 마트를 나가자 그녀는 안도하며 어쩌면 이렇게 평생 사는 것이 실제로 가능할지도 모른다는 생각이 들었다.

12

비행기에 탑승하기 이틀 전 타마라의 어머니가 한밤중에 전화를 했다. 그녀는 전화벨 소리를 듣지 못했다. 화장실에 가기 위해 일어났을 때 우연히 문자 메시지를 보았다.

아버지를 병원에 데리고 왔어. 가슴 통증.

타마라는 당황하여 바로 번호를 눌렀다. 그녀는 진찰실에 있으니 나중에 전화하겠다는 어머니의 문자 메시지를 받을 때까지 계속 전화했다.

"내가 갈게요." 타마라는 문자를 보냈는데, 어머니는 아버지 때문에 그녀가 여행을 중간에 포기한다는 것이 아쉽다며, 진료를 마치면 다시 연락하겠다고 했다. 타마라는 나머지 메시지를 읽지도 않은 채 흩어져 있는 옷가지들을 주워 담기 시작했다. 마이클이 일어났을 때 바닥에 앉아 옷가지들을 가방에 쑤셔 넣는 그녀를 발견했다.

"뭐 하는 거야?" 그가 물었다.

그녀가 전화를 가리키자 그가 문자 메시지를 읽더니 그녀 옆에 앉아 두 팔로 그녀를 껴안았다.

"아직 독일에 있다는 것만 잊지 마." 그는 그녀의 머리를 쓰다듬으며 말했다. "가장 빠른 항공을 찾아볼게. 내일 오후까지는 도착할 거야. 어쩌면 그보다 빨리."

타마라가 그에게서 몸을 뗐다. 그녀는 몸을 뒤로 젖히고 그를 바라보며 그가 분명 농담을 하고 있는 거라고 생각했다.

"방금 한 말 진심이야?" 그의 고통스러운 표정에 화가 난 그녀는 마치 자신의 고통을 그가 가로챈 것처럼 물었다. "이치로프까지 겨우 한 시간밖에 걸리지 않은 이유를 어떻게 설명할 건데?"

그가 말했다. "힘든 상황인 건 알지만, 우리는 냉정하게 생각해야 해."

타마라는 그를 밀치고 그가 깔고 앉아 있던 셔츠를 집어들었다.

"지금 내가 가장 신경 써야 될 게 네 빌어먹을 독일이란 말이야?" 그녀가 소리쳤다. 그가 한 말은 생각할수록 황당했다. "내 평생 사람이 이렇게 무심할 수 있다고 생각한 적은 단 한 번도 없었어." 그녀는 일어나서 방을 서성거리기 시작했다.

"너도 다 알고 한 거잖아." 그가 중얼거렸다. "나도 화가 나, 모르겠어?"

그녀는 그를 죽이고 싶었다. "왜 그래?" 그녀가 그에게 소리쳤다. "아버지가 죽어간다는데, 내 심정 이해가 안 돼?"

마이클은 대답하지 않았고, 그녀는 더 이상 할 말이 없었다. 그녀가 다시 그를 바라보았다. 그는 자신만의 생각 속으로 빠져든 사람처럼 바닥에 시선을 고정시켰다. 그녀가 왜 멍하게 서 있는지 그는 이해할 수 없었다.

"택시 불러줄게." 마이클은 그녀를 보지 않고 말했다. 통화 버튼을 누르려고 했지만 손이 심하게 떨리고 있었다.

"필요 없어." 그녀가 현관문 쪽으로 몸을 돌렸다. 천천히 걷기 시작했다.

"돌아오길 바랄게."

아파트 밖으로 나와서 그녀는 택시를 불렀다. 택시를 기다리고 있는데 어머니로부터 또 다른 문자 메시지가 날아들었다. "담석이래. 괜찮을 거야. 걱정하게 해서 미안해. 잘 자, 재밌게 지내."

타마라는 슬그머니 아파트로 돌아왔다. 마이클은 소파에 앉아 거친 숨을 쉬고 있었다. 그녀는 물 한 잔을 컵에 따르고 그의 옆으로 가 앉았다.

"아버지 괜찮대." 그녀가 말했다.

"잘됐다." 그는 그녀를 보지 않고 조용히 대답했다. "네 말이 맞아. 내가 너무 지나쳤어."

타마라가 그의 머리를 부드럽게 쓰다듬었다. 그녀는 자신이 너무 심하게 말했다고 사과했다.

그는 대답하지 않았다.

"우리가 만난 것을 후회하지 않으면 좋겠어." 그녀가 지난 며칠 동안 그녀의 내부에 쌓여 있던 두려움을 숨기지 않고 말했다.

마이클이 눈을 붉히며 고개를 들었다. 그녀는 아직 떨고 있는 그의 손을 바라보았다.

"우리가……." 그가 말했다. "우연히 만난 게 아니야."

그는 페이스북에서 그녀의 게시물을 계속 보고 있었다는 사실을 고백했다. 그녀가 세미나에 참석한다는 것과 하데라에 올 거라는 사실을 미리 알고 우연을 가장해 마주치도록 꾸민 거라고 말했다. 무슨 일이 생길지 전혀 예측할 수 없었지만, 그런 기회마저 놓치고 싶지 않았다고 고백했다.

그녀는 컵을 테이블 위에 놓았다. "놀랍네." 그녀가 말했다.

"내가 스토킹한 거?"

"내가 눈치채지 못했다는 거." 그녀는 그의 눈을 똑바로 쳐다보았다. "그런데 왜 나였지?"

"천국에 있는 방들 때문에." 그가 말했다.

그녀는 설득당하지 않았다. "왜 나였어?" 그녀가 다시 고집스럽게 물었다.

"내가 외로웠기 때문에." 그가 중얼거리며 처음부터 그녀가 옳았다고 덧붙였다. 모든 게 너무 지나쳤다는 거. 작년에 완전히 제정신이 아니었다는 거. "난 여기서 빠져나가야 해." 그가 말했다.

"잠깐." 그녀가 대답했다. "베를린으로 날아가서 거기서 결정하자."

그는 한 마디도 하지 않았다.

13

출국 전날 저녁, 타마라는 마이클이 침대 옆에 앉아 가방을 싸고 있는 것을 발견했다. 그는 비행기에서 읽을 책을 사오겠다고 말하더니 그녀의 뺨에 키스한 다음 아파트를 나갔다. 그녀는 침대에 누워 눈을 감았다. 뭔가 묵직한 것이 짓누르는 것만 같았다.

그녀가 깨어났을 때는 이미 밤이었다. 타마라는 왓츠앱에 새로운 메시지가 있는지 확인하고, 페이스북에 로그인했다. 그녀는 자신이 가장 최근에 올린 사진에 얼마나 많은 '좋아요'를 받았는지 확인하고 싶었다. 그녀의 알림창에 나타난 네 번째 게시물은 마이클의 것이었다. 30분 전에 올라온 것이었다.

집보다 좋은 곳은 없지 ☺
몇 시간 후 이스라엘 도착

그리고 비행기 이모티콘. 그의 '체크인'은 '이스라엘로 가는 길'.

타마라는 침대에서 일어나 주방으로 갔다. 그녀가 의심했던 대로 마이클은 익숙한 검은 재킷을 입고 테이블 앞에 앉아 있었는데 그의 발 옆에 작은 여행 가방이 놓여 있었다. 그는 기다렸다는 듯 말없이 그녀를 바라보았다.

"영국 신사가 곧 마차에 탑승하겠네." 그녀가 말했다.

그는 미소지었다. "미안해. 더 이상 여기 있을 수 없어."

"일주일도 못 기다리겠다고?"

"난 즉흥적인 놈이야."

"눈치 못 챘네." 그녀는 울음이 터져 나올까 봐 비꼬는 투로 대답하고 의자를 당겨 그 앞에 마주 앉았다. 예전에 레스토랑에서 마주 앉았던 순간을 떠올렸다. 그의 불안정했던 모습이 얼마나 변했는지 궁금해 그를 계속 쳐다보았다.

"이번 달 월세는 이미 지불했어." 그가 말했다. 그러면서 그녀가 독일로 가는 게 더 좋겠다고 덧붙였다. "그래야 묘사하기 더 쉬워. 직접 가서 보지 않으면 확실히 달라."

타마라는 그가 머물도록 설득해야 할 이유를 찾지 못했다. 예상보다 빨리 그런 감정을 받아들였다.

"나와 함께 지낸 건 행복했어?" 그녀가 물었다.

그가 다시 미소지었다.

"물론." 그가 말했다. "불행이 끼어들 기회가 아직 안 왔으니까."

"인생이 흑백처럼 두 지점만 있지 않아. 회색처럼 그 중간의 일상과 함께 사는 법도 배워야 해." 그녀가 말했다.

"맞아." 그가 대답을 남기고 일어났다. 순간 그는 그녀와 포옹 인사를 나눠야 할지 잠시 고민하다가 팔을 벌렸다. 그녀는 일어났지만 그의 포옹을 받아주지 않았다.

"하지만 난 못 하겠어." 그가 말했다. "차라리 그 어떤 회색도 없는 곳에서 너를 만나는 게 더 낫겠어."

그의 말은 육체적 고통을 불러올 만큼 힘들었다.

그는 돌아서서 걸어 나갔다. 그녀는 그의 의자에 앉은 채 그의 여행 가방이 계단을 내려가는 소리를 들었다.

14

강이 보이는 풍광은 없었다. 발코니도 없었다. 그러나 호텔 방은 편안하고 아늑했으며, 사람들은 그가 말한 대로 친절했다. 게시물을 확인할 계획은 없었다. 자동으로 그녀의 전화가 호텔 와이파이에 연결되었고, 그가 방금 귀국 파티에서 찍은 몇 장의 사진을 업로드한 것을 보게 되었다. 그녀는 그의 주변에 모여든 사람들을 살펴보았지만, 그들 중 아는 사람을 발견할 수 없었다. 파티 내내 그 옆에는 안경 낀 여자가 앉아 있었다. 그녀의 프로필을 클릭했는데 어떤 정보도 올라와 있지 않았다.

타마라는 침대에 누웠다. 잠시 절망의 순간이 흐른 뒤, 아미르 레프의 노래 〈홀든의 오리들〉(『호밀밭의 파수꾼』의 홀든이 '센트럴파크 호수가 얼면 오리들이 어떻게 될까?'에 집착하는 부분. 불완전함에 대한 불안을 상징적으로 보여주는 노래—역자 주)을 페이스북에 공유했다. 그녀는 무슨 의미로 그 곡을 올렸는지 확신할 수 없었다. 그러나 아마도 그녀가 가상세계에 올린 게시물 중 가장 실제적인 것이라고 느꼈던 게 이유일 것이다.

101.3FM

1

며칠 전 어떤 노인이 라디오를 수리하기 위해 왔다. 그는 문을 여는 데만 2분이 걸릴 정도로 행동이 굼떴다. 베니가 그를 도와 라디오를 받아들어 계산대로 옮겼다. 노인은 구부정한 자세로 숨을 가쁘게 내쉬면서 그의 뒤에 섰다. 눈두덩이 푸석푸석한 눈으로 베니를 바라보며 라디오가 멈췄다고 말했다.

"상표가 뭐죠?" 나는 창고 창문을 통해 큰 소리로 물었다.

"그룬디그 3059, 나무 판넬." 베니가 대답했다.

"와우, 골동품이네요. 한번 볼까요?"

"아니, 가망 없어." 베니가 말하더니, 노인에게 수리하지 말라고 충고했다. 부품 가격만 따져도 소니 신제품 세 개 이상을 구입하는 비용보다 더 들 것이라고 덧붙였다.

"아니, 말도 안 돼." 노인이 말했다. "신형 라디오라면 네차마가 질색할 거야."

나는 창고에서 나와 계산대 뒤에 섰다.

베니는 미소를 짓더니 네차마를 설득하는 걸 자신이 도와줄 수 있다고 말했다. 좋은 가격으로 팔겠다는 말도 했다.

그러자 노인은 시선을 내리깔았다.

"그녀는 세상을 떠났어. 2년 전."

베니는 사과하고 나를 향해 얼굴을 돌렸다.

"이런 거 고쳐본 적 있어?"

"아뇨, 하지만 할 수 있을 것 같아요."

베니는 잠시 망설이더니 노인에게 최선을 다해 보겠다고 말했다. 노인은 고개를 끄덕이며 스카프와 초록색 모자를 다시 매만져 정리하고 가게를 나섰다.

창고 안으로 들어온 베니는 라디오를 테이블 위에 올려놓고 어젯밤 경기를 봤는지 나에게 물었다.

"축구 경기가 있었어요?"

"바위 밑에 숨어 사는 사람 같네. 농구 경기! 마카비가 결승에 진출했어."

"아, 맞다. 그래, 진짜 멋져요."

그가 웃었다.

"결승전은 같이 볼 수 있어요." 내가 말했다.

"정말 나도 그러고 싶은데." 그가 한숨을 내쉬었다. "하지만 요탐 때문에 못해. 이번이 첫 기말고사야."

"그렇지, 이해해요. 나도 아이가 있으면 같이 보면 좋을 텐데."

"아이 갖는 걸 왜 서둘러? 이 세상 모든 시간이 네 거야. 넌 아직 서른도 안 됐잖아."

"서른넷인데."

"더 좋은 나이네, 내 말을 믿어." 그가 말을 마치고 창고에서 나갔다.

나는 라디오와 함께 남겨졌다. 라디오는 60년대 초반 모델이었다. 오래되었지만 상태는 괜찮았다. 전원을 켰으나 어떤 채널도 수신되지 않았다. 몇 시간 동안 라디오를 만지작거려 보았지만 고장의 원인은 찾을 수 없었다. 안테나와 다른 몇 가지 부속을 교체했는데도 아무런 반응이 없었다. 근무시간 전체를 한 기기에 낭비하는 게 싫어서 은근히 화가 났다. 베니가 뭐라 닦달할까 봐 화가 난 게 아니었다. 그는 꽤 괜찮은 사장이다. 손님들을 상대하는 일은 내 업무가 아니라는 걸 존중해 줬고, 내가 종일 창고에 틀어박혀 기기들을 고치는 것에 대해 뭐라 말하지 않았다. 얼마나 진심이 담겨 있는지는 모르지만, 그는 항상 세상 모든 시간이 내 것이니 편하게 수리를 계속하라고 말했다.

어찌 되었든, 그가 원한다고 해도 내게 그 모든 시간을 할애해 줄 수는 없을 것이다. 옹졸하게 들릴지 모르지만, 사람들이 속내와 다른 말을 할 때 나는 신경이 쓰인다. 개인적으로, 나는 정확한 것을 선호해서 하루 지출 비용과 컴퓨터 앞에서 보낸 시간을 아이폰 노트에 매일 기록한다. 그렇게 해서 내가 하루에 평균 열한 대의 전자기기를 수리한다는 것과, 집에서 오래된 상가까지 가는 데 14분 7초가 걸린다는 것도 알게 되었다. 누리트가 아니었다면 13분 30초 정도 걸릴 것이다. 그녀는 베니의 가게 옆 편의점에서 일하는데 매일 아침 상가 입구에서 나를 멈추게 만들었고, 언제나 꼬투리 잡을 만한 것을 찾는 사람 같았다. 예를 들어, 내 구부정한 자세나, 샴푸를 사야 될 만큼 숱이 많지 않다는 것까지 말한다. 나는 그녀가 모든 사람들을 그렇게 대할 거라고 생각하지만, 답을 알 길은 없다. 어쩌면 내 모습이 그냥 지나칠 수 없을 정도로 흉할지도 모르겠다.

2

노인이 가져온 라디오를 고치는 데 나흘이 걸렸다. 솔직히 말하면, 고쳤다고 생각하지만 100퍼센트 확신은 못하겠다. 내가 절대 듣지 않는 93.1FM과 108FM처럼 갈레이 차할이(이스라엘 국방부에서 송출하는 방송 —역자 주)나 레셋 B(이스라엘 국영 방송—역자 주) 채널은 잡히지 않았다. 잡음이 섞인 음향도 그다지 좋지 않았다. 나는 2분 20초 동안 이리저리 돌려보다가 마침내 아름다운 음질이 흘러나오는 FM 98.6 채널을 맞추는 데 성공했다.

430 – 더하기 – 85 – 더하기 – 600 – 에이씨 – 잠깐 – 부가세 – 빼 – 먹었네 – 다시 – 위에서부터 – 503 – 더하기 – 100 – 아니 – 아니 – 안 맞네

아무것도 만지지 않았는데 볼륨이 계속 커졌다.

베니가 창고로 걸어들어 오더니, 어제 전자레인지 고치러 온 여자 손님이 얼마의 수리비를 지불했는지 기억하냐고 물었다.

"99세켈 45아고롯." 내 목볼륨이 방송 진행자 어투로 유쾌하게 윤색되어 큰 소리로 흘러나왔다.

"200세켈 청구하라고 했잖아."

"언제요?"

"그거 좀 잠깐 꺼. 점심 먹으러 나가기 직전에 말했지. 200세켈 받으라고 한 거, 기억 안 나?"

나는 기억하려고 노력했지만 기억나지 않았다.

베니가 라디오를 쳐다보았다. "라디오에 파묻혀 들리지 않았나? 아무튼 됐어, 걱정 마."

"미안해요, 베니. 차액은 내가 지불할……."

"괜찮아, 라디오 수리 작업이나 계속해. 시간은 필요한 만큼 다 쓰고."

나는 라디오를 다시 켰다. 같은 주파수에 맞췄다. 잠시 후, 라디오에서 흘러나오는 목소리가 귀에 익숙하다는 걸 깨달았다.

503—더하기 100—바보—365세켈—망쳤어—신의—푸른 지구—좋아—어디 보자—그러니까—그게—그냥—됐다

나는 그 목소리의 반사작용처럼 의자에서 벌떡 일어났다. 창 너머 가게 안을 들여다보았다. 베니는 계산기 뒤편에 앉아 영수증을 세며 수첩에 뭔가를 적고 있었다. 그는 입도 뻥긋하지 않았다. 라디오 방송이 계속되었다. 나는 그를 빤히 쳐다보며 그가 말하는 모습을 상상했다.

150—더하기—275—더하면—얼마?—왜—합계가—안 맞아?

내가 너무 빨리 몸을 일으키느라 의자가 뒤로 넘어졌다. 베니가 나를 향해 고개를 돌리더니 웃었다.

하느님—더 이상—그를 못—참겠어—목—통증은—뭐지—지금—원해?

나는 라디오를 끄고 창고에서 나와 가게로 들어갔다.

"아직 못 고쳤나? 나가서 뭐라도 좀 먹고 오는 게 어때? 하루 종일 일했잖아."

"아니, 됐어요. 드라이버 찾고 있었어요."

베니는 서랍을 홱 열더니 드라이버를 건네주었다. 나는 창고로 돌아와 문을 닫았다.

드라이버—머저리—그는—그냥—심심해—잔소리가—하고—싶을 뿐—알았어—275—더하면—얼마지?

라디오를 끄고 46초 동안 스위치를 계속 누른 채 있었다. 더 이상 듣고 싶지 않았다. 다른 열 개의 전자기기 수리를 마쳤다. 폐점 시간이 되었다. 나는 베니에게 좋은 밤 보내라고 말하고 그의 시선을 피해 서둘러 나왔다. 집에 오자마자 몸이 정상이 아닌 것처럼 느껴져 곧장 침대에 누웠다. 손이 떨려서 안정시킬 수가 없었다. 그러다 잠이 들었다. 아침 7시에 눈을 떠 꿈에 대해 기억나는 것을 적었다. 내 악몽에 대해. 평균 한 달에 한 번 정도 악몽을 꿨다. 세수를 하고 출근했다. 가게에 도착하자마자 곧장 라디오를 다시 테스트하기 시작했다. 9시 40분에 노인이 전화를 걸어 라디오 수리가 끝났는지 물었다. 나는 독일로부터 오는 부품을 기다리느라 적어도 일주일은 더 걸릴 것이라고 말했다. 그가 고맙다는 인사를 하고 전화를 끊었다. 손님이 들어올 때마다 나는 주파수를 맞추느라 버튼을 만지작거리기 시작했다. 처음 일곱 명 손님들의 주파수는 잡을 수 없었는데, 10시 53분이 되자 키 크고 수염을 기른 남자가 걸어 들어왔다. 나는 계속 주파수를 맞추느라 버튼을 만지작거리다 라디오에서 불안정한 목 볼륨이 흘러나오자 멈췄다. 볼륨을 높였다.

그리고－쇼트브레드－쿠키－또－뭐지－방금－뭘－사려고 했지?－그－프린터－프린터－그리고－레이첼의－약－그－처방전은－내－주머니－또 뭐－빠졌지?－요시－아파트－대해－연락해－항공권－이태리－로－그렇지－지금－몇－시－아이구－벌써－11시－아침－다 흘러갔네

*

나는 수리를 마친 모든 기기를 살펴보았다. 작은 크기에 검은색 프린터는 하나밖에 없었다. 나는 프린터를 집어들고 계산대로 다가갔다.

"그래, 맞아. 그거예요." 그가 프린터를 가리키며 말했다. "정말 수리는 이곳이 최고야."

"이 사람 실력이 최고죠." 베니가 내 등을 툭 치며 말했다. 나는 고개를 끄덕이고는 창고로 돌아왔다. 라디오를 바라보며 이제 충분하다고 판단했다. 두 번 다시 켜지 않을 생각이었다.

5시쯤, 베니는 결혼식에 가야 한다며 폐점 시간까지 나를 가게에 혼자 남겨 두었다. 나는 손님들이 무슨 생각을 하든 전혀 관심이 없다고 스스로에게 말하며 들어오고 나가는 손님들을 무심히 대했다. 그런데 6시 23분, 중년의 여자가 들어왔다. 그녀는 헐렁한 오리털 코트에 빨간 선글라스를 끼고 서서 아이폰 케이스를 사러 왔다며 물건들을 훑어보았다. 도움이 필요하냐고 그녀에게 물었다. 그녀는 선글라스를 내리고 나를 한번 훑어보았다. 그녀의 시선은 정확히 내 이마 위 뒤로 물러난 헤어라인에 닿아 있었는데, 아마도 보기 흉하다고 생각하는 것 같았다. 나는 그녀에게 물건 좀 가지러 금방 창고에 갔다 오겠다고 말했다. 그러고는 라디오를 켜고 그녀의 목소리가 흘러나오는 채널에 맞추었다. 그녀의 생각이 궁금했다.

그-검정-케이스-나쁘지 않네-못된-아모스-나쁜 놈-가정을-깨려고-20년이나-살았는데-결국-내동댕이-은색-케이스-가-더-낫네

내가 창고에서 나왔을 때 그녀는 계산대로 다가왔다. 나는 그녀에게 알리지도 않고 20퍼센트 할인해 주었다.

"괜찮으세요?" 나는 부드럽게 물었다.

"아주 맘에 들어요. 근데 뭐가 괜찮냐고 묻는 거죠?"

"이유 없어요."

"잠깐, 왜 물었어요?" 그녀는 다시 내 헤어라인을 바라보았다. 그것이 나를 화나게 했다.

"아모스 때문에……." 나는 조용히 뒷말을 삼켰다.

"아모스 친구예요?"

나는 대답하지 않았다.

"그놈이 벌써 모두에게 떠벌렸네, 맞죠?" 그녀는 목에 손을 얹더니 화려한 색깔의 목걸이를 쓰다듬었다. 나는 은색 핸드폰 케이스를 봉투에 넣었다. 그녀는 그것을 낚아채듯 가져갔다.

"친구한테 아모스는 재수 없는 나쁜 놈이라고 말해 줘요." 그녀가 가게를 나서며 말했다. 라디오에서 나는 소음이 차츰 잦아들었다.

나는 잠시 그 자리에 못 박힌 채 서 있었다. 그리고 노인에게 전화를 걸었다. 독일산 부속품이 배송 지연으로 적어도 한 달은 더 걸릴 것이라고 알려주었다. 그는 한 달은 긴 시간이라고 했고, 나는 주문을 취소하길 원하는지 물었다. 그는 잠시 머뭇거리다, 아니라고 말했다. 네차마도 원하지 않을 거였다. 그는 전화를 끊었다. 그의 결정이 나를 기쁘게 만들었는지 아닌지 불분명했다.

다음 날 나는 베니에게도 수리가 좀 늦어질 거라고 알려주었다. 그는 한 마디도 하지 않았다. 곧 직업학교를 졸업하고 최저 임금을 받고도 기꺼이 일할 조카에게 내 대신 일을 시켜야겠다고 생각하고 있었다. 나는 다른 기기들을 고치러 창고로 돌아갔지만, 요즘은 하루 평균 여덟 개 수리하는 게 고작이었다. 일을 하면서 베니가 듣지 못하도록 낮은 볼륨으로 라디오를 틀어놓았다. 고객들의 목소리를 청취했는데, 주로 아리크 라비 노래를 흥얼거리던 건물 매니저 앨버트와 최고로 주파수가 잘 잡히는 누리트의 101.3FM 채널이었다. 그녀는 다른 나라에 대한 쓸데없는 상식을 우스꽝스러운 농담처럼 주절댔다. 예를 들어, 캐나다에는 다른 모든 나라들을 합친 것보다 더 많은 호수가 있다는 것과, 스페인이라는 국명은 원래 토끼들의 땅을 의미한다는 내용이었다. 그리고 매일 정오가 되면 그녀는 크림과 고구마가 들어간 파스타나 올리브유와 페타치즈가 들어간 참치 샐러드 같은 걸 먹고 싶다고 생각했다. 그녀는 상처 주는 말을 툭 던지는 직설적인 사람처럼 보였지만, 머릿속엔 그녀의 상사가 그녀에게 너무 느리다고 타박한 걸 떠올리거나 월말에 월급이 나오지 않을지도 모른다는 두려움으로 가득 차 있었다.

어느 날 아침 치약을 사러 편의점에 불쑥 들어갔을 때 누리트가 계산대에 있었다. 그녀는 고개를 들고 말했다. "항상 브랜드와 동떨어진 물건을 사네요. 맞죠? 싸구려." 나는 아무 대꾸도 하지 않고 창고로 들어가 라디오를 켰다.

비누－두－개－10셰켈－진짜－싸네－나도－저걸－사야지－저렇게－허둥지둥－참－저 사람－안됐네－솔직히－그가－편의점에－들르면－좋은데－아－잠깐－지난달－세 개에－10셰켈이었네

어깨가 으쓱했다. 나는 문이 닫혀 있는지 확인하고 라디오 볼륨을 높였다. 퇴근할 때까지 그녀의 채널에 귀 기울였다. 그녀는 내가 귀엽다고 세 번 더 생각했고, 우리가 서로에 대해 아는 게 없다는 걸 두 번 더 아쉬워했다.

다음 날 우리는 상가 입구에서 만났다.

"오늘 바쁘신가 봐요." 그녀가 말했다.

"아마도." 나는 그녀의 목에 커다란 점이 있다는 걸 알아차리며 대답했다. 내가 웃었다. 그녀도 미소로 화답했다. 그 날 그녀는 나를 생각하며 7분 46초를 보냈다. 그녀는 네 번이나 만약에 내가 데이트 신청을 하면 거절하지 않을 거라고 자신에게 말했다. 그녀의 상념을 떠올리며, 여자와 마지막으로 데이트한 지 정확히 3년 4개월의 시간이 흘러갔음을 깨달았다.

껌을 사기 위해 편의점으로 걸어 들어갔다. 누리트가 계산대에 앉아 있었다. 그녀는 껌을 보더니 맛이 형편없다고 말했다. 나는 그녀에게 나와 사귀고 싶은지 물었다. 그녀는 잠시 내 말에 대해 생각해 보더니 싫다고 대답했다.

나는 괜찮다고 말하고 바닥을 잠깐 응시한 다음 다시 가게로 갔다. 이해할 수 없어 고개를 저으며 창고 의자에 앉았다. 라디오는 여전히 그녀의 채널에 고정되어 있었다.

난-언제나-뭐든-서둘러-다-망친다고-진짜-바보야-믿을 수-없어-멍청이-스물여섯 살?-나잇값도-못하는-난-바보-신이여-그가-다시-돌아오기를

나는 그녀의 목소리를 듣고 미소지었다. 한 시간 더 생각한 끝에 다시 편의점에 들렀다. 계산대 앞에 섰다. 영수증을 잊어버렸다고 말했고, 그녀는 "돌아와서 반가워요."라고 말했다.

그 날 저녁 그녀와 영화를 보기로 했다. 그녀는 여섯 번이나 안젤리나 졸리의 새 영화를 언급했고, 나는 버터가 듬뿍 들어간 큰 팝콘

을 사기로 했다.

우리는 박스 오피스에서 만났다. 누리트는 아름다운 검은색 드레스를 입고 있었다. 곧바로 안젤리나 졸리 영화를 보러 가자고 말하고는 그녀가 원하는 대로 큰 팝콘을 사러 갔다. 누리트는 그럴 필요 없다고 말했다. 내가 그래도 사겠다고 하자 짜증을 냈다. 나는 그녀가 혹시 데이트 약속을 후회하는 게 아닌지 걱정이 되었고, 결국 내가 모든 걸 망친 것만 같아 기겁을 하기 시작했는데, 영화 상영 내내 그녀가 내 손을 잡아줬기 때문에 안심이 되었다. 극장을 나서며 그녀는 정말 즐거운 시간을 보냈다고 말했다. 나도 그녀와 같은 마음이었다. 나는 그녀에게 키스할까 잠시 고민했지만, 나에 대한 그녀의 호감을 확실히 알기 전까지 기다리기로 했다.

3

다음 날 아침 누리트는 영화를 보는 동안 내가 그녀에게 팔짱을 끼지 않은 것이 부끄러운 일이라고 생각했다. 그리고 그녀는 나 같은 남자가 진지한 관계를 맺어 본 적이 없다는 것이 이상하다고 생각했고, 그런 생각은 나를 행복하게 해주었다. 나 역시 그 점에 대해 걱정하기 시작했다는 것을 인정하기 때문이다. 그녀는 어제 정말 완벽했다고 아홉 번 생각했고, 내 셔츠가 멋지지 않다고 두 번 생각했으며, 나 같은 사람이 어떻게 그녀에게 호감을 느꼈는지 네 번이나 자신의 행운을 이해할 수 없어 했다. 나는 그녀에게 세 가지 부정적인 생각이 있음을 알게 되어 조금 걱정스러웠지만, 데이트를 만족스러워했으므로 행복했다. 정오쯤 그녀는 나에게 그녀의 집 옆에 있는 레스토랑에서 만나자고 문자 메시지를 보냈는데, 나는 상가에 있는 작은 카페에 앉아 점심시간을 느긋하고 길게 보내자고 제안했다. 약속을 앞둔 마지막 순간까지 계속 라디오를 듣고 싶었다. 나는 그녀에게 "당신이 오늘 아주 짜증나는 손님을 상대한 느낌이 드는데."라고 말할 수 있을 것이고, 그녀는 내가 그녀의 마음을 얼마나 잘 읽어내는지 감탄할 것이다.

우리는 카푸치노를 주문했다. 16분 후, 나는 베니가 가게에서 뭔가 갖다 달라고 했던 게 방금 기억났다고 그녀에게 말하고 쏜살같이 창고로 달려갔다. 그녀는 내가 점심 데이트 도중에 사라지는 게 약간 이상하다고 생각하면서도 나와 이야기하는 것이 너무 재미있어서 별로 개의치 않아 했다.

여섯 번째 데이트 때, 나는 그녀의 집 옆에 있는 식당에서 만나자고 제안했다. 데이트 후에 그녀가 나를 자신의 아파트로 초대할 거라는 생각을 알고 있었기 때문이었다. 와인과 디저트 등 모두 그녀가 바라던 대로 되었다. 그리고 우리가 침대에 누웠을 때 나는 그녀가 무엇을 좋아하는지 이미 알고 있었다. 나는 그녀의 귀를 부드럽게 깨물었고 그녀의 몸을 한 번 꾹 누르며 끝냈다.

다음 날 그녀는 나와의 섹스가 그 어떤 섹스보다 최고였다고 생각했다. 나는 늘 섹스에 서툰 사람이라고 자신을 의심해 왔기 때문에 그녀의 생각에 기분이 좋아졌다. 내가 섹스에 대한 강박을 갖고 있는 것은 아니지만, 그녀는 바로 얼마 지나지 않아, 그러니까 진짜로 나를 사랑한다고 생각했기 때문에 좋았던 것이다. 8학년 이후 처음으로 누군가에게 그런 말을 들어서 미소를 지었다. 나는 흥분했지만 동시에 그녀가 곧 자신의 감정을 거둬들일지도 모른다는 사소한 걱정을 하게 되었다. 그녀의 감정은 일시적인 과민반응이었고 실제로 사랑이 아니었다고 여길 것만 같았다. 하지만 내가 라디오를 가지고 있는 한 절대 그런 일은 일어나지 않을 것이라고 스스로를 위로했다. 난 모든 것을 정확히 그녀가 원하는 대로 할 것이고, 그녀는 그런 나를 결코 떠나지 않을 것이다. 나에 대한 그녀의 모든 생각을 주의깊게 들었다. 93퍼센트가 긍정적이었고 7퍼센트만이 부정적이었다. 그 모든 게 나를 행복하게 만들었다. 베니도 내 연애를 축복해주었다. 그는 항상 우리가 잘 어울린다고 평소에 생각했다고 말했다. 아마도 잘생긴 아이들이 태어날 거라고도 했다. 내가 가끔 즐겨 상상하던 일이라 그 말이 나를 또 행복하게 만들었다. 하지만 그로부터 몇 시간 후 나는 그의 채널을 듣게 되었다.

못된 것들－하루－기본－매상도－못 올리는－주제에－두 시간이나－점심시간－매일－저런－인간은－다른－방도가－없어－망할－연인들－신이－그들을－돕거나－알 게－뭐람

*

그 날 정오쯤 나는 누리트에게 점심시간은 30분 이상 안 된다고 말했다. 그녀는 내가 뭔가 힘들어하는 느낌이 든다고 말했고, 나는

그녀에게 베니에 대해 말했다. 그가 손님과 우리에 대해 이야기하는 것을 들었다고. 누리트는 미소를 짓더니 남들이 우리에 대해 어떻게 생각하든 상관하지 않는다며 나를 꼭 껴안았다. 나는 그녀가 세상의 '나의 앵커' 같은 존재처럼 느껴졌고, 급기야 그녀에게 라디오에 대해 정말 발설하고 싶었다. 그래서 나는 그녀에게 마음을 읽을 수 있는 장치를 연구하고 있는 한국의 어떤 과학자에 대한 기사를 읽었다고 말했다. 그녀는 한동안 조용하더니, 모든 사람들이 상대방 머릿속에 무슨 일이 일어나고 있는지 알 수 있지만, 단 한순간도 정작 자신만의 시간을 갖지 못하는 것처럼 들려 조금 슬프다고 말했다.

창고로 돌아왔을 때 누리트의 채널을 듣는 게 편치 않았다. 두 시간 반이나 듣지 않으려고 버티다 궁금해 참을 수 없는 지경에 이르렀다. 베니가 한 말에 대해 어떻게 생각하는지 알고 싶었다. 잠깐 동안만 라디오를 켜야겠다고 결심했다. 나는 그녀가 빌어먹을 재앙이라고 소리치며 자신을 꾸짖는 걸 들었다. 모든 사람들이 아마 같은 생각을 하고 있었을 것이다. 우리가 정말 못생긴 커플이라는 것을. 그녀는 내가 좀 특별난 사람이길 바랐다. 나를 정말 사랑했지만 섹스는 처음 생각했던 것만큼 훌륭하지 않다는 생각도 했다. 그리고 그녀는 왜 내가 항상 같이 마주 앉아 있다가도 가게에 불쑥 들어가야 하는지 이해하지 못했다. 내가 거기서 뭘 하는지 알면 날 좀 더 이해해 줄지도 모를 일이었다. 나는 괜찮다고, 누구나 가끔 나쁜 생각을 한다고 스스로를 위로하려고 노력했다. 하지만 자료를 검토해 보니 나에 대한 그녀의 부정적인 생각이 23퍼센트나 급증했다. 장점이 없는 것은 아니었다. 나에 대한 긍정적인 생각은 심지어 70퍼센트를 차지할 만큼 높았다. 그런데도 나는 긍정적인 면에 집중할 수 없었다. 그녀의 모든 생각들 중 하나는 정말 변하지 않았다. 내가 서른넷이 되었는데도 여전히 진지한 관계를 갖지 못한 걸 보면, 나에게 뭔가 문제가 있을지도 모른다는 것이다. 순전히 좌절감 때문인지, 나도 그녀에 대해 좋지 않은 점에 대해 생각하기 시작했다. 그녀는 정말로 좀 못생겼으며, 그렇게 똑똑하지도 않았고, 때로는 그녀가 여러 나라에 대해 알고 있는 놀라운 사실들이 정확하지 않다는 느낌도 받았다. 그리고 바로 그 날, 그녀가 나에게 부정적인 생각을 품고 있던 것처럼, 나도 그녀에 대한 단점들만 생각했다. 예를 들어, 그녀의 농담은 그다지 재미있지 않았다거나, 나이보다 더 늙어 보인다는 것. 그리고 이것들은 단지 사소하거나 경솔한 논평이 아니라, 그녀의 아픈 곳을 직접적으로 찌르는 말이었다. 내가 그녀의 감정을 상하게 만들었다는 것을 알기 위해 라디오를 들을 필요조차 없는 일이었다. 열한 번이나 그녀는 내가 왜 그런 짓을 하는지 의아해할 것인데, 사실 문제는 정말 내가 그렇게 생각하고 있는지 스스로도 확신할 수 없다는 것이었다.

며칠 후 우리는 점심시간에 만났지만 서로 한 마디도 나누지 않았다. 무려 17분 46초 동안, 그녀가 "무슨 일 있어?"라고 물을 때까지 침묵을 지켰다.

"무슨 얘기야?"

"왜 이렇게 말이 없어?"

나는 그녀의 몸이 고통으로 경직되는 것을 보았다. 이유는 알 수 없었지만, 이상하게 더 화가 났다.

"당신이 내게 거짓말을 하고 있으니까." 내가 말했다. "나한테 무슨 문제가 있다고 생각하고 있잖아."

"난 그런 말을 한 적이 없어."

"하지만 당신은 그렇게 생각했지?"

그녀는 의자에 얼어붙은 채 잠자코 있었다. 나는 잠시 그녀의 마음을 헤아려보다가, 가게에 뭘 두고 왔다며 벌떡 일어서서 걷기 시작했다.

"어디로 가는 거야?" 그녀가 소리쳤다.

나는 대답하지 않았다.

누리트는 내가 갑자기 이상한 말을 내던지고 사라진다는 걸 이해할 수 없어 했다. 내게 무슨 일이 일어나고 있는지 모르겠다며 내 뒤를 따라 뛰었다. 나는 뒤돌아보지 않고 가게로 들어갔다. 그녀가 감히 베니 앞에서 소란을 피우지 못할 것이라고 확신했지만, 그녀는 이미 내가 어찌해 볼 새도 없이 바로 내 앞을 빠르게 지나 창고로 들어가더니 문을 잠갔다. 라디오가 그녀의 채널에 고정된 채 켜져 있었다. 내가 문을 두드려도 그녀는 열지 않았다. 창문을 통해 안을 들여다보았다. 그녀가 라디오 옆에 서자, 찌지직하는 잡음이 요란하게 울렸다. 그녀가 귀를 틀어막았다.

"라디오를 꺼!" 나는 그녀에게 소리쳤다.

그녀는 라디오를 향해 손을 뻗었지만, 전원을 끄는 대신, 주파수 채널 버튼을 만지작거리기 시작했다. 그녀의 손이 내 머리에 들러붙은 것만 같은 기분이었다. 그녀에게 멈추라고 소리쳤다. 당장 끄라고. 그러나 그녀는 계속 버튼을 돌렸다. 베니가 우리 둘에게 정신 차리라고 말했지만, 난 그녀가 채널을 이리저리 돌리는 동안 계속 그녀에게 시선을 고정했다.

누리트는 나를 향해 고개를 들었다. 나를 뚫어지게 보고 있다고 할 수는 없었다. 완전히 노출된 기분이었다. 나는 그녀가 무엇을 주워듣고 있는지 이해하기 위해 내 생각에 집중해 보려고 했다. 방패처럼 두 손을 내 머리에 얹었는데도 불구하고 아무 소용없었다. 나는 돌아서서 가게 밖으로 걸어 나왔다. 얼마 지나지 않아 뛰기 시작했다. 베니가 나에게 돌아오라고 소리쳤다. 그러나 상관하지 않고 달렸다. 내가 원하는 것은 주파수 범위에서 벗어나고 싶은 것뿐이었다. 그녀의 귀에서 달아나기 위해.

나는 집에 오자마자 재빨리 샤워를 하고 침대에 누웠다. 베니는 네 번이나 전화했고 문자도 보냈다. 그러나 응답하지 않았다. 다만 담요를 머리 위로 끌어당기며 잠들기 위해 최선을 다했다.

늦게 눈을 떴다. 9시 41분에 상가에 도착했다. 가게 문을 열자 노인이 라디오를 들고 걸어나왔다.

"잠깐, 아직 안 됐어요." 내가 말했다. "아직 수리가 덜 끝났어요."

"거짓말쟁이." 그가 내게 등을 돌리며 대답했다. 나는 독일에서 온 부품이 아직 도착하지 않았다고 설명하면서 라디오를 낚아채려고 했는데 그는 듣지 않았다.

"이제 그만해!" 베니가 소리쳤다. 나는 라디오를 한 번 더 끌어당겼으나 마침내 손을 놓았다. 노인은 소름 돋친 한숨을 내쉬며 느릿느릿 몸을 돌려 주차장으로 사라졌다. 베니는 내가 미쳤다고, 손님을 그렇게 대할 수 없다고 소리쳤다. 나는 사과하며 나에게 무슨 일이 일어났는지 모르겠다고 말했다.

나는 하루 종일 누리트를 피했다. 다음 날 아침 9시 정각, 그녀가 가게 입구에 서 있었다. 나는 그녀를 따돌리려는 심사로 시선을 바닥에 떨구었지만, 그녀는 문을 막고 있었다. 그녀를 피해갈 수 없었다. 내가 시선을 들어 그녀를 바라볼 때까지 몇 분 동안 우리는 그대로 서 있었다. 마음속에 그녀에게 할 말이 산더미처럼 쌓였지만, 그녀의 머릿속에 무슨 일이 일어나고 있는지 알 수 없어 어떻게 대처해야 할지 난감했다. 하고 싶은 말이 너무 많아 어디서부터 말을 꺼내야 할지 몰랐다. 나는 그녀가 좋아하는, 왼쪽 뺨에 가볍게 한 번 키스할까 생각했지만 적절하지 않은 행동인 것만 같았다.

"기분 진짜 이상하지, 응?" 그녀가 말하며 웃었다.

나는 미소로 화답했다.

4

요즘 나는 하루 평균 15.6개의 전자기기를 수리한다. 나는 아직도 베니가 언젠가 내 자리에 조카를 데려올 거라고 예상하고 있지만, 솔직히 그게 그의 진심인지 수수께끼처럼 남는다. 누리트와 나는 여전히 매일 저녁에 만난다. 가끔 그녀가 우리 집에 오면 나는 크림과 고구마로 파스타를 만들고 그녀는 맛있다고 칭찬한다. 그녀가 자신의 생각을 솔직하게 말하는 건지는 알 수 없지만 그녀의 말을 믿는다. 그녀는 나에게 이스탄불은 두 대륙을 가로지르는, 세계에서 유일한 도시라고 말한다. 그리고 나는 그녀가 내게 이별을 선언하지 않은 게 얼마나 큰 행운인지 조용히 생각한다. 우리는 가끔 전혀 말을 하지 않은 채 나란히 앉아 있다 잠든다. 그녀는 그 날 라디오에서 들은 것을 나에게 말하지 않을 것이고, 나는 들려달라고 고집하지 않을 것이다. 그 라디오 사건 이후로, 그녀는 날 사랑한다고 말한 적이 없다. 가끔 그게 걱정되는 건 사실이지만 깊이 생각하지 않으려고 노력한다. 우리 사이에 무슨 감정이 싹트고 있는지 잘 모르겠지만, 어떤 감정은 말할 필요가 없다는 걸 나는 안다.

데비의 드림 하우스

1

나는 신문광고를 통해 그 일자리를 얻었다. 그 전까지는 꿈을 제조하는 직업이 있는지조차 몰랐다. 나는 그들이 그냥 기발하게 이름 붙인 거라고 확신했다.

브루노는 먼저 내가 예술가인지 광고업자인지 물었다.

난 둘 다 아니라고 대답했다.

"좋아, 사실 그런 사람들이 제일 힘들어. 자신들이 무슨 칸 영화제를 위해 영화 제작이라도 하고 있는 줄 착각하거든." 그가 말했다. "두 달 동안 꿈 제작에 낑낑거리다 결국 사막 한가운데 있는 자동차 지붕에 기린을 떡 붙이더라고."

나는 그가 무슨 말을 하는지 알 길이 없어서 고개를 끄덕였다. 브루노는 나를 고용한다고 말하더니 열악한 환경이라는 말도 덧붙였다. 밤새워 일하고, 각자 음식을 가져오고, 명절 선물 카드도 없다고.

"그래도 관심 있나?"

"보수는요?"

"한 시간에 50. 초과 근무로 75세켈."

"하겠어요."

브루노는 나와 악수를 하고 NDA(기밀 유지 협약—역자 주)에 서명하라고 했다. 그는 내게 결혼 여부를 물었다. 나는 데비와 언젠가 결혼 서약을 할 거라고 대답했다. 그는 축하한다고 말하더니 내가 포로가 되어 고문을 당하는 경우가 있더라도 내 직업에 대해 발설할 수 없다고 경고했다. "뭔가 적당히 꾸며 둘러대라고. 결혼기념일을 위해 특별한 꿈을 꾸고 싶은 사람들에게 내가 누구인지 알려줄 필요는 없으니까."

우리는 사무실을 나와 작업실로 갔다. 세 개의 스크린이 나란히 놓여 있는 작은 방으로, 쇼핑몰 경비 통제실과 약간 비슷했다.

"모든 화면이 고객의 꿈이라네. 열두 시간 교대 근무. 오후 7시부터 오전 7시까지, 주 5일 밤."

그는 내가 해야 할 일을 말했다. 모든 화면을 모니터하고 그중 하얗게 변하는 게 있으면 그에게 전화하는 것이었다.

한 교대가 끝나고, 나는 지금까지 해왔던 일 중 가장 쉬운 일을 맡게 되었다는 것을 깨달았다. 잠들지 않고 깨어 있는 상태를 유지하는 게 가장 힘들었다. 나는 온갖 종류의 게임을 고안해 가며 시간을 보냈다. 화면에 나타난 이미지를 통해 고객들의 인생에 대해 나름 상상했다. 예를 들어, 어느 남자는 모든 꿈에서 전자기기가 나타났기 때문에 기술자가 되었을 거라고 생각했다. 딸 꿈만 꾼 어머니도 있었는데, 아마 어떤 사연이 있었을 것이다. 화면을 보고 있는 건 좋았지만, 정말 나를 밤새워 깨어 있게 한 것은 데비에 대한 생각이었다. 퇴근해서 그녀를 위해 만들었던 아침 식사나 그녀가 일어나기 전에 어떻게 내가 그녀의 그 큰 몸을 껴안았는지에 대한 것들이었다.

데비는 내 직업에 대해 계속 물었지만 나는 그녀에게 아무 말도 할 수 없었다.

"최소한 꾸며서라도 말해 줘, 상상이라도 하게." 그녀가 말했지만 나는 어떻게 거짓말을 해야 하는지 모른다고 설명했다. 그녀는 미소를 지었고, 더 이상 묻지 않았다.

작업실은 팩스기, 책상, 커다란 세탁기처럼 생긴 것이 있는 작은 방이었다. 브루노는 매일 저녁 7시면 고객 보고서가 팩스로 온다고 설명했다. 각 보고서에는 모든 고객에 대한 기본적인 정보와 그의 일상에 대한 상세한 설명이 들어 있었다. 보고서를 읽고 나면 꿈에 대한 생각을 알 수 있는데, 그걸 종이에 그리거나 적어야 했다. 부르노는 책상 위에 그것들을 모두 모아놓고, 매일 아침 무작위로 선택하겠다고 했다.

"매일 새로운 꿈을 제작해야 하는 거 아니에요?"

"업계에서 벌써 수년째 이렇게 해. 나는 보통 1985년 혹은 1991년도 걸 재활용하지. 어차피 그들은 거의 기억하지 못하거든."

그러면서 브루노는 그 종이를 어떻게 '세탁기'에 집어넣는지 보여주었는데, 그것은 실제로 꿈을 제조하는 큰 금속 장치였다. 종이는 기계 안에서 두 시간 동안 회전했고 작고 검은 디스크에는 마침내 꿈이 담겼다.

한 달 후 그 일은 더 흥미로워졌다. 브루노는 나에게 꿈이 어떻게 만들어지는지 가르쳐 주기 시작했다. 더불어 그는 사업이 그리 오래 진행되지는 않을 테니 너무 심혈을 기울이지 말라고 충고했다. 글로벌 식 꿈의 기업들이 시장을 장악하기까지 그리 오래 걸리지 않을 거라는 말이었다. 그는 수천 명의 노동자를 거느린 중국 공장과 고선명도HD로 꿈을 만들어내는 소프트웨어와 경쟁할 수 없다고 했다. 나는 그에게 어떻게 고객을 찾는지 물어봤다. 사람들은 누가 그들의 꿈을 제조하는지 전혀 모르기 때문이다.

"거래는 대부분 의료기관을 통해 이뤄지지만, 이런 일을 하는 노조도 몇 개 있어. 못 믿겠지만, 이 업종은 기본적으로 야생 서부지역과 같은 생리지."

2

리타의 꿈은 내가 만들어낸 첫 번째 작품이다. 그녀는 막 새 로펌에서 일하기 시작했는데, 클래식 음악을 듣거나 집 근처 공원에서 저녁 조깅을 즐기는 것을 좋아했다. 보고서에 따르면, 그녀는 하루종일 사무실에서 지냈고, 집에 오는 길에 접촉 사고를 당했다. 집에서 그녀는 뉴스를 보다 소파에서 잠들었다. 바로 그때 영감이 떠올라 나는 종이에 퍼뜩 떠오르는 몇 가지를 적어놓았고, 꽤 이상한 꿈을 만들었다. 그녀를 사무실 복도에서 조깅을 하도록 설정한 것이다. 그때 차 한 대가 벽을 들이받았다. 그리고 그 안에서는 뉴스 앵커 한 명이 걸어 나오게 만들었다. 브루노는 그가 본 꿈들 중에 가장 설득력이 없다고 말했다. 차가 벽에 부딪히는 부분 전체가 꿈이라도 터무니없다고 했다. 새로운 꿈을 위해 폐기해야 되냐고 물었지만 브루노는 한숨을 쉬더니 세탁기를 켜고 "그럴 리 없지."라고 말했다.

일주일 후 그는 다시 같은 꿈을 사용했다.

나는 비록 뛰어나지는 않았지만 계속 꿈을 지어냈다. 꿈 하나에 30셰켈의 보너스를 받았고, 브루노는 한 시간 일찍 집에 갈 수 있어 기뻐했다. 그는 내게 왜 그렇게 열심히 일하려고 고집하는지 물었다. 나는 데비에게 집을 사줄 돈이 필요했다. 데비는 어렸을 때부터 눈치 보지 않고 벽에 낙서할 수 있는 장소를 갖는 게 꿈이었다. 브루노는 내가 그녀를 위해 열심히 일하는 걸 보니 그녀는 틀림없이 매우 특별한 사람일 거라고 말했다. 데비가 인테리어 디자이너 인턴직을 시작한 것은 그 무렵이었다. 그 디자이너는 진정한 예술가라며 데비는 그에게서 많은 것을 배우고 있다고 말했다. 그녀를 위해 잘됐다고 생각했지만 서로를 볼 시간이 없어 좋은 것만은 아니었다. 데비는 매일 저녁 7시에 일을 끝냈기 때문에 내가 그녀를 볼 수 있는 시간은 아침 한 시간 남짓뿐이었다. 그녀에게도 쉬운 일은 아니지만 불만을 꺼내지는 않았다. 문제는 우리 둘 다 일을 해도 여전히 생활이 빠듯하다는 것이었다. 대출을 끼고 집을 사더라도 중도금을 지불할 충분한 돈을 준비하려면 앞으로 10년 동안 우리는 계속 그렇게 일해야 할 것이다.

나는 브루노에게 수입을 더 올릴 방법이 없느냐고 물었다.

"악몽 제작은 한 번에 100셰켈이나 주지만, 그 일은 하지 마. 넌 섬세해서 아마 견디지 못할 거야."

나는 정말 돈이 필요하니 기회를 달라고 했다. 그는 잠시 망설였으나, 항상 전자기기에 대한 꿈을 꾸는 남자의 보고서를 주며 승낙했다. 서른네 살의 독신자였고, 수상한 사람처럼 조그만 전자제품 가게에서 수리공으로 일했다. 이틀 전에 그는 11개의 전자기기를 고치고 7시에 퇴근해 샤워를 하러 집에 갔다.

나는 브루노에게 악몽을 만드는 데 특별한 기술이 필요한지 물었다.

"그런 기술은 없어." 그가 말했고, 자신조차 만들기 어렵다는 걸 인정했다. 그는 반신반인의 디이먼과 몬스터 캐릭터의 틀을 모두 섞어 만드는 것을 권하는 책을 읽은 적이 있다고 말했는데, 그 책은 수천 년 동안 평판이 좋았고, 실제로 업계의 비밀 지침서 같은 것이었다. 또 다른 방법으로 프로이트 이론을 시도하려면 상징적인 것을 선택하고 그에 맞춰 방향을 잡으라고 알려주었다. 브루노는 어느 경우든 항상 성공하는 것은 아니라고 덧붙였다. 그냥 내가 만들고 싶은 대로 해야 한다는 말이었다.

나는 괴물을 만드는 법을 몰랐고 심리학에 대한 충분한 지식도 없었다. 화면을 모니터링하면서 내가 발견한 한 가지는 그 전기 기술자가 사람들과 소통하는 데 어려움을 느낀다는 것이다. 그래서 나는 그가 길을 걷고 있는데 주위 사람들이 모두 외국어로 말하고 있는, 꽤 절박한 상황의 악몽을 만들었다. 그는 사람들에게 무슨 말인지 도저히 이해할 수 없다고 소리쳤지만, 아무도 그에게 대답하지 않는 내용이었다. 브루노는 그 악몽이 왜 무서운지 모르겠다며 새로운 악몽을 만들기 위해 나에게 100세켈을 더 지불하는 일은 없을 거라고 말했다.

다음 날 출근 카드를 찍은 후 브루노는 방금 그 기술자의 최근 보고서를 읽었다고 말했다. 그가 잠에서 깬 후 내가 제작한 악몽을 떨쳐버리지 못했고, 너무 화가 난 나머지 간신히 집을 나갔다고 했다.

브루노는 내 등을 토닥이며 뛰어난 악몽을 제조하면 사업에 많은 도움이 된다고 기분 좋게 말했다. 보건부는 사람들이 처한 고통을 확실히 해결하기 위해 발 벗고 나서거나, 뭔가 그런 것들을 할 것이라고 그는 확신했다. 꿈 제조사는 고객 한 명당 세 번의 분기별 악몽을 전달할 의무가 있다며 내게 악몽만 제조해도 될 거라고 말했다. 나는 그에게 악몽을 제조하면 오래 견디지 못할 거라는 말은 좀 지나친 생각이었냐고 물었다.

"그 말은 걱정할 것 없어." 그가 말했다. 내가 악몽을 잘 제조할 거라고 믿지 않았기 때문에 단지 겁주려고 한 말이었다고 덧붙였다. 나는 그가 거짓말을 하고 있을지도 모른다고 생각했지만, 돈이 필요해서 더 이상 묻지 않았다.

그렇게 나는 매일 악몽을 제조하게 되었고, 브루노는 그런 악몽들이 왜 그렇게 효과적인지 이해할 수 없다고 했다. 나는 그가 제조하는 꿈들은 사람들을 위해 창의적이고 정교한 환상을 만들려고 애쓰는 반면, 악몽은 완전히 다른 게임이라고 말했다. 사람들이 정말로 두려워하는 것은 인생에서 가장 기본적인 것으로부터 느끼는 것이기 때문에, 오히려 악몽은 간단하게 제조할 수 있다. 청구서를 지불할 충분한 돈이 없거나, 혹은 그래서 떠나는 아내, 그런 종류의 생활형 악몽들…….

"보건부가 우리를 계속 추천하는 한……." 브루노가 말했다. 그는 이미 몇몇 의료기관으로부터 전화를 받았는데, 자신의 문제를 직면하기 위해 효과적인 악몽이 필요한 새로운 고객들을 소개했다고 했다.

"그중 한 명은 데비라는 이름까지 붙었어. 재밌지, 응?"

"네." 내가 대답했다. 내 연인이라는 말은 안 했다. 나는 이미 진료기관에 그녀의 꿈 보고서를 우리 회사에 맡겨 달라고 부탁했었다. 그녀와 마주치는 시간이 너무 적었기 때문에 그녀의 보고서를 읽으면 적어도 매일 밤 그녀의 꿈을 볼 수 있을 거였다. 브루노는 그녀를 위해 새 스크린을 마련했다. 그녀는 스크린 위에서 아름다웠다. 나는 그녀를 위해 새집에 대한 행복한 꿈을 매일 만들어 주었다. 집마다 큰 뒷마당과 다른 경치의 수영장을 추가했고, 심지어 그녀가 몸을 쭉 뻗을 수 있는 큰 스파까지 넣었다. 어느 날 아침 내가 일을 마치고 집에 왔을 때 그녀는 나에게 정말 좋은 꿈을 꾸었다고 말했지만, 정확히 어떤 꿈에 대해 말하는지 헷갈렸다. 그것이 오히려 나를 행복하게 만들었다.

분기가 끝날 때쯤 브루노는 더 이상 데비의 악몽 제조를 미루지 말라고 했다. 하고 싶은 일은 아니었지만, 브루노가 그녀에게 크고 무서운 악몽을 안겨주는 것보다 차라리 내가 직접 밋밋한 악몽을 만들어 주는 게 나을 것이었다. 바퀴벌레나 파리 같은 그녀의 공포증에 대해 생각하며 몇 가지 상상을 끼적여 보다가 곧 그만두었다. 데비에게 나쁜 짓을 할 생각을 하니 몸이 먼저 아팠다. 그녀를 그렇게 힘들게 만들겠다고? 그래서 나는 대신 그녀에게 멋진 꿈을 하나 더 제조해 선물했다. 도시에서 가장 높은 펜트하우스에서 매일 저녁 경치를 보며 함께 살고 있는, 정말 행복한 꿈이었다.

다음 날은 금요일이었다. 그 날 밤 나는 천장을 올려다보며 데비에게 요즘 미칠 지경이라고 말했다. 그녀가 이유를 물었다. 나는 악몽을 제조하는 것이 너무 고통스럽다고 말하고 싶었다. 악몽 그 자체가 아니었다. 내가 선택만 한다면 그녀에게 심각한 피해를 줄 수도 있다는 걸 깨닫는 것 자체가 힘들었다. 그러나 나는 한 마디도 하지 않았다. 업무에 대해 말하는 것이 허락되지 않았기 때문만이 아니라, 그녀가 나를 두려워할까 봐 무서웠다. 직장을 그만두는 것이 좋을지도 모른다는 생각까지 들었다. 브루노에게 더 이상 못하겠다고, 더 이상 누구의 악몽도 상대하지 않을 거라고 말하고 싶었다.

하지만 데비는 집을 원했고, 그래서 나는 계속 일했다.

3

시간이 지나면서 나는 적어도 일주일에 두 번 악몽을 꾸게 되었다. 하지만 어떤 실제적인 효과는 없었다. 이미 책에 있는 모든 기술적 속임수를 알고 있었기 때문이다. 어떤 남자가 나에게 총을 겨누고 있는 모습에 지루한 나머지 시간을 세다 깼다. 악몽을 제조하느라 악몽에 대한 면역이 생겨 오히려 날 힘들게 했다. 암흑 물질을 다루는 것이 영혼에 해를 끼친다고 평소에 확신해 왔었지만, 데비를 해칠지도 모른다는 나의 두려움 외에는 아무런 자극이 없었다. 오히려 누군가를 만날 때마다 마음속으로 그들만의 맞춤형 악몽을 상상했다. 마켓에서 우유를 살 때도 계산원을 겁주려면 어떤 악몽이 좋을지 상상하곤 했다. 브루노가 관찰한 결과 내가 악몽 제조 일을 너무 즐기고 있다고 했다. 수면제를 필요로 하는 고객 보고서를 언급하며 좀 덜 치명적인 악몽을 제조하라고 부탁할 정도였다. 사실은 나 자신도 제어할 수 없을 지경이었다. 나는 그 모든 공포를 먹고 있었고, 그것들을 어떻게 통제해야 할지 몰랐다.

그때 가장 큰 위안이 되었던 게 데비의 꿈이었다. 거실을 짓는 데 3시간을 들일 수 있었다. 나는 그녀의 보고서를 몇 번이고 읽으며 그녀가 겪고 있는 일을 생각했다. 그녀가 함께 일하는 디자이너의 이름이 자주 나타나기 시작했다. 사무실엔 두 사람뿐이었고, 하루에 몇 차례씩 회의를 했다. 질투가 났다. 내가 그녀에게 디자이너에 대해 물었더니, 좋은 남자라고 말해 주었다. 그녀가 나를 떠날까 봐 무섭다고 말하자, 그녀는 나를 꼭 껴안고 절대 떠나지 않겠다고 말했다. 데비는 나와 아침에 더 많은 이야기를 나누기를 원했지만, 내가 원했던 것은 그녀가 팔로 내 몸을 감싸고 침대에 함께 누워 있는 것이었다.

"이제 우리가 집을 포기할 때야." 어느 날 그녀가 말했다. 서로를 거의 볼 시간조차 없는 게 너무 힘들다고 했다. 우리가 함께 더 많은 시간을 보낼 수만 있다면 평생 작은 임대 공간에서 살 수 있을 것 같다고 그녀가 말했다.

"당신이 얼마나 그 집을 원하는지 알아."

"아니." 그녀가 입을 삐죽거렸다. "난 30년 동안 그런 집 없이도 완벽하게 잘 지내왔어." 그녀는 내가 그녀를 사랑하는 것보다 사주고 싶은 집을 더 사랑하는 것 같은 생각이 든다고 말했다.

"그 디자이너 얘기하는 거야?"

"무슨 말이야?"

"당신이 나한테 이렇게 말하는 건 그 사람 때문이야."

데비는 내게 판단력이 흐려졌다고 말했다. 그녀는 그 날 밤 더 이상 말을 걸지 않았다. 나는 점점 스트레스를 받았다. 급기야 그녀가 정말로 그에게 반했다고 생각하기 시작했다. 그리고 그녀가 나를 떠나려 한다고 생각했다. 나는 그녀가 어찌어찌 내가 하는 일에 대해 알게 되었고, 그녀의 매일 보고서를 받고 있다는 사실도 알게 되었으며, 결국 그들의 불륜을 숨길 방법을 찾고 있다는 의심까지 하기 시작했다. 그녀는 밖으로 나갔고, 나는 침대에 누웠지만 잠이 오지 않았다.

데비를 미행했다. 버스가 그녀의 사무실 창문 앞에 멈춰 섰다. 나는 그녀가 컴퓨터 앞에 앉아 있는 것과, 창 하나를 지나 그가 다른 방에 앉아 있는 것을 보았다. 나는 버스 정류장 뒤에 서서 그들을 보며 하루 종일 시간을 보냈다. 그들이 함께 있는 증거 장면을 찾기 위해 기다렸다. 그러나 아무 일도 일어나지 않았다. 이따금씩 데비는 몇 분 동안 그의 사무실에 있었지만 그들은 그저 지껄이는 것처럼 보였을 뿐 그 이상은 없었다. 그들은 점심도 함께 먹지 않았다.

마음이 진정되었다. 내가 과민하게 반응했다는 것과 데비가 멋지다는 것을 새삼 깨닫게 되었다. 그리고 내가 그녀를 정말 사랑한다는 것도. 그동안 의심의 눈초리로 그녀를 지켜보았던 걸 어떻게든 보상하고 싶었다.

다음 날 아침 나는 브루노에게 휴가를 신청했다. 그는 내 대신 야간 근무를 하고 싶지 않았지만 결국 동의했고, 사랑보다 더 중요한 것은 없다고 말했다. 나는 데비가 가장 좋아하는 식재료를 구입하느라 종일 시간을 보냈다. 파스타와 토마토소스, 샐러드와 양질의 치즈. 최상의 것들만 샀다. 내가 항상 그녀를 위해 전력투구한다는 걸 그녀도 모르지 않을 것이다. 나는 집으로 돌아와 오후 내내 요리를 하며 시간을 보냈다. 그러고 나서 내가 할 수 있는 가장 아름다운 식탁을 차렸다. 오늘을 위해 특별히 사두었던 이케아 식탁보와 특별한 순간을 위해 아껴두었던 와인 한 병까지 꺼냈다. 저녁 7시. 나는 문을 열어놓고 식탁에 앉아 그녀를 기다렸다.

그러나 데비는 오지 않았다.

9시. 두 번이나 그녀에게 전화를 걸었는데 통화할 수 없었다. 나는 그녀에게 문자로 물음표를 찍어 보냈다. 10시 30분. 그녀는 샤워하느라 내 메시지를 보지 못했다고 문자를 보내왔다. 나는 'OK!'라고 답을 보내고 잠자리에 들었다. 그녀가 몇 번 전화를 했지만 나는 전화를 진동으로 해놓았다. 가능한 한 깊이 생각하지 않으려고 애쓰며 이내 잠이 들었다. 한밤중에 그녀는 나를 깨웠다. 한동안 나를 쓰다듬었지만 나는 그녀의 눈을 똑바로 쳐다볼 수가 없었다. 변명을 듣고 싶지도 않았다.

"설명해 줄까?"

나는 아니라고 말했다. 그녀는 내 뒷목에 키스를 하고 내 옆에 누웠다. 그 순간, 더 이상 데비가 내 연인이 아니라는 생각이 슬금슬금 들기 시작했다. 커다란 몸집의 그녀가 없는 세상에서 나 혼자 눈뜨는 모습을 상상했다.

아침에 일어났을 때 데비는 이미 출근한 뒤였다. 나는 하루 종일 빈둥거리다 저녁에 사무실에 갔다. 브루노는 휴가를 어떻게 보냈느냐고 내게 물었다. 나는 더 이상 좋을 수 없을 만큼 좋았다고 말했다. 그리고 작업실 책상에 앉아 꿈을 제조하기 시작했다. 그녀의 악몽을 만드는 데 30분 정도를 소비했다. 그다지 많은 노력을 기울이지 않았다. 그냥 거울 앞에 그녀를 세웠다. 두툼한 살집으로 처진 피부와 내가 좋아하는 모습이 그대로 다 보이는 알몸 상태로. 나는 그녀를 거울 앞에 세워놓고 그저 진실을 일깨워주고 싶었다. 그녀처럼 몸집이 큰 여자를 사랑할 수 있는 사람은 오직 나뿐이라는 것을. 그녀 혼자 있을 때는 매력이 없어서 나 없이 새로운 삶을 시작할 수도 없을 거라고. 나는 그녀의 악몽을 끝으로 더 이상 악몽을 만들지 않기로 나 자신과 맹세했다. 상황이 안정되고 다시 서로를 사랑하게 된다면 모든 것이 저절로 풀릴 것이었다.

4

3년 후, 데비와 나는 집을 갖게 되었다. 그녀는 사우나 공간을 포함해 전적으로 그녀의 바람대로 모든 걸 직접 디자인했다. 브루노는 꿈 회사를 내게 팔고 은퇴했다. 그는 가끔 전화를 걸어 아이슬란드나 그리스에서 지프 투어를 하며 매 순간을 사랑한다고 말했다. 내가 사업을 인수한 후 새로운 고객들이 많이 늘었다. 우리처럼 악몽을 제작하는 업체가 없기 때문이었다. 나는 이미 8명의 직원이 있다. 그들은 나만큼 꿈 제조 기술이 뛰어나지는 않지만, 고객들을 계속 불러올 수 있을 만큼 충분히 훌륭하다. 나는 더 이상 야근 근무를 하지 않게 되었으며 데비와 항상 함께 잠자리에 든다. 그녀는 나를 꼭 껴안고 나는 그녀의 뺨에 키스한다. 가끔 나는 그녀에게 악몽을 심어준다. 나와 헤어질 생각을 다시는 하지 않기를 바라는 마음에서

다. 괜찮다, 정말이다. 어차피 데비는 악몽을 기억하지도 못할 거라고 확신한다. 하루 중 내가 가장 좋아하는 순간은 우리가 잠들기 바로 전, 그녀가 나를 꽉 껴안을 때 숨도 제대로 쉴 수 없는 바로 그때이다. 가끔 나는 그녀의 귀에 대고 속삭인다. 우리가 항상 원했던 삶을 실제로 살고 있다는 것을 믿을 수 없다고. 그녀는 미소를 지으며, 그녀 역시 믿을 수 없다고 말한다.

삶의 의미 주식회사

1

먼저 그 점에 대해 한 점 의혹 없이 분명히 말하고 싶다. 어느 순간에도 나는 자살할 생각을 해보지 않았다는 것. 그런 생각은 전혀 하지 않았다. 더 이상 살고 싶지 않다고 느낀 적도 없었고, 그런 것과 상관없이 벌어진 일이었다. 어느 날 갑자기, 이제 와 생각해 보니 정말 느닷없이, 아침에 눈을 뜨고 싶은 이유를 하나도 찾을 수 없었다. 왜 내가 일어나 이를 닦고 이 세상에서 하루를 더 보내는 것을 당연하게 받아들이는 걸까?

아버지는 고등학교를 졸업하고 나와 같은 기분을 느꼈다고 했다. 일정한 틀 안에 갇혀 사는 것이 힘들다는 건 알지만 사실 나는 그보다 더 깊은 감정에 사로잡혀 있었다. 아무리 애를 써도 내가 느낀 그 이상한 궁금증을 무시할 수 없었다. 세상에는 수십억 명의 사람들이 살고 있고, 전부는 아닐지라도 대부분의 사람들은 자신이 여기서 무엇을 하고 있는지 전혀 모르고 있는 것 같다. 나는 어디서부터 답을 찾아야 할지 몰랐다. 내가 아프리카 산꼭대기에서 은둔 생활을 하는 사람도 아니므로 답을 찾기 위해 기꺼이 내가 할 수 있는 최대한의 노력을 기울이기로 했다. 구글에서 '삶의 의미'를 검색했다. 결과는 리숀 레지온에 있는 명상 센터부터 베이타르 예루살렘 축구팀의 공식 홈페이지에 이르기까지 다양했다. 두 번째 페이지 하단에 있는 작은 광고가 내 눈길을 끌었다.

삶의 의미 주식회사

단 30일 만에 삶의 의미를 찾을 수 있는 개인 맞춤형 프로그램!

나는 세세하게 질문들을 입력했다.

다음 날, 회사 직원이 집 현관 앞에 나타났다. 하얀 블라우스를 입은 젊은 여자였는데 내 인생에서 원하는 게 뭔지 물었다.

"정말 모르겠어요."

"훌륭해요, 훌륭해." 그녀가 소리쳤다. 그리고 그녀는 나를 위한 완벽한 프로그램이 있다고 말했다. "우리 체험 프로그램에 등록하세요." 그녀가 단언했다. "정말 당신한테 딱 맞아요."

"체험 프로그램? 그게 뭐죠?"

"2번 채널에서 방영한 우리 얘기 못 봤어요?" 그녀가 진심으로 놀라며 물었다. "미리 내용을 말해 줄 수는 없어요. 직접 와서 체험하세요." 그녀는 내가 고급 프로그램에 등록하면 매주 단체 모임을 지원하고, 개인 조언자를 연결해 주며, 시내 스테이크 하우스 식사 쿠폰도 받을 거라고 설명했다. 비전문인들이 만든 프로그램들이 버섯처럼 여기저기 생겨나는 것과 달리, 그들의 프로그램은 보건부의 승인과 82퍼센트의 성공률을 자랑한다고 강조했다. 나는 정식 등록 전에 일정 기간 시험 삼아 해보기로 했고, 바로 그 날 첫 단체 모임에 나갔다.

2

단체 모임 책임 상담사는 야론이라는 남자였다. 6년 전까지만 해도 그는 민간 투자 회사의 부사장으로 일하며 엄청난 돈을 벌었지만 진정한 행복을 느끼지 못했다고 한다.

"가슴이 뭔가에 짓눌렸던 그 느낌이 아직 기억나요." 그렇게 말하더니 그는 자신의 왼손을 가슴에 얹고 심호흡을 했다. 그는 '삶의 의미'에 감사하다고 했다. 정원 가꾸기가 자신에게 행복을 가져다 줄지 몰랐는데 그런 깨달음에 도달하자 그의 삶은 완전히 변모했다는 것이다. "아네모네 하나가 이렇게 많은 문제를 해결할 수 있을 줄 누가 알았겠어요?"

야론은 프로그램 소개를 그렇게 시작했다. 곧 나는 다른 모든 참가자들이 그곳에 온 이유가 나보다 훨씬 다양하다고 느꼈다. 야코브는 그의 아이들이 독립한 이후 삶의 의미를 찾고 있었고, 미리는 20년 동안 살았던 남편과 이혼하고 인도에서 약물에 빠져 있다 돌아왔으며, 리안은 자신이 누군지 몰라 프로그램에 등록했다.

"저요? 글쎄, 잘 모르겠어요. 난 정말 이유가 없어요." 내가 말했다.

"이유를 모르는 게 가장 어렵죠." 야론이 부드럽게 대답하자 참가자들은 동의하며 고개를 끄덕였다. 상담이 끝나자 야론은 내 취미가 무엇인지, 내가 시골 청년인지 도시 청년인지 등 온갖 종류의 질문이 담겨 있는 설문지를 건네주었다. 그는 그 설문지 대답에 맞춰 내게 필요한 프로그램을 정한다고 말했다. 체험 프로그램에 대해 물었더니 그는 주소가 적힌 쪽지를 내밀었다. 26 HaBrosh Street, Petah Tikva. 그는 그곳이 내가 가야 할 곳이며 그 이상의 정보는 프로그램 의도와 멀어질 뿐이라고 완강한 어조로 설명했다. 그 과정이 간단하지 않다고도 덧붙였다. 내가 중도 포기할 것을 염려해 나보다 한 살 많은 탈리아를 조력자로 지정했다고 강조했다.

3

"무슨 의미를 찾아요?" 그녀는 커다란 갈색 눈을 뜨고 나를 바라보며 물었다. '삶의 의미' 사무실 맞은편 공원에서 나를 처음 만난 날이었다.

"정말 모르겠어요." 내가 말했다. "그렇지만 내가 우울하거나 뭐 그런 건 아니에요. 내 인생은 나름 꽤 괜찮아요."

"사람들이 그렇게 생각하는 거 정말 싫어요."

"그렇게 생각하다뇨?"

"삶의 진정한 의미를 찾는 게 꼭 기인이나 철학자의 몫이라고 생각하는 거요." 그녀는 손으로 목을 쓸어내리며 말했다. "아무런 의미도 모르는 채 이 세상을 사는 건 기본적으로 영혼에 거대한 구멍을 내고 사는 거죠. 다른 사람들이 이상하게 본다고 해서 당신도 그럴 필요는 없어요."

탈리아는 '삶의 의미'에 등록할 때까지 얼마나 답답하게 살았는지 털어놓았다. 내가 그 순간까지 머릿속에만 맴도는 생각이라고 확신했던 것들을 그녀는 직접적으로 묘사했다.

"이 프로그램이 없었다면 나는 암 치료법을 찾는 게 내 인생의 진정한 소명이라는 것도 모른 채 나머지 70년을 보냈을 거예요." 그녀는 그 깨달음을 얻은 이후 삶이 더 단순해졌다고 말했다. 검정고시를 치르고 생물학 연구 논문을 완성한 그녀는 교육부 장관상까지 받았다. 그녀는 런던에서 열린 젊은 과학자 회의에 초대되었는데, 그곳에서 1년 자원봉사를 위해 콩고로 이주한 덴마크 출신의 남자 친구 크리스토퍼를 만났다. "아직 확실한 것은 말할 수 없지만, 그와 내가 피부암을 일으키는 유전자를 발견한 것 같아요. 우리의 이론이 맞다면 연간 수만 명을 살릴 수 있는 신약의 발판을 마련할 수 있겠죠."

"당신이 어떤 기분일지 상상만 할 뿐이네요. 그렇게 많은 생명을 구했다는 것을 알고 세상을 사는 기분은 어떨지." 나는 강렬한 질투심을 감추려 하지 않고 말했다. "내가 찾고 있는 게 바로 그런 거예요."

"찾을 수 있을 거예요." 그녀가 부드러운 손으로 내 어깨를 쓸어내리며 대답했다. "답은 다 당신 안에 있어요. 내 말 믿어도 좋아요. 충분히 원하기만 하면 찾을 수 있어요."

4

다음 날 나는 차를 타고 하브로시 가에 갔다. 주소에 적힌 26번지는 찾을 수 없었다. 나는 검은 지프가 내 옆에 멈춰 설 때까지 길을 오르락내리락했다. 검은 양복을 입은 대머리 남자가 뒷좌석 차창 밖으로 머리를 내밀었다.

"그 빌어먹을 프랑스 놈들이 거래를 깰 거요." 그가 소리쳤다.

"뭐라고요?"

대머리 남자가 차 문을 열었다. "타요. 빨리! 시간 없어. 30분 뒤 회의라고."

"나를 다른 사람으로 착각한 것 같아요." 나는 설명하려고 애썼다.

"이알 루빈스타인? '삶의 의미'에서 나왔죠?" 그가 스마트폰을 들고 물었다. 스크린에 내 사진이 떠 있었다.

"뭐라고요? 네, 하지만……."

"야론하고 얘기했어요, 걱정하지 마요. 어서 타, 늦게 참석할 마음은 없으니." 그가 나를 차 안으로 끌어들이자 운전사가 바로 출발했다.

"모티라고 해요, 회사 대표요." 그가 악수를 건네며 자신을 소개했다. "모든 걸 협상 테이블에 올려놓을 거요. 우리는 지금 엄청난 적자에 허덕이고 있소. 프랑스 사람이 매수하지 않으면 재앙이 될 정도로. 200명의 사람들을 해고해야 할 지경이오. 당신들을 포함해서."

"잠깐만요! 난 솔직히 당신이 무슨 말을 하는지 전혀 모르겠어요."

그는 자동차 사물함에서 신문을 꺼내 건네주었다. 4면 헤드라인이 눈에 들어왔다. "프랑스 기업 '더 좋은 삶' 며칠 내 비타민 회사 '비어 투비아' 인수!"

"당신 회사 얘긴가요? 좋은 소식이네요."

"나도 그렇게 생각했죠." 모티는 한숨을 내쉬었다. "대만의 한 친구를 통해 알게 되었는데, 그 프랑스 기업이 대만 비타민 회사와도 협상을 벌였소. 이미 공식 제안을 한 상태라는 거요. 반유대주의자들이 우리를 대안으로 묶어두고 있는 셈이니. 혹시라도 대만 협상이 결렬되면 대비책으로 쓰려는 거지." 그는 몸을 앞으로 숙였다.

"저 차 앞으로 선 바꾸라고." 그가 운전사에게 명령한 다음 시선을 내게로 돌렸다. "그래서 말인데, 당신은 우리가 어떻게 하면 좋겠소?"

"내 생각을 묻는 거예요?"

"차 안에 당신 말고 다른 전략 자문가라도 있어요?"

"나는 전략 자문가가 아니에요."

"그럼 위기 관리인? 협상 전문가? 원하는 대로 마음대로 불러요. 결론은, 어떻게 하면 팔 수 있겠소?"

"저, 정말 그런 사람이 아니……."

"야론이 겸손한 사람이라고 하더니." 그가 내 말을 끊었다. "지나친 겸손은 싫소. 이봐, 차를 세워. 여기야!" 그가 운전사에게 지시했다. 차는 고급 레스토랑 입구에 멈춰 섰다. 모티는 차에서 내려 트렁크를 열더니 옷걸이에 걸려 있는 멋진 재킷과 바지를 챙겨 들었다.

"갈아입어요. 그들이 곧 도착할 거요."

2분 후, 나는 한 번도 입어본 적이 없는 가장 화려한 옷으로 차려입었다.

"야론이 당신 치수를 알려줘서 맞춤으로 주문했소."

우리는 차에서 내렸다. 콧수염을 기른 키 큰 남자가 모티의 이름을 불렀다. 그의 억양으로 짐작하건대 협상에 나온 프랑스 남자 같았다. 모티는 이스라엘 억양이 심한 영어로 나를 회사 컨설턴트라고 소개하기 전에 그와 먼저 악수를 나눴다. 나는 감히 그에게 아니라고 사실대로 말하지 못했다. 모티가 식당 문을 열었고 우리 셋은 동그란 하얀 식탁에 둘러앉았다. 프랑스 남자는 바로 와인 리스트를 보며 웨이터에게 설명하기 시작했는데, 모든 품목에 콧대를 세우고 말하더니 결국엔 지역에서 생산된 평범한 멜로를 주문했다.

"우리 제안에 대한 새 소식이라도?" 모티가 물었다.

프랑스 남자는 회계사들이 여전히 검토하고 있다며 사과했다. "우리는 철저한 기업이기 때문에 실사도 철저히 해야 해요."라고 설명한 뒤 회사의 사업 목표를 다시 설명해 줄 것을 모티에게 제안했다.

"기꺼이 해야죠." 모티는 뺨을 긁으며 말했다. 그는 내가 이해하기 힘든 회사 재무 자료들을 피곤하게 읊기 시작했다.

"지난번처럼 파워포인트 프리젠테이션으로 하는 게 어때요?" 프랑스 남자가 시큼한 맛이 나는 빵에 꼼꼼하게 버터를 바르며 물었다. 모티는 잠시 망설이다가 문제없다고 말했다. 우리는 노트북을 가지러 서둘러 주차장으로 갔다.

"말해 봐요, 저의가 뭐요?" 우리가 차에 도착했을 때 모티가 물었다. "침묵이 전략인 거요? 정말 영문을 모르겠네."

나는 뭐라고 대답해야 할지 몰랐다. 모티는 대답 듣는 걸 포기했는지 담배에 불을 붙였다. 잠시 후, 내 전화벨이 울렸다. 야론이었다. 되돌리기에 늦은 상황이라는 걸 나는 알고 있었다. 전원을 껐다.

"어느 회사 제품이죠?" 모티가 내 전화기를 가리키며 물었다.

"싸구려 중국산이에요. 배터리는 겨우 두 시간 지속되죠."

"그러고도 스마트폰이라고 부르기를 고집하지." 그가 히죽거렸다. "똑똑한 하버드 졸업생처럼 포장해 마케팅하는 거랑 같네."

"그래야 사람들이 사나 보죠."

"흠, 그런가? 우리 회사가 머리 좋아지는 약이라도 취급했더라면 좋았을걸. 만약 그랬다면 프랑스 사람이 바로 그 자리에서 우리 회사를 인수했겠지."

"그런 약을 취급하지 않는다는 사실을 그들은 모르죠." 내가 말했지만, 무슨 뜻으로 한 말인지 나도 완전히 확신할 수는 없었다.

"잠깐, 무슨 말이야?" 모티가 물었다. 나는 그에게 좋은 생각이 떠올랐다고 말하면서도 사실 효과는 기대하지 않고 한 말이었다.

"그냥 말해 봐요. 우리는 잃을 게 없으니."

나는 설명하려고 애썼다. 나보다 오히려 모티가 내 말의 뜻을 파악한 것만 같았다.

"좋은 생각인지 잘 모르겠어요." 나는 압박감을 느끼며 말했다. 모티는 이미 식당을 향해 다시 걸어 들어가고 있었다.

프랑스 남자는 훈제 생선 한 조각을 막 입에 넣고 있었다. 우리가 자리에 앉기도 전에 모티가 입을 열었다. "거래 제안을 철회하겠소. 미안합니다."

프랑스 남자는 접시에 두었던 시선을 거두고 어리둥절한 표정으로 우리를 올려다보았다. 그는 마치 자신이 이스라엘식 농담을 듣고 있는 건 아닌지 의아한 눈빛이었다.

"사실 어제 영국 회사로부터 제안을 받았어요." 모티가 말했다. 덧붙여, 협상에 임하는 프랑스 회사에 대한 신뢰가 부족해서 영국 회사의 제안을 받아들이기로 결정했다고 설명했다.

"어떤 회사요? '굿 라이프'요? 아니면 '행복하게 삽시다'요?"

"불행히도 그 정보를 공개할 수는 없군요. 아무튼 시간을 내주셔서 정말 감사해요." 모티가 말했고, 나도 감사하다고 덧붙였다. 그때 모티의 스마트폰이 울렸다. 그는 스크린을 힐끗 보더니 전화를 받아야 한다며 남자에게 양해를 구했다.

"좋습니다, 우리가 계약서 서명하러 갈게요." 모티가 수화기에 대고 말했다. "물론이죠, 지능 향상 약에 대해 《뉴욕 타임스》에서 기사로 다뤄 주어도 좋습니다. 전에는 볼 수 없었던, 전혀 새로운 종류의 약이라는 것을 확실히 언급해야 합니다."

"무슨 지능 향상 약이죠?" 프랑스 남자가 다급하게 내게 속삭였다.

"미안하지만 제가 말씀드릴 수는 없어요." 나는 그에게 악수하고 모티를 따라 주차장으로 갔다.

두 시간 후, 프랑스 남자는 전화로 공식 구매 의사를 밝혔다. 4천 5백만 달러. 모티는 그 자리에서 거의 제안을 받아들일 뻔했지만 나는 하루만 더 기다렸다가 백만 달러를 더 요구하라고 했다. 그는 웃음을 감추지 못하고 고개를 끄덕였다.

"만약 그들이 정말 그 약에 대해 물으면 어떻게 할 거예요?" 내가 물었다. 모티는 걱정 없다고 말했다. 그는 '삶의 의미'에 부탁해 잽싸게 뭔가를 만들어 낼 수 있는 생명 공학자를 보내달라고 말할 셈이었다. 나는 그렇게 간단하지는 않을 거라고 말했다. 모티는 내 말을 무시하듯 손을 내저었다.

"당신은 에이스처럼 일을 잘했고, 그걸로 충분해." 그가 내 등을 툭툭 치더니 축하주를 마시러 가자고 말했다.

5

첫 번째 샴페인의 취기가 아직 남아 있는 새벽 4시, 나는 첫 번째 체험을 끝냈다. 10분 후 양치질을 하고 있는데 누군가 문을 두드렸다. 택시 안에 뭔가 두고 왔다는 생각이 스쳐 지나갔다. 그런데 초록색 점프슈트를 입은 남자가 현관 앞에서 나를 노려보고 있었다.

"어떻게 된 거야, 에얄? 우리가 30분이나 기다렸잖아."

"부모님이 주무셔. 다음에 와서 얘기하면 안 돼?"

"다음이라는 건 없어."

마지못해 나는 그를 따라 아래층으로 내려갔다. 덜덜거리는 엔진 소리가 첫 번째 암시였다. 큰 쓰레기 트럭이 건물 입구에 서 있었다. "오, 맙소사!" 나는 중얼거렸다. 그 남자는 트럭 뒤로 깡충 뛰어오르더니 내게 타라며 손을 흔들었다.

생각보다 그리 나쁘지 않은 체험이었다. 사람들이 모두 잠들어 있을 때 세상을 경험해 보니 좋은 점도 있었다. 사무실 안에 갇혀 있지 않고 실외에서 체험하는 것만으로도 나쁘지 않았다. 쓰레기통을 직접 다루는 게 특별히 즐거운 경험이라고 말할 수 없지만, 예상했던 것만큼 나쁘지는 않았다.

그 날 오후, 사람들은 심리치료를 받으러 우리 집으로(이스라엘은 관례적으로 심리치료를 환자의 집에서 하는 경우가 많다 —역자 주) 하나둘 모여들기 시작했다. 한 여성은 내내 한 마디도 하지 않았고, 또 다른 여성은 혼자 늙어가는 두려움에 대해 말하기 시작하며 울음을 터뜨렸다. 다음 날, 나는 경찰관 제복을 입고 텔아비브에서 마약범을 잡으러 다녔다. 그러고 나서는 작은 연회장에서 땀에 젖은 채 결혼식 피로연 가수 체험을 하며 한 주를 마무리했다. 그뿐 아니라 단체 모임에 참석도 했다. 삶이 나에게 그렇게 다양한 경험을 맛보게 해줄 거라고는 상상도 못했다고 말했다. 그랬더니 야론은 장담하건대 내가 아직 그 절반도 맛보지 못했다고 대답했다.

6

3주라는 시간이 흘렀다. 같은 그룹에 속한 사람들이 점점 더 그들이 존재해야 하는 의미를 찾기 시작했다. 야코브는 환자들을 위해 공연하는 광대의 삶이 자신에게 가장 잘 어울린다는 걸 깨달았고, 미리는 리시케스에 요가 교사 양성 과정에 등록했으며, 리안은 하이파에서 후무스(병아리콩 으깬 것과 오일, 마늘을 섞은 중동 지방 음식—역자 주) 식당을 열었다. 아직도 갈피를 못 잡은 사람은 나뿐이었다.

"체험 프로그램을 통해 얻은 경험들은 정말 흥미롭지만, 그 하나하나에 뭔가 빠진 듯한 느낌이 들어요." 내가 설명했다. "전략 자문가가 된다는 것은 일에 치여 산다는 것을 의미하고, 심리학자가 된다는 것은 감정적인 소모가 너무 클 것 같아요. 솔직히 말하면, 왜 내가 매일 아침 일어나야 하는지에 대한 해답을 얻을 수 있을지도 잘 모르겠어요. 오히려 질문을 회피할 이유를 더 많이 발견한 느낌이에요."

탈리아는 한동안 말이 없다가 아무것도 할 수 없던 그 시절들을 자신도 기억하고 있다고 말했다. "삶의 의미 프로그램에 등록하기 전에는 매주 화요일 오후 가쉬 해변에 가곤 했죠."

그녀는 사람이 없는 오솔길 가장자리 절벽에 앉아 있었던 날들에 대해 털어놓았다. 매일 아침 눈을 뜰 기운이 아직 남아 있다는 걸 이해할 수 없었던 그녀는 태양이 바다 아래로 사라질 때까지 파도를 바라보곤 했다.

"아직도 그 해변에 가요?" 내가 물었다.

"아뇨, '삶의 의미'로 인해 내가 찾던 답을 찾을 수 있었어요. 당신도 답을 찾길 바랄게요. 정말로, 그렇게 되길……." 그녀가 말했다.

7

여름이 끝날 무렵, 할 얘기가 있다며 야론이 나를 한쪽으로 끌어당겼다. 그가 맡았던 사례들 중 내 경우가 가장 힘들다고 말했다. 그러면서 현재 프로그램은 나에게 효과가 없는 것 같다고 덧붙였다.

"그러나 이곳 '삶의 의미'에서는 포기할 수 없어요." 그리고 그는 나 같은 사람들을 위해 다이아몬드 프로그램을 시작할 거라고 설명했다. 이 분야가 고도로 발달한 오스트리아에서 고안된 혁신적인 방법에 기초하여 만들어졌는데, 삶에 진지한 의미를 추구하는 사람들을 위한 특별 프로그램이었다.

"강요할 수는 없지만 지금 그만두는 것은 에베레스트산 정상에 오르기 몇 미터 전에 포기하는 것과 같다고 생각해요." 그가 말했다.

나는 탈리아에게 전화를 걸어 결정을 내릴 수 없다고 털어놓았다.

한편으로는 너무 피곤해서 포기하고 싶었지만, 다른 한편으로는 지금 그만두기에는 너무 멀리 온 것 같은 느낌이 들었다.

"아마도 '삶의 의미'라는 프로그램이 모든 사람을 위한 것은 아니겠죠." 그녀는 조금 주저하며 대답했다.

"무슨 말이에요?"

"어쩌면, 정말 어쩌면, 포기하는 게 더 좋을지도 모르죠. 당분간만이라도."

"포기요?"

"당신에게 도움이 될 것 같지 않아 보여요."

"하지만 당신은 도움이 되었다고 했잖아요. '삶의 의미'가 아니었다면 아직도 가쉬 해변에 앉아 있었을 거라고. 그렇게 말했잖아요."

"하지만 당신은 달라요." 그녀가 말했다. 나는 그 문장이 그녀의 머릿속에 오랫동안 맴돌다 나온 거라고 생각했다. "내 말은, 그냥 당신 말이 맞는 것 같아서요. 당신이 체험을 통해 느낀 것들이 당신을 더 혼란스럽게 하고 있다는 거."

"무엇으로부터 내가 혼란스럽다는 말이죠?" 나는 그녀의 갑작스러운 결론에 어떻게 대응해야 할지 몰라 물었다. 그녀가 나를 포기했다는 느낌마저 들었다.

"모르겠어요, 솔직히 잘 모르겠어요. 언제부턴가 정답이 하나가 아닐지도 모른다는 생각을 하게 되었어요. 그런 변화를 어떻게 받아들이며 살아야 하는지 배워야 할 것 같아요." 그녀가 몇 번 심호흡을 하고 다시 말했다. "어쩌면 하나의 거창한 의미를 찾는 것을 그만두고 아이의 웃음소리나 푸른 풀 같은 작고 단순한 것들을 위해 살기 시작해야 할 때가 왔는지도 모르죠. 나도 잘 모르지만, 뭐든 미소짓

게 만드는 것들이 소중해요."

이제 내가 침묵할 차례였다. 잠시 침묵이 흐른 뒤 물었다. "정말 그 정도면 충분할 거라고 생각해요?"

"아마도." 그녀가 대답했다.

"듣고 보니 당신도 결국 이해를 못한 모양이네요."

"명확해요."

내가 그녀에게 MADA(이스라엘 응급 구조팀—역자 주) 구급차가 밖에서 나를 기다리고 있다고 말하기 전까지, 우리 사이에 침묵이 흘렀다.

"행운을 빌어요." 그녀가 말했다.

나는 대답하지 않았다.

8

탈리아가 탈퇴했다. 야론은 다음 날 나에게 전화를 걸어 그녀가 스위스 연구소에서 연구를 계속하라는 초대를 받았으며 작별 인사도 없이 비행기를 탔다고 말했다. "하지만 걱정 마요, 내일 새 조력자를 만나게 될 테니. 아라바에 호주의 몽구스 농장을 이제 막 오픈한 아미르라는 좋은 남자예요. 그 사람이 당신을 빨리 만나고 싶어 해요."

그리고 날이 밝았다.

나는 북쪽으로 가는 버스를 탔다. 2번 고속도로 정류장에서 내려 다리를 건너고 바닷가 입구를 막고 있는 울타리 앞까지 계속 걸었다. 작은 구멍으로 빠져나가 목적지를 알 수 없는 흙길을 따라 걷기 시작했다.

그녀는 오솔길 끝에서 바다를 바라보고 앉아 있었다. 나는 그녀가 그곳에서 나를 만나도 놀라지 않을 거라고 생각했다.

그녀는 자신이 삶의 의미에 대해 말할 수 있는 마지막 사람이라고 말했다. "나는 과학 신동도 영재도 아니에요. 실험실에 발을 들여놓은 적도 없어요. 런던에서 열리는 회의에 참석한 적도 없고, 덴마크에서 온 남자 친구도 없죠."

덧붙여, 그녀는 자신이 고등학교 때 연극 동아리에 몸담았고 징집 날짜를 기다리는 동안 웨이트리스로 일하는 것이 지겨웠던 평범한 소녀였다고 설명했다. '삶의 의미'에서 돈을 받고 인생의 해답을 찾은 사람처럼 연기했으며, 회원들을 설득해 다이아몬드 프로그램에 가입시키는 일도 맡았다고 했다.

"한두 개의 프로그램을 거치면 대부분의 사람들은 자신들이 원했던 삶을 찾았고 그들의 문제가 해결되었다고 믿더라고요. 하지만 실제로는 아주 몇 명만이 의미를 발견했죠." 그녀는 말을 계속했다. "몇 달 안에 그들은 자신이 찾고 있던 해답이 홍콩에서 가장 높은 건물이나 북쪽에 있는 드러즈 마을에 있지 않다는 것을 깨닫게 되죠. 하지만 그 지점에서 대부분 내면의 해답을 찾는 여정을 포기하더라고요."

그녀는 내게 포옹을 하려고 팔을 들어올리다 마음을 바꿨는지 두 팔을 다시 내리며 말했다.

"미안해요."

"덴마크에서 온 남자 친구가 없어서 다행이네요." 내가 대답했다.

그녀가 미소지었다.

9

우리는 한 시간 정도 그렇게 바닷가에 앉아 있었다. 그녀는 침묵을 함께 나누기에 더없이 좋은 사람이었다.

나는 멈추지 않고 삶의 의미를 계속 찾을 거라고 생각했다. 그러나 그 날 바닷가에서 그녀 옆에 앉아 있던 그 순간, 굳이 그 의미를 알 필요 없이 그렇게 살아도 좋을 것만 같았다.

엑시트

사막의 붉은 언덕 옆, 우리의 외동딸은 꿈의 덤불 속을 헤매다 꿈 속으로 사라졌다. 침대에서 아이가 쿵 소리를 내며 떨어지는 소리를 들었을 때, 어느 방향으로 돌아 나가야 할지 모르는 눈뜬장님 같은 우리를 남겨놓고.

1

넬리가 가장 먼저 눈치챘다. 어느 날 밤, 시라가 잠든 후, 주방에서 나에게 딸아이가 좀 이상하다고 속삭였다. 뭔가 안 좋은, 단순히 일상의 우울함 같은 말이 아니었다. 우리가 남쪽으로 이사한 이후로 그녀의 눈빛이 달라져 보였다. "은유적으로 말하는 것이 아니야." 그녀는 강조했다. "회색 눈동자 안에 뭔가 있어. 정상이 아닌, 잘 모르겠어."

넬리는 몸의 반응이, 그 어떤 말보다 반사작용처럼 강하게 작동

한다고 믿고 있었다. 그녀는 시라에게 무슨 일이 일어나려고 할 때마다, 거의 언제나 그런 느낌이 든다고 주장했다. 나는 더 간단한 설명을 떠올렸다. 항상 우리 딸에게 무슨 일이 일어나고 있다고 의심해서, 가끔은 그녀의 기우가 맞아떨어지기도 한다고. 나는 이것을 비판적으로 말하려는 것이 아니다. 오히려 정반대다. 넬리가 나보다 훨씬 부모 노릇을 잘한다. 의심할 여지가 없다. 다섯 살 때 시라는 텔바루치 해변에서 "엄마가 나를 더 사랑해."라고 지나가는 말처럼 중얼거렸다. 넬리는 재빨리 그것을 부인했고, 아이스크림을 사오라고 나에게 눈짓을 했다. 나는 바보처럼 1킬로미터 반을 달려가 코넷토(크로와상 모양의 아이스크림—역자 주)를 사들고 왔지만 새로운 사실만 확인했을 뿐이다. 시라가 유치원 선생님 말을 듣고 유제품이 젖소의 우유를 훔쳐서 만든 거라며 안 먹겠다고 선언한 지 일주일째라는 것이었다. 넬리가 나에게 그 사실을 알려주는 것을 잊었는지, 아니면 '엄마의 힘'을 보여주고 싶었는지 모르겠다. 어찌되었든 나는 지루한 부모 역할을 대신 맡으려고 노력했다. 학부모—교사 회의, 학교 연극이나 체육대회 등에도 적극적으로 참석했는데, 내 리더십이 조금 빛을 발할 때면 몹시 즐거웠다. 시라가 막판 페널티킥을 막아낸 데 힘입어 ASA 라마트 아비브 팀이 베이타르 크파르 샬렘을 2대 1로 꺾은, 4학년 축구 리그 시즌 결승전도 이에 포함된다.

경기 끝나고 잠깐 포옹. 내가 아이를 위해 노력한 대가로 얻은 전부다.

"아이는 잘하고 있어." 내가 말했다. 나는 넬리에게, 아이가 아무 변화도 못 느끼는 것처럼 보여 처음 2주 동안 정말 걱정했었다고 말했다. 텔아비브에서 사막 동네로 이주하는 아이 가운데 일시적인 위기를 겪지 않는 아이는 없다고도 말했다. 어찌되었든 그런 변화를 경험하는 것이 아이에게 나쁘지만은 않다는 말이었다.

넬리는 내가 중요한 것을 놓치고 있다고 말하더니 허브차가 담긴 병을 탁, 소리를 내며 테이블 위에 놓았다. 옛날에 살던 집에서 가져온 것들 중에 옷을 제외하고, 유일하게 챙겨온 허브차가 없었다면 이 틀 안에 다시 담배를 피웠을 거라고 말했다. 나는 금욕주의적인 생활 태도와는 거리가 좀 있었다. 이사 올 때 두 개의 책장, 망원경과 테크니온(이스라엘 공과대학교—역자 주)에서 받은 우등상이 담긴 액자들까지 챙겨왔지만 그것들을 벽에 걸 시간은 내지 못했다. 넬리가 이사하자고 처음 제안했을 때, 나는 원하는 것은 무엇이든지 가져가게 해달라는 한 가지 조건을 걸고 동의했다. 내가 그녀의 제안에 동의했다는 이유만으로 그녀는 내게 어떤 이의도 제기하지 않았다.

"사실 생각보다 조금 더 심각해 보여, 오퍼." 그녀는 사안의 중대성을 전하기 위해 내 이름을 덧붙였다.

"당신은 별 이유 없이 그냥 흥분하는 거야." 나는 그녀가 다른 말을 하기 전에 끊었다. "아이에게 몇 주만 시간을 주면 자연스럽게 익숙해질 거야."

"내가 설명하려는 게 바로 그거야. 꼭 이사 때문이 아닌 것 같아 걱정이야." 그녀는 그렇게 말한 뒤 다시 차분한 어조로 말을 이었다. "아이랑 얘기 좀 할 수 있겠어? 해봤는데, 난 안 되네."

나도 노력했다고 말하고 싶었다. 충분히 시간을 갖고 노력했지만 아무 소용이 없었다고. 그리고 내가 최근에 느낀 것 가운데 하나는 시라는 나보다 아내와 더 친밀하다는 것이다. 어쩌면 둘째 아이 갖는 걸 고려할 때가 온 것 같았다. 새로 태어나는 아이는 나와 더 친밀할지도 모른다. 아이가 태어나기 전에, 부모를 위해 아이는 둘이 필요하다는 동의서에 서명이라도 받아야 하는 걸까. 그러나 나는 이 이야기를 꺼내고 싶지 않다. 모두 내 머릿속을 빙빙 도는 생각들일 뿐이고, 그녀의 완강한 고집에 부딪힐 게 뻔했다. 그리고 그녀는 자식에 대해 적어도 그런 식으로 말하면 안 된다는 은근한 암시를 줄 것이다.

"물론이지." 나는 대답하고 일어나 침실로 갔다. "내가 아이랑 얘기해 본다고."

2

나는 빈 방에서 잠이 깼다. 넬리는 일찍 출근했고, 가는 길에 시라를 학교에 내려줄 것이다. 그녀는 매일 9시에 일을 시작하기로 되어 있었지만, 8시에 사무실에 도착하기를 고집했다. 모범을 보이기 위해서였다. "그들이 자신의 잠재력을 깨닫도록 돕기 위해서야. 잠재력은 여기 남쪽에 충만하기 때문이지." 그녀는 마치 마켓에서 보습제를 하나 더 구입하듯, 남쪽 사람들을 위해 그녀만의 만트라(기도·명상 때 외는 주문—역자 주)를 반복해서 말하곤 했다.

그녀가 처음 남쪽으로 이사 가자는 말을 했을 때 솔직히 나는 회의적이었다. 남쪽의 외딴 농장을 뜬금없이 제안한 넬리를 이해할 수 없었다. 그녀가 갑작스러운 시오니스트(유대인들의 국가 건설을 위한 민족주의 운동주의자 —역자 주) 충동을 이기지 못하고 네게브(이스라엘 남부의 사막지대—역자 주) 지역에 정착해 뭔가 변화를 꾀

하려는 의도에 동의할 수 없었다. 여기서 두 달이 지난 지금, 더 이상 아무것도 확신할 수 없다. 넬리는 그야말로 예측불가다. 대부분의 경우 그녀는 세상에 저항하지 않는다. 다만 그녀 자신도 설명할 수 없는 이유들로 인해 너무 자주 연민의 감정으로 들끓는다. 그녀는 언젠가 차에서 나에게 전화를 했다. 거의 제정신이 아닌 목소리로 길에서 발견한 노숙자 러시아인을 태웠다고 말했다. 그녀는 나에게 온수기를 빨리 켜고 욕실에 있는 젖은 옷을 모두 치우라고 명령했다. 내가 시라가 에이즈에 걸리면 모두 당신 탓이라고 말한 뒤에야 그녀는 정신을 차리는 듯했고, 남자 주머니에 200세켈을 넣어주고 나미르 고속도로에 내려주었다.

그렇지만 넬리가 순수한 이타적인 동기만으로 남쪽으로 이사할 사람은 아니었다. 그녀가 승진을 위해 그랬다고 하면 마음 편하겠지만, 실은 그것만이 유일한 이유도 아니었다. 비록 우리가 터놓고 논의한 적은 없지만, 이사를 결정한 이유가 나 때문이라는 것을 안다. 내가 약속을 지키지 않았기 때문이다. 하이파 시내에 있는 그 다이브 바(최소한의 인테리어에 값싼 술을 파는 허름한 술집—역자 주)에서 첫 데이트 때 한 약속.

결혼생활 12년 동안 우리는 몇 번이나 그 약속에 대해 의논했을까? 세 번? 네 번? 정확히 말하기는 어렵다. 하지만 나는 첫 데이트가 끝나고 몇 달 후, 갈릴리에 있는 B&B(조식을 제공하는 민박—역자 주)에서 첫 휴가를 함께 보낼 때 그녀가 나에게 한 말을 기억한다. 그녀는 반쯤 벗은 몸으로 하얀 목욕 가운을 걸치고 침대에 누워 내 머리칼을 손가락으로 쓸어내렸다. 내 얘기를 듣고 있다가 순간 마음이 끌렸다고 했다. 마흔이 되면 첫 백만 달러를 벌겠다는 약속을 내가 했을 때였다. 그녀는 부자가 되려는 나의 욕망에 마음이 끌린 것이 아니었다. 돈이 아니라 추진력. 약속을 들려주는 내 방식—열망이라기보다는 냉정한 사실로서의 접근. "그게 당신을 특별하게 만드는 거야." 그러고는 재빨리 덧붙였다. "우리를 특별하게 만들어. 앞으로 나아가기 위한 추진력. 당당하게 성공하려는 것이지."

나는 즉시 그녀보다 더 옳은 말을 할 수 있는 사람은 세상에 없을 거라고 말했다. 그리고 그녀가 꼭 옳은 말을 해서가 아니라, 내가 바랐던 것처럼 그녀가 옳았기 때문이다. 내가 정말 백만 달러를 벌려고 계획했는지, 아니면 그저 여자에게 깊은 인상을 심어주고 싶어서 말했는지 모르겠다. 하지만 시간이 흐르면서, 나는 그녀가 원하는 남자 역할 하기를 좋아한다는 것을 알게 되었다. 퓨전 요리가 무슨 뜻인지 모르는 채 일주일에 한 번씩 퓨전 레스토랑에 가거나, 즉흥적인 기분에 이끌려 수요일 아침 런던 여행을 계획해 그녀를 놀라게 만들었다. 미래에 대한 포부를 들어보면 상대를 파악할 수 있다는 그녀의 말 때문이었는지 내 꿈은 그녀를 만난 날부터 시작되었다.

우리의 꿈에 단 한 가지 문제가 있었다. 그녀는 그것을 깨달았고 나는 그렇지 못했다. 그녀는 4년 전, 시걸&주조프스키 회사에서 부사장으로 임명되며 나를 앞질렀다. 나는 개발부 책임자로 그저 그런 스타트업 회사에서, 직원 야유회에 야르콘 공원에서 달걀을 스푼 위에 놓고 뛰는 경주나 구상하던, 여전히 미래가 불확실했을 때였다. 처음에 그녀는 내가 자신을 앞지를 수 없을 거라고 놀렸다. 그러나 시간이 흐르면서 그런 정감어린 농담들마저 사라진 자리에, 쓰레기 버리는 차례가 누구인지, 은행에서 어떤 서류를 발급받아야 하는지 등의 소소하고 지루한 것들로 대체되었다. 그런 사소한 부탁들은 처음에 그녀가 내게 품었던 모든 기대가 와르르 무너져 버렸다는 두려움으로 점점 바뀌었고, 그녀도 그런 남자와 일생을 보내기로 체념한 사람처럼 보였다.

솔직히 2년 전에 입사한 스타트업, 루시드 메모 회사가 나의 모든 것을 바꿔줄 것이라고 기대했었다. 이 사업은 『스타트업 네이션』이라는 책을 읽고 이스라엘로 이민 온 하버드 출신의 유대인 신경과학 교수에 의해 창안되었다. 그녀는 이곳에서 이스라엘의 첨단기술 기업가 아미하이 마이널과 연결되었고, 사람들이 기억을 공유할 수 있는 기술을 고안하기로 했다. 지금 생각해 보면 그것을 기회라고 여겼던 내가 믿기지 않지만, 그땐 미처 알아차리지 못했다. 회사에서 옵션을 받는 대가로 월급의 일부를 포기할 정도였다. 내가 바라던 건 넬리에게 한 약속을 잘 지키는 것뿐이었다. 인생을 상대로 멋진 KO승! 나는 주말을 포함해 하루에 14~16시간 정도 일했고, 휴일도 반납했다. 돈보다 더 원했던 건, 회사가 어떤 중국 투자 펀드에 매각되었다는 소식을 넬리에게 전하며, 내가 출구를 만들었다고 소리칠 수 있는 순간을 맛보는 것이었다. 그녀가 자신도 모르게 활짝 웃느라, 항상 숨기려 했던 두 앞니 사이의 작은 틈새가 환히 드러나는 모습을 보고 싶었다.

그러나 그런 일은 일어나지 않았다. 개발이 정체되고 자금이 고갈되기 시작했다. 나는 다른 회사의 급여와 경쟁할 수 없어서 평범한 재능의 직원들밖에 채용할 수 없었다. 6개월 후 나는 해고되었고, 눈에 띄지도 않던 직원 중 한 명이 내 월급의 절반으로 역할을 대신했다. 그의 이름은 니콜라이. 불과 3년 전에 대학을 졸업한 이상한 신세대였다. 적어도 1년에 한 번은 해외에서 휴가를 보내지 않는 사람은 빈곤층에도 못 끼는 사람이라고 생각하는 사람들 중 한 명이었다. 그는 아직도 한 달에 한 번씩 나에게 전화를 걸어 회사에 대해 불평을 늘어놓는다. 내가 그를 돕는 데 관심이 없다는 마음을 여러 번 내비쳤음에도 불구하고 그는 이해 못하는 듯했다.

어쨌든 넬리와 내가 늘 얘기했던, 카나리아 섬으로 가는 요트에서 내 40번째 생일을 축하하려는 계획은 에이알 샤니의 새로운 장소로 바뀌었다. 록스타 슐로미 샤반과 그의 배우 아내 유발 샤프가 우리 오른쪽 테이블에 앉아 있었다. 우리가 주문한 디저트—바다 소금을 뿌린 초콜릿 케이크—가 도착하기 바로 직전, 넬리가 남쪽으로 이사하자는 아이디어를 꺼냈다. "최장 반년이야." 그녀는 주조프스키가 미츠페 라몬에 새로운 사무실 오픈을 자신에게 부탁했다고 말했다. 그녀는 네게브 주민들의 무한한 잠재력에 대해 이야기했다. 만약 그녀가 이번 일을 잘한다면, CEO가 될 수 있는 기회에 한 계단 더 오를 것이라고도 말했다. 그리고 이 모든 게 완벽한 타이밍이라고 말한 이유는, 그녀의 부모가 적어도 1년 더 L.A.에 머물 계획이라 우리가 농장에서 살 수 있다는 것이었다. 농장은 그녀의 사무실이 있는 미츠페까지 차로 15분 거리인 40번 고속도로 주변에 있었다. 그녀는 국토 남단 끝에 사는 것이 얼마나 좋은 일인지 열거하느라 10분간 혼자 중얼거렸다. 깨끗한 공기가 시라의 천식에 놀라운 영향을 미칠 것이라는 것. 우리가 항상 말했듯이 대도시 외곽에서의 삶을 경험해 볼 수 있다는 것. 게다가 그녀의 부모님이 전기세와 수도세까지 지불하고 있으므로 농장에서 사는 것이 훨씬 더 저렴하다는 것. 그리고 내가 새로운 직장을 찾느니, 1년 넘게 이야기했던 앱을 직접 개발해 보라고 말했다. 그녀가 정말로 말하고 싶었지만 하지 않은 말은, 내가 퇴직한 지 두 달이 지났는데도 여전히 소파에서 뒹굴고 있다는 것이었다. 만약 내가 실직 때문에 계속 우울한 상태에 있고 싶다면, 적어도 집세 걱정은 없는 곳으로 가자고 했다.

사실 별로 설득할 필요가 없는 제안이었다. 그때만 해도 내가 원했던 건 잠시 쉬는 것이었다. 한 가지 목표를 달성하지 못한 후, 다음 단계를 구상하기 위해 잠시 멈추는 것도 나쁘지 않았다.

"별론데."라고 나는 대답했다. 이사하는 것이 시라에게 좋지 않다고 주장했다. 텔아비브 밖에서 사는 내 자신을 상상할 수 없다고도 했다. 나는 넬리가 나를 떠보고 있을지도 모른다는 느낌이 들었기 때문에 솔직하게 말하지 못했다. 그녀는 현재의 상황에서 내가 벗어나면 어떻게 변화할지 확인하고 싶어 하는 것 같았다. 그래서 나는 더 이상 의논할 것이 없다고 잘라 말했고, 그녀가 진지하다는 것을 깨달은 지 2주가 지나서야, 단지 그녀를 위해 이사를 결정했다고 말했다.

시라는 흥분했다. 사막에 사는 것이 꿈만 같다고 말했다. 아이는 디즈니 세계의 눈으로 세상을 보고 생각했으므로 기대를 충족시키는 데 어려움이 있었다. 아이는 언젠가 태양에 가장 가까운 별을 반드시 찾아야 한다고 선언했다. 그렇지 않으면 죽는다고 생떼를 부리더니, 그것도 모자라 넬리에게 바로 그 날 저녁 기바타임에 있는 천문대에 데리고 가달라고 고집부렸다. 여덟 살이었을 때, 시라는 자신이 비밀의 공주이며 우리가 양부모라는 결론에 도달했다. '양부모'라는 말은 악을 의미한다고 생각한 아이는 곧 첫 번째 가출 시도를 했다. 현관문을 나간 지 7분 만에 집에서 50미터 떨어진 곳에서 아이를 발견했다. 아이는 혼자 길을 건너면 안 된다는 것을 알고 있었기 때문에 더 이상 멀리 갈 엄두를 내지 못했다고 말했다.

우리가 시라의 막연한 상상들을 언제나 이해할 수 있었던 것은 아니었다. 아이는 우리의 빈정거림을 어떻게 받아들여야 할지 전혀 몰랐다. 자라서 우리처럼 되지 않겠다는 말만 계속했을 뿐이었다. 가장 최근 생일, 열한 살이 되었을 때, 아이는 심지어 친구에게 받은 요정 백과사전을 숨기려고까지 했는데, 요정이 진짜가 아니라고 우리가 말할까 봐 그랬다는 게 이유였다.

넬리는 시라가 미츠페에 있는 학교에 적응하지 못할 거라고 걱정했다. 부모도 견디지 못하는 아이가 어떻게 새로운 친구들과 어울릴 수 있냐고 하소연했다. 산 채로 잡아먹힐 거야. 솔직히 나는 미츠페의 불량배들이 아이의 섬세한 영혼을 짓눌러 버릴까 두려웠지만, 한편 시라가 몽상적인 기질에서 벗어날 수 있는 좋은 기회가 될 수도 있다고 생각했다. 운 좋게도, 아이는 좋은 선생님을 만났는데, 심지어 시라에게 한 학년 위 '오빠'도 지정해 주었다. 시라가 새 학교 등교 첫날 집에 돌아왔을 때, 마치 이야기하기 위해 최전방에서 살아나온 아이처럼 보였고, 우리는 의자 끄트머리에 걸터앉아 아이의 이야기를 들었다. 아이는 곧바로 우리가 거짓말을 했다고 말했다. 미츠페의 아이들은 텔아비브에 있는 아이들과 정확히 같은 음악을 듣고 있다는 것이었다. 그 말에 우리는 둘 다 안도의 웃음을 터뜨렸다.

시라나 넬리와는 달리, 남쪽에서 나를 기다리는 사람은 아무도 없었다. 솔직히 말해서, 이런 깨달음이 위로가 되었다. 처음에는 양떼를 돌보며 자연과 더불어 보낼 거라고 생각했다. 그러나 이틀 후, 나는 농장을 돌보는 베두인(천막생활을 하는 아랍 유목민—역자 주) 노동자 나빌이 내가 할 수 있는 것보다 훨씬 더 잘하고 있다는 사실을 깨달았다. 나는 실없는 질문이나 던지며 그를 방해했을 뿐이다. 일주일쯤 지나, 새로운 앱 작업을 시작하기에 좋은 기회라던 넬리의 말이 옳다고 판단했다. 내가 마지막 스타트업 회사에 일하고 있을 때, 사무실 직원 중 한 명이 그의 꿈이 페라리를 사는 것인데 꿈을 실현하기 위해 어떻게 저축을 시작해야 할지 모르겠다는 말을 했다. 그때 퍼뜩 아이디어가 떠올랐다. 꿈을 실현하는 데 도움이 되는 앱이 있을 수 있다는 생각이 들었던 것이다. 페라리, 페타 티크바에 있는 집, 한 달간의 긴 일본 여행 등 자신이 원하는 것을 입력하면 소프트웨어는 가격, 월급, 경상비 등의 데이터를 바탕으로 그 꿈을 이룰 확률을 계산하게 된다. 그리고 확률을 평가할 뿐만 아니라, 실현 가능 시간을 알려주고, 늘 꿈꾸던 제트 스키를 실제로 탈 수 있는 단계를 현실적으로 하나하나 제시해 주는 것이다. 아마도 제일 먼저 소비 습관에 대해 지적할 것이다. 단지 돈 낭비일 뿐이었던 헬스 회원권을 취소하거나 그리스 휴가를 건너뛰는 것 등. 그 앱은 심지어 더 중요한 삶의 변화를 권고할 수도 있을 것이다. 예를 들어, 고등학교 교사직을 그만두고 자신의 카리스마를 이용해 부동산 중개인으로 전업하는 가능성에 대해 저울질해 줄 것이다. 교사는 의미 있는 직업이지만, 자랑스러운 페라리 주인이 될 확률은 4퍼센트에 불과하기 때문이다.

나는 하루에 몇 시간씩 아이디어를 짜기 시작했다. 비슷한 제품이 이미 존재하는지 알아보기 위해 시장 조사를 하고, 창업을 도와줄 수 있는 사람들에게 전화를 하고, 특정 소프트웨어에 맞는 기본 코드를 짜보려고 노력했다. 내가 한 일을 정확히 말할 수는 없지만, 대부분의 내 시간을 모두 할애했다고 말할 수는 있다. 그때를 돌이켜보면, 분명한 진전이 없는, 희미하게 다가오다 결국 너덜너덜해진 꿈처럼 느껴진다. 앱 작업 외에, 내가 선명하게 기억하고 있는 것이 하나 있다. 하루에 한 번, 해가 지기 조금 전, 농장 뒤편 언덕에 올라가 그 아래 미츠페 건너편에서 들어오는 긴 불빛을 보던 순간들이다.

그 언덕의 공식 명칭은 '텔 아마르'였다. 붉은 언덕이라는 뜻이다. 그러나 사실 빨간색이 아니라, 빛바랜 갈색의 모래 언덕이다. 그리고 그것은 사실 언덕도 아니고 아마 누군가 한 번 떨어졌음직한 절벽이라고 불러야 더 어울렸다. 아무도 이 붉은 언덕을 보기 위해 일부러 방문하지는 않는다. 대부분의 사람들은 에일라트로 가는 길에 우연히 언덕을 발견하고는 호기심에 멈춘다. 그들은 언덕을 올라갔다가 땀에 젖은 피곤한 모습으로 내려오며 붉은 모래가 어디 있냐고 내게 물었고, 나는 똑같이 피곤한 어투의 농담으로 방금 한 시간 전에 사라졌다고 대답했다.

3

넬리와의 대화가 끝난 다음 날, 시라는 언제나처럼 오후에 집에 돌아왔다. 아이는 화려한 실과 구슬이 달린 작은 고리를 들고, 문을 열었다.

"그게 뭐야?" 내가 물었다.

"인디언 드림캐처." 아이가 대답했다. 누가 줬냐고 물었더니 오빠라고 했다.

"고맙구나." 내가 말했다. "오빠가 너를 좋아하나 보다."

시라는 얼굴을 붉혔지만 대답하지 않았다. 웃지도 않았다. 나는 아이를 난처하게 만든 것에 대해 미안한 생각이 들어 화제를 바꾸고 싶었다. 간식을 만들어 줄까 하고 물었지만 아이는 거절했다. 냉장고에 쓸 만한 음식 재료들이 없어 오히려 다행이었다. 아이와 이야기를 더 나눠야겠다는 생각을 하면서도, 어떻게 시작해야 할지 몰랐다. 어느새 아이는 자기 방에 들어가 있었다. 나는 닫힌 문 옆에 잠시 동안 서 있다가 노크하려고 손을 내밀었지만, 아이가 문을 열지 않을 것이라는 생각에 망설여졌다.

나는 이미 넬리에게 할 변명까지 생각해 냈다. 다친 양을 돌보던 나빌의 일을 돕느라 시라와 이야기할 틈이 없었다고. 하지만 다행히 거짓말을 할 필요가 없어졌다. 넬리는 사무실에서 긴 하루를 보냈고 자정 무렵에야 B&B(넬리와 나는 우리가 사는 곳을 '집'이라고 부를 수 없어 간단하게 그렇게 부르기로 했다)로 돌아왔다. 넬리는 양치질도 하지 않고 곧장 매트리스 위로 쓰러졌다. 그녀의 부모는 키가 작고 마른 사람들이어서 좁은 더블베드를 사용했다. 매일 밤, 우리는 어색하게 허우적거렸고, 서로를 조금씩 밀어내면서 최대한 편안한 수면 위치를 찾기 위해 몸부림쳤다. 그리고 나는 그녀에게 결코 말하지 않았지만, 이따금씩 무방비 상태인 우리의 작은 몸부림들을 좋아했다. 그것은 감출 수 없는 우리 사이의 친밀감이었다.

뒤늦게 깨닫고 보니 드림캐처가 첫 번째 신호라고 말할 수 있지만, 뭔가를 늦게 알아차린 사람들이 으레 그러듯이 나는 금방 깨닫지 못했다. 아이가 놓친 그 버스, 그 흐릿한 눈, 그 날 아침 내가 아이를 깨웠을 때 아이는 잠시 나를 알아보지 못했다. 시간이 흐른 다음에야 완전한 의미를 드러내는 무작위적인 일련의 사건들이었다.

4

내가 '죽으며 남긴 팁'이라는 헤드라인의 신문기사를 읽었던 그 날 모든 것이 시작되었다. 미국의 한 웨이트리스가 오랜 고객으로부터 만 달러짜리 수표를 팁으로 받았는데, 그 고객이 곧 미시시피강 다리에서 뛰어내려 자살했다는 내용이었다. 나는 내가 죽기 전 누군가가, 왜 우리는 이런 쓸데없는 정보까지 기억하는지에 대한 미스터리를 풀어주길 바란다. 매일 저녁 나는 넬리가 미츠페에서 《에디오스 아로노스》 신문을 가져오길 기다렸다. 나는 다음 날 아침 여유롭게 읽기 위해 파란 비닐봉지에 신문을 싸서 테이블 위에 올려놓곤 했다. 넬리는 내가 이미 다른 사람들이 읽은 뒤에 신문을 읽는 것도 이해할 수 없지만, 내일 아침까지 미룬다는 건 더 의미가 없으며 더 이상 '뉴스'가 아니라고 상기시켰다. 그런데 나는 세상과 다른, 다른 사람들의 하루 뒤에 시작하는 나만의 시간대가 좋아지기 시작했다. 신문이 우리의 작은 B&B에 도착하기까지 40번 고속도로 옆 비포장도로를 이용해 오느라 시간이 오래 걸렸다고 생각하며 즐겼다. 여기는 일정한 속도로 앞으로 나아가는 것조차 힘들 정도로 패이고 갈라진 모난 길이어서, 뭐든 천천히, 혹은 몇 분 더 뒤로 가는 일도 허용된다.

나는 시라가 걸어 들어오는 것을 본 기억이 없다. 내가 고개를 들었을 때 아이는 이미 B&B 안에 들어와, 현관 옆 고리에 검은 백팩을 걸고 있었다.

"어, 학교 갔다 왔구나." 내가 말했다.

"응."

"학교는 어땠어?"

"좋아."

"그래, 뭐 재미있는 거라도 배웠니?"

"그런 건 없었어."

우리는 잠시 침묵했다.

"뭐 좀 먹을래?"

"아니요."

"정말? 샌드위치 만들어 줄 수 있는데."

"안 먹을래. 고마워, 아빠."

"알았어. 숙제는 있어?"

"조금."

"조금이면 좋지. 이제 시작하려고?"

"곧."

"그래, 좋아."

나는 다시 신문을 펼쳤다. 아이가 아직 그곳에 서 있는 게 내 시선 끝에 잡혔다. 나는 고개를 들어 아이에게 괜찮은지 물으며 미소를 지었고, 말을 걸어볼 좋은 순간일지도 모른다는 생각이 들었다. 아이는 모든 게 괜찮다며 미소까지 지었다. 옅고 짧은 미소. 아이는 자기 방을 향해 몸을 돌렸고, 나는 집중할 수는 없었지만 계속 신문에 시선을 고정시켰다. 5분, 아니 10분 뒤, 열쇠가 자물쇠 안에서 덜커덕거리는 소리가 들렸다. 넬리는 고객과의 저녁 모임을 앞두고 외출 준비를 위해 일찍 집에 왔다. 그녀가 문을 열고 막 B&B 안으로 두 걸음을 떼었다. 갑자기 그녀가 가방을 떨어뜨리고 웅크리고 앉았다. 순간 나는 그녀가 넘어졌다고 생각했는데 아니었다. 시라가 줄곧 그곳에 있었다. 문 옆 구석에 앉아 있었는데, 나는 전혀 눈치 채지 못했었다. 아이는 벽에 등을 기대고 팔은 옆으로 늘어뜨린 채 있었다. 시선은 바닥에 고정되어 있었는데, 특정 지을 수 없는 어느 지점에 붙들려 있었다.

"시라, 여기서 뭐 해?"

"아무것도 아니야." 아이가 말했다.

"여기 이렇게 앉아 있는 지 얼마나 됐어?"

"모르겠어."

넬리는 대답을 기다리며 나를 바라보았다.

"5미누도스." 나는 영어와 스페인어의 합성어로 중얼거렸다. 모로코인 조부모님들이 그들끼리 이디시어(중앙 및 동부 유럽에서 쓰이던 유대인 언어—역자 주)로 주고받던 언어를 넬리와 내가 비밀언어로 사용하기 위해 고안해 대체한 것이었다.

"무슨 일이야? 시라, 말해 봐." 넬리가 아이에게 말했다.

시라는 아무런 대답도 하지 않았다. 나는 불안해지기 시작했다. 머릿속엔 수십 가지의 무서운 시나리오가 질주하고 있었다.

"자! 시라, 우리에게 설명해 줘." 내가 말했다.

"네게 무슨 일이 일어났는지 우리가 이해할 필요가 있어." 넬리가 덧붙였다.

"난 괜찮아요, 정말." 아이가 힘없는 목소리로 대답했다.

"시라, 일어나. 어서! 이렇게 바닥에 앉아 있는 건 안 좋아." 나는 아이를 향해 두 발짝 다가섰다.

"의자로 옮겨 앉을까, 시라?"

시라는 마지못해 어깨를 으쓱했다.

"그럼 너랑 나랑 같이 산책 좀 할까?" 넬리가 제안했다.

"그래도 좋고." 시라가 대답했다.

"좋아, 좋은 생각이야." 내가 말했다. "우리 나가서 바람 좀 쐬고 오자."

나는 허리를 굽혀 그녀를 들어올리기 위해 양손을 뻗었다. 시라는 시선을 피했고, 넬리가 내 손을 잡았다. 그녀의 손길이 뭔가 경직되어 있었다.

"아, 깜박 잊고 말 안 했네. 나비르가 일 좀 도와달라고 그랬는데."

"무슨?"

"나비르가 당신 도움이 필요한가 봐. 양 우리 물탱크에 무슨 문제가 있는 것 같아. 부탁이야, 가서 좀 도와줘."

"나비르? 나빌 말하는 거야?"

"맞아, 그래. 급하다던데. 지금 가볼래?"

"하지만, 라니냐(어린아이를 의미하는 그들만의 비밀 언어—역자 주)." 내가 주저했다.

"걱정 마, 내가 함께 있을 테니까."

나는 긴장했다.

"괜찮지?" 그녀가 나를 재촉했다. 그녀의 목소리는 내가 의미를 알아차릴 수 있을 만큼 약간 높아졌지만, 시라는 눈치채지 못했다. 나는 왜 동의했는지 이유도 모르는 채 밖으로 나왔다. 나빌은 양 우리 옆에 앉아 보험회사 로고가 새겨진 모자를 쓰고 노블레스 담배를 피우고 있었다. 그는 하얀 플라스틱 의자에 간신히 몸을 비집고 들어가 앉을 정도로 덩치가 큰 사내였다. 나는 그에게 다가가서 "물탱크가 무슨 문제예요?"라며 씩씩거리고 물었다. 그는 내가 무슨 말을 하는지 전혀 알지 못하는 눈치였다. 나는 도움을 청했다는 넬리의 말을 듣고 왔다고 설명했다. 그는 여전히 영문을 모르고 있었다. 아이에게 무슨 일이 일어났는지 알아내야 하는 중요한 순간에 넬리가 한 부탁인데 모른다니, 말이 안 되는 상황이라고 내가 말했다.

참을 수 없었던 것은 나빌이 나보다 먼저 넬리의 의도를 알아낸 것이었다. 나빌은 넬리가 아이와 단둘이 얘기하고 싶어서 그랬나 보다고 말했다. "좋아요, 의사 소통에 문제가 있었나 봐요." 나는 체면을 세우려고 유감스럽다는 듯 말했다. "들어갈게요."

"잠깐만!" 나빌이 말했다. "넬리는 똑똑한 여자예요. 자신이 뭘 하고 있는지 잘 아는 사람이라는 말이죠." 그는 옆 의자에 놓여 있는 가방을 치웠다. "앉아요, 하비비(상대를 친근하게 부르는 아랍어—역자 주), 앉으시라고." 그가 녹색 담뱃갑에서 담배를 한 개비 더 꺼내며 말했다.

나는 잠시 머뭇거리다 자리에 앉았다.

"아이가 문제를 일으키나요?" 그가 물었고, 나는 고개를 끄덕였다. 나빌은 담배를 한 모금 빨더니 붉은 언덕을 바라보았다. "남자가 아무 도움도 못 주고 아이들 앞에 힘없이 서 있는 것보다 더 힘든 것은 없지요." 그가 말했다. "부모에게 그것보다 정말 더 나쁜 일은 없소." 그는 B&B 쪽으로 시선을 돌려, 넬리가 현관문을 열고 팔짱을 낀 채 길을 바라다보는 모습을 지켜보았다. 나는 의자에서 몸을 일으켰다. "행운을 빌어요." 나빌이 말하며 미소지었다. "아니면 사람들이 말하듯, 다리 하나 부러뜨리든지."

*

넬리는 내가 현관 앞에 도착하기도 전에 사과했다. "순간적으로, 우리 중 한 명만 있으면 시라가 저항의 문턱을 낮출 거라고 생각했어." 그녀는 자신이 즐겨 읽던 아동심리학 서적에서 얻은 또 다른 용어를 인용하며 말했다. "시라에게서 아무것도 알아낼 수 없었어." 그녀는 한숨을 내쉬었다. "아이에게 무슨 일이 일어나고 있는지 이해가 안 돼. 정말 모르겠어." 넬리가 내 가슴에 머리를 기대자, 내 분노도 순식간에 사라졌다. "우리 능력 밖의 일인 것 같아, 오퍼. 아이에게 전문가가 필요할 듯해."

"전문가라니? 의사?" 내가 물었다.

"정신과 의사든 미술치료사든. 잘 모르겠어." 그녀가 말했다. "아이를 괴롭히는 게 뭔지 알아낼 수 있는 사람 말이야."

'정신과 의사'라는 말에 나는 즉시 텔아비브를 떠올렸다. 정신분석이 아직 남쪽 지방에 자리 잡지 않았다는 이유로 그곳을 방문할 수 있는 기회라고 여겼다.

"새기한테 문자 보낼게. 디젠고프에 있는 정신과 의사인데, 훌륭하다고 들었어."

넬리가 웃었다. 그녀는 디젠고프가 차로 3시간 거리지만, 가까운 브엘세바 지역에도 괜찮은 의사가 있을 거라고 말했다. 그곳에 가는 길에, 나도 상담을 받으면 좋겠다고 말했다. "습도가 70퍼센트가 넘는 도시에서 서로 딱 붙어 사는 관계도 정상이 아니잖아." 그녀 말에 내가 웃었다. 그녀는 그런 사람이었다. 며칠 동안 소원하게 지내다 단 몇 마디 말로 나를 웃게 만드는.

5

의사는 30분 후에 상담을 중단했다. 내가 대기실에서 눈을 반쯤 뜨고 졸다 눈을 떴다. 의사가 상담실에서 나오더니 시라에게 자폐 증상이 있는지 물었다.

"물론 없지요." 나는 질문이 다 끝나기도 전에 대답하며 얼른 허리를 꼿꼿이 세웠다. "아이를 병원에 데려가야 할 것 같아요." 그녀는 아이가 거의 반응을 보이지 않아 상담을 진행하는 의미가 없다고 설명했다. 심리적인 문제가 아니라 신체적인 문제나 신경외과 문제로 본다고 자신의 생각을 말했다. "아직 한번도 의사에게 데려가지 않았나요?" 그녀가 약간 질책하는 어투로 물었다. 난 스스로를 방어하려고 노력했다. 나는 시라가 꽤 명랑한 아이라고 말했지만, 의사가 진료실 문을 열며 말했다. "와서 직접 보세요." 나는 시라에게 다가가 그녀의 등에 손을 얹었다. 상담이 어땠는지 아이에게 물었지만, 아이는 이미 내가 알던 시라가 아니었다. 다리를 꼬고 앉아 있었는데, 고개는 봉제 완구인형처럼 툭 떨구고 있었고 갈색 머리가 얼굴을 덮고 있었다. 시라는 내 눈을 똑바로 쳐다보지 않고, 한 번에 세 단어씩 퉁명스럽게 대답했다.

나는 응급실에서 두 시간 동안 시라와 함께 진료 순서를 기다렸다. 한 젊은 인턴이 시라를 진단하기 위해 일련의 질문을 했지만 아이는 협조하지 않았다. 그는 손전등으로 시라의 동공을 검사했고, 그 다음 반사작용을 점검했지만, 시라에게서 어떤 이상도 감지하지 못했다. 그가 부른 의사 또한 특이사항을 발견하지 못했다. 의사는 인턴에게 뭔가 앞뒤가 맞지 않는다고 작은 목소리로 말하더니 추가적으로 더 검사가 필요하다고 결정했다.

넬리는 내 말을 듣고 기겁했다. 그녀는 즉시 사무실에서 나와, 직원의 차를 빌려 타고 시속 130킬로미터로 질주했다. 그녀가 도착했을 때 시라는 이미 잠든 후였다. 그녀는 내 옆 의자에 앉아 머리를 내 어깨에 기대고 상세한 설명을 들었다.

"지금 우리가 무슨 일에 휘말린 거지, 오퍼?" 그녀가 속삭였다. 나는 그녀가 그렇게 내 어깨에 머리를 기댔던 몇 년 전 어느 밤을 떠올렸다. 그녀가 반병의 카바(스페인산 포도주 —역자 주)를 마시고 취한 날이었다. '닐리'가 나이 든 여자의 이름이고 '넬리'가 캐나다 슈퍼모델처럼 들렸기 때문에 이름을 '닐리'에서 '넬리'로 바꿨다는 사연을 털어놓았다. 내가 고개를 뒤로 젖히며 웃어대자 그녀가 아이처럼 부끄러워하면서 내 어깨에 얼굴을 파묻었다.

아침에 시라는 신경외과 검사를 받았다. 모두 정상으로 나왔다. 다음 며칠 동안의 추가 검사도 아이에게 무슨 일이 일어났는지 밝혀내지 못했다. 넬리는 첫날 밤은 농장으로 돌아갔고, 나는 의자에서 잤다. 시라가 병원에 좀 더 있어야 한다는 결론이 나자 우리는 교대로 병원에 머무르기로 했다. 넬리는 퇴근 후 병원으로 와 밤에 시라 곁에 있었고, 나는 나머지 시간을 맡았다. 상황이 정리될 때까지 내가 진행하던 앱의 모든 작업을 중단해야 했다. 의사들은 우리에게 시라의 증상이 트라우마에 의한 것이 아니라고 말했지만, 그런 사실들은 우리에게 어떤 위안도 되지 않았다. 우리는 두려움에 사로잡혔다. 마치 기소장에 적혀 있는 최후의 용의자가 정확히 누구인지도 모르는 상태로 계속 늘어나는 용의자 명단을 지켜보며 그 순간들을 함께 지탱했다. 학교에서 만난 아이의 '오빠', 매일 아침 아이를 태웠던 버스 기사, 아이의 선생님, 심지어 내 전 동료였던 니콜라이까지 의심스러웠다. 새로운 이름이 추가되고, 또 다른 이름들은 일시적으로 제거되었지만, 한 명은 항상 남아 목록 맨 위에 맴돌았다.

말해 봐, 우리가 나빌하고 시라를 농장에 단둘이 남겨둔다는 게 가능해? 그는 왜 항상 이렇게 늦게까지 일하지? 그리고 왜 항상 B&B 뒤에서 꼼지락거렸을까? 그래, 어떻게 그 픽업 트럭까지 살 수 있지? 왜 그는 시라가 어떻게 지내는지 묻는 것을 멈추지 않을까? 정작 알고 싶은 건 뭐지?

나는 사실 나빌이 시라에게 아무 짓도 하지 않았다는 생각이 들면서도 고통의 원인을 그의 탓으로 몰고 가는 것만으로도 위로가 되었다.

넬리와 나는 모든 걸 종합해 본 후, 나빌의 큰 몸집 자체가 위협적이라는 결론에 도달했다. 넬리는 우리가 그에게 커피 마시자고 청하지 않은 것이 얼마나 현명했는지 끊임없이 말했다. 처음에 그녀는 우리의 의혹이 그가 베두인이라는 사실과 아무런 상관이 없다고 거듭 말했으나, 얼마 후 그녀는 그마저도 멈췄다. 시라의 모든 상황이 넬리를 지치게 만들었다. 만약 그녀한테 말할 힘이라도 있었다면 벌써 그에게 떠나라고 했을 것이라고 말했다. 그를 둘러싼 모든 의혹들을 품고 지내는 것은 그야말로 불가능했다. 넬리는 드러내놓고 나에게 요구하지는 않았다. 내게 어떤 눈치도 주지 않았지만, 나는 내가 알아서 뭔가 처리해야 한다고 느꼈다.

시라가 입원한 지 3, 4일 뒤, 농장에서 몇 시간 동안 잠을 자고 넬리가 출근할 수 있도록 병원으로 향했다. B&B를 빠져나오는 길에 나빌을 보았다. 그는 주황색 보온병에서 커피를 따라 마시며 픽업트럭 옆에 앉아 있었다. 허무스(병아리콩 으깬 것과 오일, 마늘을 섞은 중동 지방 음식—역자 주)를 넣은 피타(납작한 빵 —역자 주) 반쪽을 은박 포장에서 꺼내들며 내게 손을 흔들었다. 나는 다음으로 대화를 미뤄야겠다고 생각했는데, 그가 나를 향해 던지는 몸짓에 마음이 조금 흔들렸다.

"싸바흐 알 카이르(아랍어. 점심, 오후 인사 —역자 주)!" 그는 재빨리 또 다른 작은 잔에 커피를 따르며 말했다. "타파달(아랍어. 남성 단수형—역자 주), 오퍼. 타파달."

나는 그에게 아무것도 먹고 싶지 않다고 말했다. "아직 일을 시작하지 않았나요?" 나는 정신과 의사의 탐탁지 않은 어조를 흉내 내며 물었다.

"두 시간 전에 시작했소." 그가 대답했다. "설탕?"

나는 다시, 커피를 원하지 않는다고 말했다.

"아쉽네, 영혼에 좋은데." 그가 말했다. "그래, 딸아이는 어떻소?"

나는 차도가 없다고 말했다. 의사들도 아이가 대체 어디가 아픈지 알 수 없다고 말했다. 나빌은 눈을 부릅뜨고 넓은 가슴에 제 손을 얹었다.

"아, 정말 비극이군." 그는 숨가쁜 목소리로 말했다. "왜 이런 일이 우리에게 일어났을까, 왜?" 그는 나를 위로하려고 애쓰면서 소리쳤지만, 그런 행동이 나를 더 미치게만 했다. '우리'라는 한 마디로 그는 나의 외동딸을 자신의 무리에 끼어 넣었다. 내가 느끼고 싶어도 느낄 수 없는 모든 것을 단 몇 마디 말과 몸짓으로 자신이 표현해 냈다고 여기는 그의 생각을 도저히 견딜 수가 없었다.

"만약 도움이 필요하면 밤에 내가 병원에 가서 도와줄게요. 말해요, 언제든."

"당신이 끼어들 일이 아니잖아요, 안 그래요?" 나는 그의 말을 중간에 끊었다. 나빌은 재빨리 내가 옳고 그의 제안은 부적절했다고 사과했다. 그는 커피를 한 모금 마시고 일어나더니 양에게 가봐야겠다고 알렸다.

"나빌, 들어봐요. 이미 이야기를 꺼냈으니까……." 내가 말했다. "넬리와 내가 최근에 많은 생각을 해봤는데, 농장에 그렇게 많은 일손이 필요하지 않은 것 같아요."

나빌은 찌그러진 물병으로 컵을 씻어냈다. 그리고 그는 미소를 지었다.

"물론 도움은 필요하지만, 당신은 아니라는 뜻이에요." 내가 말하자, 그는 웃음을 터뜨렸다.

"내 말은, 우리는 당신의 도움이 필요 없다는 거요." 나는 그의 얼굴에 있는 선들이 팽팽하게 긴장되는 것을 보았다. 누군가를 해고하는 건 처음이 아니었다. 그들의 얼굴은 항상 그렇게 된다. 사람들은 유일무이한 존재가 되려고 평생 발버둥치지만, 통제력을 잃는 순간 몸은 모두 같은 방식으로 반응하며 감정을 지배한다. 나빌은 보온병과 컵을 의자 위에 내려놓고 청바지에 손을 비비더니 나를 바라보았다.

“도움이 필요 없다고 했소?”

“맞아요.” 내가 대답했다.

“왈라(아랍어. 적어도 8가지의 뜻이 있으나, 문맥에 따라 ‘정말? 진심이요?’라는 의미가 많다 —역자 주).” 그가 말했다. 그는 오른쪽 주먹을 불끈 쥐고 심호흡을 했다.

“이게 무슨 경우요? 대체 어디서 나온 생각이요, 응?” 그는 목소리를 높이며 말했다. “넬리 아버지가 당신이 내게 이런 말을 할 수 있다고 허락했소? 나는 그를 위해서 일하지, 당신을 위해서 일하는 게 아니오.”

“그래요, 벌써 그와 얘기했고 모두 승인받았어요.” 거짓말을 했다. 나중에라도 넬리가 처리할 수 있을 것이다. 그의 커다란 몸집이 얼어붙었다. 내가 알아서 잘 처리했다고 말하면 넬리가 미소지을 것이라는 생각이 들자, 나빌 탓이 아니라는 가능성은 순식간에 내 등 뒤로 사라졌다.

“내가 여기서 일한 지 곧 7년이 될 거라는 거 알고 있소? 넬리 아버지가 이 집을 사기 전, 베잘렐스 가족들이 여기 살고 있을 때부터요.” 그는 오래전에 은퇴한 어떤 은행 CEO가 그 많은 돈을 가지고 무엇을 해야 할지 몰라 남쪽에 있는 농장을 사들였다는 얘기를 했다.

“7년은 긴 시간이죠.”

“아주 오랜 시간이요.” 그는 모욕감이 짙게 밴 목소리로 말했다.

“다 보상받게 될 겁니다, 걱정하지 마세요. 가벼운 마음으로 떠나도 좋아요.”

“아, 그런 걱정은 안 하오.” 그가 물병을 두 손으로 빙빙 돌리며 말했다. "궁금해요, 오퍼. 이제 누가 양들을 돌볼까?" 그는 병을 든 채 양들이 있는 곳을 가리키며 물었다. 작은 물방울이 그의 검은 고무장화 위로 쏟아졌다. "당신?"

"네." 내가 말했다. "내가 해요."

"당신이?"

"에이와(아랍어. 모든 것을 '연결'한다는 의미—역자 주)." 나는 아랍어로 대답했다. 나빌은 다시 웃었다. "왈라? 내가 할 말이 뭐 있겠어, 하비비." 그가 말하며 땀에 젖은 손바닥을 내 어깨에 올려놓았다. "행운을 빌겠소, 정말. 행운을……."

나빌은 보온병과 컵을 챙겨 돌아서서 픽업 트럭 조수석에 놓았다. 나는 재빨리 차에 올라탔고, 나빌이 고속도로 방향으로 흙길을 따라 걷는 모습을 백미러로 보며 혼자 웃었다.

나는 한 시간 반 뒤에 병원에 도착했다. "더 이상 나빌에 대해 걱정할 필요 없어." 나는 넬리에게 나빌을 해고했다고 말했다. 그녀는 미소를 지으며 내 뺨을 어루만졌는데, 그녀가 얼마나 부드러운 손길을 가졌는지 다시 상기시켰다. 나는 그녀의 미소를 간직한 채 시라와 하루 종일 함께 시간을 보냈다. 사진을 저장하는 방식으로 손의 감각을 보존해, 원할 때마다 터치 버튼 클릭 한 번으로 부드러운 손길을 머릿속으로 그대로 재현하는 스타트업 아이디어를 떠올렸다. 나는 시라에게 내 생각이 어떠냐고 물었지만 아이는 대답조차 하지 않았다. 넬리가 저녁에 도착했을 때 시라는 이미 잠들었고, 오늘 밤은 우리 둘 다 농장에서 자는 게 낫겠다고 말했다. 아이가 지금 어떤 위험에 처해 있는 것도 아니었고, 잠들면 밤새 자니까 괜찮겠다고 여겼다.

"시라는 우리가 여기 없다는 것조차 모를 거야. 내 사진을 허수아비처럼 세워두어도 좋은데." 그녀가 말했다. "사실, 깨어나도 괜찮을 거야." 우리는 웃어도 되는지 잠시 망설였다. 웃어도 좋겠다는 생각이 들었지만, 웃음은 조금밖에 새어 나오지 않았다.

그 날 밤 넬리와 나는 오랫동안 섹스를 못했던 사람처럼 섹스를 했다. 좁은 침대는 계속해서 우리를 불편하게 했지만, 오히려 우리의 몸을 서로에게 더 밀착시킬 수 있었다. 손으로 얼굴을 만지며, 입술에서 목까지, 발에서 무릎까지, 눈에서 배로, 불필요한 거리를 남길 틈이 없었다. 매트리스 자체가 다른 방법을 생각할 수 없을 정도로 작았기 때문에 모든 움직임이 빠르고 정확했다.

"우리 모습이 피카소 그림 같아." 넬리가 말했다. 나는 그녀의 말에 "완벽하게!"라고 대답하며 미소를 지었다. 왜냐하면 우리 둘 다 내가 무슨 뜻인지 전혀 모른 채 말했다는 걸 알기 때문이었다. 잠시 후, 그녀가 내 가슴 위에 머리를 기댔다. 나는 예전에 다정했던 넬리를 되찾았다는 기분이 들었고, 아이가 좀 더 병원에 있는 것도 나쁘지 않겠다는 엉뚱한 생각에 빠졌다. 그러나 나는 곧 자신이 몹시 어리석다고 생각했다. 가장 중요한 것은 아이 상태가 좋아지는 거라고 스스로에게 말했다. 언젠가 사람들이 마음을 읽는 기계를 발명한다 해도, 아이가 병원에 오래 머물기 바랐던 순간이 내게 있었다는 걸 아무도 모를 것이다.

6

의사들은 일주일 만에 시라를 퇴원시켰다. 시라가 집에 머무는 것이 오히려 자기 자신으로 돌아가는 길을 찾는 데 도움이 될 거라는 판단이었다. 유일한 문제는 B&B가 '집'이 아니라는 점이었다. 우리에게도 그렇고, 시라에게는 더욱 그랬다.

"텔아비브로 다시 돌아갈까?" 넬리가 복도에 있는 자동판매기 옆에서 제안했다. 그녀는 직장을 그만둬야 할 것 같다고 말했지만, 그것이 그렇게 나쁜 일이 아닐 수도 있고, 그녀라면 새로운 직장을 찾는 데 한두 달 이상 걸리지 않을 것이다. 그녀는 오히려 내가 계속 이곳에 머무르자고 고집하자 놀라는 듯했다.

"아이에게 또 다른 변화가 될 뿐이야." 내가 말했다. "그리고 내가 다시 직장에 가면, 솔직히 누가 아이를 돌보겠어?"

넬리는 내 대답에 안도하는 것 같았다. 커리어에 모든 걸 건 여자처럼 느끼지 않아도 된다는 사실에 기뻐하며 고개를 끄덕였다. 시라는 집으로 가는 내내 뒷좌석에 앉아 창밖을 응시했다. 우리가 도착했을 때, 아이는 안전벨트를 풀고 내가 엔진을 끄기도 전에 차 문을 열었다. 그런 다음 차에서 내려 붉은 언덕을 향해 달리기 시작했다. 우리는 그 갑작스러운 만화영화 같은 장면에 너무 흥분해서 열쇠를 꽂아둔 채 아이의 뒤를 좇아 달렸다. 시라는 믿을 수 없을 정도로 빠른 속도로 움직였고, 우리는 숨을 헐떡이며 뒤처졌다. 누구에게서 운동 유전자를 물려받아 저러는지 모르겠다며 웃었다. 그리고 나는 순간 깨달았다. 아이가 잠깐 나쁜, 터무니없는 악몽을 꾸었을지도 모른다고. 아이는 내일 학교로 돌아갈 것이고, 심지어 학생회장 선

거에서 승리하기 위해 반 친구들의 공감을 얻으려고 전력질주할지도 모른다고.

내 희망은 시라가 정상에 오르자마자 바로 땅에 쓰러지며 산산조각이 났다. 아이는 모래 위에 누워 팔짱을 끼고 하늘을 응시했다. 우리는 아이의 이름을 소리쳐 불렀다. 시라, 시랄, 시루시(시랄, 시루시는 '시라'의 닉네임. 가족끼리 애정을 담아 부르는 히브리어—역자 주). 우리는 그 모든 이름을 불렀지만 아이는 대답하지 않았다. 시라가 스스로 일어나기로 동의할 때까지, 아니면 거절하지 않을 때까지 한 시간이 걸렸다. 우리는 아이가 넘어지지 않도록 양쪽에서 붙들고 내려왔다. 아이를 방으로 데려가 침대에 눕혔고, 마치 스트레이트 재킷(폭력적인 환자의 행동을 제압하기 위해 입히는 상의—역자 주)처럼 재빨리 담요로 아이를 둘러쌌다.

그 날 저녁, 넬리는 내가 없었더라면 어떻게 대처했을지 상상할 수도 없다고 말했다. 마흔 마리의 양과 한 명의 병약한 아이를 데리고 농장을 경영할 남자는 나 말고 이 세상에 없다는 말이었다. 그녀는 이 모든 상황이 자신에게 너무 힘들다는 사실을 인정했다. 어린 딸이 눈앞에서 무너지는 걸 보자 견딜 수 없다고 했다. 그리고 바로 그렇게, 짧은 문장으로, 그녀는 아이에 대한 모든 보살핌을 내게 전가했다.

아이를 밤에 재우고 하루 세 끼를 푸짐하게 먹이는 일상이 시작되었지만, 곧 그것만으로 충분하지 않다는 것이 분명해졌다. 아이는 거의 기능을 제대로 하지 못했고, 더 많은 것을 요구했다. 양치질, 옷을 갈아입는 것, 그리고 언덕 꼭대기까지 매일 산책을 돕는 것도 큰 일과였다. 한때 시라와 친밀감을 느낄 기회가 이미 사라졌다고 아쉬워했는데, 아이를 키우는 두 번째 기회가 찾아온 셈이었다.

양떼를 돌보는 일도 내가 상상했던 것보다 훨씬 더 복잡했다. 한 번은 양떼들을 몰고 근처 초원으로 끌고 가는 간단한 일을 하는 데 하루가 걸렸고, 도중에 양 두 마리까지 잃었다. 그 작은 사건이 있은 후, 나는 양들을 농장 경계선 안에 가두어야겠다고 결심했다. 실제로 그들은 사료와 물 이외에는 아무것도 필요하지 않다고 스스로를 설득했다. 설사 다른 게 필요하다고 해도 양들이 스스로 해결할 것이다. 나빌은 농장에 하얀 플라스틱 의자를 두었는데, 시라는 내가 양에게 먹이를 주는 동안 그 의자에 앉아서 나를 지켜보았다. 아이는 내가 실수를 연발하는 모습을 보며 가끔 웃기 시작했고, 나는 그 웃음이 멈추지 않기를 바라면서 아이를 바라보곤 했다. 오직 나만이 그 폭발하는 순간의 모습을 볼 수 있었다. 하루에 한두 번, 아이가 미소짓거나 심지어 말을 했을 때, 지쳐버린 영혼에서 솟구치는 반짝임 같은 짧은 순간을 경험했다.

어느 날 아침, 아이는 언덕 꼭대기에 서서 사막에서 숨 쉬는 것이 좋다고 말했다. 그리고 어느 날 저녁, 아이는 또 다른 오믈렛을 만들어 달라고 했다. 내가 양파를 넣고 만들었을 때 가장 맛있다고 했다. 넬리는 내 말을 믿지 않았다. 자신의 눈으로 직접 봐야 한다는 거였다. 나는 그녀에게 그것이 나를 정말 미치게 만드는 이유라고 설명했다. 예전의 아이가 완전히 사라진 게 아니라, 그 모든 것 아래, 여전히 시라가 있다는 것이 분명하다는 걸 보여줄 수 없기 때문이었다.

2주 후, 넬리는 검진을 위해 브엘세바로 아이를 데려갔다. 중간에 나를 미츠페에 내려놓을 테니 몇 시간 동안 머리라도 식히라고 말했다. 마음이 썩 내키지 않았다. 그렇지만 그녀는 내가 휴식을 취해야 자신도 2주 뒤의 휴식이 허용된다고 여기는 사람처럼 고집을 꺾지 않았다. 2주 뒤 그녀는 텔아비브에서 열리는 회의 참석차 3일 동안 집을 비울 예정이었다.

나는 결국 넬리의 의견에 따랐다. 그녀가 나를 카페에 내려준 직후 길을 건넜고 작은 항의의 표시로 벤치에 앉았다. 그래야 누구도 시라가 MRI를 찍는 동안 내가 카푸치노를 마시며 기다렸다고 말하지 않을 것만 같았다. 하지만 곧 미츠페의 강렬한 태양이 억지로 나를 일으켰고, 나는 그늘진 곳을 찾아 돌아다녔다. 도서관을 지나며 내 자신과 협상했다. 이 시간 동안 오로지 시라를 걱정하는 일에 집중하고 싶다면 차라리 에어컨이 있는 공간에 앉아 있자고.

내부를 둘러보았다. 바닥 길이에 맞춰 낡은 녹색 카펫이 깔려 있었고, 회색 강철로 된 책장들이 벽에 줄을 맞춰 놓여 있었다. 선글라스를 낀 사서가 하얀 지팡이를 들고 현관 옆을 왔다 갔다 하는 작은 도서관이었다. 인터넷을 하고 싶었지만 학교를 빼먹은 몇 명의 아이들이 컴퓨터 앞에 앉아 있었다. 아이들은 나의 존재를 완전히 무시했고, 나는 내가 거기에 있고 동시에 거기에 없다고 생각하는 것이 오히려 즐겁다고 여겼다. 반사요법과 일본식 치유법 책들 옆, 선반 위에 쌓여 있는 의학 서적들을 뒤적이며 3시간을 보냈다. 시라를 아프게 만든 수많은 이유들을 떠올리느라 마음이 분주해졌다. 한 사람이 소멸할 수 있는 간단하고 다양한 방법들은 정말 불가해할 정도로 많았다. 내가 책을 손에 들고 서 있는 동안 니콜라이에게 전화가 왔지만, 사서가 엄한 표정으로 손가락을 입에 대고 쉿, 하는 바람에 받으려다 말았다.

넬리가 브엘세바에서 출발했다고 문자를 보냈을 때, 나는 재빨리 카페로 가서 카푸치노 두 잔을 주문해 한 잔을 마셨다. 제대로 된 커피 맛을 낼 줄 모르는 사람들이라고 그녀에게 말할 참이었다.

"어땠어?" 내가 차에 탔을 때 넬리가 물었다.

"인생은 변하나 봐." 내가 대답하자 넬리가 웃었다. 시라도 웃었다. 우리 둘은 놀라서 뒷좌석을 향해 고개를 돌렸다.

"내 말이 맞지? 웃지, 맞지?" 나는 너무 놀라 입을 가린 넬리에게 말했다.

"네 아빠 참 웃기지?" 넬리는 아이의 입을 열기 위해 말을 걸었다.

"세상에서 가장 웃겨." 시라가 말하며 미소지었다. 넬리와 나는 아이가 방금 생애 첫마디를 내뱉은 것처럼 서로를 바라보았다.

"동영상으로 찍어야 해." 넬리는 가방에서 핸드폰을 꺼냈지만 손을 심하게 떠는 바람에 버튼을 누르지 못했다. 시라는 더 앤젤시의 〈Dreamer〉가 흘러나오는 라디오 쪽으로 몸을 기울였다. 음악이 마치 모양과 크기를 갖춘 사물로 눈앞에 보이기라도 하듯 골똘한 표정으로 시선을 떼지 못했다.

"아, 더 이상 못 참겠어." 시라가 고개를 뒤로 젖히며 말했다. 아이는 눈을 감았다. 무심코 내뱉은 말들과 골똘한 시선 사이의 간극이 너무 컸다.

"뭘 더 못 참겠어?" 내가 물었으나 방금 전에 우리를 놀라게 했던 아이는 이미 예전의 모습 속으로 사라졌다. 넬리가 핸드브레이크를 풀고 운전을 시작할 때까지 우리 셋은 침묵 속에 앉아 있었다.

나는 그 날 밤 잠이 오지 않았다. "더 이상 못 참겠어."라는 문장이 자꾸만 괴롭혔다. 어쩌면 시라가 자신의 상태를 자각하는 순간들이 있을지도 몰랐다. 아이의 의식이 고정된 몸속에 갇혀 있다는 생각에 이르자 미칠 것만 같았다. 도서관에서 읽었던 온갖 질병들이 떠올라 심장이 방망이질 쳤다. 뇌막염과 모든 종류의 종양, 루게릭, 간질. 나는 그 병명들을 양을 세듯 하나하나 세어 보았고, 어느 틈엔가 당황하여 침대에서 뛰쳐나와 아이 방으로 달려갔다. 아이 침대 위에 드림캐처가 걸려 있었고 옷장은 활짝 열려 있었다. 주방에서 흘러나온 칙칙한 노란 불빛이 아이의 얼굴을 비췄다. 아이의 가슴이 1분 내내 지속적으로 오르내리는 것을 보고 나서야 안심할 수 있었다. 나는 아이의 머리를 쓰다듬어 주려다, 문득 언제 마지막으로 쓰다듬어 주었는지 떠올려 보려고 노력했다. 아이에게 '터치'가 이유와 해명을 요구하는 행동으로 인식될 만큼 성장했을 때 본능적으로 멈췄던 것 같다. 그리고 이유를 찾기 전에 바로 내 앞에 누워 있는 아이를 보았다. 내가 잘못 판단하지 않았음을 확인하기 위해 모든 각도에서 아이를 뚫어지게 보았지만, 넬리가 처음부터 옳았다는 것을 깨달았다. 단서는 아이의 눈 속에 있었다. 수십 권의 도서관 책들 가운데 한 권에서 보았던 삽화가 어렴풋이 머릿속에 떠올랐다. 아이들이 꿈속에서 좌우로, 앞뒤로 어떻게 움직이는지를 보여주는 그림. 그러나 시라의 얇은 눈꺼풀 밑에서 동공이 다르게 움직이고 있었다. 원을 그리며 빠르게. 너무 빠르게…….

7

시라는 모든 종류의 전극과 전선에 연결된 채 수면 연구실 침대에 누워 있었다.

“포로로 잡힌 외계인 같구나.” 내가 말했다. 시라는 웃지 않았다. 나는 아이가 실제로 추운지 아닌지 알 수 없어 담요를 끌어 허리까지 덮어주었다. 아이는 잠시 후 잠이 들었다. 아이가 일곱 살이었을 때, 잠을 이루느라 혼자 몸부림치면서도 우리를 깨우는 것이 안 좋다는 걸 느꼈던 시기가 있었다. 어느 날 넬리가 한밤중에 일어나 거실에 앉아 천장을 응시하고 있는 시라를 발견하기 전까지 아이의 고통에 대해 우리는 알지 못했다. 알고 보니 닷새째 계속되고 있었던 현상이었다. 그 이후로, 매일 밤 잠들 때 넬리는 시라의 침대에 앉아 마치 아일랜드 신부처럼 아이에게 고백을 받아내려고 했다. 그녀는 학교에서 아이에게 소리를 질렀던 선생님과 복도에서 아이에게 사랑한다고 속삭이던 소년에 대해 시라가 고백할 때까지 자백 강요를 거두지 않았다. 넬리는 모든 것을 알아야 한다고 말했다. 딸아이 머릿속을 맴도는 모든 생각들을 공유하지 않으면 그녀는 견디지 못했다. 나는 다시 시라를 바라보며 아이의 침묵이 의식적인 선택은 아니었는지 궁금했다. 아마도 아이는 무엇이 자신을 괴롭히고 있는지 정확히 알고 있었지만, 우리에게 부담을 주고 싶지 않았을지도 모를 일이었다.

나는 복도로 나가 의자에 앉았다. 시라가 깨어나 혹시라도 나를 찾는 경우가 있을 거라는 기대에 그곳에서 밤을 보내기로 했다. 내 앞에는 짧고 붉은 머리의 나이 든 여자가 앉아 있었고, 연구원에게 소리치며 항의하는 노인이 우리와 조금 떨어진 곳에 서 있었다.

“왜 아무도 환자에게 베개를 안 갖다 주는 거야? 이해가 안 되네.” 노인이 투덜거렸다. “그냥 이해가 안 돼!”

연구원은 노인에게 아내의 이름이 뭐냐고 물으며 진정시키려고 애썼다. "릴리안, 아내 이름은 릴리안이라고." 노인이 말했다. 노인은 내가 그를 쳐다보고 있다는 것을 눈치챘는지, 발끈하며 내 왼쪽에 있는 의자에 앉았다.

"뭘 보고 있는 거요, 응?"

"아무것도, 아무것도 안 봤어요." 나는 그를 달래는 몸짓으로 얼른 눈을 감았다. 의사가 수면 연구실 안으로 서둘러 들어가는 소리를 듣기 전까지 내가 고개를 끄덕이며 졸았는지 알 수 없었다. 노인과 빨간 머리 여자와 나는 모두 동시에 기지개를 켰다.

"심각한 일이 생긴 것 같네." 여자가 말했다.

나는 일어나서 문 옆에 섰다.

"무슨 소리가 들려요?" 노인이 물었다.

난 아무 소리도 들을 수 없다고 말했다.

잠시 후 문이 열리고 의사가 복도로 쏜살같이 뛰어나왔다. 그는 나와 눈을 마주치지 않고 회피하려 했지만, 서로의 어깨가 부딪치자 내가 약간 왼쪽으로 비켜섰다. 그는 나를 보고 사과했다.

"환자에게 무슨 문제가 있나요?" 내가 물었다.

그는 복도에서 기다리고 있는 다른 두 사람을 힐끗 쳐다보더니 뒤돌아서 나를 쳐다보았다.

"시라 아버지인가요?" 그가 물었다.

"네." 나는 목덜미에서 찌릿한 통증을 느끼며 대답했다.

"아직 확실한 건 아니에요. 몇 가지 비정상적인 걸 발견했는데 검사를 더 해야 해요." 의사는 말을 마치고 급하게 자리를 떠야 하는 것에 대해 사과했다. 내가 그런 그를 붙잡지 않았다는 걸 넬리가 알았더라면, 그녀는 그때 그 자리에서 나와 이혼했을 것이다.

시라는 그 다음 사흘을 내리 수면 연구실에 머물렀지만 그조차도 눈치채지 못했을 것이다. 매일 밤 복도를 오가는 의사들의 숫자가 늘어났다. 그들은 시라 때문이라는 사실을 숨기려 하지 않았다. 오전 6시에 모닝콜을 받고 즉시 퇴원한 다른 환자와 달리 시라는 매일 아침 의사의 진찰을 한 시간 내내 받아야 했다. 내가 대화를 나눴던 모든 연구원들과 의사들은 시라의 정확한 병명을 알아내기 위해 더 많은 검사를 해야 한다고 말하면서 가끔 몇 가지 암시를 흘리곤 했다. 확실한 병명을 거부한 증상들의 총집합. 시라의 REM(수면 중 급속 안구 운동—역자 주) 수면 비율이 평균의 3배로 뇌파 활동이 비정상적이고 호흡은 불규칙하다고 했다.

넷째 날 밤, 넬리가 기어코 오겠다며 고집했다. 그녀는 한밤중에 과자 한 박스와 작은 베개를 들고 예고도 없이 나타나더니, 내 어깨에 머리를 얹으며 이미 불편한 곳에서 함께 자는 데 익숙해졌다고 말했다. 그녀는 알람시계를 7시에 맞춰 놓았지만, 알람이 울리기 30분 전에 연구원이 우리를 깨워 연구원장에게 가서 상황을 들어보라고 했다.

나는 와락 겁이 났다. 넬리는 그대로 앉아 있었다. "아마 모르는 게 나을 거야." 그녀가 말했다. 나는 그녀의 말이 맞을까 봐 두려웠다. 우리는 원장실로 들어가 앉았다. 내가 방을 훑어보는 동안 넬리는 하품을 하고, 마치 시라에게 닥친 상황의 해결책이 네 벽 안 어딘가에 숨어 있다고 여기는 사람처럼 팔을 힘껏 길게 뻗었다. 멘델슨 박사의 이름이 적힌 졸업장 몇 장이 책상 뒤 벽에 당당히 걸려 있었다. 책상 위에는 커다란 키보드와 녹색 독서등, 그리고 그녀의 자녀로 보이는 두 명의 금발 아이 사진이 담긴 나무 액자만 놓여 있어 썰렁했다. 사진 속 아이들은 깔끔한 셔츠와 청바지를 입고 사진관의 하얀 벽 배경에 기대어 미소를 짓고 있었다.

"갭Gap 카탈로그 사진 보는 것 같군." 나는 넬리에게 속삭였고, 그녀는 내 말에 사진을 힐끗 보았다.

넬리가 코웃음을 쳤다. "아리아 인종의 선전 포스터 같아. 누가 저 사진을 찍었지, 괴벨스(1897~1945, 나치 독일의 정치가—역자 주)?" 연구원장이 방으로 막 들어섰을 때 넬리가 내게 물었다. 나는 웃지 않으려고 애쓰며, 걱정하는 부모처럼 보이도록 최선을 다하면서 입을 가렸다.

원장은 두꺼운 검은 노트 몇 권을 책상 위에 내려놓고 우리 앞에 앉았다. 그리고 책상 위에 팔꿈치를 올려놓고 팔짱을 끼더니 엄숙한 표정으로 우리를 바라보며 그동안 어떻게 버텼는지 물었다.

"너무 힘들었죠." 넬리가 말했다. 그녀는 내가 여전히 웃음을 참으려고 애쓰고 있는지 보려고 곁눈질을 했다. 멘델슨 박사의 독일식 외모가 도움이 되지 않았다.

"뭐라고 표현할 수 있겠어요, 원장님. 그것은 마치……." 넬리는 나만이 볼 수 있는 가느다란 미소를 지으며, "진짜 홀로코스트."라고 말했다.

웃음이 터져버렸다. 아무리 참으려 해도 웃음을 멈출 수 없었다. 내 행동이 넬리를 나보다 더 크게 웃게 만들었다. 멘델슨 박사는 논쟁조차도 흥미가 없어 보였다. 그녀는 엄격한 눈빛으로 우리를 바라보고 있었다. 아마도 머릿속은 앞에 앉아 있는 두 명의 분별없는 젊은 부모에 대한 생각으로 가득 차 있을 것이다. 어쩌면 그녀의 반응이 옳았을지도 모른다. 그런데 그 순간 그것은 그다지 큰 문제가 아니었다. 그녀는 검사일지 더미를 우리 쪽으로 조금 밀더니 맨 위에 놓여 있던 것을 펼쳤다.

"그게 뭐죠?" 나는 호흡을 가다듬고 발작하듯 터져 나오는 웃음을 억지로 참으며 물었다.

"시라의 꿈." 그녀가 단호하게 말했다. "우리는 매일 아침 시라에게 꿈에서 기억할 수 있는 것들을 적어 달라고 부탁했어요."

우리는 웃음을 멈추고 페이지를 살짝 넘겨보았다. 어린 소녀의 낙서처럼 기형의, 해독하기 어려운 단어들이 수천 개 있었다. "필체를 해독할 수 없는 근본적인 이유는 시라의 미세한 운동 능력까지 심각한 퇴화를 겪었기 때문입니다." 멘델슨 박사가 말했다. 연구원이 시라에게 꿈에 대해 컴퓨터로 문서작업을 하도록 시도했지만 결과는 터무니없는 글자들의 나열뿐이었다. 그녀는 연구실 유니폼 앞주머니에서 노란색 마커를 꺼냈다. "노트에서 우리가 알아낼 수 있는 몇 마디를 찾아냈어요. 대부분 단어들이지만, 여기저기 짧은 문장 몇 개도 있어요. 검토해 주면 고맙겠어요. 부모가 우리보다 의미를 더 잘 알 수 있을 테니까요."

우리는 목소리를 삼켰다. 멘델슨 박사는 우리만의 시간을 주겠다고 말하며 방을 나갔다. 우리는 무서울 정도로 긴장감에 휩싸인 채 뒤범벅된 말들을 응시했다. 넬리는 손을 뻗어 펼쳐진 노트를 앞으로 더 가까이 끌어당겨 천천히 페이지를 훑어보기 시작했다. 처음에 그녀는 감히 쳐다보지도 못했다. 한 번 봐도 이해할 수 없는 것들이었다. 작은 벌레들이 기어가는 것처럼 보이는 필체였다. 글자들이 뒤죽박죽된 채 서로 엉켜 있어 마치 시라가 일부러 아무도 읽을 수 없게 만들려고 쓴 것만 같았다. 나는 마커를 집어들고, 단서를 찾기 위해 노트를 검토하기 시작했다. 천천히, 아주 느리게, 단어들이 표면화되기 시작했다. 대부분 연관성은 없지만, 때로는 분열된, 비논리적인 문장들.

위니-더-푸, 안 돼

난 좋아!

그 개

너무 사랑해

그가 왔어

로버트가 날 데리러 왔어

택시를 타고 바닷가

난 울음을 멈출 수 없었어!!

왜냐면 숙제를 안 했기 때문이야

토모가 가장 뛰어나

엘리를 생각해

타잔

2002/4/14

너무 멀어

밥 딜런처럼　　　　　　　　그 남자아이는 얼음과자를 원했어

미국에서 골키퍼가 되는 것　　　　　　　피클이 들어간 피타 빵

2020/5/11

우리는 바닷가에서 결혼했어　　　그래서 나는 그걸 다시 차버렸어

밤바　　　　　　　　　　　약속에 늦었어

난 더 바랐어　　　　　　　　　비 때문에

혼자　　　우리는 만났어　　네타 리프시츠가 날 놀렸어

소녀, 난 참 행복했어

작지 않아　　　와?　　　　　2018/8/1

학교 가고 싶지 않아　　　　　　우리는 다음에 만났어

네타 리프시츠가 누구지? 시라는 누구와 결혼한 거야? 누가 와? 소녀? 시라가 밥 딜런을 어떻게 알았을까? 로버트? 로버트는 대체 누구야?

시라의 파편들이 눈앞에서 번뜩였고, 우리는 천천히 아이의 의식

을 따라가며 한 마디 한 마디 흔적들을 곱씹었다. 몇 번이나 혹시 한 의미라도 놓쳤을지 모른다는 두려움에 뒤로 물러섰고, 그렇지 않았다는 것을 알고 우리는 다시 절망했다. 시라의 파편적인 말들은 페이지 위에서 서로 짓밟혀 모든 의미를 잃고, 압축과 암시를 남긴 채 다음 장으로 흘러갔다.

"오퍼, 어떻게 사람이 이렇게 많은 꿈을 꿀 수 있지?" 넬리가 물었다. 항상 그랬듯이, 그녀는 나보다 먼저 이 일에 대해 파악했다. 멘델슨 박사가 들어와서, 수면 주기나 EEG처럼 넬리와 내가 알아들을 수 없는 용어들을 사용해 뇌에 대해 설명하기 시작했다. 그녀는 우리가 잠을 잘 때 몇 단계를 거치는데, 그중 하나가 대부분 꿈꿀 때 빠른 눈 움직임으로 특징지어지는 REM 수면 단계라고 설명했다. 그녀는 더 나아가, 시라가 꿈을 꾸는 각 사이클이 자기 또래의 다른 아이들에 비해 길지만, 기껏해야 몇 분밖에 안 되는, 무시해도 될 정도의 차이라고 덧붙였다. "그것은 실제 꿈의 지속 시간이 아니라 그 지속에 대한 주관적인 경험의 길이에요. 시라는 그것을 아주 오랜 기간 동안 경험하는 것 같아요." 그녀는 그것이 문제의 원인이라고 믿었다.

"무슨 뜻이에요? 얼마나 오래요?" 넬리가 그녀에게 물었다. 멘델슨 박사는 애매한 대답만 늘어놓았지만 넬리는 그냥 넘어가는 법이 없었다. "대부분의 사람들에게 꿈을 적어 달라고 하면 반쪽, 반쪽의 페이지, 반의 반쪽 정도의 페이지로 적어요." 그녀는 그렇게 말한 뒤 노트가 쌓여 있는 쪽으로 고개를 돌렸다. "반면에 시라는 첫날밤 80장을 썼고, 어젯밤에는 거의 백 장을 썼어요." 그녀는 전문 문헌에서 선례를 찾으려고 노력했지만 찾지 못했다고 말했다.

"이해할 수 없어요. 시라는 모든 꿈이 언제까지 지속된다고 느끼는 건가요?"

"정확한 수치를 주는 건 정말 프로답지 않답니다."

"일곱? 여덟 시간?"

"더 오래일 거예요."

"하루?" 넬리는 주먹을 테이블 위에 올려놓으며 물었다.

멘델슨 박사는 손을 뻗어 노트들 중 한 권을 찾아 집어들고 펼치더니 단어들을 응시했다. 그리고 그녀는 우리를 바라보았다. "확실한 건 없어요. 아직 모호한 지점들이 너무 많아요. 하지만 나는 시라가 모든 꿈이 몇 년씩 지속되는 것처럼 느낄 가능성이 높다고 믿어요." 그녀가 말하더니, 재빨리 그것은 단지 초기 가정일 뿐이라고 재차 강조했다.

"며칠?" 나는 잘못 들은 듯싶어 물었다. 멘델슨 박사는 노트를 우리 쪽으로 돌려 페이지 상단에 나타난 일련의 숫자를 가리켰다. "이 숫자들을 눈치챘는지 모르겠지만……." 그녀는 그렇게 말하더니 몇 페이지마다 숫자들이 나타났다는 것을 우리에게 보여주며 페이지를 넘기기 시작했다.

2019/6/11

2017/7/16

2020/13/8

2022/7/4

2020/27/5

2018/13/9

"날짜를 적은 것 같아요." 그녀는 꿈에서 날짜를 알고 있는 환자를 본 적이 없다고 말했다. "노트에 항상 2015년에 시작해 날짜 사이를 오가고 있어요. 첫 번째 노트에서 가장 먼저 등장한 날짜는 2019년 11월 6일이었어요. 어젯밤 노트에는 2022/7/4 날짜가 나타났어요."

넬리와 나는 서로를 바라보며 이해할 수 없어 했다. 이해하기 싫었다는 말이 옳았다. 멘델슨 박사는 날짜가 결코 연대순으로 나타나지는 않았다고 설명했다. 모든 꿈이 타임라인에서 또 다른 순간일 수 있다는 것이 가능했고, 아이는 이 꿈에서 저 꿈으로 왔다 갔다 하고 있다는 말이었다.

"그런데 시라가 이 세상에서 이런 일을 겪고 있는 유일한 아인가요?" 넬리가 초조하게 물었다.

멘델슨 박사는 그렇지는 않다고 말했다. 이론적으로, 많은 사람들이 몇 년 동안 지속된 꿈을 경험할 수는 있지만, 그들과 시라의 차이점은 시라만이 그 모두를 기억하는 유일한 사람이라는 것이었다. "그리고 이것 때문에 기능이 심각하게 손상된 유일한 사람이기도 해요."

나는 노트가 쌓여 있는 것을 보고 골똘해졌다. 그 안에 수록된 단어들은 무수한 자유 연상에서부터 가능성까지 새로운 의미를 띠었다. 한 마디 한 마디가 시라에 대해 알 수 있는 가능성을 갖고 있었다. 매 페이지마다 아이의 사적인 미래가 무한히 펼쳐져 있다는 생각이 들자 나는 두려웠다. 시라가 그 무한을 향해 질주하다가 그 안에서 길을 잃었다는 것이 무서웠다. 멘델슨 박사는 계속 검사를 해서 시라에게 약물 치료를 시작하겠다고 말했다. 그녀는 그들이 할 수 있는 모든 것을 시도하겠다고 약속했고, 시라에게 갑자기 꿈이 나타났던 것처럼, 언젠가 사라질 가능성도 있다고 덧붙였다. 여전히 뇌에 대해 불분명하게 밝혀진 게 많으며, 아이의 상태가 언제 어떻게 변화하거나 개선될 수 있는지에 대해 정확한 답을 제시하려는 시도 자체가 어쩌면 무책임한 것이라고도 말했다.

넬리는 손을 뻗어 내 손을 잡았다. 그녀는 시라의 상태를 걱정하며 고개를 숙였다. 멘델슨 박사는 전혀 위로가 되지 않는다는 것을 알지만, 상태가 훨씬 더 나쁠 가능성도 있다는 것을 잊지 말라는 말도 했다.

"분명히 말기 암보다는 낫겠죠?" 넬리는 답답함을 감추지 못하고 물었다. 붉게 젖은 눈을 감추느라 두 눈을 가늘게 뜬 채 고개를 들었다.

"내 말의 뜻은……." 멘델슨 박사는 조심스럽게 그녀의 말을 저울질하더니 "적어도, 아이가 고통받고 있다는 증거는 안 보여요."라고 말했다. 그녀는 시라가 악몽을 꾸고 있다는 징후도 거의 없고, 감정적인 고통의 증상도 보이지 않는다고 말했다. "어느 정도는 아이가 행복한 상태라는 것이 엄밀한 추론이고요." 우리는 그것이 가능할 수 있다는 것조차 잊어버린 채 침묵을 지켰다.

8

우리는 시라와 함께 B&B로 돌아왔다. 그 날 저녁 넬리는 아버지로부터 전화를 받았다. 통화가 끝나자 넬리는 아버지가 지금껏 그렇게 소리친 적이 없다고 말했다. 그는 목장 소식을 들으려고 나빌에게 전화했다가, 해고되었다는 말에 농담인 줄 알고 전화를 끊었다고 했다. “아버지에게 의논도 없이 나빌을 해고한 우리가 제정신이냐고, 유람선 여행 중에 이 난장판을 처리해야 하는 일로 잔뜩 흥분하셨어.”

넬리는 아버지에게 깜빡 잊고 미리 말 못 했다고 변명하려고 했다. 시라에게 일어나는 모든 일들로 인해 그녀는 제대로 생각조차 할 수 없는 상황이었다. 그러나 그녀의 아버지는 그 모든 게 존중의 문제라며, 그런 바보 같은 짓을 할 다른 이유가 없다고 말했다. “아버지가 나빌이 다시 일하러 온다고 하셨어. 그리고 또 그런 묘기를 부리려면 미츠페에 아파트 얻어서 살래.”

“뭔가 기분이 언짢은 일이 있었다고 설명했어? 우리가 느꼈던 것은…….”

“그건 히스테리적인 망상일 뿐이야.” 그녀는 그렇게 한 마디를 던지고 침대에 누웠다. “당신도 알잖아, 우리가 그 사람한테 우리 똥을 다 쏟아부은 거나 마찬가지야.”

나는 그녀가 옳다는 것을 알면서도 틀렸다고 말했다. 그러고는 묵묵히 앉아 있었다. 나는 이를 닦으려고 일어났고, 넬리는 내 말에 어떤 반응도 없었다. 내가 침대로 돌아왔을 때 그녀는 내게 등을 돌리고 누워 있었다. 나는 뭔가, 시라에 대한 게 아닌, 다른 생각을 해보려고 했다. 규칙을 어기고 당일 신문을 펼쳐 읽었지만 도움이 되지 않았다. 심지어 우주 탐사선이 화성에 착륙했다는 기사도 시라에 대해 생각하게 만들 정도였다. “미치겠군.” 내가 중얼거렸다. “인간은 화성에 우주선을 보낼 수는 있지만, 자신의 뇌 속에서 무슨 일이 일어나고 있는지는 전혀 모르고 있어. 이런 모순이라니.”

넬리는 아무 반응이 없었다. 나는 그녀의 목소리를 듣고 싶어서 그녀가 무슨 말을 할 때까지 계속 이야기하기로 마음먹었다. "모든 꿈이 몇 년씩 이어지다니, 그런 상상을 할 수나 있겠어? 완전히 미친 짓이야. 시라가 꿈속에 혼자 갇혀 있어서 너무 외로울 거야. 정말 시라가 그런 상황이라는 것을 생각하는 것만으로도, 옆에 아무도 없는 꿈 사이를 배회하는 것, 아이는 아마……."

"그녀가 맞아." 넬리가 말했다.

"뭐라고?" 나는 그저 그녀가 말을 계속하게 하려고 물었다.

"아마 그녀 말이 맞을 거야."

"누구? 누구 말이 맞아?"

"그 의사." 넬리가 등을 돌리며 말했다. 그녀의 눈은 감겨 있었다.

"뭐가 맞다고? 무슨 말을 하는 거야?"

"이 믿을 수 없는 상황들 말이야." 그녀가 한숨을 내쉬며 말했다. "사실 그렇게 최악도 아니야."

이제 나는 조용해졌고 넬리가 이야기를 하고 있었다. "아이가 악몽을 꾸고 있는 게 아니잖아. 꿈을 꾸고 있는 거잖아. 항상 꿈을 꾸고 있다고." 그녀가 말하며 눈을 뜨더니 나를 바라보았다. "솔직히 말해서 오퍼, 누군가 당신에게 그런 기회를 제안한다면 뛰어 들어가고 싶지 않겠어?"

"무슨 기회? 정확히 무슨 말을 하는 거야?"

"잠깐 생각해 봐." 그녀가 말했다. "만약 누군가가 당신에게 다가와서, 악몽을 꾸지 않고 꿈속에서 살 수 있는 기회를 주겠다고 한다면. 매일 밤 꿈에서 꿈으로 넘나들면서 마치 수년 동안 그렇게 지속되는 것처럼 느끼게 만들어 주겠다고 한다면. 싫다고 말할 수 있어?"

"백만 년 동안 지속되는 건 안 돼." 내가 대답했다.

"정말이야, 오퍼? 정말 그런 기회를 버린다고? 내게는 카리브해 유람선 여행보다 더 멋지게 들리는데." 그녀는 그렇게 말한 뒤 잠시 멈칫했다. "아이가 고통받지 않고 있다고 멘델슨 박사가 말했을 때 제일 먼저 마음속에 떠오른 게 뭔지 알아?"

"뭔데?" 내가 물었다.

"아마도……." 그녀는 한 마디를 던져놓고 잠시 침묵했다. "아마 시라가 이걸 선택했을 거야."

"뭐를 선택했다는 거야?" 나는 짜증을 내며 대답했다. "넬리, 난 이해가 안 돼. 당신은 마치 무슨 비밀 암호 문자로 말하는 사람 같아."

"꿈을 택한 거라고. 그 꿈속에 사는 걸 선택한 거라고." 그녀가 일어나 앉더니, 마치 시라가 우리의 얘기를 엿듣는 게 두려운 사람처럼 문 쪽을 바라보며 말했다. "알아, 내 말이 무슨 미친 사람의 말처럼 들린다는 거. 솔직히, 나도 그건 알아. 하지만 어쩌면 시라는 그런 모든 환상을 가지고, 꿈속에서 살 수 있는 방법을 찾아낸 거야. 그리고 어쩌면, 정말 어쩌면, 시라는 그 방법을 이 세상의 출구로 여기고 그곳에서 살기를 선택했는지도 몰라." 그녀는 나를 쳐다보았다. "생각해 봐, 오퍼. 몇 년이라고. 매일 밤이 시라에겐 몇 년이야. 아이가 거의 반응을 보이지 않는 것도 당연하고, 우리를 알아보지 못하는 것도 당연해. 우리에게 하루의 의미가 아이의 머릿속에 들어 있는 몇 년과 어떤 차이일까?"

"무슨…… 무슨 소리야?" 나는 그녀를 꾸짖었다. "시라가 이렇게 되는 걸 선택했다고? 완전 무반응으로? 정말 그렇게 살고 싶어 하는 사람이 있을 거라고 생각해?"

나는 넬리에게 화가 났다. 아이가 이 모든 걸 스스로 선택했다니

어이가 없었다. "우리가 자기를 학대하거나 억압했다고 생각해서 어디론가 도망쳐야 한다고 생각했다는 거야?"

"아마도 우리가 아이의 진정한 내면까지는 보지 못했겠지." 넬리가 말했다. 그녀가 '우리'라고 말했을 때 '나'를 의미한다는 것을 바로 알아차렸다. "모르겠어, 정말로 아이가 우리를 필요로 할 때 곁에 없었다는 생각이 들기 시작했어. 우린 각자 자신의 삶 때문에 너무 바빴잖아. 무슨 말인지 알지?"

"죄의식의 양심선언 같은 헛소리야?" 나는 더욱 짜증이 나서 씩씩거리며 소리를 질렀다. 그녀가 이런 식으로 말할 때 정말 싫다고 말했었다. 그녀는 몇 달에 한 번씩 꼭 사이비적인 영감으로 그녀의 삶을 해석했고, 그리고 바로 다음 날 다시 열두 시간 동안 계속해서 일했다. "만약에 내일 회사에서 당신을 대표이사로 임명하고 싶다는 전화가 온다면, 이 모든 의혹들은 순식간에 사라질 거야." 내가 말했다. 그리고 뼈아픈 말을 한 마디 더 남겼다. "그게 바로 여느 사람들과 우리가 다른 거라고, 기억하지?"

"무슨 말이야?" 그녀가 물었다.

나는 그녀가 시치미 뗀다고 생각했지만, 그녀의 표정을 보니 그게 아니었다. 그녀는 솔직히 내가 무슨 말을 하는지 전혀 모르는 것 같았다. 나는 그녀에게 갈릴리에서의 그 날 밤을 상기시켰다. 그녀가 한 말, 미래를 향한 추진력.

"당신이 말했잖아, 그것이 우리를 다른 사람들과 구분 짓는 지점이라고." 내가 말했다. "성공하려면 미안한 마음은 금물."

그녀는 진지한 시선으로 잠시 나를 바라보더니, 서서히 이목구비가 누그러지기 시작했다. 그러고는 웃었다.

"무슨 리얼리티 쇼에서 들은 것 같은 표현이네." 그녀가 말했다. "내가 그런 말을 했을 리가 없어."

결국 말다툼으로 이어졌다. 세부적인 기억들을 그녀에게 상기시켰다. 그 문장은 우리가 자쿠지를 나와 침대로 들어갔을 때 나온 것이라고 말했다. 그녀는 여전히 납득하지 못하고 단호하게 부인했다. 내가 이해하지 못하자 그녀는 나에게 짜증을 냈다. "들어봐, 난 그런 말을 한 기억이 없어." 그녀가 말했다. "설사 그렇다고 해도……." 주저하는 어조로 덧붙였다. "세상 물정 모르는 스물세 살의 바보 같은 횡설수설일 뿐이야. 그 이상도 이하도 아니라고. 그리고 어쨌든 대표이사 건은 완전히 떠났어." 그녀는 나에게 하키미가 2주 전에 그 직책으로 발탁됐다고 말했다. 마치 지난 7년 동안 꿈꿔왔던 것이 무슨 하찮은 일화인 것처럼 말했다. 그녀는 남쪽으로 전근하면 가산점을 얻을 것이라고 생각할 만큼 자신이 어리석었다는 것을 믿을 수 없어 했다. 그들이 그녀를 밀어냈다는 사실을 그 당시에는 알아차리지 못했다. 언제 인사 이동이 있었는지, 주조프스키와 얘기는 나눴는지 물었지만, 넬리는 너무 피곤해서 더 이상 얘기할 수 없다고 말했다. 나는 그녀가 결국 그렇게 답하리라는 걸 예상했었다. 어떤 위로의 말이라도 건네려고 했지만, 딱히 떠오르지 않았다. 다만 그녀의 몸을 끌어당기며 그녀의 등을 부드럽게 쓰다듬었다. "좋아, 이 문제 더 이상 거론하지 마." 그녀가 내 손길을 물리치지 않으면서 말했다. "왜 지금까지 말하지 않았지?" 내 물음에 그녀는 내가 이미 충분히 마음이 복잡한 상태라는 걸 알고 있어서 자신의 실패담까지 더 얹어주고 싶지 않았다고 말했다.

"아마 당신 말이 맞을 거야." 그녀가 피곤한 듯 말했다. 대표이사

자리를 얻지 못한 것에 대해 화가 났을 수도 있고, 방금 아이와 우리 삶에 대해 했던 모든 말들이 헛소리였음을 인정했다. 하루나 이틀 안에 그녀는 행동을 가다듬고 다음 목표를 찾을 수 있을 것이다. "그런 다음 시라 일만 해결하면 돼." 그녀는 덧붙였다. "최악은 아니야, 안 그래?"

나는 웃었다. 그녀는 내 무릎 위에 머리를 올려놓았고, 나는 그녀의 머리카락을 손으로 쓰다듬었다. 그녀도 미소지었다.

"그런데 우리가 어떻게 의사 면전에서 웃음을 터뜨렸는지 믿을 수 없어." 그녀가 말했다. 나는 멘델슨이 노트를 펼쳤을 때 '우리는 나쁜 부모다'라고 40번, 뭐 그런 종류의 반성문을 쓰라고 명령할 줄 알았다고 말했다. 넬리가 다시 웃었다.

"그런데……." 내가 말했다. "환자 상태를 파악하려는 목적이라지만, 21세기에도 여전히 환자에게 꿈을 적어 보라는 게 믿기지 않아."

"맞아." 넬리가 대답했다. "당신네 루시드사 사람들이 꿈을 공유할 수 있는 기술을 개발하지 못한 것이 유감이야. 채널 2의 요리 프로그램보다 누군가의 꿈을 보는 것이 훨씬 더 재미있을 텐데."

"응, 당신 말이 맞아. 더 흥미롭지." 나는 그녀의 머리를 계속 쓰다듬으며 말했다. 그러다 문득 개발팀에서 실제로 그 주제를 탐색하다 배제되었던 막연한 기억을 떠올렸다. 그런 방법으로 시라를 만났더라면 얼마나 좋았을까. 꿈속에서 만나는 것, 1분만이라도 꿈속에 같이 있을 수 있다면, 이 모든 걸 해결할 수 있었을 것이다. "아쉽다." 내가 말했다.

넬리는 옆으로 몸을 돌리고 뺨을 내 가슴에 댄 채 눈을 감더니 이내 잠이 들었다.

9

다음 날 아침 나는 나빌을 보았다. 그는 B&B 밖에서, 마치 한 번도 농장을 떠나지 않았던 사람처럼 유유히 양떼를 따라가고 있었다. 넬리가 나와서 그에게 다가갔다. 그녀는 이 모든 일에 대해 사과했다. 참으로 미안한 일이었고, 불행한 오해였으며, 가장 중요한 것은 그가 돌아왔다는 사실에 감사하고 있다고 그에게 말했다. 나는 그녀 뒤에 서 있었다. 나빌은 한 마디도 하지 않았다.

"우리랑 커피 한 잔 하실래요?" 그녀가 물었다. 나빌은 보온병을 들어 보이며 고개를 저었다.

"미안해요." 내가 말했다. "당신을 해고하지 말았어야 했어요."

"내게 다시는 그런 헛소리 마세요." 그는 나를 보지도 않은 채 말하고는 다시 일터로 돌아갔다.

나빌의 말은 나를 무겁게 짓눌렀지만, 나는 그가 돌아와 기뻤다. 덕분에 나는 시라와 더 많은 시간을 보낼 수 있었다. 그 어느 때보다도 아이가 나를 필요로 한다는 것을 느꼈다. 노트에 적는 일도 몇 시간씩 걸렸다. 의사의 첫 번째 지시사항은, 시라가 매일 아침 자신의 꿈에 대해 적어야 한다는 것이었다. 일단 내가 시라를 주방 식탁에 앉히면, 아이는 내가 말하지 않아도 글을 쓰기 시작했다. 노트가 가득 찰 때까지 두세 시간 동안 꼬박 앉아 있었다. 마지막 문장 쓰기를 마치면 아이는 몸을 뒤로 젖히고 연필을 탁자 위에 놓았다. 나는 아이를 침대에 눕혔다가 오후에 다시 깨웠다.

시라의 꿈은 점점 길어졌다. 매일 아침 아이는 점점 더 많은 단어를 썼지만 의사들은 그것을 명쾌하게 설명할 수 없었다. 그들이 조심스럽고도 유일하게 말할 수 있는 것은, 테스트를 통해 유추해 본 결과 시라의 뇌가 더 이상 깨어 있는 상태와 잠자는 상태를 구별할 수 없는 징후가 보인다는 것이었다. 시력과 청각이 급격히 나빠지고 있었고, 후각과 미각, 촉각은 더욱 심했다. 그녀의 감각은 거의 반응하지 않았는데, 이 상태가 바로 꿈을 꾸는 동안 사람들에게 일어나는 상태라고 했다. 그 때문에 아이의 기력이 없는 거라고 덧붙였다.

"이해가 안 돼요." 나는 의사들에게 앞뒤가 맞지 않다고 말하면서 항의했다. 시라가 자신의 주변을 완전히 의식하는 순간들이 있었기 때문이다. 그들은 그것도 의학적으로 설명했다. 사람들이 루시드 드림(자각몽 —역자 주)을 경험했을 때, 즉 자신이 꿈을 꾸고 있다는 것 자체를 인지하는 사람과 같은 경우라는 설명이었다. 그들은 이따금씩 시라의 뇌가 스스로 재설정해 꿈과 현실의 차이를 이해하지만, 아이가 그 상황을 완전히 장악하기 전에 다시 몽롱한 상태로 되돌아갈 가능성이 있다고 말했다.

우리는 계속 시라를 병원과 수면 연구실로 데려갔지만, 그 무렵 나는 우리가 시라보다는 마치 의사들의 연구를 위해 움직이고 있는 것처럼 느끼기 시작했다. 그들은 정답을 알 수 없는 수학 수수께끼를 대하듯, 단지 도전을 위해 계속 문제를 풀려고 노력하는 사람처럼 아이를 대했다. 나는 매일 24시간 아이에게 매달리느라 지쳐 있었다. 시라의 오랜 꿈과 관련된 사실들이 우리를 격려했어야 했지만, 현실은 그 반대였다. 넬리와 나는 마치 우리가 아이 주위에 세워진 높은 벽을 기어오르는 것 같았고, 그 뒤로 더 높은 벽이 기다리고 있는 것을 발견할 뿐이었다. 나는 넬리에게 가능성을 타진하기 위해 전문 치료 시설에 대해 생각해야 할 때일지도 모른다고 암시를 던졌지만 넬리는 귀 기울이지 않았다. 그녀는 전 세계에서 단 한 사람도 같은 문제로 고통받는 사람이 없기 때문에 그 어디에도 아이를 맡길 곳이 없다고 말했다. 자기 자식을 미친 쓰레기통에서 썩게 내버려 두지 않겠다고 했다. 어쩌면 그녀가 옳을지도 모른다는 생각이 들기 시작했다. 시라가 자신의 상태로 남기를 선택했을지도 모르니, 우리는 지켜볼 수밖에 없다고. 적어도 조금은 그런 생각이 들었다. 그러나 큰 소리로 그렇게 말할 수도 없는 노릇이어서 잠자코 있었다. 나는 침묵을 지키며 계속 아이를 돌봤지만 의욕이 떨어졌다. 결국 나는 조금씩 포기했다. 아침 식사 때 채소 메뉴를 챙기는 것, 아이가 잠든 뒤 10분 동안 침대맡에 앉아 있는 것, 아이가 좋아한다는 것을 알면서도 가끔 힐탑까지 매일 산책하는 것까지.

그것뿐만이 아니었다. 나는 구상 중이던 앱 프로젝트도 멈췄다. 아무 진전도 없었다. 텔아비브에서 진행되는 어떤 회의 일정도 잡지 못했고, 사업 파트너들이 될 만한 사람들과의 전화조차도 시라의 상태를 확인해야 했기 때문에 10분을 넘기지 못했다. 나는 매일 밤 노란색 형광펜을 들고 식탁에 앉아 단서를 찾기 위해 노트를 뒤졌다. 그러다 어느 순간 단어를 해독하려는 시도를 멈추고 페이지 수를 가늠하기 시작했다. 계산기를 들고 앉아 모든 꿈이 얼마나 오래 지속되는지 알아내려고 노력했다. 그 숫자들은 내게 아무런 답을 주지 않았다. 만약 시라가 매일 밤 대략 3년의 지속 시간을 꿈꾼다면, 그것은 이 모든 것이 시작된 이후 시라가 120년의 꿈을 꾸었다는 것을 의미했다. 적어도.

어느 날 밤, 넬리는 일을 마치고 돌아와 내게 다가오더니 내 어깨에 손을 얹었다. 그녀는 내 앞에 있는 계산기를 보며 꿈속의 시간을 계산하는 것은 아무 의미가 없다고 말했다. 우리가 이해할 수 없는, 다른 종류의 시간이라는 것이었다.

"무슨 말이야?" 내가 물었다. 그녀는 옆에 앉더니 내 손에 쥐어져 있던 연필을 빼앗았다.

"이 문제에 대해 많이 생각해 보았어." 그녀가 빈 페이지 중 하나에 섬세한 선을 그으며 말했다. 그녀는 우리의 시간을 일정한 속도로 앞으로 나아가는 직선에 비유한다면, 시라는 전혀 다른 것으로 시간을 경험하고 있다고 설명했다. "말이 될지 모르지만, 나는 시라의 시간이 점 뭉치처럼 보이는 것 같은 생각이 들기 시작했어." 그녀는 작은 원들로 페이지를 가득 채우며 말했다. 그녀의 이론은 모든 꿈은 점이라는 것이었고, 시라는 특별한 규칙이나 논리 없이 한 점에서 다음 점으로 튕겨져 간다는 것이었다. "한순간 로버트와 결혼식에 참석하고, 그 다음엔 에드나에 있는 유치원에 다시 왔다가, 갑자기 축구 경기 도중에 골키퍼로 나서는 거야." 그렇기 때문에 미완성 문장들로 나타나는 것이고, 날짜들이 왜 연대순으로 배열되지 않는지도 설명해 준다고 했다.

"양자물리학 석사학위를 따놓고도 이런 얘기를 이제야 해?"

"그걸 '픽업— 라인'으로 쓰면 원하는 여자와 얼마든지 이뤄질 수 있어." 그녀는 나를 놀리며 내 손등 위에 손을 포갰다.

나는 다시 페이지를 넘기며 계산기에다 계속 숫자를 입력했다. "당신 말에 동의해야 할지 모르겠어." 나는 그래도 계산을 그만두지는 않을 것이라고 덧붙였다. 시라와의 이 모든 상황에서 내게 이 정도의 어려움도 없다면, 그 아이가 꿈속에서 영원히 살지도 모른다는 생각이 들었기 때문이다.

시라와 넬리가 잠들고 나자 나는 농장을 산책하러 나갔다. 길 쪽으로 다가가 모퉁이에 섰다. 공기가 싸늘했다. 차 한 대도 지나가지 않았다. 넬리가 한 말을 이해할 수 없었다. 아이가 의식적으로 자신의 꿈속에서 사는 것을 선택했다니, 논리에 맞지 않는 말이었다. 그런데 한편으로 생각해 보면, 지난 한 달 반 동안 시라와 함께 진행되어 온 모든 것도 논리에 어긋났다. 넬리의 말이 옳다고 치자. 그럼 시라가 실제로 시스템에서 'bug'(코딩에서 실수로 인해 개발자가 의도하지 않은 결과가 게임 속에서 나타나는 것을 의미—역자 주)를 발견, 꿈속에서 살 수 있는 방법을 찾았다는 것인데, 왜 그런 걸 원했을까? 왜 그런 종류의 탈출을 선택했을까? 나는 그것을 이해할 수 없었다.

시라가 어렸을 때 아이는 우리에게 장난치는 것을 좋아했다. 넬리나 내가 침대에 눕히면 잠든 척했고, 우리가 방에서 걸어 나오는 순간 등 뒤에서 웃음을 터뜨리곤 했다. 넬리와 아이는 마치 세상에서 가장 재미있는 놀이를 발견한 사람들처럼 한 시간 정도 그 게임을 즐겼지만, 나는 늘 그만한 인내심이 없었다. 나는 몇 번 장난을 치다 시라에게 장난을 그만두라고 말했다. 그러면 시라는 정말로 그만두었는데, 오직 나와 함께 하는 장난을 멈췄을 뿐 넬리와 계속 놀았다.

이틀 뒤, 나는 넬리에게 나와는 거의 말도 하지 않는 아이가 엄마와 한 시간을 더 보낸 게 질투가 난다고 말했다. 솔직히 나는 그 즈음, 아이를 침대에 눕히고 문밖에 서서 아이의 웃음소리를 기다리곤 했다. 그러나 아무 소리도 듣지 못했다. 시라와 내가 서로 마음이 다르다는 것을 처음으로 깨달은 순간이었다. 내가 아무리 노력해도 아이를 이해할 수 없는 지점이 있었다. 오늘과 몹시 비슷하게.

전화벨이 울렸다.

나는 계속 액정을 응시하며 벨소리를 줄였다. 니콜라이였다. 왠지 갑자기 그가 도와줄 수 있을 것 같다는 생각이 들었다. 그 생각을 간신히 정리하기도 전에 바로 통화 버튼을 눌렀다.

"여보세요? 오퍼? 여보세요?"

"응."

"원더풀, 드디어! 이제야 연결됐네요."

"그래, 미안해." 내가 말했다. "좀 바빴어."

"괜찮아요, 우리 중 가장 잘난 사람에게 일어날 수 있는 일이지요. 중요한 것은 우리가 마침내 통화가 이뤄졌다는 거예요." 그는 인사를 마치고, 회사에 일어나고 있는 모든 문제에 대해 절박한 목소리로 중얼거렸다. 사장이 계속 멈추지 않고 그에게 악다구니를 쓴다고 말했다. 최고의 부하직원이 어제 그만뒀고, 2주 안에 그의 팀이 프로젝트를 선보이기로 되어 있었는데, 절반도 끝내지 못했다는 하소연이었다. "매주 누군가 병가를 내거나, 마감 시한이 없는 것처럼 휴가를 가요." 그가 투덜거렸다. "바로 어제 한 명이 사흘 동안 리히텐슈타인으로 휴가를 떠났는데, 위키피디아에서 찾아보기 전에는 그곳이 나라인지도 몰랐어요."

"나도 몰랐네." 내가 대답했다. 니콜라이는 회사가 그를 해고하는 것은 아마도 시간 문제일 뿐이라고 말했다. 그는 개발 매니저 직함이 골치 아픈 자리라고는 생각지 않았다고 인정했다. "그렇다니까." 나는 내 목소리에 만족감이 드러나길 바라며 말했다.

"하지만 내 문제는 신경 쓰지 마세요." 그가 어떤 절망감을 느낀 목소리로 말했다. "어떻게 지내십니까? 벌써 은퇴를 계획하고 있나요?" 그가 물었고, 나는 질문이 나쁜 농담인지 아니면 진심인지 알 수 없었다. 나는 그런 기분에 빠지고 싶지 않아서, 그냥 새로운 프로젝트를 구상 중이라고 말했다.

"그래요? 어떤 종류요?" 그가 물었다.

"모든 것이 초기 단계라서 자세히 말할 수는 없어." 내가 말했다. "그런데 니콜라이, 우리가 이야기를 꺼냈으니 묻고 싶은 게 있어. 루시드사가 꿈이라는 주제를 놓고 상품 가능성을 타진했던 기억이 막연하게 나는데, 내 기억이 틀릴 수도 있지만, 연구실 사람에게 좀 알아볼 수 있을까?"

니콜라이는 내가 말을 마치기도 전에 웃기 시작했다. "아, 무슨 프로젝트 구상 중인지 알겠네요!" 그가 말했다. "대단한데요, 정말로요. 사실 정말 멋진 생각인 것 같아요. 조금 비슷하지만, 멋져요." 무엇과 비슷하다는 말일까, 나는 궁금했다.

"뭔가 있긴 있었는데 기억이 잘 나지 않아요." 그가 말했다. "엉터리 즉답은 주고 싶지 않으니 조사해 봐야겠어요."

"그럼 실제로 그런 프로젝트가 있었단 말이야?" 나는 그가 내 말을 이해했는지 확인하면서 물었다.

"예, 예, 예. 바로 며칠 전에 그 주제에 대한 회의까지 있었던 것 같던데요."

니콜라이가 심호흡하는 소리가 들렸다. "그런데 오퍼, 실은 부탁이 좀 있어요. 제게 시간 좀 주실 수 있어요? 그야말로 바람 좀 쐬면서 진로 조언을 듣고 싶어서요." 그는 약간 걱정하는 목소리로 물었다. "어쩌면 물어볼 게 많을지도 몰라요……."

"그래." 나는 바로 대답했다. "좋아, 문제없어. 만나자."

그는 나에게 감사하다는 말을 멈추지 않았다. 나는 전화를 끊고 집으로 돌아가기 전에, 얼마간 텅 빈 길을 바라보며 긍정적인 기분을 느꼈다.

10

“내가 뭘 찾았는지 알면 기뻐하실걸요.” 다음 날 니콜라이에게 온 문자였다. 선글라스를 끼고 웃는 얼굴의 이모티콘도 함께였다.

“뭘 알아냈어??” 나는 강조하기 위해 두 개의 물음표를 달아 문자를 보냈다.

조급한 마음으로 기다렸는데, 한 시간 뒤에야 그는 만나서 다 말해 주겠다는 문자를 보냈다. 그 순간부터 나는 그들이 진행한 내용이 뭘까 생각하느라 마음이 분주했다. 그곳에서 일하는 동안 꿈이라는 화두가 떠올랐다는 것밖에 기억나지 않았다. 다만 그것이 가능한지, 구체적으로 시라의 머릿속에 들어갈 방법이 있는지 궁금했다. 어쩌면, 어떻게 해서든, 아이에게 있는 문제를 우리가 고칠 수 있을지도 모른다. 나는 아이의 꿈이 어떻게 생겼는지 상상해 보려고 노력했지만 도저히 불가능한 일이었다.

그 날 저녁, 나는 시라를 침대에 눕히고 식탁에 앉아 노트를 뒤졌다. 넬리는 회의를 위해 짐을 싸기 시작했다. 그녀는 항상 며칠 전에 여행 준비를 하는데, 결과적으로 그녀에게 더 많은 스트레스를 줄 뿐이었다. 30분이 지나자 그녀는 더 이상 참지 못하고 담배를 한 대 움켜쥐고 밖으로 나가더니 2분 후에 돌아왔다. 그러고는 부엌 찬장으로 다가가 민트차 박스를 꺼냈다.

"멕시코 브랜드 거는 다 마셨어?" 내가 물었다.

"아니, 난 이게 더 좋아."

"말해 봐." 물이 끓어오르기를 기다리는 동안 그녀에게 물었다. "예를 들어 누가 당신에게 TV에서 시라의 꿈을 볼 수 있다고 말한다면 볼 수 있겠어?"

"물론이지." 그녀가 내게 등을 보이며 말했다.

"그래, 나도 그래. 그래서 요즘 생각 중이야."

"사실, 못 볼지도 몰라." 그녀가 말을 끊었다.

"아니라고?"

"응, 다시 생각해 보니 보고 싶지 않을 것 같아." 그녀는 대답을 마치고 테이블에 앉아 티스푼만큼의 설탕을 차에 넣었다.

"그런데 왜 싫은 거지?"

그녀는 최악의 시나리오까지 생각했다. 악몽을 본다면 자신의 딸이 어떻게 고통받고 있는지 알게 되어 힘들 것 같다고 했다. "그리고 최악의 경우보다 더 나쁜 경우는, 우연히 좋은 꿈을 보게 되는 거야."

"좋은 꿈을 보는데 어떻게 나쁠 수 있어?" 나는 이해할 수 없었다. "끔찍하지 않을 거라고 스스로 말했잖아."

"물론 끔찍하지는 않지!" 그녀가 소리쳤다. "꿈속에 사는 거? 대단해. 그러나 그렇다고 해서 아이가 우리 없이도 얼마나 행복하게 있는지 내 눈으로 직접 보고 싶다는 뜻은 아니라고." 그녀는 기본적으로 불분명함을 안고 사는 것이 더 낫겠다고 결론지었다. 나는 두 번 생각하지 않고 그 기회를 잡고 싶었기 때문에 그녀를 이해할 수 없다고 말했다. 노트를 뒤적거리기 시작한 이후로 그 생각을 멈출 수 없었다. 아이가 어떤 꿈을 꾸는지 이해한다면 아마도 우리는 이 상황을 풀 수 있는 해결책도 알 수 있을 거라는 느낌 때문이었다.

"그런데 정확히 어떻게? 그게 가능해?"

"아직 확실하진 않지만……." 내가 말했다. "꿈을 보면 알 수 있을 것 같아."

"그냥 그렇게 믿는 척 자신을 속이는 거지?" 그녀는 차를 한 모금 마시며 말했다. 그러자 그녀는 속이는 게 아니라면 내가 왜 그렇게 흥분하는지 이해할 수 없다고 말했다. "우리가 이 일의 요인이 아니라는 것을 아직 깨닫지 못했어? 이 모든 문제는 아이와 아이의 의식 사이에 있는 거잖아?"

"우리가 요인이 아니라고?" 나는 목소리를 높이며 물었다. "지난번에 확인했어, 우리가 부모야."

그녀는 내 손에 손을 얹으며 컵을 테이블 위에 놓았다. "이 일은 당신이 나보다 더 나아." 그녀가 말했고, 잠시 후 "다행히!"라고 덧붙였다. 내가 왜 넬리에게 니콜라이와의 미팅에 대해 말하지 않았는지 모를 일이다. 설명하지 않는 게 더 낫다고 생각했을까? 그녀는 시간 낭비라고 말했을지 모르지만 이해는 했을 것이다. 어쩌면 그녀는 컨퍼런스에서 돌아올 때까지 기다려 달라고 말했을지도 모른다. 내가 텔아비브에 갈 수 있도록 월차를 내고 아이와 함께 있어 줄 것이다. 나는 그녀를 실망시킬지도 모른다는 두려움 때문에 이 모든 것을 숨긴 거라고 스스로를 설득했다. 그러나 내 자신에게 솔직히 말한다면, 비밀스럽게 생각할 논리적인 이유가 딱히 없다는 사실이다.

11

이틀이 지난 수요일 아침, 나는 넬리를 버스 정류장에 내려주었다. 우리는 이른 아침 6시에 정류장에 도착했고, 나는 그녀의 여행 가방을 안간힘 쓰며 차 트렁크에서 꺼냈다. 나는 넬리가 나를 도와주러 차에서 내리기 전에 시라의 뺨을 어루만지는 것을 창을 통해 보았다. 무거운 여행 가방을 끌어당겨 보도 위에 조심스럽게 내려놓는데 이마에 몇 방울의 땀이 맺힐 정도였다.

"좋아." 나는 넬리에게 말했다. "비꼬는 말 한 마디 할 자격이 내게 있겠지."

그녀는 잠시 나를 보며 생각에 잠긴 표정을 짓더니 말없이 나를 꼭 껴안았다.

버스 정류장에는 우리만 있었다. 버스가 도착할 때까지 우리는 서로의 팔을 붙들고 있었다. 넬리는 중앙버스 정류장에서 토블레로네(스위스 초콜릿 바 —역자 주)를 사가지고 돌아오겠다고 약속하며 텔아비브행 660번 버스에 올랐다. 나는 시라와 함께 다시 농장으로 차를 몰았다. 아이를 식탁 옆에 앉혀 놓고 노트에 글을 쓰라고 한 다음, 아이가 가장 좋아하는 아침 식사, 치즈와 양파를 넣은 오믈렛, 잘게 썬 야채 샐러드, 누텔라(헤이즐넛 코코아 잼—역자 주)를 바른 토스트를 만들었다. 나는 미안한 마음을 만회하기 위해 기꺼이 음식들을 만들어 시라에게 주었다.

"잠깐 밖에 나갔다 올 거야." 오믈렛을 자르며 아이에게 말했다. "금방 갔다 올게, 알았지?"

아이는 대답하지 않았다. 나는 아이를 샤워시키고 옷을 갈아입혀

눕힌 다음 커튼을 쳤다. 방 안이 어둑해졌다.

"잠 좀 자, 알았지?" 나는 시라에게 말하고 이마에 키스했다. 아이의 회색 눈동자가 서서히 아래로 내려앉으며 감겼다. 나는 문득 아이의 내면 어디쯤에서 나에게 가라고 허락을 하고 있다는 생각이 들었다. 바로 그 순간, 아이만이 나를 오롯이 이해하고 있다는 기분이 들었다. 아이는 머리를 베개에 더 깊이 묻었다. 잠이 들었는지 알 수 없었지만, 나가도 좋다는 표시로 받아들였다.

B&B를 걸어 나와 문을 잠갔다. 농장을 가로질러 사방을 훑었는데 나빌은 어디에도 보이지 않았다. 차로 달려가 시동을 걸고 북쪽 방향 고속도로로 들어섰다.

12

우리는 예후다 헤레비 가에서 만나기로 했다. 근처에 주차할 곳이 없어서 불법주차 딱지 걱정 없는 옆 골목에 세웠다. 남쪽으로 이주한 이후 텔아비브에 들른 것은 처음이었다. 주차단속반을 떠올리는 것만으로도 가슴이 설레는 걸 보니 더욱 발전된 문명으로의 복귀가 증명되었다. 니콜라이가 텔아비브에서 가장 맛있는 로스트 비프라고 자랑하며 문자를 보냈던, 새 샌드위치 식당에서 만나자고 고집했다. 내가 그곳에 도착했을 때 그는 이미 커다란 손으로 맥주잔을 들고 바에 앉아 있었다. 그의 옆에 앉았다. 손을 내밀었지만 그는 다른 계획이 있었다.

"겨우 악수라니요, 선배." 그렇게 말하며 웃더니 나를 힘껏 포옹했다. 나는 그의 행동이 정확히 무슨 의미인지 몰랐다. 니콜라이는 내가 기억했던 것보다 키가 더 컸는데, 거의 185cm가 넘었다. 그는 짧은 금발머리에 두꺼운 검은 테 안경을 쓰고, 단추가 달린 노란색 정장 셔츠와 보라색 체크무늬 반바지를 입고 있었다. 패션은 잘 모르지만, 제대로 된 복장이 아니라는 것쯤은 알 수 있었다.

손글씨로 쓴 메뉴가 벽에 붙어 있었지만, 배가 고프지 않아 콜라 한 잔과 물을 주문했다.

니콜라이는 내가 오는 데 얼마나 걸렸는지 물었다.

"거의 3시간." 나는 그에게 핸드폰 액정으로 농장이 어디 있는지 보여주었지만, 그는 정말 감을 못 잡는 것 같았다.

"날 보러 여기까지 운전해 왔다니 믿을 수가 없어요." 그가 말하며 내 등을 툭 쳤다. "그게 내 꿈인 거 알아요? 선배 나이 되면 키부츠로 이사하는 거요? 전원에서의 조용한 삶. 사람이 더 이상 무얼 바라겠어요?" 나는 약간 주저하며 고개를 끄덕였다. 키부츠에서의 삶과 사막에서의 농장 생활 차이점에 대한 따분한 대화에서 벗어나기만을 기다렸다.

그는 회사에 대한 불만을 터뜨리기 시작했다. 내가 실제로 관심을 갖는 주제로 넘어가기까지는 몇 분밖에 안 걸릴 것이라고 짐작했지만, 그렇게 간단하지 않았다. 니콜라이는 그의 문제들에 대해 말하는 것을 멈추지 않았고, 나는 한 마디도 끼어들지 못했다. 계속 한 주제에서 다른 주제로 넘나들었는데, 한 번은 개발 관리자로서의 어려움에 대해, 다른 한 번은 사무실 앞에 새로 문을 연 베트남 식당 이야기로 넘어갔다.

"베트남 쌀국수 먹어본 적 있어요?" 그가 대답을 기다리지 않고 물었다. "완전 날려버릴 맛이에요. 생강이나 뭐 그런 거 넣었는데, 완전 한 대 치는 맛이죠. 한 그릇이 52세켈인데 월급이 금방 오를 것 같지 않은 게 유일한 문제죠."라며 절망스럽게 말했다. IT산업에 종사하는 그의 친구들이 한 달에 2만 세켈은 겨우 군 봉급이라며 놀린다고 말했다. 불과 1년 전, 내가 그를 면접했을 때 천 단위로 월급을 제시하자 턱이 떨어질 뻔했다는 사실은 잊은 듯했다.

"교사들은 당신만큼 월급을 준다고 하면 아마 살인이라도 할걸." 내가 그렇게 말하자 그가 무시하듯 손을 흔들었다.

"무례한 말처럼 들리겠지만, 두 직업이 같을 수는 없어요." 그가 말했다. "내일 당장 서른 명의 학생을 가르치라고 하면 나는 할 수 있어요. 내가 잘할지는 못하겠지만, 괜찮게 할 수 있죠. 하지만 학교 선생님에게 파이썬(프로그램을 설계하는 프로그래밍 언어 중 하나 — 역자 주)으로 뭔가를 쓰라고 하면 어디서부터 시작해야 할지도 모를 걸요. 제 말 알겠죠?"

나는 회사에 재원이 없어 더 능력 있는 사람들을 채용할 수 없어서 그에게 기회가 돌아간 거라는 말은 하지 않았다. 짜증이 나서 입을 열지 않는 게 좋을 것 같았다. 그는 생각할 수 있는 모든 직업들을 나열하더니 왜 자신이 그 모든 일을 잘할 수 있는지 설명하기 시작했다. 그가 농부가 되는 것은 단지 식물에 물을 주는 일이라고 말했을 때 문득 떠오르는 게 있었다. 자신이 나빌을 그런 기준으로 본 것이었다. 니콜라이와 나는 농산물 직매장에서 유기농 채소를 사지 않는 사람들이 어쩐지 열등하다고 확신하는 눈으로 세상을 보았을 것이다.

"나는 지금 내 아이를 돌보고 있어." 내가 말했다. "날 믿어, 프로그래밍보다 훨씬 어려워."

"물론이죠, 하지만 애도 보고 앱 작업도 하잖아요?" 그는 설명하려고 노력했다.

"그렇지 않아." 내가 대답했다. "앱 작업을 안 하고 있어. 대부분의 시간을 아이와 함께 보내."

"정말요, 그게 다라고요? 아이만 돌본다고요? 그건 그냥 밥이나 주는 거 아니에요?" 그가 말하고 웃더니, 잠시 후에야 자신이 도를 넘었다는 것을 깨달았다.

"아, 죄송해요. 그런 뜻이 아니었는데, 바보 같은 농담이었어요." 그는 당황해서 머리를 긁적이며 말했다. "그럼 전업주부 같단 말이네요?"

"그게 바로 내 모습이야." 내가 말했다.

그는 맥주를 한 모금 마시더니 내 등을 툭 쳤다. "멋진 남자네, 선배!" 그가 말했다. "선배 같은 아빠가 있었으면 좋겠다. 우리 아버지는 매일 밤 10시에 집에 오곤 했는데, 도둑이라고 생각한 시간이 절반이었어요."

나는 그의 칭찬을 어떻게 받아들여야 할지 몰랐다. 처음에는 그가 환심을 사려고 한 줄 알았는데, 아니었다. 니콜라이는 그저 좋든 나쁘든 자신의 생각을 솔직하게 말하는 사람 같았다.

"아아! 하마터면 잊을 뻔했어요." 그가 남은 맥주를 꿀꺽 삼키더니 가방을 뒤지기 시작했다.

"선배가 원하는 걸 얻었다고요."

나는 벌떡 일어났다. "꿈 프로젝트?"

"네."

"연구실에서 서류를 밀반출한 거야? 믿을 수가 없네." 나는 중얼거렸다.

"아무 이유 없이 날 고용한 게 아니라니까요." 그가 말하고는 흥분해서 소리쳤다. "여기, 찾았다!"

그는 가방에서 내가 예상한 것보다 훨씬 더 크고 둥글게 말아놓은 도면을 꺼냈다. 내 쪽으로 몸을 기울여 아무도 엿듣는 사람이 없다는 걸 확인한 그는 내 귀에 대고 속삭였다. "이건 일급비밀이에요. 지난주에 작업을 막 끝냈더라고요. 아무에게도 말하지 않겠다고 맹세해요."

맹세했다.

니콜라이는 도면을 감싼 고무줄을 걷어내고 조심스럽게 테이블 위에 펼쳤다. 페이지 맨 위에 은색으로 인쇄된 슬로건이 나타났다. "어제의 기억은 내일의 꿈이다."

"다른 쪽을 보자고." 나는 페이지 반대편을 보고 싶어 니콜라이의 손에서 도면을 거의 낚아챌 것처럼 말했다. 그러나 거기에는 아무것도 없었다.

페이지는 텅, 완전히 비어 있었다. 그 바보 같은 광고 문구밖에 없었다. 나는 얼굴에 큰 미소를 띠고 쳐다보고 있는 니콜라이를 올려다보기 전에 도면을 뚫어지게 바라보았다.

"이게 뭐야?" 나는 당황해서 물었다.

"철저한 조사 끝에 이게 내가 가져올 수 있는 전부였어요. 이 포스터는 1년 전에 인쇄되었고, 프로젝트는 없어요."

"어떻게 이럴 수가 있지?"

"꿈과 관련된 프로젝트는 단 한 건도 없어요. 있을 줄 알았는데. 연구 규칙에 의해 배제됐더라고요. 꿈과 기억은 석유와 우유처럼 완전히 다른 영역이라고 말하더라고요." 니콜라이가 말했다. "제가 그 슬로건으로 선배를 조금 들뜨게 만든 건 인정해요. 그 문구에 심장이 박자를 놓쳤을 거예요."

나는 그가 틀림없이 뭔가 오해한 거라고 설명하려고 애썼다. 분명 뭔가 착오가 있을 거였다. 아무것도 없다는 것을 확인하기 위해 이 멀리까지 왔다는 게 믿기지 않았다.

"네 말이 무슨 뜻인지 이해가 안 가."

"네가 발견한 것을 보면 내가 기뻐할 거라고 했잖아."

"맞아요, 프로젝트가 없다는 걸 발견했어요. 그게 듣고 싶었던 거잖아요, 아니에요?" 니콜라이는 나만큼이나 혼란스럽다는 듯이 물었다.

"내가 왜 그 사실에 기뻐하겠어?" 나는 질문을 던지고 물컵을 단숨에 비웠다.

"선배가 '꿈 나눔' 같은 스타트업을 만들고 싶다며, 그래서 내게 기업 스파이처럼 하길 바랐던 거잖아요." 그가 말했다. "이건 정말 좋은 소식이에요! 이제 선배는 경쟁적인 스타트업을 창업해서 수백만 달러를 벌 수 있어요. 제 유일한 조언은 신경과학자 중 한 명이 필요하다는 거죠. 집에서나 만들 수 있는 그런 쉬운 앱이 아니거든요."

그리고 그는 또 이 세상의 모든 것이 잠재적 스타트업이라고 나를 상기시켰다. 사실 사람을 움직이게 할 수 있는 유일한 것은 성공하고 싶은 욕망이었다. 하지만 나는 수백만 달러를 벌고 싶은 것보다 내 딸을 돕고 싶었다.

"네가 틀렸어." 니콜라이에게 말했다. "프로젝트가 있어. 기억나. 알고 있다고." 그는 나에게 말도 안 된다고 말하려 했다. 그가 연구 부서를 돌아다니며 물어봤고, 그들은 모두 프로젝트가 없다고 확실히 말했다는 것이다. 오늘날의 기술이 꿈을 재현할 만큼 충분히 발전되지 않았다고 말했다.

"하지만 난 그게 필요해." 나는 혼자 중얼거리고 있었다.

"왜 필요한데요? 내게 설명해 줘요, 어쩌면 내가 이해할 수도 있잖아요." 니콜라이가 걱정스러운 어조로 말했다.

"어린 딸이……." 나는 그에게 시라에 대해 말하기 시작했다. 아이의 상태에 대해. 병원들, 그리고 지난 3개월 동안 우리가 겪었던 모든 일들. 숨을 들이마실 틈도 없이 모든 것을 쏟아냈다. 니콜라이는 말없이 조용히 들었다. 그리고 말을 끝내고 나서야 넬리가 아닌 다른 사람에게 시라 얘기를 한 것이 처음이라는 것을 깨달았다. 사실, 내가 남쪽으로 이사한 후 누군가와 길게 대화를 나눈 것도 처음이었다.

"정말 심각하게 들려요." 그가 말했다. 그는 잠시 망설이더니, 다소 어색하게 손을 들어 서툰 연대의 몸짓으로 내 등을 두드렸다.

"연구소에서 아무 말도 하지 마라고 네게 경고했겠지. 그건 괜찮아, 뭔지 말하지 않더라도 그냥 뭔가 있다고 말해 줘." 내가 말했다. "적어도 내가 의지할 게 있다는 사실을 믿고 싶으니."

"있으면 좋겠지만, 정말 없어요." 그가 말했다. 내가 알고 있는 것을 그는 받아들이지 않았다. "선배가 원한다면, 거기 있다고 거짓말할 수는 있어요." 그는 마지못해 그렇게 말했다.

나는 웃었다. 집에 가서 넬리에게 드디어 시라를 도울 방법을 찾았다고 말할 수 있기를 얼마나 고대했는지 모른다고 고백했다.

"아이를 도울 수 있는 게 아무것도 없다는 사실보다 최악의 상태는 없어." 내가 말했다. "정말 없어."

"하지만 어쩌면 그게 사람의 한계잖아요." 그가 말하고, 금방 자신의 말을 정정했다. 실제로 아이가 없어 잘 모르고 한 말이라고.

우리는 약 20~30분 동안 이야기를 계속했다. 사실은, 그가 말하고 나는 고개를 끄덕이는 식이었다. 나는 그가 무슨 말을 했는지 기억할 수 없다. 듣지 않았다. 시라를 도울 방법이 없다는 생각을 떨쳐버리려고 했는데, 잘 되지 않았다. 마침내 나는 아이에게 가봐야 한다며 일어섰다.

"운전하며 마실 커피 사드릴까요, 졸립지 않게?" 그가 제안했다. 나는 정중히 거절했다.

차로 돌아와 보니 100셰켈 불법주차 딱지가 나를 기다리고 있어 웃음이 터져 나왔다. 주차단속반보다 예리한 운전자가 없다는 걸 절대 잊지 않겠다고 맹세했다. 나는 가능한 한 잡념을 떨쳐버리려고 애쓰면서 라디오 볼륨을 높이고 온 길을 다시 운전해 갔다.

B&B 옆에 주차하고 잠시 차 안에 머물며 붉은 언덕을 바라다보았다. 모든 좌절감을 털어내기 위해 비명이라도 지르고 싶었지만, 나빌이나 시라가 들을까 봐, 계기판을 주먹으로 내리치는 걸로 만족했다. 그리고 엔진을 끄고 B&B로 들어갔다.

13

얼마 전 나는 그 날 니콜라이와 함께 일어났던 모든 일을 설명해 줄 수 있는 연구를 우연히 떠올렸다. 이 연구는 몇몇 사람들에게 어린 시절의 사진들을 보여주며, 각각의 사진이 어디에서 찍혔는지 기억하는지를 묻는 거였다. 중요한 건 그 사진들 중 하나는 조작된 것이라는 사실이다. 피실험자들은 특수효과로 만들어진 사진들을 통해 완전히 조작된 순간을 경험하게 되었다. 피실험자들에게 그 사진에 대한 질문을 처음 던졌을 때 거의 모두 언제 찍은 사진인지 기억나지 않는다고 대답했다. 그러나 며칠 후 다시 질문을 던졌을 때 몇몇 사람들은 그 날에 대한 모든 이야기를 특수효과 처리된 내용에 맞게 그대로 꾸며냈다. 심지어 자신들의 기억을 너무 확신한 나머지 사진이 조작되었다는 말을 듣고도 그 사진 속의 인물이 자신이라고 고집했다.

나는 실제로 루시드사의 꿈 공유 기술에 대해 들은 바가 없지만, 너무 절박했기 때문에 매달릴 무언가가 필요했었는지도 모른다. 그 날 나한테 두 번이나 그런 일이 있었던 것 같다. 나중에 생각해 보니, 내가 차 안에 있었던 순간을 재현해 보면, 실제로 아이가 양떼들 뒤로 걸어갔다고 맹세할 수 있다. 내가 자신을 책망하느라, 충분한 주의를 기울이지 않았을 뿐이었다. 그 기억이 사실인지 아닌지는 결코 알 수 없지만, 어쨌든 내가 아는 한 가지—내가 아이의 방에 들어갔을 때, 시라는 더 이상 그곳에 없었다는 것이었다.

시라가 방에 없다는 것은 바로 깨달았지만, 현관문이 잠겨 있지 않았다는 것을 알아차리는 데는 몇 분의 시간이 더 걸렸다. 나는 B&B의 구석구석, 이 방과 저 방, 욕실과 부엌과 옷장 안과 뒤까지 살피며 아이를 찾느라 흥분해 두리번거렸다. 아이는 없었다. 정신없이 5분 동안 헤맸지만, 아이가 B&B에 없다는 것만 확인할 뿐이었다. 나는 밖으로 뛰쳐나가 마당에 서서 넬리에게 전화를 걸었고, 신호음이 떨어지기 무섭게 끊었다. 넬리가 뭘 어떻게 할 수 있을까? 나는 B&B 주변을 뛰어다녔다. 역시 아이는 보이지 않았다. 양떼가 있는 쪽, 길, 모두 살펴보았다. 시라는 어디에서도 보이지 않았다. 그리고 그 모든 광기 속을 헤집고 분명하게 울려 퍼지는 유일한 생각, 전혀 말이 되지 않는 상상에 몸을 떨었다. 어쩌면 아이는 마침내 여기서 자신의 삶을 포기하고 꿈속으로 사라질 방법을 찾아냈는지도 모른다. 현실을 뒤로하고 우리의 손이 닿지 않는, 현시점에서 그 어떤 흔적도 남기지 않고 자신만의 세계로 뛰어들었을 것만 같았다. 나는 점점 더 그 생각에 확신을 품었다. 시라를 바로 내 눈앞에서 보기 전까지. 아이는 언덕 꼭대기에 작은 점으로, 가장자리와 꽤 가까운 곳에 혼자 서 있었다. 붉은 언덕 꼭대기에 앉아 알 수 없는 심연을 들여다보고 있었다. 그 광경을 어찌 생각하기도 전에, 내 다리가 나를 끌고 갈 수 있는 전속력으로 아이를 향해 달렸다. 내 몸이 나를 아이가 있는 방향으로 끌고 갔다. 나는 큰 소리로 아이의 이름을 계속해서 외쳤지만, 아이는 고개도 돌리지 않았다. 나는 아이에게 가닿지 못할까 두려웠다. 그때였다. 누군가 아이 뒤에서 훽 나타나더니, 아이에게 돌진하듯 다가가 와락 손을 뻗었다. 나빌이었다. 그는 시라를 팔에 안아 자기 가슴으로 끌어당겼다. 그러고는 돌아서서 느리고 무거운 걸음을 떼며 뒤에 붉은 흙먼지를 남겨둔 채 언덕을 내려갔다. 나는 시라가 평온하게 그의 품에 안겨 잠든 것을 보았다. 내 질투심이 꺾을 수 없는 강렬한 안도의 기운이 밀려왔다. 나는 무력감을 없애려고 애쓰면서 그들을 향해 달려갔다.

"당신이 아이를 발견하다니, 신께 감사해!" 나는 소리쳤다. 그들에게 다가가며 방어적인 독백을 중얼거렸다. 다른 선택의 여지가 없어서 니콜라이를 만나러 나갔어. 그리고 문은 분명히 잠갔고. 분명히 잠갔어, 확실해. 그런데 아이가 어떻게 빠져나왔는지 이해할 수 없었다. 아이 혼자 집에 있다는 말을 나빌에게 하지 않은 것은 바보 같은 짓이었다. 나빌은 나를 보며 고개를 끄덕였다. 마침내 내가 그들 옆에 섰을 때 나는 말문이 막혔다. 온 세상이 그녀의 작은 몸에 담겨 있었다. 시라만이 내가 걱정하는 유일한 것이었다. 나는 아이를 최대한 꼭 껴안았다. 나빌은 나에게 시라를 건네주었고, 나는 아이를 보호하듯 내 품속으로 끌어당겼다.

나빌이 B&B의 문을 열었다. 우리는 먼지투성이의 구두로 바닥을 더럽히며 안으로 들어섰다. 시라를 침대에 눕혔다. 눈은 감겨 있었다. 나는 아이를 담요로 덮어주었다. 나빌은 나를 쳐다보더니, 시라와 단둘이 남겨둔 채 방에서 나갔다. 침대가 갑자기 아이의 몸에 비해 너무 커 보였다. 마치 아이가 갑자기 한 움큼으로 쪼그라든 것만 같았다. 방금 일어난 일과 아이의 작은 체구, 섬세한 숨결 사이에는 상상도 안 되는 불협화음이 있었다. 나는 아이가 정말로 살아 있는지 확인하기 위해 얼마간 그렇게 바라보았다. 그제야 나는 전화기가 진동했었다는 걸 알아차렸다. 넬리가 세 번이나 전화를 걸었지만, 너무 지쳐 받을 수 없었다.

아이가 창문으로 빠져나갈 수 없다는 걸 확인한 후, 나는 방에서 나왔다. 나빌은 손을 허공에 둔 채 부엌 식탁에 앉아 있었다. 그는 식탁을 더럽히고 싶지 않았던 것이다. 우리는 영원 같은 침묵의 순간을 묵묵히 함께 지켜냈다. 마침내 나빌은 부드럽게 내 등을 쓰다듬었다. 그는 한 마디도 하지 않은 채 일어나 시라의 방에 가서 아이를 확인하고 B&B를 나섰다. 나는 그곳에 몇 분 동안 혼자 앉아 무슨 일이 일어났는지 이해하려고 노력했지만 허사였다. 의자를 끌고 시라의 방으로 들어가 침대에서 한 치도 떨어지지 않은 채 앉아 있었다. 정확히 언제 잠이 들었는지 알 수 없지만, 다음 날 아침에 눈을 떴을 때 시라가 내 앞에 서 있었다. 아이가 웃고 있었다.

14

언젠가 넬리에게 그 날 있었던 일을 말해 줄지도 모르겠다. 아직은 그럴 수 없다. 안다는 것이 도움이 될 것이라는 생각이 들지 않았다. 나빌은 그 일에 대해 한 마디도 하지 않았다. 넬리가 컨퍼런스에서 돌아왔을 때 그녀는 장난기 어린 미소를 지으며 내가 아이를 잘 돌봤는지 그에게 물었다. "그는 숙맥이야." 나빌이 대답했다. "하지만 꽤 좋은 아버지지."

며칠 후 시라는 호전될 기미를 보이기 시작했다. 매일 아침 점점 더 적은 수의 단어들을 노트에 적었고, 동시에 명확한 서술이 나타나기 시작했다. 또한 넬리와 나에게 더 많은 반응을 보이기도 했다. 미소와 밝은 웃음소리와 함께 공허한 시선들은 점점 길고 이해하기 쉬운 문장으로 바뀌었다. 가끔 변덕스러운 시선은 사춘기 전 소녀 특유의 행동에 걸맞았다. 전에는 내가 그런 것들을 목격하게 된 것만으로도 매우 행복할 것이라고는 생각도 못했었다. 그런 증상들이 처음 나타나기 시작한 지 두 달 반 만에 시라의 꿈은 사라지기 시작했다. 멘델슨 박사는 어쩌면 시라가 스스로 고쳤을지도 모른다고 생각했다. 그녀는 시라가 꿈의 모든 세부 사항을 기억하게 하는 장애로 고통받아 왔다고 여겼다. 시라가 매일 밤 예전처럼 — 매일 밤이 수년이 되는 — 꿈을 꾸고 있을 가능성이 여전히 높지만, 사실은 더 이상 그것을 기억하지 못할 뿐이라고 말했다. 그러나 그녀는 자신이 말한 모든 것이 '터무니없는 말'일 가능성도 있다고 덧붙였다. 그녀가 몇 가지 다른 해석을 내놓을 수는 있지만, 그중 어떤 것도 증명할 방법이 없기 때문이었다. 멘델슨 박사는 문제를 더 탐구할 수 있도록 계속 시라를 수면 연구소로 데려오라고 제안했지만 우리는 거절했다. 넬리는 수면 연구소의 노벨상 수상 가능성보다 아이의 재활이 지금 더 중요하다고 말했고, 스톡홀름으로 가족 여행을 가는 것은 멋진 일이지만 나도 동의했다.

멘델슨 박사의 이론이 매우 설득력 있게 들렸음에도 불구하고, 나는 넬리가 내내 옳았다는 생각을 멈출 수 없었다. 의학적인 미스터리는 없었다. 사실 모든 이야기는 매우 간단했다. 어느 날 시라는 꿈속으로 도망치기로 결심했고, 그 다음 날, 그 꿈에 싫증이 나서 우리에게 돌아오기로 결심한 것이리라. 나는 넬리와 내 이론을 공유했지만 그녀는 동의하지 않았다. 사실 그녀는 '꿈으로 탈출'하는 것 자체를 솔직히 믿지 않았다며, 그것은 절망의 순간에 그녀가 한 말일 뿐이었다고 말했다. 만약 그녀가 나빌과 함께 겪은 일을 알았다면, 아마 다르게 생각했을지도 모르겠다. 어느 날 벼랑에서 떨어질 뻔한 아이가 다음 날 나아지기 시작했다는 것은 말이 되지 않았다. 어쩌면 그 순간 시라를 현실로 돌아오게 한 어떤 일이 일어났는지도 모른다. 어쨌든 나만의 생각으로 남겨놓는 것도 괜찮다고 생각했다. 인생의 모든 미스터리가 명확한 해답을 가지고 있지 않다는 사실과

화해하기 위해서였다.

어제 시라는 몸이 좋아진 후 처음으로 학교에서 집으로 돌아왔다. 아이는 문을 박차고 들어오며 소리쳤다. "선생님이 미츠페가 세계에서 별을 볼 수 있는 최고의 장소라고 하셨어!" 아이는 오후 내내 그것에 대해 얘기했고, 넬리와 나는 우리 셋이 저녁에 손전등과 구식 망원경을 가지고 붉은 언덕 꼭대기로 가자고 제안했다. 시라는 신이 나서 보고 싶은 별자리들의 상세한 목록을 가져다가 오리온과 큰곰 별자리를 찾을 때까지 내려오지 말자고 했다.

넬리와 나는 아무것도 발견할 수 없어서 푸른 거위 자리, 작은 램프 자리, 북쪽 개미언덕 자리라고 이름지어 꾸며댔다. 우리는 언덕을 내려가던 내내 시라가 그 별자리들을 보지 못한 것이 정말 이상하다고 아이에게 계속 말했고, 넬리는 내 귀에 '레아 이모의 엉덩이'라는 별자리도 실제로 없다는 것을 깨닫는 데 적어도 3년은 더 걸릴 것이라고 속삭였다.

우리가 집에 돌아오고 나서 시라는 지칠 때까지 침대에서 펄쩍펄쩍 뛰더니 매트리스 위에 누웠다. 넬리는 샤워를 하러 갔고 나는 시라가 쉬지 않고 하품하는 것을 옆에서 지켜보았다.

"시루쉬, 정말 병원 다닐 때 기억나는 거 없어?" 내가 물었다.

"기억나는 거 없다고 말했잖아!" 아이는 내가 이미 백 번을 물어봤다며 소리쳤다.

"그래, 알아. 네 엄마랑 내가 이상한 생각을 한 것뿐이야." 나는 아이의 얼굴을 부드럽게 쓰다듬으며 말했다.

"무슨 생각?" 아이는 작은 팔을 뻗으며 눈을 감고 물었다. 나는 시라가 매우 특별한 소녀였기 때문에 꿈속에서 살 수 있는 방법을 찾았을지도 모른다고 생각했던 시간이 있었다고 말했다. 그곳에서 시간을 보내며, 머릿속에 있는 모든 다른 세계를 탐험했다고. 시라는 회색 눈을 치켜뜨며 나를 바라보고는 작고 짓궂은 미소를 지었다. 아이는 아무 말도 하지 않았고, 나는 내가 마침내 아이의 마음을 알아차렸다는 생각이 들었다. 어쩌면 지금까지도, 여전히, 우리와 장난을 하는 것일지도 모를 일이었다. 내가 다른 것을 묻기도 전에, 시라는 내 어깨에 머리를 기대고 몇 분 동안 내 품으로 파고들더니 그대로 잠이 들었다.

예루살렘 해변

그들은 그녀의 첫 번째 기억, 예루살렘에 있는 눈 덮인 바다를 찾기 위해 떠났다. 그는 내일부터 그녀와 떨어져 지내야 하지만, 이 순간만큼은 480번 버스, 뒤에서 두 번째 좌석에 함께 타고 있다. 릴리안은 잠이 들었고, 새미는 낡은 가죽 가방을 쓰다듬으며 차창 밖을 내다보았다. 그가 아무 의혹 없이 말할 수 있는 것은 오직 하나뿐이다. 마지막으로 외출한 이후 세상이 변했다는 것이다. 릴리안은 수년간 라마트간에 있는 작은 아파트 밖을 나가본 적이 없고, 새미는 그런 그녀를 두고 혼자 외출하지 않았다. 예전과 달리 울창하게 숲으로 뒤덮인 언덕을 바라보던 그는 긴 변화의 시간이 그들의 모든 걸 집어삼켰다고 혼잣말을 했다.

"큰불 기억나?" 새미는 아내에게 물었지만, 그녀의 목은 뻣뻣하게 움직이며 잠을 청하고 있었다.

회상에 젖어 있던 그는 뒤에 앉은 세 명의 청년들이 터뜨리는 폭소에 현실로 돌아왔다. 그들 가운데 한 청년이 핸드폰으로 노래를 듣고 있었는데, 서서히 버스 뒷좌석 전체에 울렸다. 그가 아무리 노력해도 해독 불가능한 가사였다. 새미는 시비 거는 걸 좋아하지 않았지만, 그 소음이 릴리안의 잠을 깨울까 염려스러워 고개를 돌려 그들을 쳐다보며 말했다.

"좀 조용히 하는 게 어때?" 그의 목소리가 경미하게 떨리는 것을 그들이 알아채지 못하길 바랐다. 핸드폰을 들고 있던 청년이 음악을 끄더니, 반항적으로 콧노래를 흥얼거렸다. 새미는 다시 차창 밖으로 시선을 돌렸지만, 마음을 진정할 수 없었다.

어느새 버스는 예전에 그들이 살던 도시로 들어섰고, 하얀 다리로 접어들었다. 새미는 이 순간을 위해 준비한 노란색 일회용 카메라를 주머니에서 꺼내 렌즈 안에 대형 구조물이 들어오자 셔터를 눌렀다. 그런데 사흘 후 필름을 현상했을 때, 그 다리는 교묘하게 그의 시선을 비켜나 있었다. 사진 안에는 그들 앞에 앉아 있던 남자 승객의 하품하는 얼굴이 반사된 창문과 도시 진입로의 혼잡한 교차로가 대신 담겨 있을 뿐이었다.

버스가 중앙역으로 진입했을 때 승객들이 무더기로 몰리기 시작했고, 그들 가운데 서 있던 그 청년이 좋은 하루 되라며 새미의 등을 두드렸다. 승객들의 북적거리는 소리에 잠에서 깬 릴리안이 천천히 눈을 떴다. 그녀의 눈동자는 체스넛 브라운 빛을 띠었고, 그녀의 머리와 피부는 브라운 빛이었다. 한 가지 색에도 다양한 색감의 깊이가 담겨 있다는 것을 알게 된 것은 오로지 그녀 때문이었다. 한편으로, 새미는 그들이 수년 동안 체구가 늘지 않은 건 아닌지 가끔 의아하게 생각했다.

"여기 어디야, 새미?" 릴리안이 물었다. 그는 대답하지 않았다. 그녀가 천천히 일어서자, 정수리 한가운데의 작은 부분 탈모가 훤히 드러났다. 새미는 재빨리 그녀의 머리를 헝클여 버스에서 내리는 승객들 중 어느 누구도 알아채지 못하게 했다.

그녀가 다시 물었을 때 그는 그들이 예루살렘에 도착했다고 말했다. 조용한 목소리로 계속 반복해 상기시키지 않겠다고도 덧붙였다.

그들은 절뚝거리며 버스에서 내렸다. 브네이 어키버(유대인들의 국가 건설을 위한 민족주의를 부르짖는 시오니즘 청소년 운동을 일컫는다 —역자 주) 티셔츠를 입은 젊은 여자가 도와주겠다고 했으나, 새미는 손사래를 치며 괜찮다고 했다. 새미와 릴리안은 지난 수년 동안 몸이 점점 쪼그라졌는데, 이런 혼잡이 그들의 몸을 거의 집어삼킬 듯했다. 역으로 건너가느라 그들은 서로의 몸을 짓눌렀다. 계단을 겨우 올라왔더니, 제퍼 로드로 나가는 입구까지 닿으려면 승강기와 미끄러운 타일 바닥을 지나야 했다. 입구까지 불과 몇 인치 남겨 놓았을 때 8월 초순의 태양이 갑자기 릴리안의 경계심을 무너뜨리고 말았다.

"나 추워, 새미. 눈이 오나 봐." 그녀가 비스듬히 그에게 몸을 기대며 말했다.

"지금 여름이야." 그가 힘주어 말했지만, 그녀는 받아들이지 않았다. 오히려 팔을 몸에 두르고 부들부들 떨기 시작했다. 가장 더운 날일지라도 그녀의 눈 덮인 날의 기억을 막을 수는 없는 것이다. 새미는 한숨을 쉬며 어깨에 둘러멘 가방을 바닥에 내려놓았다. 그러고는 느릿느릿 가방을 뒤져 예전에 그녀에게 선물했던 흰색 코트를 꺼내 들었다. 지금은 그녀의 몸보다 두 치수나 컸는데도, 그녀는 늘 자랑스럽게 그 코트만 고집했다. 릴리안은 방금 샤워를 끝낸 소녀가 제

몸에 수건이 둘리기를 기다리듯 두 팔을 올렸고, 새미가 코트를 입히고 목에 스카프를 두를 때까지 움직이지 않았다. 스카프까지 다 두르자 그녀는 역을 빠져나가는 출구로 첫발을 떼더니, 그를 따라 경전철 쪽으로 걸어갔다.

새미는 릴리안의 손을 잡고 부탁했다. "내 손 놓지 마." 그의 목소리가 거리의 떠들썩한 소리에 묻혀 그녀가 못 듣는다고 해도 할 수 없었다. "여기 어디야?" 그녀는 계속 물었다. 그는 대답하지 않았다. 그의 시선은 강철 회색 선로 쪽에 닿아 있었고, 그의 귀는 걸걸한 엔진소리를 향해 열려 있었다. 그는 수년 동안 도시의 거리를 가로지르는 경이적인 경전철에 대한 신문기사를 계속 찾아 읽었는데, 이제 직접 자신의 눈으로 보고 싶다는 열망에 사로잡혔다. 카메라를 꺼내 들었지만, 필름을 낭비하지 말아야겠다는 생각이 들자 곧 가방 뒤편에 다시 넣었다.

느리고 무겁게 기차가 역으로 들어왔다. 새미가 상상했던 대로 거대한 은빛이었고, 다니엘의 예언에 등장하는 강철 괴물 같았다. 새미는 경전철을 보기 위해 앞으로 한 발짝 나가 플랫폼 끄트머리에 섰다. 릴리안은 그의 뒤에 가려져 있었다.

"릴리안, 믿을 수 있어? 예루살렘에 기차가 다시 지나가." 그가 말했다.

문이 열렸다. 새미가 릴리안을 앞으로 끌어당겼다. 그는 그녀와 기차 안으로 들어가는 스텝을 함께 밟고 싶었는데, 쉴 새 없이 밀려드는 사람들에게 떠밀리고 말았다. 새미와 릴리안은 쪼글쪼글한 두 손을 서로 놓쳤고, 나중에 다시 맞잡을 때까지 한동안 두 늙은 고아가 찢어진 페이지처럼 느긋하게 떨어져 있었다. 겨우 세 번째 시도에서야 그들은 승차할 수 있었다. 사람들은 서로를 압박하며 자리를 차지하기 위해 안간힘을 썼다. 야물커(유대인 남자들이 머리 정수리 부분에 쓰는 작고 동글납작한 모자 —역자 주)를 쓴 젊은 남자가 릴리안을 보고 소리쳤다. "저 여자 코트가 자리를 다 차지했네." 그러나 새미는 아무 대꾸도 하지 않았다. 똑바로 서 있는 데 집중하는 것만으로도 정신이 하나도 없었다. 릴리안은 주변에 무슨 일이 일어나고 있는지 전혀 알아차리지 못했다.

경전철이 출발하자 릴리안이 도시의 빌딩 숲을 물끄러미 쳐다보았다. 수년 동안 못 만났던 오랜 지인을 바라보고 있는 모습처럼 보였다. 낯익은 사람이라는 건 알지만 어디에서 만났는지는 기억을 못하는 것처럼 말이다.

그들은 마하네 예후다 역에서 하차했다.

"아직 바다에 도착하지 않았어?" 릴리안이 물었다. 새미는 대답하지 않았다. 예전에 알고 있던 제퍼 로드는 기찻길과 함께 사라졌고, 그는 잃어버린 시공간 안에 던져진 꼴이 되었다.

그들은 어리둥절해하며 예루살렘의 태양 광선 아래 왔다 갔다 서성였다. 분명 그들의 기억에 새겨진 것보다 볕이 훨씬 날카로웠다. 그는 그녀가 예전에 여러 번 그랬던 것처럼, 그를 말리며 이렇게 말하기를 간절하게 원했다. "그렇게 헤매지 말고 지나가는 사람들에게 길을 물어보면 금방 문제가 해결될 거야." 그러나 그녀는 아무 말도 하지 않았다. 이마에 흐르는 땀을 닦으며 그와 속도를 맞추기 위해 안간힘을 썼을 뿐이다. 그들이 거의 기진맥진해졌을 무렵 새미는 많은 사람들이 어느 골목길 한쪽을 드나드는 흐름을 보게 되었다. 그가 릴리안 손을 잡고 따라가 보니 어느새 채소, 빵, 견과류가 잔뜩 진열된 노점 앞에 서 있는 자신들을 발견하게 되었다. 새미는 만족스러운 미소를 지으며 기대감에 찬 시선으로 릴리안을 바라보았다. 잠시 후, 그가 바랐던 것처럼 릴리안은 이유도 모르는 채 눈을 감았다.

그들이 젊었을 때 그녀는 시장 손님들이 종종 넋을 잃은 듯 물건들을 바라본다고 말했다. 그들은 그 경험이 몇 가지 색과 향료 덕분이라고 여길 뿐 북적대는 거리에서 고요한 순간과 맞닥뜨린 일이었다는 건 모른다. 그녀는 종종 자신의 그런 느낌을 설명하기 위해 그를 시장에서 가장 붐비는, 눈썹을 짙게 칠한 향신료 주인 가게 옆으로 데려가곤 했다. 그의 눈을 감기고는 지나가는 사람들의 움직임을, 물결처럼 그들을 관통하는 감각을 느껴보라고 말했었다. 지금 그는 다시 눈을 감아보려 했지만, 그때처럼, 여전히 너무 두려웠다.

새미는 스물세 살 생일날 예루살렘을 떠난 이후로 60년간 이 시장에 와본 적이 없다. 그래서 여행객이나 외국인처럼 시장에서 서성이는 자신을 상상할 수 없었다. 어린 시절 그는 여름이면 두두 빵집에서 일했다. 그때 보았던 알록달록한 모습들, 땀투성이 관광객들, 챙이 넓은 밀짚모자를 쓰고 고급 이태리 셔츠를 입은 채 관광객 티를 내며 인류학적 시선으로 노점을 응시하던 표정들을 세세하게 기억했다. 새미는 문득 자신들이 이렇게 멀리 굽이굽이 돌아 예루살렘을 다시 방문한 이유가 더 이상 예전의 그들은 사라지고 없다는 걸 확인하기 위한 건 아닌지 궁금해졌다.

교사였던 릴리안은 학생들을 데리고 이 시장에 몇 번 견학을 왔다. 그럴 때면 새미는 평소보다 일찍 용접소 문을 닫고 집으로 쏜살

같이 달려가 주방 나무 식탁에 앉아 그녀가 돌아오기를 눈 빠지게 기다렸다. 그녀가 집에 돌아와 가방을 내려놓기도 전에 그는 토마토, 가지, 감자, 양배추 가격을 묻는 질문들을 퍼부은 다음, 비록 오래전 주인인 두두도 죽었고, 새 상품들이 쏟아져 나왔으며, 이제 그조차도 사라졌지만, 두두 빵집 안부를 물었다. 그러면 그녀는 그가 기도문을 바치고 갈구하는 신앙심 깊은 사람처럼 시장에 대해 세세히 듣고 싶어 하는 것을 알고 있다는 듯 또박또박 하나하나 대답했다.

그녀가 눈 덮인 해변 얘기를 한 것은 언제였을까? 그는 정확히 기억나지 않았다. 그런데 바로 여기에서 일어난 일이었다. 그녀가 할라빵을 사러 빵집에 왔을 때, 그들이 마주쳤던 날들 가운데 어느 하루, 그녀는 그와 함께 근처 골목으로 슬그머니 사라졌다. 그때 그녀는 생애 첫 기억에 대한 얘기를 그에게 했다. 사라진 모래를 찾아 맨손으로 땅을 파며 눈밭에서 노는 아이들 이야기. 나이 든 남자와 우아한 여자가 지독하게 추운 날씨에 선탠을 하려고 두꺼운 정장을 입은 채 녹색 비치의자에 앉아 있었고, 하얀 눈송이 밖으로 삐져나온 조개껍질과 맨발로 다니면 감기 걸린다고 소리치는 엄마들에 관한 얘기였다. 그리고 그녀는 자신이 얼음 같은 물속으로 겁 없이 들어간 유일한 아이였다고 말했다. 얼음 조각들이 둥둥 떠 있는 물속으로 천천히 걸어 들어갔다고 했다. 그녀는 자신이 어떻게 눈을 감고 깊은 물속으로 들어갔는지 들려주었다. 그러고는 물속에서 잠깐 눈을 떴을 때 한 번도 본 적이 없는 가장 투명한 청록색 물빛을 바로 눈앞에서 보았다고 말했다.

새미는 지금도 그때 그녀에게 "그냥 꿈이었겠지."라고 단호하게 말했던 것을 후회했다. 더 확실하게 이렇게 덧붙이기도 했다. "이곳은 바다는 말할 것도 없고, 몇 년 동안 눈도 오지 않았어." 그 이후로 그녀는 더 이상 생애 첫 기억에 대해 그와 대화를 나누지 않았다. 처음엔 그도 시간이 지나면 그녀가 다시 그 바다 얘기를 꺼낼 것이라고 생각했는데, 그녀가 대단한 고집쟁이라는 것만 확인하고 말았다. 그가 수없이 사과하고 용서를 청했지만, 그녀는 침묵으로 일관했다. 서로의 몸에 대해 알고 난 후에도, 결혼까지 한 후에도, 수십 년이 지나 도시에서 뚝 떨어진 은퇴자 주택으로 이사 가고 나서도 변하지 않았다. 그녀는 그런 기억을, 비록 사랑하는 사이라도 타인의 손에 쥐어주기에는 너무 소중하다고 주장했다.

그리고 알츠하이머가 찾아왔고, 그녀의 기억은 하나하나 뜯겨 나갔다. 로마에서의 신혼여행, 중식당에서의 저녁, 그녀가 2번 고속도로에서 받은 스피드 티켓, 그들 아들의 죽음, 피스타치오 아이스크림의 맛, 애벗과 코스텔로(미국 고전 영화 중 하나인 《뚱뚱이와 홀쭉이—투명인간 대소동》의 주인공들—역자 주), 그들이 함께 피웠던 첫 담배, 전쟁과 그 후의 전쟁, 그녀의 아버지 목소리, 3일간 입양한 개가 결국 이웃의 개였다는 사실을 알게 된 일, 아인게디에 있는 '다윗의 시냇물'에 갔다가 미끄러져 넘어진 일, 그들이 보스턴에서 보낸 2년, 히브리 대학교 기숙사의 오래된 화장실들, 죽음에 대한 두려움, 그녀가 구체적으로 좋아하는 커피 취향, 《안나 카레니나》 첫 공연을 보기 위해 줄 섰던 일, 그녀가 새미를 만난 날.

눈 덮인 예루살렘의 바다에 대한 기억을 제외한 그녀의 모든 기억은 허공 속으로 사라졌다. 오직 그 기억만 놓지 않았다. 그녀는 언제 그곳에 갈 거냐고 묻고 또 물었다. 심지어 잠결에 더듬거리는 잠꼬대로 그 기억을 암시했다. 그리고 여전히 새미가 그녀에게 첫 기억에 대해 다시 말하라고 하거나 정확히 그 해변이 어디냐고 물으면 그녀는 입을 다물었고, 침묵 속으로 빠졌다. 그는 그 기억이 진짜가 아니라고 자신에게 상기시켰지만, 그의 노여움을 완화시키는 데는 도움이 되지 않았다. 그녀의 과거에 대한 마지막 증거를 공유하는 것을 거절당해 몹시 고통스러웠다. 그 시장 한복판에 서 있는 지금까지도 그녀의 태도는 변함이 없었다. 방향이라도 알 수 있게 작은 실마리라도 물으면 그녀는 침묵을 지켰다.

"저 여자한테 물어봐." 릴리안은 노점 뒤에 있는 상인을 가리키며 말했다. 새미는 여자에게 다가가 약간 말을 더듬으며, 예루살렘에서 바다를 볼 수 있는 곳을 아냐고 물었다. 여자는 노점에 서서 그를 위아래로 쳐다보며 경멸의 시선을 던졌다. 그러고는 대답할 가치도 못 느끼는 사람처럼 책장에 책을 꽂듯 계속 고구마 쌓는 손길을 멈추지 않았다.

"이 사람이 물어보잖아요." 릴리안이 남편의 체면을 세워주겠다는 듯 흐릿한 영혼 속을 헤집고 나온 목소리로 물었다. "이 사람이 질문을 던졌는데 왜 대답을 안 해요? 이 사람이 당신에게 물었어요, 이 사람이 물었어요." 릴리안은 노점으로 다가갔고, 여자는 당황하여 펄쩍 뛰더니, 잔뜩 쌓아놓은 애호박 뒤에서 속삭이듯 말했다. "뭐라고 말해야 할지 정말 모르겠어요."

새미는 재빨리 사과하고는 릴리안을 끌고 나왔다. 그들은 어느 골목에서 걸음을 멈췄다. 릴리안은 계속 혼자 중얼거렸다. "왜 당신에게 대답을 안 하는 거야? 왜 안 하는 거야?"

그는 두툼한 손가락으로 그녀의 머리를 쓰다듬으며 가지런하게 매만졌다. 그러고는 아몬드가 듬뿍 들어간 터키사탕을 사서 그녀에게 내밀었다. 예전에 매주 금요일마다 사다 준 것처럼 말이다. 그녀는 조용히 깨물어 먹었다. 그리고 그들은 노점들을 지났다. 릴리안은 우연히 마주친 거지에게 사탕을 나눠주었다.

그들은 시장 저편에서 걸어 나와 건널목 표시가 흐릿한 횡단보도를 건너 북적거림을 뒤로하고 나클로트 동네로 미끄러져 들어갔다. 좁은 길이었지만 바글거리던 시장의 골목들에 비해 넓게 느껴졌다. 새미는 작은 집들을 바라보았다. 젊었을 때 그는 이 집들을 보며 자신에게 완벽하게 어울리는 크기라고 생각했었다. 새미는 릴리안의 손을 잡고 아이들이 첫 번째 애완동물을 보호하는 것처럼 맨홀과 가스탱크 앞을 조심히 지나도록 그녀를 이끌었다.

잠시 산책을 한 후, 그들은 예전에 다녔던 회당에 들렀다. 하레디(유대교 근본주의파 —역자 주) 젊은이들이 그들을 지나쳐 회당 안으로 들어갔다. 그는 누군가 이런 곳에 작은 기념비라도 세워뒀으면 얼마나 좋았을까, 라고 생각했다. 그라면 '릴리안과 새미가 마리브(유대교도의 저녁 예배—역자 주) 시간 중 말없이 쪽지를 주고받던 곳'이라고 쓴 작은 나무 표식을 만들었을 것이다.

릴리안은 피곤한 기색이 역력했다. 그가 보라는 듯 그녀는 무릎을 구부렸고, 새미는 재빨리 놀이터 근처 맞은편에 있는 벤치로 그녀를 데리고 갔다. 몇 명의 여자아이와 남자아이들이 모래로 뒤덮인, 시멘트로 포장된 운동장에서 공놀이를 하고 있었는데, 네 개의 커다란 나무가 골대 역할을 했다. 새미는 릴리안을 벤치에 앉혔다. 그녀는 아이들을 바라보며 웃더니, 아이들이 뒤돌아 손을 흔들 때까지 손뼉을 쳤다. 그는 그녀 옆에 앉아 가방에서 오렌지가 담긴 녹색 플라스틱 통을 꺼내들었고, 미리 준비한 과도로 껍질을 벗겼다. 그런 후 그는 더러워지지 않게 릴리안의 코트와 스카프를 벗긴 다음 작은 오렌지 조각을 하나씩 떼어 그녀에게 건넸다. 그의 손가락에서 오렌지 과즙이 흘러내렸다. 그녀는 오렌지 조각을 받을 때마다 고맙다고 말했다. 아마도 그녀는 매번 오렌지를 받아먹을 때마다 새로운 과일 맛으로 여길 것이리라. 그런 생각을 하자 순간 위안을 얻을 뻔했다.

릴리안이 손에 들고 있던 마지막 오렌지 조각을 막 씹으려고 했을 때 축구공이 그녀를 향해 날아들었다. 그녀는 얼굴을 정면으로 맞았고 바닥에 오렌지 조각을 떨어뜨렸다. 릴리안이 비명을 지르며 눈을 감고는 연약한 손으로 재빨리 머리를 가렸다. 새미는 그녀의 코트가 세상에 있는 모든 악으로부터 보호하는 힘을 가졌다고 믿기라도 하듯 그녀를 감쌌다. 아이들 중 청치마와 파란색 교복 상의를 입은 소녀 한 명이 머뭇거리며 다가왔다. 다른 아이들은 비뚤어진 선이 늘어진 것처럼 뒤에 숨어 있었다. "죄송, 공 다시 가져가도 돼요?" 소녀가 물었고, 새미는 '죄송'이라는 단어가 사과인지, 혹은 그 소녀가 그에게 붙이는 유일한 호칭이라고 여기는지 알 수 없었다.

"너네 완전히 미친 거 아니냐?" 그가 소리쳤다. 소녀는 몇 걸음 뒤로 물러났다. "왜 그러세요? 정말 이상하네, 사람을 죽이기라도 할 것처럼요." 소녀는 뒤로 두 손을 맞잡고 입을 다물었는데, 그 모습이 그를 더 분통 터지게 만들었다. "눈은 뒀다 뭐 하니? 이게 얼마나 위험한 줄 알아?" 그는 아이를 맹렬히 비난하며 분노를 터뜨렸다.

"죄송. 공만 던져주세요." 아이가 다시 말했다.

5각형과 6각형의 흰색과 얼룩덜룩하게 패치워크 된 축구공이 그와 릴리안 사이에 놓여 있었다. 그는 떨리는 손으로 공을 집어들고 아이에게 건네주려다 릴리안의 얼굴을 다시 쳐다보았다. 그녀는 그 어느 때보다 겁에 질린 채 굳어 있었다. 그는 더 이상 생각하고 싶지 않다는 듯 과도를 집어들어 조금 남아 있는 힘을 다해 공에 구멍을 뚫었다.

천천히 공기가 빠진 공을 떨어뜨리자 바닥을 굴러 소녀의 발 앞에 멈췄다. 소녀는 손으로 얼굴을 가리고 있었지만, 크게 벌어진 손가락 틈으로 이 모든 끔찍한 광경을 훔쳐보고 있었다. 그러고는 흐느끼기 시작했고, 얼마 후 뒤돌아서 회당을 둘러싸고 있는 오솔길을 따라 내달렸다. 소년 한 명이 그를 향해 살인자라고 소리치며 두려움에 떨고 있는 아이들과 함께 도망쳤다.

운동장이 조용해졌다. 새미는 릴리안을 쳐다보았다. 작은 부분 탈모가 다시 훤히 드러났다. 다시 한 번 그가 머리를 정리해 주려고 손을 뻗었지만, 릴리안은 머리에 두른 손을 내려놓으려 하지 않았다. 그녀는 다시 그녀만의 세계로 숨어들어 갔다. 그는 더 이상 그녀와 싸울 힘이 없었다. 그들은 해가 회당 뒤로 사라질 때까지 한동안 그렇게 앉아 있었다. 새미는 가방을 양손으로 품은 채 나무에 매달려 있는 나뭇잎을 세려고 했지만 실패하고, 카메라를 다시 집어들었다. 릴리안의 왼쪽 팔을 조심스럽게 들어올리며 그녀의 피곤한 얼굴을 담았는데, 이 순간들은 기록으로 남겨야 한다고 스스로에게 말했다. 그는 천천히 몸을 구부려 바닥에 떨어진 오렌지 한 조각을 주워, 손수건을 꺼내 과일에 들러붙은 모래알갱이를 털어냈다.

"내일 당신 데리러 온대." 그가 말했다.

"바다 데려간대?"

"나보다 당신을 더 잘 돌볼 사람들이야."

"눈 어딨어, 새미?"

"매일 당신 보러 갈 거야."

릴리안은 몸을 앞으로 숙였다. 여전히 눈은 감고 있었다.

"바다 냄새나. 당신도 느껴?"

새미는 손을 뻗어 그녀의 두 손을 잡았다. 머리를 그녀에게 기대며 부드럽게 얼굴을 쓰다듬었다. 그는 그녀의 대답을 기대하지 않은 채 이렇게 속삭였다. "거기에 뭘 두고 왔는데?" 두 눈을 감고 그녀의 바닷가에 단둘이 있는 상상을 했다. 그녀의 축 처진 브라운색 젖가슴과 등이 굽고 창백한 얼굴의 그가 벌거벗고 주름진 몸으로 해안선에 서 있는 모습이었다. 그리고 그는 지독한 추위와 그가 싫다고 하는데도 물속으로 들어가 보라고 재촉하는 그녀의 모습을 상상했다. 그의 발가락 사이를 파고드는 차가운 모래 알갱이 감촉을 느끼며 천천히 발을 뻗었다. 그러자 벌써 그들은 물이 허리춤까지 차오르는 곳에 닿아 있었고, 파도 위에서 편안하게 몸을 맡긴 채 바다를 향해 고개를 돌린 릴리안이 보이는 듯했다. 그녀가 차가운 바닷물에 떠 있는 걸 보자, 그는 빠르게 손을 뻗어 그녀를 끌어당겼다.

그가 눈을 번쩍 떴을 때 회당이 보였다. 모래가 있는 작은 운동장도 눈에 들어왔다. 그는 벤치에서 벌떡 몸을 일으키며 릴리안이 일어설 수 있게 부축했다.

"집에 가는 거야?" 그녀가 물었다. 그는 대답하지 않은 채 그녀를 데리고 작은 조약돌들을 헤치며 천천히 운동장을 가로질렀다.

"여기 어디야?" 그녀가 이렇게 물었을 때 그는 운동장 한가운데에서 멈춰 섰다. 그러고는 몸을 약간 숙여 그녀의 왼쪽 손에 키스를 하고 그녀에게서 조금 멀어져 힘겹게 한쪽 무릎을 꿇었다. 그는 숨을 고르며 그 자세로 잠시 앉아 있었다. 여러 번 시도한 끝에 다른 쪽 무릎까지 마저 접고는 얕은 모래 운동장 위에 등을 대고 누웠다. 그는 얼마간 움직임을 멈추고 있다가 그녀를 향해 손을 뻗었다. 그녀는 그의 손을 잡고 다른 한 손으로 바닥을 짚으며 등을 대고 누웠다. 그들은 나란히 누워 숨을 헐떡거렸다. 두 사람은 아주 작은 공간을 사이에 두고 있었다. 새미는 어두워지는 하늘을 올려다보았다.

"이게 바다야, 예루살렘의 바다." 그가 선언하듯 말했다.

그녀는 아무 말도 하지 않았다. 그는 팔을 뻗어 어설프게 위아래로 움직였다.

"곧 눈이 올 거야. 그러니 미리 연습 좀 해야지." 그가 말했다.

그녀는 말뜻을 못 알아들었지만, 그가 하는 대로 팔을 앞뒤로 흔들었다.

"자, 이제 다리도 움직이라고." 그가 말했다. 요령을 알아챈 그녀는 그의 말을 따랐다. 릴리안은 다리를 벌렸다 다시 모으기를 반복하며 새미보다 훨씬 넓고 부드러운 자세로 움직였다.

회당에서 기도를 마치고 나온 사람들이 영문을 모르는 채 그들을 바라보았다. 릴리안은 규칙적인 리듬으로 팔을 계속 움직였고, 새미는 그녀의 숨소리를 들었다. 그들은 웃지 않고 서로를 바라보지도 않았다. 눈 덮인 예루살렘 해변에 나이 든 천사의 모습으로, 단순히 팔과 다리만을 움직여 모랫바닥을 가로질렀다.

태양 근처 행성에 사는 여자

1

해왕성 중앙버스 정류장 한복판에 있을 때 할머니가 연달아 세 번째 전화를 걸어왔다. 마음이 잠시 흔들려 전화를 받기로 결심했다. 몇 초 만에 주름지고 으스스한 6피트 3인치(약 190센티미터—역자 주) 홀로그램이 눈앞에 나타났다. 내가 명랑한 목소리로 뭐라 대답하기도 전에 할머니는 곧장 요점을 짚었다. "무슨 일 있어? 왜 다시 지구로 돌아오지 않는 거야?" 할머니는 나를 꾸짖었다. 주위 사람들은 작은 홀로그램처럼 서 있는 나를 쳐다보았다. 나는 얼른 소리를 줄였다.

"애야, 이건 웃을 일이 아니야." 할머니가 말을 이었다. "넌 단 한 번도 늙은 할머니를 찾아오지도 않고 태양계 곳곳을 누비고 다닌 지 1년 반이 지났구나. 내가 더 이상 네 곁에 오래 머물지 않을 거라는 걸 너도 알잖니."

"이 행성이 마지막이라고 약속해요. 몇 주 뒤에 할머니의 마차

볼 수프(누룩을 넣지 않은 빵으로 만든 수프—역자 주)를 먹으러 갈게요." 내가 대답했다. 할머니가 키득키득 웃었다.

"몇 주? 넌 열흘 후에 개강이야. 제발, 네 친구들은 벌써 3학년이 되었는데 넌 아직 책가방도 없구나." 그렇게 말하더니, 할머니는 한 마디만 더 하면 내가 끊을 거라는 걸 알고 있다는 듯 침묵했다.

"그래, 날씨는 어때?" 할머니가 전략을 바꾸려고 애쓰며 물었다. 나는 모든 것이 괜찮다고 대답했다. 가끔 가스 폭풍이 불지만, 심각한 건 아니라고.

"말해 봐, 뭘 전공할 건지 결정했어?"

"IR."

"그게 뭐야? 더 크게 말해라."

"IR. 은하계 사이의 관계성."

"왜 그런 걸 택했어?"

"여기서 그걸 연구한 남자 몇 명을 만났어요. 재미있는 분야로 들리던데요."

"흠. 흥미롭군, 확실히." 할머니가 말했다. "그런데 그게 문제가 아니다."

"그럼 뭐가 문제죠?" 나는 즉시 후회하며 물었다.

"안드로메다 은하계에 이스라엘 대사를 파견하기 전까지는 그건 쓸데없는 학위라는 말이다. 똑똑한 네 아버지한테 전화해라. 네가 심리 공학을 공부해야 한다고 말하더라. 그쪽으로 세상이 기울고 있어. 곧 사람들은 트라우마를 재설계하기 위해 많은 돈을 지불하기 시작할 거다."

"아버지가 그런 말을 한 적 없어요." 내 말에 할머니는 기회라고 여겼는지 펄쩍 뛰었다. "물론 네게 직접 그러지 않았겠지. 네 아버지는 네가 간섭한다고 생각할까 봐 두려워하고 있어." 할머니가 팔을 휘저으며 말했다. "내 시절만 해도 부모들은 진로 문제에 대해 발언권이 있었지만, 요즘은 스스로 시행착오를 겪도록 자식들을 내버려 둔다고 하더구나. 그게 인생 경험을 쌓는 유일한 방법이라고. 하지만 그러면 어떻게 되는지 알지? 길을 잃는다. 너무 많은 착오를 겪다 보면 혼자 태양계 반대편에 서 있는 자신을 발견하게 될 거야."

이번에는 어느 정도 죄의식이 느껴졌다. 할머니는 고개를 숙이며 가상의 손을 내 얼굴에 얹더니 수십억 킬로미터 떨어진 곳에서 쓰다듬어 주었다. "내가 무슨 말을 할 수 있겠니. 얘야, 이렇게 네 인생을 보류할 수는 없다. 그런 방식으로는 안 돼. 세상에 질문을 던지는 사람이 너 혼자는 아니잖니. 내 말 믿어라. 문제는 아무도 네가 답을 찾지 못할 거라고 배짱 있게 말할 수 있는 사람이 없다는 것이다. 버려진 소행성에도 그런 사람은 없다."

확성기에서 버스가 곧 출발할 것이라는 안내가 흘러나왔다. 나는 절호의 기회로 여기고 전화를 끊겠다고 말했다. 할머니는 두 팔로 자신의 가슴을 감싸 안으며 걱정스러운 눈빛으로 나를 보았다. 나는 전화할 수 있을 때 다시 하겠다고 말했다. 만약 내가 전화를 받지 않아도 걱정하지 말라고 덧붙였다. 착신이 불가능할 수도 있기 때문이다. "얘야, 내가 너를 무슨 수로 이기겠니, 내 사랑스러운 손주?" 할머니가 말했다. "그냥 몸과 마음을 하나로 되돌려라. 그리고 선글라스 꼭 챙겨? 저쪽은 해가 지독하게 세." 나는 웃었다. 할머니 모습은 우주 셔틀에 탑승한 수십 명의 승객들 사이에서 희미해지더니 사라졌다. 나는 가방을 들고 그들을 따라갔다.

2

뒷줄 빈자리를 찾아 앉았다. 내 옆에 하와이안 셔츠를 입은 건장한 남자가 자기 몫의 좌석보다 더 자리를 차지하고 있었다. 우주셔틀이 태양계 중심을 향해 순항하기 시작하자 통로에 파란 불빛이 깜박거렸다. 운전사는 모든 프로그램이 데이빗 보위의 〈Ziggy Stardust〉 노래와 함께 시작하는 것을 좋아하는지 향수를 불러일으키는 채널 중 한 곳에 맞춰 라디오를 켰다. 나는 눈을 감고 계속 졸았다. 시간이 얼마나 흘렀는지 모르겠지만, 깨어 보니 창밖으로 어둠에 가려진 반쪽의 금성이 보였고, 마음을 바꾸기에 너무 늦었다는 것을 깨달았다. 나는 몸을 뒤로 젖히고 다시 눈을 감은 채 내가 만나러 가는 여자의 얼굴을 떠올려 보려 했다.

3개월 전, 토성의 고리에서 열린 엉성한 우주 파티에서 그녀를 만났다. 나는 우주복 복장 규정이 있는 파티는 말할 것도 없고 항상 파티가 싫었지만, 그때 내가 어울려 다녔던 두 명의 호주인이 나를 끌고 갔다. 나는 춤도 추지 않고, 혼자 바에 앉아 헬멧에 붙어 있는 빨대로 싱거운 그 지역 생산 맥주를 홀짝홀짝 마시고 앉아 있자니 점점 짜증이 났다. 그때 두 개 떨어진 스툴에 앉아 있는 그녀의 모습이 눈에 들어왔다. 그녀는 이스라엘에서 왔다고 말하며 바텐더에게 시시덕거리고 있었다. 나도 이스라엘 출신이라고 했더니, 그녀는 그냥 지나치기 힘든 인연이라고 말했다. 우리는 어떻게 관성력이 변변찮은 댄서를 뮤직비디오 스타로 만들었는지에 대해 이야기하게 되었다. 그리고 타이탄을 방문한 적이 없는 사람이 어떻게 '절경'이라는 뜻을 말할 수 있는지, 그리고 우주에 있는 이스라엘 사람들은 바깥 기온이 영하 7도인데 왜 항상 샌들을 신고 돌아다녀야 한다고 고집을 피우는지 모르겠다고 떠들었다.

그녀가 적어도 네 번은 웃었기 때문에 대화가 잘 되었다고 생각했다. 그랬다, 세어 보았다. 나는 그녀에게 언제 지구로 돌아갈 계획이냐고 물었고, 그녀는 금방 돌아가지 않을 거라고 말했다. 그녀는 어떤 노인으로부터 태양 옆에 있는 작은 행성을 헐값에 사서 살고 있는데, 그는 태양으로부터 4,900만 킬로미터 떨어진 곳에서 살 수 없다는 것을 확인하기 위해 그곳에 지하 콘도를 지었다고 했다. 그녀는 꽤 먼 거리인 줄 알았는데, 사실은 인간이 가 닿을 수 있는 가까운 거리였다. 그래서 그녀는 예금 계좌를 털어 행성을 샀다. 스페이스 디포에서 열대성 기후 특징을 가진 개인용 대기 시스템도 사서 갖춰 넣었다. 3개월간의 보수 작업 끝에 그녀는 온도를 51℃로 낮췄는데, 이상적이지는 않았지만, 그곳은 여전히 페타티크바(이스라엘 중부 지역의 한 도시—역자 주)의 침실 두 개짜리 아파트보다 더 저렴했다. 내가 그녀에게 히브리어가 그 행성의 공용어냐고 물었더니, 그녀는 행성의 주민들만이 이해할 수 있는 특별한 언어를 발명했다며 웃었다. 나머지 부분은 잘 기억이 안 난다. 그녀가 페타티크바에 대해 언급한 직후 나에게 키스하려 했고, 우리의 헬멧이 서로 부딪쳤다는 것뿐.

그녀는 폭소를 터뜨리며, 술을 너무 많이 마셔서 내 어깨에 머리를 기댄 것이라고 말했다. 우리가 얼마나 오랫동안 그렇게 앉아 있었는지 모르지만, 어느 틈엔가 또 다른 여자가 나타나 차가 곧 출발

한다고 알렸다. 내가 그 상황을 미리 파악하기도 전에 그녀는 가봐야 한다며 벌떡 일어섰다. 전화번호를 물었지만 그녀의 행성에서 신호가 안 잡혀 홀로그래픽 폰이 없다고 했다. 그녀는 언젠가 내가 그 행성을 방문한다면, 커피 마시러 들르는 것을 환영한다고 말했다. 그녀가 떠난 후에야 나는 그녀의 이름조차 알아내지 못했다는 것을 깨달았다.

우주 셔틀 경로에는 없었지만, 운전기사가 기분이 좋은지 조금 우회하는 데 동의했다. 나는 가방을 들고 인적이 드문 정류장에서 내렸다. 내가 처음 느낀 것은 카메라가 끊임없이 찰칵거리며 터지는 섬광 같은 햇빛의 맹렬함이었다. 나는 재빨리 주머니에서 선글라스를 꺼내 썼다. 약간의 안도감만 얻을 수 있었다. 나는 고개를 들고 그녀가 파티에서 내게 말한 밝은 보라색 하늘을 올려다보았다. 감히 태양을 직접 쳐다보지는 못했지만, 힐끗 보아도 지구에서 보는 것보다 훨씬 더 크게 드러났다. 우주 셔틀이 떠나자 나는 주위를 둘러보았다. 집은 보이지 않았다. 푸른 모래언덕과 캐러멜을 연상시키는 연한 냄새밖에 없었다.

정신을 차리기도 전에 끔찍한 열기를 느꼈다. 비 오듯 땀이 흘렀고 옷이 흠뻑 젖었다. 지름이 몇 킬로미터도 안 되는 작은 표면을 터벅터벅 걸어가기 시작했다. 땅이 저절로 휘어지는 것을 볼 수 있을 정도로 작았다. 나는 이 방문을 고집한 자신을 조용히 탓하며 힘없이 걸었다. 배낭을 내리고 물병을 꺼냈다. 막 뚜껑을 열려다 큰 돌에 걸려 넘어졌다. 병이 떨어져서 분화구로 굴러 들어갔다.

"제길." 나는 낮게 소리를 질렀다. 계단이 땅속으로 구불구불 이어지는 형태를 알아차리는 데는 잠시 시간이 걸렸다. 나는 재빨리 계단을 내려갔다. 발걸음마다 열기가 수그러들더니 기온이 거의 견딜 수 있을 정도로 변했다. 분화구 바닥에서 병을 발견했을 때, 내 앞에 아무 표시도 없는 작고 어두운 문과 마주했다. 나는 매트에 뚝뚝 떨어지는 땀을 닦으려고 애썼지만 허사였다. 심호흡을 크게 하고 두 번 노크를 했다.

3

그녀가 문 앞에 오는 데 2분 정도 걸렸다. 그녀의 검은 머리는 푸른 모래가 얼룩덜룩하게 묻은 채 높이 틀어 올려져 묶여 있었다. 그녀는 색이 바랜 흰색 탱크톱에 갈색 반바지를 입은 채였다. 이마까지 끌어올려진 두꺼운 수면 마스크가 왼쪽 눈의 절반을 덮고 있었다. 그녀는 입을 벌리고 하품을 했다.

"어머, 이러는 거 정말 귀찮지 않아요?" 그녀는 영어로 물었고, 말투는 짜증과 절박함 중간에 걸쳐 있었다.

"네? 아니요." 나는 영어로 대답했다. "내 말은, 난……."

"억양이 왜 그러죠? 이스라엘 사람인가요?" 그녀가 히브리어로 물었다.

"네."

"근데 왜 영어로 하는 거예요?"

"당신이 영어로 말하니까요."

"당신이 가장 집요한 사람은 아니겠죠?" 그녀가 말하며 한숨을 쉬었다. "적어도 양복을 입고 오진 않았네."

나는 그녀가 무슨 말을 하는지 전혀 알 수 없었고, 충격에서 벗어날 수도 없었다. "잠깐, 다시 시작해요. 나 기억나죠?" 나는 더듬거리며 웃었다.

"네." 그녀가 대답했다. 나는 순간적으로 낙관적인 에너지가 솟구치는 것을 느꼈다고 자신 있게 말할 수 있다. "하지만 나는 이 행성을 팔지 않을 거예요." 그녀가 선언하고, 나를 향해 한 걸음 내딛었다. "나는 이미 당신과 다른 사람들에게 서른 번이나 말했어요, 안 판다고요. 내 말 뜻 알겠죠?"

"무슨 말……."

"알든, 말든." 그녀가 목소리를 높였다. "흠, '나는 행성을 팔지 않는다'는 문장은 이해하시죠?"

"아니요." 내가 말했다.

"안됐네요." 그녀가 대답을 남기고 내 얼굴을 향해 문을 쾅 닫았다. 다시 노크를 했지만 그녀는 열지 않았다. 나는 그녀가 나를 누구라고 생각하고 말하는지 모르겠다고 문에 대고 설명했다. 골란이라고 내 이름도 밝혔다. 우리가 3개월 전 토성의 고리, 그 형편없는 파티에서 만났다는 것도. 나는 그녀의 발자국 소리가 다가오는 것을 들었다.

"당신이 이 동네에 오면 들러야 한다고 말했잖아요. 그리고 음…… 우연히 이 근처에 왔다가 들렀어요." 나는 거짓말을 했다. 그녀가 문을 여는 데 몇 분 더 걸렸다. "맙소사, 믿을 수가 없어." 그녀가 나를 바라보며 말했다. 긴장을 풀어주는 낄낄거림도 없이, 사과도 하지 않은 채. 나는 무안해 죽을 지경으로 그 자리에 서 있었다.

"좋아요." 마침내 그녀가 말했다. "당신이 여기까지 올 만큼 어리석은 사람이라면, 적어도 다시 길을 나서기 전에 뭐라도 좀 마시고 가요."

그녀는 손을 흔들며 나를 안으로 안내했다. 작은 주방의 의자에 앉으라고 손짓을 하더니 어질러진 캐비닛을 더듬어 잔을 찾기 시작했다. 주방은 거실, 아니 더 정확히 말하면 침실로 통하는 복도 옆에 있는 커다란 소파를 향해 트여 있었다. 벽은 푸른 바위로 만들어졌고 거실 천장은 작은 구멍들이 송송 뚫려 있어 집안 전체가 환할 정도로 햇빛이 들어왔다. 침실에는 책이 빽빽이 들어차 있었고 천장에 구멍이 하나밖에 없었다. 그녀는 전파 신호가 잡히지 않는 행성에서 유일하게 남은 것은 독서뿐이라고 설명했다. 수십 개의 선글라스와 각기 다른 색깔의 스키 마스크가 담겨 있는 커다란 바구니가 현관 옆에 놓여 있었다.

"미안해요." 그녀가 잔을 반쯤 채운 미지근한 물을 건네주며 말했다. "이 동네 주택 소유자 협회가 물 사용에 대해 매우 엄격하답니다."

나는 주택 소유자 협회가 그녀를 의미한다고 추측하면서도 또 다른 무안함을 불러올까 두려워 묻지 않았다. 나는 단숨에 잔을 비웠다.

"이 더위에 차가운 것을 마시고 싶다는 생각은 안 들어요?" 내가 물었다.

"들죠. 그래서 내가 마실 물은 냉장고에 보관하죠." 그녀가 말했다.

나머지 대화는 특별히 내세울 게 없었다. 긴 침묵과 우리 둘 모두 흥미가 없는 무의미한 질문들로 채워졌다. 나는 30분 후 인색한 물 반 잔을 더 마신 후 가방을 들고 문 쪽으로 향했다. 짧은 작별 인사에 다소 우스꽝스러운 공식 악수가 곁들여졌다.

"어디에 주차했어요?" 우리가 문간에 서 있을 때 그녀가 내게 물었다. 나는 셔틀을 타고 왔다고 말했다. "농담이죠?" 그녀는 이마를 탁 치며 신음했다. "우주 셔틀은 이곳에 일 년에 두 번 정차해요."

나는 미소를 지으며 그녀에게 걱정하지 말라고 말했다. 나는 오랫동안 여행해 왔기 때문에 햇빛 아래에서 몇 시간을 기다리는 것에 익숙해 있었다. 그녀는 나를 보더니 다시 한숨을 쉬었다. "내가 웃기려고 이러는 거 아니에요. 다음 우주 셔틀은 4개월 후에 도착할 거예요. 그리고 그게 최상의 시나리오라고요."

나는 망설이다가 문제가 아니라고 그녀에게 말하며, 친구에게 홀로그램 전화를 걸어 데리러 오라고 부탁하겠다고 말했다.

그녀는 의자에 앉더니, 초조하게 손을 깨물었다. "이 행성에는 신호가 안 잡혀."

순간 나는 문간에 머물러야 할지 밖으로 나가야 할지 판단이 서지 않았다. 배낭 속에 있는 음식과 물을 먹고 얼마나 오래 살 수 있는지 계산하기 시작했다. 2, 3일. 최장.

몇 분 후 그녀가 일어났다. "우리가 이 형편없는 상황에 대한 해결책을 찾을 때까지 당신은 여기서 자도 돼요." 그녀가 소파를 가리키며 말했다. 그러고 나서 그녀는 자기 방으로 가더니 사각 테의 선글라스와 청재킷을 챙겨들고 나왔다. 나는 그녀 집에 혼자 남겨졌고, 내가 어떻게 이 상황에 놓이게 되었는지 이해하려고 애썼다. 배낭을 먼저 내려놓고 신발을 벗고 소파에 누웠다. 잠을 청하려고 애썼지만 벽을 통해 스며드는 열기 때문에 정신이 말똥말똥했다. 나는 아직도 그녀의 이름을 물어볼 용기가 나지 않았다.

4

다음 시기는 그녀의 행성을 떠나기 위한 끔찍한 시도로 이어졌다. 나는 몇 시간 동안 그녀의 집 근처 모래언덕에서 누군가 나를 구하러 올 수 있도록 문자 메시지를 보내기 위해 신호를 검색했다. 앞으로 4개월 동안 펄펄 끓어오르는 행성에서 보내야 한다는 생각을 견딜 수가 없었다. 4개월간 햇빛과 그녀의 예민한 눈빛을 마주하는 것 말고는 아무것도 할 게 없었다.

우리는 거의 말을 하지 않았다. 나는 소파에서 잤다. 그녀는 투덜거리며 방을 들락거리곤 했고, 침실 문을 닫고 들어가더니 느닷없이 뛰쳐나오곤 했다. 이따금씩 우리는 식탁에 함께 앉아 완두콩 통조림과 옥수수 또는 잼을 바른 크래커를 먹곤 했다. 때로는 건포도가 너무 많이 들어간 에너지 바를 먹었다. 제대로 된 음식을 먹은 적이 없다. 식사 때마다 그녀는 내 앞에 물 한 잔을 놓고, 그녀가 내놓아야 할 것은 그것뿐이니 천천히 마시라고 충고하곤 했다. 물도 없이 양치질을 했다. 샤워는 당연히 불가능했다.

먹거나 자지 않을 때면 나는 밖에서 시간을 보냈다. 우리는 서로의 불만을 증폭시킬 대화는 피하기로 무언의 합의를 했다. 나는 얼마 지나지 않아 그녀의 행성은 지구와 달리 자기 축 위에서 회전하지 않는다는 사실을 깨달았다. 해는 늘 같은 하늘에 고정되어 있는 채 지지 않았다. 내가 낮과 밤의 개념에 대해 알고 있다고 생각되는 모든 것을 비틀었다. 내가 찾은 유일한 피난처는 어느 모래언덕에 위치한 바위 밑이었는데, 아주 드물게 그늘이 있는 곳이었다. 나는 바위에 기대어 몇 시간을 보내며 점차 의미를 잃어가는 시간을 세어

보았다. 모든 움직임, 모든 행동이 불가능했다. 맹렬한 태양의 기세가 생각 외에 다른 걸 할 수 없게 만들었고, 그것들조차 분화되지 않은 파편으로 날리며 억지로 이어가야 가능했다. 대부분 두려움이었다. 집, 1년 반 동안 벗어나려고 발버둥 쳤던 쳇바퀴 같던 삶, 같은 그 지점으로 돌아가는 것에 대한 두려움. 나는 몇 시간, 어쩌면 며칠 동안, 그 바위 옆에서 계속 잠이 들다 깨다를 반복했다. 서틀이 절대 오지 않을 것 같은, 그래서 내가 그 자리에 영원히 머물러야 될 것만 같은 기분이 들기 시작했다.

어느 날 갑자기 잠에서 깨어난 나는, 그녀가 바로 내 옆에, 하얀 선글라스를 끼고 모래 위에 널브러진 채 누워 있는 모습을 발견했다. 그녀는 그늘도 없는 곳에서 내게 양해도 구하지 않고 가만히 누워 있었다. 나는 잠시 그녀의 의중을 생각하다 주위를 둘러보았다. 초록색 줄무늬가 선명한 보랏빛 하늘은 푸른색과 붉은색으로 번갈아 가며 끊임없이 변하고 있었다.

"내가 지금 제정신이 아닌 것 같아요." 내가 말했다.

그녀가 웃었다. "나도 처음에는 같은 심정이었죠." 그녀도 인정했다. 그녀는 무엇이 하늘 빛을 변하게 하는지 잘 모르지만, 아마도 태양의 열기와 관련이 있을 것으로 생각한다고 말했다. "북쪽 불빛과 약간 비슷하죠." 그녀가 설명했다. "여기가 춥지 않고, 백만 배나 더 아름다워요."

"놀라워요." 나는 계속 대화를 이어가려는 기세로 말했다. "사람들은 이런 장관을 보기 위해 얼마든지 큰돈을 지불할 거라고 장담해요. 내 말은, 생지옥 같은 관광 명소가 될 수도 있다는 말이죠."

그녀는 잠시 내 말뜻을 헤아려 보듯 시선을 다시 하늘로 돌렸다. 그러더니 이렇게 뜨거운 행성에서 잡담으로 말을 낭비할 여유가 없다고 말했다. “말하면 목만 타니까.” 그녀가 말했다. 그리고 그녀는 다시 조용해졌고, 나는 순전히 어색함 때문에 더 조용해지려고 애썼다. 우리는 한동안 그렇게 나란히 있었다. 어느 틈에 그녀는 일어나 옷에 묻은 모래를 털어내고 손을 뻗었다.

“같이 갈래요?” 그녀가 물었고, 나는 우리가 어디로 가는지 묻지도 않고 가능한 한 빨리 일어섰다.

그녀가 행성 어딘가로 나를 데려가던 중, 내게 집요한 질문들을 퍼붓기 시작했다. 내 여행에 대해, 내가 피하려고 했던 전공에 대해, 나를 어떻게 생각해야 할지 몰랐던 부모님에 대해. 그녀는 내게 여자 친구가 있느냐고도 물었다. 처음에는 아니라고 했지만, 결국 시반 얘기를 했다. 아마도 나의 한 부분이 여전히 옛 여자 친구를 그리워했기 때문이거나, 아니면 내가 거대한 패배자가 아니라는 걸 그녀가 알아주길 바랐기 때문이었을 것이다. 나는 시반을 3년 전에 만났다고 그녀에게 말했다. 언젠가 결혼할 거라고 확신했지만, 6개월 전에 홀로그래픽 전화로 이별 인사를 하게 되었다고. 그녀는 내가 화성에서 올림푸스몬스 화산 등반을 마치자마자 전화를 걸어 더 이상 내 로밍과 방랑을 참을 수 없다며, 내가 그녀에게서 도망치는 것만큼 나 자신을 찾으려고 애쓰고 있지도 않다는 것을 느꼈다고 말했다. 나는 그녀에게 아니라고 설명하려 했지만 그녀는 별로 관심이 없는 것 같았다.

“그러니까 기본적으로 당신이 너무 겁쟁이라 그녀를 먼저 차버릴 수 없어서 상대방이 대신 해주기를 기다렸다는 거죠?"

"뭐라고요? 나를 떠난 사람이 그녀라고 설명했을 뿐이에요." 내가 대답했다. "헤어지고 싶지 않았는데."

"그런데 왜 지구로 돌아가지 않았죠?" 그녀가 물었다.

"아직 여기도 다 못 둘러봤으니까."

"그럼 그녀와 헤어진 이유가 몇 번 더 하이킹하기 위해?" 그녀가 비웃었다. "아직 찾고 있는 해답을 못 찾았기 때문에?"

나는 대답하지 않았다.

"괜찮아요, 변명하지 않아도."

"무슨 말이죠?" 나는 그녀가 내 목소리에 실린 진지함을 눈치채길 바라며 물었다.

"삶에 대한 몇 가지 시시한 대답을 얻기 위해 사랑하는 여자와 헤어지는 사람은 없다는 말이죠." 그녀가 단언했다. "그야말로 우선 순위 문제니까. 당신에게 그녀가 그만큼 충분한 의미가 되지 않았다는 말이겠죠."

"당신이 어떻게 알겠어요? 나에 대해 전혀 모르면서."

"당신 말이 맞아요." 그녀가 대답했다. "하지만 한 가지는 내가 안다고 말할 수 있죠. 당신이 파티에서 만난 어떤 여자를 만나기 위해 이렇게 먼 태양계 중심까지 왔지만, 한 번도 여자 친구에게 찾아갈 생각은 하지 않았다는 것." 내가 뭐라 대답하기도 전에, 그녀는 재빨리 이렇게 말했다. "여기야, 바로 당신에게 보여주려고 했던 거."

우리는 커다란 녹색 선인장 군락 앞에 서 있었다. 그녀는 애초에 그것들을 키울 계획이 없었다고 말했다. 그녀가 정말 원했던 것은 망고나 파인애플이었지만, 그녀의 행성에서 살아남을 수 없는 나무들이었다. 결국 그녀는 특별 주문한 11개의 선인장에 만족했다. 두 개는 시들어 죽었지만 나머지는 간신히 살아났다. 처음에는 관심이 가지 않았는데 그녀는 점점 선인장을 사랑하게 되었다. 선인장 옆에 낡은 회색 장갑 한 켤레가 놓여 있었다. 그녀는 장갑을 끼고, 빨갛게 가시 돋친 열매를 따서 반으로 쪼개더니 한 조각을 내게 내밀었다.

"가시가 없나요?" 내가 물었다.

"외피에만 있죠."

나는 조심스럽게 열매를 입에 넣었다. 의심할 여지 없이 내가 맛보았던 것 중에 가장 맛있었다. 따끔따끔한 가시가 있는 열매는 처음 먹어봤다고 말했다.

"그렇죠." 사람들은 오래전에 지구상에서 선인장을 기르는 것을 그만뒀다고 말했다. 지구에 충분한 공간이 없다는 이유였다. 가시 돋친 열매를 얻을 수 있는 곳은 중국의 암시장뿐이었고, 심지어 그곳에서도 지하에서 키웠기 때문에 싱거운 맛이고 그 모든 맛을 만들어준 건 태양의 힘이라고 했다. 그녀는 열매 수십 개면 1년 내내 충분하다고 말했다. 그리고 사람들은 그 열매를 맛보기 위해 많은 돈을 기꺼이 지불할 거라고.

"가끔씩 어떤 부동산 중개인이 이 행성을 사고 싶어 나타나곤 하죠." 그녀가 말하며 웃었다. "양복을 입은 이상한 사람들. 처음에 당신도 그들 중 한 명이라고 생각했는데." 그녀는 실제로 그들의 설득에 귀 기울인 적은 없지만, 가끔 가시 돋친 열매를 몇 개 팔기도 했다. 심지어 가족들에게 몇 개를 선물하겠다고 약속하면 할인도 해주었다.

"여기서 산다고 가족들이 펄쩍 뛰지 않아요?" 내가 물었다.

"펄쩍 뛴다고? 그들은 오히려 이곳으로 이사 오라고 권했어요." 그녀가 말했다.

"무슨 말이죠? 왜 권해요?"

그녀는 대답하지 않았다.

이야기를 멈추고는 내 손을 잡더니 가장 가까운 모래언덕 쪽으로 끌어당겼다. 나는 그녀의 집으로 돌아가 쉬자고 제안했지만, 그녀는 낮도 밤도 없는 곳이라 시간이 멈춘 곳에서 휴식의 개념은 별로 의미가 없다고 말했다. 조심했음에도 불구하고 손에 작은 가시가 남아 있었지만 나는 아무 말도 하지 않았다. 우리는 가장 가까운 모래언덕을 향해 걷기 시작했다. 높이가 30미터도 되지 않았는데 맹렬한 더위를 뚫고 움직이느라 상당한 노력이 필요했다. 우리가 언덕에 다 올랐을 때 나는 정말 지쳐 쓰러질 정도였다. 그녀는 민첩하게 내 옆에 앉더니 두 다리를 가슴께로 접어 껴안았다. "꽤 산을 잘 타네요." 그녀가 선글라스 너머 윙크를 하며 내게 말했다. 나는 재치 있는 말로 대답하려 했지만 숨 고르기에 바빴다.

"바로 여기, 사람이 태양에 가장 가까이 갈 수 있는 곳이죠." 그녀가 선언했다. 그녀는 바지 주머니에서 담배 한 갑을 꺼내더니 한 개비를 꺼내 들었다. 담배 끝에 대기가 닿자 바로 불이 붙었다. 그녀는 담배를 모래에 쑤셔 넣었다. 담배는 안 피우지만, 자기가 좋아하는 게임일 뿐이라고 말했다.

나는 모래 위에 누워서 사람들이 일주일 내내 불이 켜진 방에 남겨져 있는 실험에 대해 쓴 책에 대해 말했다. 실험에 참여한 거의 모든 사람들이 완전히 제정신이 아니었다. 이 행성에서 지내며 내가 가장 무서워했던 일이 그것이었다. 그리고 난 아직 그녀에게 왜 그런 현상이 일어나지 않는지 이해하지 못했다.

"누가 안 일어난다고 했죠?" 그녀가 묻더니, 질문의 요점을 증명이라도 하듯 선글라스를 내리고 태양을 정면으로 응시했다. 눈도 깜빡이지 않고 바라보았다.

"아니, 미쳤어?" 나는 그녀에게 소리를 지르며 상체를 세워 내 어깨로 그녀의 얼굴을 덮었다. "눈이 멀게 될 거야!"

"당신이 모르고 하는 말이에요." 그녀가 말했다. "지난 3년 동안 이렇게 해왔는데 아무 일도 일어나지 않았으니까." 그녀는 잠깐 순간적으로 눈이 멀었을 뿐 완벽하게 잘 볼 수 있다고 말했다. 망원경으로 올려다보는 너무 겁먹은 과학자들만이 다르게 생각한다고. "솔직히 사람들이 평생 태양 아래 살면서 어떻게 한 번도 정면으로 보지 않는지 이해할 수 없어요." 그녀는 내가 의식하지도 못했을 때 내 얼굴에서 선글라스를 벗겼다. "인생에서 어떤 의미를 찾고자 했던 적이 있다면, 바로 이곳이 시작하기에 가장 좋은 곳이죠."

나는 눈을 깜빡이는 것을 멈출 수가 없었다. 아무것도 보이지 않았다.

"뭘 기다리고 있는 거죠?" 그녀가 물었다. 나는 목을 움츠리며 눈을 뜨려고 했지만 빛이 허락하지 않았다. 나는 겨우 두 번 눈을 깜박거리다가 언덕길을 응시했다. 그녀는 한숨을 내쉬고 모래 위에 누워서 여전히 태양을 응시하고 있었다.

"괜찮아, 걱정 마요. 대부분의 사람들은 시도해 볼 배짱조차 없으니까." 그녀가 눈을 감았다. "결국 직면하게 될 테니. 다음에 우리가 모래언덕에 오를 때 기절하지만 않는다면."

나는 재치 있는 농담이 떠오르지 않아 그녀에게 키스했다. 그녀는 웃지도 않고 그냥 내가 이름도 모르는 여자랑 얼떨결에 키스한 거라고 말했다.

5

그녀의 이름은 아얄라.

6

뜨거운 열기 속에서 손을 뻗는다. 머뭇거리듯, 땀과 모래로 끈적끈적한 손으로 부드럽게. 몸은 50도 각도에서 다르게 작동했다. 말은 용해되었고, 호기심 어린 시선은 마치 아이들이 처음으로 자신의 몸을 탐험하듯 긴 침묵으로 이어지는 길을 터주었다.

길이를 알 수 없는 시간이 흐른 후, 부동산 중개인이 그녀의 행성에 도착했다. 그는 짙은 색 재킷에 검은 바지를 입고 모래에 땀을 뚝뚝 흘리며 왔다. 그는 나와 아얄라가 분화구 옆에 앉아 있는 것을 발견하고는 몇 분만 빼앗아도 되는지 물었다. 아얄라는 인내심의 한계에도 불구하고, 결국 가시 돋친 선인장 열매 한 봉지를 그가 산다는 조건으로 듣는 데 동의했다. 그는 그녀에게 돈을 지불하고 설득하기 시작했다. 이 행성이 몇백만 달러의 가치가 있다고 우리에게 말했다. 큰 연구 시설이나 극한의 조건에서 병사들을 훈련시키고자 하는 군대에 팔 수 있다는 것이다. 그는 그녀가 행성을 팔아서 마이애미의 인공섬도 살 수 있는, 일생에 단 한 번뿐인 기회이며, 그곳은 여기와 똑같고 기온은 20도 낮다고 덧붙였다.

"어때요?" 마침내 그는 더위에 숨이 막힐 지경이었고 간신히 숨을 몰아쉬며 물었다.

그녀는 선글라스를 올리고 그를 한 번 훑어보았다. "나는 이 더위에 양복을 입고 온 사람에게 내 행성을 팔지 않을 거예요." 그녀가 말했다. 더 이상 말하지 않겠다는 듯 선글라스를 휙 내렸다. 그는 그녀에게 금액을 던지기 시작했는데, 그 액수는 헤아릴 수 없을 정도로 올라갔다. 3, 4, 5백만 달러. 그러나 아얄라는 대답조차 하지 않았다. 나는 미안한 눈빛으로 그를 바라보았다. 결국 그는 포기하고 가방을 집어들더니 자신의 메르세데스 우주선을 향해 걷기 시작했다.

"잠깐요." 그가 우주선에 거의 다 이르렀을 때 그녀가 소리쳤다. 그는 선인장 열매가 든 봉지를 모래 위에 내던지고 그녀가 마음을 바꿨는지 되물으며 달려왔다.

"아니요, 하지만 여기 있는 이 사람 좀 태워 줘요." 그녀가 나를 가리키며 말했다.

"이 여자 말 듣지 마세요." 내가 말했다. "미쳤어요."

그는 신발 뒤꿈치로 방향을 틀었고, 아얄라는 눈을 감고 미소를 지었다.

7

모래폭풍이 몰아치고 몇 시간, 어쩌면 며칠 뒤인지도 모르겠다.

기억나는 건 그녀가 4인칭 시점에 대한 자신의 이론을 설명하는 동안 우리는 선인장 좁은 그늘 아래 서로 마주 앉아 있었다는 것이다. "일인칭으로 말하는 것이 얼마나 외로운지 생각해 봤어요. 몇 번이고 인정하는 것에 대해."

"뭘 인정하지?"

"나 혼자라는 것."

"물론 혼자죠. 이 행성에 혼자."

"그 반대죠. 여기선 얘기할 사람이 없으니 거의 그 생각 자체를 안 하니까. 하지만 지구로 돌아가면 그 사실이 나를 미치게 해요. 언어 자체가 나를 내 안에 갇혀 있게 해." 그녀는 작은 언덕에 모래를 쌓기 시작하며 말했다.

"아니, 과민반응이죠. 말은 그냥 말일 뿐이니까. 게다가, 1인칭 복수형이 당신의 문제를 거의 해결하죠." 내가 말했다. "우리는 먹는다. 우리는 잠을 잔다. 우리, 맞죠? 그렇게 외롭지 않네."

"아니, 바보 같아요. 그건 최악이죠. 1인칭 복수형은 당신을 다른 모든 사람들과 함께 뭉치게 하거나, 완전히 지워버리게 하죠. 당신이 부동산 중개인이든 홀로코스트 생존자든 아무 차이가 없는 것처럼. 사람들은 그 복수형에 길을 잃죠."

"길을 잃는 건 당신뿐."

"좋아, 그럼 나만 그래요." 그녀가 으르렁거렸다. "그렇다면 나에게 있어 2인칭, 3인칭은 최악보다도 더 나쁘네. 당신은 '너'나 '그녀'라고 말하고는 완전히 상황에서 빠져나가는 거고, 마치 존재하지도 않는 것처럼."

"왜 인칭에 강박을 느끼는지 이해가 안 돼. 그냥 의미론일 뿐인데."

"당신에겐 그렇겠지. 내겐 그 이상이고." 그녀가 말했다. "그래서 4인칭이 필요한 거야."

"그게 뭐죠? 4인칭을 어떻게 쓰려고?"

"내가 어떻게 알아요? 언어학자도 아닌데." 그녀가 항의했다. "그걸 사용할 때 완전히 혼자라는 느낌과 완전히 길을 잃은 감정은 아니라는 것만 알죠."

"무슨 말인지 이해가 안 가."

"노란색과 파란색을 섞었는데 아직도 완전히 녹색으로 변하지 않은 것, 알겠어요? 내 말이 그 말인데."

나는 그녀에게 모든 접근법이 좀 유치하게 들린다고 말했다. 무례한 건 아니지만, 그녀가 세상에서 길을 잃거나 혼자라고 느낀 게 1인칭 때문인지는 잘 모르겠다. 어쩌면 그것보다 더 복잡했다. 강한 바람이 스쳐 지나가며 그녀가 만든 작은 모래 산이 무너졌다. 아얄라는 일어나서 스키 고글을 끈으로 묶었다. 처음에 나는 그녀가 내 반응에 기분이 상해 일어선 줄 알았다. 그러나 그녀가 지평선을 응시하고 있음을 알아차렸을 때 나도 몸을 돌렸다. 우리 뒤에 푸른 먼지 장벽이 밀려오고 있었다. 몇백 미터 떨어진 곳에서 우리를 향해 슬금슬금 다가오고 있었다.

"저게 뭐지?" 내가 물었다.

"이리 와요." 그녀가 대답했다. "당장." 그녀는 도망치기 시작했다.

"잠깐만." 내가 소리쳤지만 그녀는 듣지 않았다. 그녀가 뒤도 안 돌아보는 것을 보니 장난이 아니었다. 그녀는 뛰기 시작했고, 나는 그녀를 따라가려고 했지만 따라잡을 수 없었다.

"이게, 무슨 일이야? 잠깐만!" 내가 소리쳤으나 그녀는 여전히 말을 듣지 않았다. 그때 그늘이 덮쳤다. 사막에 점차 번져가는 커다란 얼룩. 모래바람이 집어삼킨 태양은 순식간에 빛바랜 하얀 점으로 하늘에 남았다. 나는 가능한 한 빨리 달렸지만, 먼지 때문에 숨쉬기가 힘들었다. 모래 물결이 나를 씻어 내렸다. 아무것도 볼 수 없었다. 어느 방향으로 돌아야 할지 몰랐다. 그녀는 대답하지 않았다. 냉방장치된 대학 강의실에 있을 수도 있었는데, 빌어먹을 모래폭풍에 갇혀 생고생이라니. 나는 자신을 저주했다.

그녀의 손이 먼지 속에서 나타나더니 나를 끌어당겼다. 나는 필사적으로 그녀를 붙들고 따라갔다.

“조심해.” 내가 한 걸음 더 내디디며 계단에서 미끄러질 뻔하자 그녀가 말했다. 그녀는 속도를 줄이고 한 번에 한 계단씩 나를 인도했다. “천천히.” 그녀가 지시했고 나는 따랐다. 문이 열리는 소리가 들리자 그녀가 나를 밀어 넣었다. 문이 쾅 닫혔고, 나는 계속 눈을 감았다.

“괜찮아, 이제 눈을 떠도 돼요.” 그녀가 말했다.

나는 눈을 뜨기 전에 몇 분 더 기다렸다. 방 안이 일몰 때처럼 희미한 빛으로 일렁거렸다. 천장의 구멍 사이로 모래가 줄줄 흘러 들어와 바닥에 작은 덩어리가 만들어졌다. 아얄라는 침실에서 몇 개의 양동이를 들고 나왔다. “정신 차려요. 이런 일이 가끔 일어나니 당황하지 말아요.” 그녀는 나에게 양동이를 건네주며 거실 한가운데에 두라고 말했다.

“운이 좋았어요. 내가 스키 고글을 가지고 간 것이 행운이었다고.” 그녀가 말했다.

나는 양동이를 거실에 두고 소파에 털썩 주저앉았다. 모래폭풍이 집을 더 뜨겁게 만들었다. 소파 위 천장에는 커다란 구멍이 세 개 뚫려 있었다. 그 구멍에서 쏟아져 들어오는 모래가 내 위에 쌓였다. 나는 잠들려고 노력했지만 허사였다.

"안으로 들어와도 돼요." 그녀가 침실에서 소리쳤다. "그리고 찬물 한 잔!" 나는 재빨리 그녀의 명령에 따라 유리잔에 물을 붓고 머리맡 테이블 위에 놓았다. 그리고 내 몫의 물 한 잔을 갖다 놓고 그녀 옆에 누웠다. 우리는 말없이 천장을 응시했다.

8

침실은 천장에 구멍이 하나만 뚫려 있어서 두꺼운 모래층 시트를 깔지 않은 유일한 공간이 되었다. 아얄라가 방에서 나오는 경우는 없었기 때문에, 나는 가끔 다른 풍경을 보기 위해 거실로 몰래 나오곤 했다. 양동이를 옮겨 놓고 먹을 걸 찾는 거, 그게 내가 할 수 있는 전부였다. 우리는 대부분의 시간을 나란히 침대에서 보냈다. 공기는 점점 더 탁해졌고, 방은 더 어두워졌으며 나와 아얄라는 서로 가까워지는 것 외에 다른 선택이 없었다. 땀이 섞일 때까지 서로에게 파고드는 것. 나는 그녀에게 가끔 우리의 몸을 서로의 열기를 빼앗는 얼음덩어리로 상상한다고 말했다.

"사랑스러운 상상이지만, 실제로 엄청나게 징그럽네요." 그녀가 말하며 웃었다. 그리고 그녀가 옳았다.

너무도 비좁아 로맨틱과는 거리가 멀었고, 우리 둘 다 신체적 특징들을 감출 수도 없었다. 그녀의 턱 주름과 내 뺨에 수염, 발바닥에 굳은살, 등에 부은 흉터까지 다 드러났다.

"그럼, 서틀이 오면 당신은 깡충깡충 뛰겠죠?" 그녀는 이따금 물었다. 나는 모른다고 대답했다. 열과 모래만 있는 좁은 공간에서 지내는 게 나를 얼마나 피곤하게 만드는지 그녀가 눈치 채지 못하기를 바라며 그녀를 꼭 껴안곤 했다. 하지만 그녀는 내 마음을 읽은 것 같았다.

어느 날 밤 땀에 흠뻑 젖은 채 잠에서 깨어났다. 그녀는『호밀밭의 파수꾼』을 읽고 있었다. 나는 그녀에게 고등학교 때 읽었는데 좋아하는 책이라고 말했다. 그녀는 책을 읽다가 의심스러운 눈으로 나를 바라보았다.

"그럼 장기판 뒷줄에 모든 왕들을 붙들고 있던 그 여자 이름은?" 그녀가 물었다. 나는 그녀가 무슨 말을 하는지 전혀 알지 못했다. 그래서 오래전에 읽어서 기억할 수 없다고 말했다. 그녀는 짜증스러운 듯 한숨을 쉬며 내가 그저 똑똑하게 보이려고 아는 척한 것 같다고 말했다.

나는 홀든에 대해 기억나는 모든 것, 뉴욕 여행에서 있었던 것까지 그녀에게 말해 줬다. 그녀는 조금도 감동받지 않았다. 오히려 코웃음을 치더니, 내가 소설이 끝난 후 홀든에게 무슨 일이 일어났는지 전혀 생각조차 하지 않았을 거라고 말했다.

"그에게 무슨 일이 일어났는지 내가 어떻게 알아?" 나는 우물쭈물했다. 뭐라고 다른 말을 뱉기도 전에 그녀가 내 말을 끊었다. "그는 자살해." 그녀가 단호하게 말했다.

"책에 없는 내용인 것 같은데." 나는 머뭇거리며 대답했다.

"물론 없죠." 그녀는 작가가 그를 죽이거나 평생 정신병원에 버려둘 마음이 없었기 때문에, 홀든의 마지막은 분명 자살일 거라고 확신했다. "홀든 같은 사람은 심리 공학자나 그런 종류의 일을 하는 사람으로 성장하진 않으니까." 그녀가 놀렸다.

나는 그녀에게 무엇이든 좋을 대로 생각할 수 있지만, 어른이 되기로 결심한 모든 사람에게 화를 내는 것은 이해할 수 없다고 했다.

"어른이 되는 것이 아니라 꿈을 포기하는 것이죠. 그렇고 그런 1인칭 복수형이 되는 거, 다른 사람들처럼."

"그건 억지야, 그럼 대안이 있어요?" 그녀가 나를 가르치려 드는 태도가 못마땅해 반박했다. 더위 때문에 미칠 지경이었다. "대신 뭘 어떻게 해야 하죠?"

그녀는 침묵 속에 빠졌다.

"그만 얘기하자고? 당신처럼 감시망에서 벗어나는 거? 그게 해결책이야? 모두 각자 기어들어갈 구멍만 찾으면 되는 건가?"

"모르겠어."

"어떻게 3년 동안 여기서 살았는지 모르죠?"

그녀의 입술에 미세한 떨림이 스치고 지나갔다. 그녀는 내게 등을 돌리기 전에 잠시 내가 한 말을 되새기는 것 같더니, 옆으로 누워 조용히 벽을 바라보았다.

나는 그녀가 태양 없이 사는 삶이 얼마나 힘든 일인지 이해되기 시작했다. 때때로 아얄라는 거실로 슬그머니 갔다. 그녀는 커다란 구멍 아래 앉아 먼지 층을 간신히 비집고 나온 몇 개의 광선을 잡으려고 애쓰다 실망한 채 침실로 다시 기어들어오곤 했다.

"아, 못 참겠어. 언제 끝날까? 벌써 끝나야 했어." 그녀는 발을 바닥에 쿵쿵거리며 혼잣말을 하면서 나한테 짜증을 냈다. 코를 골거나 크래커 봉지를 여는 게 전부인 내 모습을 참을 수 없다며 숨도 못 쉬겠다고 소리치기 시작했다. 그녀는 가끔 앞뒤가 맞지 않는 문장을 뱉으며 몇 시간 동안 방 안을 서성거렸다.

드디어 폭풍은 잦아들었고 태양은 행성과 집을 한 번 더 밝게 비췄다. 모래를 다 치우는 데 몇 시간이 걸렸다. 침묵 속에서 모든 청소를 끝냈을 때, 우리 둘 모두 이전의 질서를 회복해야 된다는 것을 알고 있었다. 나는 소파로 돌아갔고 아얄라는 문을 열어둔 채 밖으로 나갔다.

9

내가 언제 연못을 발견했는지 정확히 말할 수는 없지만, 그곳은 의심의 여지없이 그녀의 행성에서 가장 특별한 곳이었다. 그녀가 연못에 대해 한 마디도 없었다는 걸 떠올리며 집까지 헉헉거리면서 걸어갔다.

"어떻게 연못에 대해 내게 한 마디도 안 했죠?"

"무슨 말인지 전혀 모르겠네." 그녀가 나를 쳐다보지 않은 채 대답했다. 나는 그녀가 농담하는 거라고 생각했는데 정말 모르고 있다는 것을 알게 되었다. 결국 나는 그녀에게 가서 보자고 설득했다. 1킬로미터 반을 완전한 침묵 속에서 걷고 난 후, 우리는 해가 닿지 않는 그늘진 곳에 도착했다. "한 번도 와 본 적이 없는 곳인데." 그녀가 말했다. 공기는 시원했다. 그 연못은 가장 어두운 곳에 있었다. 투명한 청록색의 물이 몇 미터 아래에 있는 작은 분화구로 흘러들어가 웅덩이처럼 고여 있었다. 우리는 분화구 가장자리에 앉아 물을 내려다보았다.

"말도 안 돼." 그녀는 물속에 비친 자신의 모습을 바라보며 말했다. 나도 이해할 수 없었다. 아마도 꽁꽁 언 어떤 소행성이 그녀의 행성을 강타한 적이 있을 것이다. "어찌 되었든, 대기 환경에 의해, 물이……."

내가 문장을 채 끝내기도 전에 그녀가 나를 연못 안으로 밀었다.

바위에 부딪힐지도 모른다는 두려움은 따뜻하고 잔잔한 물에 몸이 닿자 순식간에 사라졌다. 나는 최대한 숨을 길게 참았다가 수면 밖으로 고개를 내밀었다. 다리는 물에 담근 채 연못 한가운데에 있는 큰 바위에 걸터앉았다. 옷이 흠뻑 젖었다.

"독성이 없는지 확인하고 싶었죠." 그녀가 말하며 웃었다.

"바로 이때 여자도 뛰어들지 않나?" 나는 그녀에게 물었다.

"영화를 너무 많이 본 게 분명해." 그녀는 발가락을 물에 담그며 말했다. 우리는 다시 침묵했지만, 뭔가 다른 종류의 침묵이었다. 마치 우리가 처음 만났을 때처럼, 각자 자기 자신 속으로 걸어 들어갔다. 나는 지난 1년간 얼마나 학사 일정을 놓친 건지 생각해 보았다. 학기말에 가도 따라갈 수 있는 기회가 올지 의문이었다.

"당신에 대해 이해 못하는 부분은……." 그녀는 마치 자신의 말을 심사숙고하듯 잠시 말을 멈추었다. "마치 어떤 일에 다른 선택의 여지가 없는 것처럼 인생을 사는 거."

"하지만 당신도 정확히 똑같잖아." 내가 대답했다.

그녀는 연못으로 시선을 돌리기 전에 나를 힐끗 쳐다보더니 머뭇거리듯 손으로 머리를 쓸어내렸다. 그리고 그녀는 일어나서 천천히 바위 위로 올라가더니 다시 태양의 나라로 미끄러져 들어갔다. 나는 분화구에서 나오기 전, 연못가 그늘에 누워 보라색 하늘을 바라보았다.

그녀의 집으로 돌아가는 길이었다. 나는 그녀가 모래언덕에 앉아 눈을 가리지 않은 채 햇빛을 응시하고 있는 것을 보았다. 그녀 옆에 섰다. 그녀는 계속 태양을 응시했다.

"그래서 이 행성으로 오게 된 건가요?"

그녀는 고개를 끄덕이고 나더니 정신을 차려 보려고 노력했지만 아무 소용이 없었다고 말했다. 온갖 치료를 시도했으나 도움이 되지 않았다. "햇볕을 쬐고 있으면 조금이나마 도움이 되죠." 그녀는 부모에게 전화할 때마다 그들의 떨리는 목소리가 뭘 원하는지 다 안다고 했다. 그녀가 제 입으로 이제 모든 게 다 괜찮다고 말하는 걸 그들이 얼마나 듣고 싶어 하는지 안다고. "이 모든 혼돈은 그냥 하나의 과정이겠죠." 그녀가 말했다. "당신에게도 그런 것처럼." 그러자 뭔가 퍼뜩 떠올랐다. "잠깐, 무슨 전화? 가능해, 여기서?"

10

주황색 공중전화는 선인장 군락지에서 멀지 않은 곳에 있었다. 그녀는 행성에 도착하자마자 그곳에 설치했다. 그녀가 왜 나에게 말하지 않았는지 묻지 않았다. 어차피 그녀는 대답하지 않을 것 같았다. 나는 부모님께 전화를 했다. 태양에서 가장 가까운 행성에 발이 묶였다고 설명했다. 그들은 특별히 나를 걱정하고 있지 않은 듯 보였다. 마지막으로 통화한 지 3주밖에 되지 않았고 학교는 겨우 하루 전에 개강했다고 말했다.

3일 후 그들은 버스 정류장 옆에 도착했다. 화가 난 할머니가 집에서 나를 기다리고 있다고 알려주었다. 아얄라에게 작별 인사를 하고 싶었지만, 내 물건을 가지러 그녀의 집에 들렀을 때 그녀는 없었다.

우리가 금성을 쌩, 하고 지나쳐 갈 때, 나는 부모님께 심리 공학을 전공하겠다고 말했다. 엄청 돈도 많이 벌고 마침내 잘살아 보겠다고 결심했다고. 엄마는 좋은 생각이라고 말했다. 그러면서 엄마는 자신이 좋아하는 건강 요리 프로그램이 있다며 라디오를 켰다. 나는 자신에게 농담하지 말라는 아얄라의 목소리를 애써 무시한 채 창문에 머리를 기대고 잠을 청했다.

노인 부대

1

할아버지는 여든에 골라니(이스라엘에서 가장 용맹하고 강인한 군인들이 있는 부대 가운데 하나 ―역자 주) 보병여단에 입대했다. 미리암 할머니가 욕실에서 뇌졸중으로 쓰러져 돌아가신 지 얼마 후, 그러니까 바로 6개월 전의 일이었다. 할아버지는 그로부터 한 달 반 뒤 속셔츠 네 개와 속옷 다섯 벌, 손전등 하나, 정어리 통조림 두 개, 그리고 모시 세어트(이스라엘의 두 번째 총리―역자 주) 전기와 피부 갈라짐 방지 크림까지 챙겨 가방에 넣었다. 스웨터도 챙겼는데, 추울까 봐 넣은 게 아니었다. 이미 죽었지만, 사랑했던 아내의 잔소리까지 저버리지 않겠다는 의지였다. 할아버지는 《레브 시네마》 구독을 취소했고, 정육점 외상을 갚았으며, 프랭켈에게 전화해 금요일 아침 '갱단'을 그만두겠다고 말했다. 그러자 그들은 요스케 코헨을 빈자리에 채워 넣었다.

아버지는 할아버지의 상실감을 생각하면서도, 정상인들이 대처하는 방식이 아니라고 말했다. 입대 전날 밤, "차라리 카리브해나 어디 크루즈 여행이나 가세요."라고 말하며 할아버지에게 투덜거렸다. "힘들게 저승사자를 도울 필요는 없다고요."

할아버지는 자신의 결정이 죽음을 추월하는 다른 방식일 뿐이라고 말했지만, 아버지는 듣지 않았다. 그는 주머니에서 검정 노트와 펜을 꺼내들고 숫자들을 적어 내려갔다. "80세 군인. 군대에서 1095일. 한 달 월급 893세켈." 그리고 자신만 이해하는 일련의 난해한 공식들을 혼잣말로 중얼거렸다. 아버지는 평생 생명보험 계리사, 혹은 예전에 내게 설명한 것처럼 '한 사람의 목숨이 얼마인지 결정하는 일'을 해왔다. 그 말은 그에게 직업으로서의 의미만 말하는 것이 아니었다. 거의 종교에 버금가는 세계관이었다. 그의 삶은 차트와 숫자로 구성되었다. 알마는 항상 그가 그들의 사랑의 가치를 셈하는 방정식을 가지고 있을 거라고 농담했다.

아버지는 알아볼 수 없는 필기체 메모를 끝내고 할아버지를 쳐다보았다.

"평균 수명 계산법에 따르면, 아버지의 유전적 요소, 현재 건강상태 등을 고려해 보니 앞으로 4년, 어쩌면 조금 덜 사실 수도 있어요." 아버지는 딱딱하고 무심한 어투로 결론지었다. "그 시간 동안 화장실 청소나 하고 보초나 선다는 것은 단순히 문제가 있는 논리죠. 달리 해석할 방법이 없네요."

할아버지는 아들의 복잡한 계산 방식을 반박할 다른 셈법이 없었다. 그는 식료품점을 운영했었는데, 그마저도 돈은 미리암 할머니가 관리했다. 할아버지는 남쪽의 상황은 이전보다 더 불안정하고, 그와 비슷한 노인들이 재입대를 했다고 말했다. 텔아비브 카페에 바글바

글 모여 있는 뻔뻔한 병역 기피자들을 대신해 누군가가 나라를 지켜야 한다며, 자신의 의지를 굽히지 않았다. 또한 우리가 걱정할 일은 전혀 없다고도 말했다. 자주 가는 병원에서 일하는 예후다처럼 일반 신병교육대에 갔다가 육군본부에서 사무직을 수행한다는 것이다.

"보수가 많지는 않지만, 몇 셰켈도 대단한 것이지. 그 돈으로 너를 조금 도울 수도 있어, 예미." 할아버지는 말을 끝내기 무섭게 자신이 너무 멀리 나갔다고 깨달았다.

"물론 희망사항이지만." 그는 바로 피해 대책 전환 모드로 말했다. "꼭 네가 도움을 청……."

"셰켈 한 장도 아버지에게서 가져가지 않을 거예요." 아버지는 더 이상 자신의 채무에 대한 얘기는 안 하겠다는 듯 단호하게 말했다. "만약 엄마가 살아 계셨다면 입대는 꿈도 꾸지 않으셨을 거예요."

"맞아." 할아버지가 수긍했다. "그런데 죽었잖니."

아버지가 방을 나갔고, 할아버지는 다시 가방을 싸기 시작했다. 떨리는 손으로 지퍼를 닫으려다 가방이 침대 아래로 떨어지고 말았다. 미리암 할머니 사진들이 바닥에 흩어졌다. 나는 할아버지를 도와 사진들을 가방에 챙겨 넣었는데, 바로 얼마 후, 그는 침대 위에 그것들을 죄다 쏟았다. 그러고는 뭔지도 모르는 채 뭔가 없어졌다는 말만 계속 중얼거렸다.

2

Alman1964@gmail.com

2009년 7월 16일, 04:45:02

제목 : 안녕, 율리

잘 있지?
이 메일 받으면 연락 줘.
평안을…….

알마 로젠블럼
뉴델리 소재 이스라엘 유대인 사무소

3

다음 날, 접수 및 대기 초소로 향하는 길에 나는 할아버지와 콜 이스라엘 라디오 프로그램을 듣고 있었다. 이스라엘 국도를 양말 두 켤레와 100세켈만 갖고 하이킹한 사람을 인터뷰하는 내용이었다.

"저것도 내 버킷 리스트에 올려야겠구나." 할아버지가 목청을 가다듬으며 말했다.

"내가 못해서 후회하는 게 뭔 줄 아니?" 내가 그런 질문은 하지 않을 거라고 여겼는지 할아버지가 먼저 물었다.

"뭔데요?" 나는 마지못해 물었고, 할아버지는 단조로운 목소리로 천천히 목록들을 열거했다.

이스라엘 국도 하이킹.

엄마가 해준 게필테 피시(송어, 잉어 고기에 계란, 양파 따위를 섞어 둥글게 뭉쳐 끓인 유대인 음식—역자 주) 요리를 다시 맛보는 것.

아라드 썬터 방문.

예전 식료품점 간판을 찾는 것. 제파 벼룩시장에 가면 있을 거야.

내 고등학교 첫 번째 여자 친구, 미국에 가서 행방불명된 타마르 바이츠만의 행적을 찾는 것.

쿠바산 시가를 피우는 것.

골다(이스라엘 최초의 여성 총리 골다 메이어—역자 주)에게, 다시 생각해 보니 그 전쟁은 그녀 탓이 아니었다고 말하는 것.

할아버지는 침묵을 지키며 내 반응을 기다렸지만, 나는 계속 도로를 살피며 조용히 있었다. 내가 이미 외워서 알고 있는 목록들이었다. 할아버지가 하지도 못했고 지금도 하지 않을 모든 일들의 목록들에 대해 다시 이야기할 기분이 아니었다. 내가 기억하는 한, 할아버지는 자신이 죽을 날에 대해 끊임없이 말하는 걸 멈춘 적이 없다. 그는 곧 지상을 떠날 거라고 모든 사람에게 말하곤 했다. 자신의 장례식에 찾아온 조문객들의 세심한 배열까지 포함해, 정확히 언제 어떻게 자신에게 죽음이 찾아올 것인지 사람들에게 말하는 걸 즐겼다. 미리암 할머니는 듣는 것조차 거부했다. 대신 언제나 이렇게 쏘아붙였다. 만약에 집에까지 죽음을 끌고 들어온다면 프라이팬이나 롤링핀, 어느 거라도 손에 먼저 닿는 걸로 자신이 직접 할아버지를 죽일 거라고. 그래서 할아버지는 할머니가 있을 때면 침묵을 지켰다. 그런데 어릴 때 할아버지가 토요일 아침에 나를 극장에 데리고 갈 때면 다시 이야기를 꺼냈다. 그는 오직 믿을 사람이라고는 나밖에 없다고 말했다. 나는 할아버지가 끊임없이 말하게 내버려두었다. 하펠 크파르 사바 풋볼팀 전체 팀원 이름을 외우거나 내가 좋아하는 영화 기바트 하폰의 모든 대화 내용을 지구상의 그의 마지막 날 유언처럼 속으로 암기하며 들었다. 고생은 내가 하고, 할아버지는 속 시원히 털어놓고.

4

접수 초소 입구에 둥근 테 안경을 쓴 상병이 서 있었다. "소환 통지서 가져왔나요?" 그가 내게 물었다. 물통 모양의 모자가 얼굴 절반을 가리고 있어 이목구비가 거의 보이지 않았다. 할아버지는 내가 뭐라고 말하기도 전에 떨리는 손으로 통지서를 내밀었다. 군인은 서류를 뚫어지게 보다 시선을 다시 할아버지에게 돌렸다. "맙소사, 바로 그 사나이네!" 그는 할아버지 어깨를 툭 쳤다. "당신 같은 진짜 사나이들 덕분에 이스라엘 사람들이 여전히 발 뻗고 자는 거라고, 요차이, 이리 와서 좀 보라고." 그는 옆에 있는 군인에게 소리쳤다. "또 한 명의 노인 부대 지원병이야. 이런 사나이들이 진짜 군인 정신으로 무장된 사람이라고!"

주변에 있던 사람들이 어색하게 움츠리고 있던 할아버지를 쳐다보기 시작했다. 이윽고 박수가 터졌다. 나는 부대 안 광장으로 할아버지를 데리고 갔고, 우리는 벤치에 앉아 이름이 호명되길 기다렸다. 할아버지에게 다이어트 콜라를 사서 드렸는데 마시고 싶지 않다고 했다. 트라우마 전조증상 단계로 접어든 사람처럼 정신을 약간 놓은 듯 보였다. 나이 든 한 남자가 대가족을 이끌고 오더니 우리 옆에 섰다. 할아버지가 그 남자의 아이들과 손주들, 그리고 말 그대로 남자의 어깨에 기대어 우는 부인을 번갈아 쳐다보았다. 나는 할아버지의 시선을 다른 곳으로 돌리기 위해 빠뜨린 거 없는지 확인해 보라고 했다. 할아버지는 누군가의 명령을 기쁘게 수행하는 사람처럼 가방을 뒤적이더니 수건을 챙겨오지 않았다고 말했다.

"걱정 마세요, CSM이 수건도 챙겨주고 편하게 돌봐줄 거예요."

할아버지가 고개를 끄덕이며 "CSM이 뭐냐?"라고 물었다. 중대선임 하사관을 줄여서 부르는 말이라고 대답하자 할아버지는 60년 전 공병으로 복무했을 때는 그냥 병장이라 불렀다고 말했다. 그리고 잠시 후 "몇 년 동안 집 밖에서 자 본 적이 없는데."라고 덧붙였다.

"마음 바꾸셔도 돼요. 말만 하세요, 그러면 바로 라마트간으로 다시 차를 몰고 가 조지안에서 팔라펠(병아리콩 퓌레를 작고 동그랗게 빚어 기름에 튀긴 중동 음식—역자 주)을 먹을 수 있어요."

할아버지는 마음에도 없는 미소를 지어보였다. 5분이 지나자 커다란 전광판에 즈비 노이어만 이름이 떴다. 녹색 베레모를 쓴 군인이 걸어 나오더니, 할아버지 가방을 들고 따라오라고 말했다. 할아버지는 내 어깨에 손을 얹고 돌아서서 버스를 향해 걷기 시작했다. 작별인사조차 없었다. 잘 가, 라는 말을 좋아하지도 않았고, 어떻게 해야 하는지 모르는 것 같았다. 의사가 병원에서 할머니에게 마지막 인사를 하라고 했을 때도, 할아버지는 할머니를 오래 바라만 보다 프레첼을 사갖고 온다는 말만 남기고 나가더니 돌아오지 않았다.

나는 할아버지를 따라 버스로 갔다. 힘겹게 계단을 오른 할아버지는 느릿느릿한 걸음으로 버스 맨 뒷좌석에 앉았다. 나는 할아버지를 향해 두 손을 흔들었다. 할아버지는 나를 힐끗 쳐다보는 듯싶더니 재빨리 시선을 피했다.

"늙는 건 잠깐인 것 같아요, 안 그래요?" 옆에 서 있던 여자가 내게 말했다. 파란색 원피스에 검은 고무부츠를 신고 곱슬머리가 예뻤는데, 고음에 약간 짜증을 불러오는 목소리였다.

"완전 그렇죠." 내가 대답했다.

"그런데 이유가 뭐예요?" 그녀가 물었다. "왜 군대로 보냈어요?"

"우리가 보낸 게 아니고요, 본인이 원하셨어요." 버스에 오른 한 노인이 창가에 앉는 바람에 할아버지가 내 시야에서 사라졌다.

"이유가 뭐래요?"

"텔아비브에 병역 기피자들이 너무 많은 게 이유랍니다." 나는 그녀가 그냥 가버렸으면 하는 바람으로 말했다.

"와, 한 대 날리는 말이네." 그녀가 대답했다.

"뭐라고요?" 나는 여자를 쳐다보았다. 그녀는 마침내 내 주의를 끌 수 있게 된 것에 만족해하며 히죽히죽 웃었다.

"병역 기피자들이 텔아비브에 너무 많아서 입대하는 노인은 없다고요." 그녀는 껌 한 통을 가방에서 낚아채듯 집어들더니 내게 하나를 내밀었다.

"껌 싫어합니다."

버스가 천천히 움직이기 시작했다. 버스에 있는 모든 고루한 노인들은, 그들 사이에 숨어 있던 할아버지를 제외한, 가족들에게 손을 흔들었다. 버스가 터미널을 떠나자 금방 다른 버스가 그 자리에 대기했다. 점점 어딘가에 갇혀 있는 듯 숨이 막히기 시작했다. 사람들이 서로 너무 밀접하게 닿은 채 서 있었다. 옴짝달싹 못할 정도로.

"말해 봐요." 그 여자가 다시 이야기를 시작했다. 내게 한순간의 평화도 허용하지 않겠다는 듯. "왜 가족들은 할아버지의 입대를 말리지 않았냐고요. 돌보는 게 지겨워진 거죠?"

"체크포인트 와치(팔레스타인 민간인의 이동을 통제하는 이스라엘 검문소를 감시하는 단체—역자 주)에서 나온 여성 회원입니까? 내게 원하는 게 뭐예요?" 내가 물었다. 목이 칼칼했다. 공기마저 내 몸속으로 들어가길 주저하는 것처럼 나를 밀어냈다.

"체크포인트 와치와 노인 징집을 반대하는 미즈라히 연합 단체에서 나온 사람이에요." 그녀는 그렇게 말하더니 낄낄 웃었다. "솔직히 다 농담이에요. 왜 그렇게 진지해요? 너무 힘들어서 할아버지 돌보는 거 포기했다고 말해도 괜찮아요. 정말, 괜찮다고요. 우리끼리 얘기지만, 여기 모인 사람들 다 그렇고 그런 자식들이잖아요."

나는 깊게 숨을 들이마셨다.

"어머, 괜찮아요?" 그녀의 말 속에 비꼬는 투가 사라졌다. "얼굴이 정말 창백해요."

"괜찮아요." 나는 숨 막히는 목소리로 말했다. "천식 때문이에요."

"흡입기 없어요?" 그녀가 물었다. 나는 호주머니를 뒤졌다. 흡입기를 챙겨오지 않았다는 사실을 뒤늦게 깨달았다.

"그만 가야겠어요." 나는 출구를 향해 빠르게 걸었다. 여자가 등 뒤에서 뭐라 소리쳤지만, 알아들을 수 없었다. 나는 이미 초소 밖이었다. 주차장까지 가는 길은 기억했던 것보다 멀었다. 차 뒷좌석에서 볕에 따뜻해진 생수병을 발견했다. 나는 한 번에 벌컥벌컥 다 들이켰다. 그리고 에어컨을 세게 틀었다. 차 옆을 지나던 군인이 차창을 두드리더니, 아무 일 없냐는 몸짓으로 내게 물었다. 나도 몸짓으로 오케이 사인을 보내고 핸드브레이크를 풀었다. 그냥 이곳에서 벗어나고 싶었다. 주차장을 돌아나와 첫 번째 버스 정류장에 차를 세웠다. 호흡을 고르는 데 몇 분이 걸렸다. 간신히 마음을 가다듬었을 때 나는 시내에 있는 콜센터를 향해 차를 몰았다. 고등학교 2년 후배인 일정 관리 매니저가 통보 없이 늦게 출근하는 건 이번이 마지막이 될 것이라고 경고했었다.

5

Alman1964@gmail.com

2009년 7월 17일, 02:12:35

제목 : 안녕, 율리

이스라엘 관광객이 우리 사무실에 들렀다가 두 달 된《예디오스 아로노스》(이스라엘 일간신문 —역자 주)를 놔두고 갔어. 왜 그렇게 오랫동안 그 신문을 가지고 다녔는지 모를 일이구나. 어찌 되었든 부고란에 실린 미리암의 기사를 봤다. 애석하구나. 정이 많은 사람이었는데. 솔직히 우리 사이가 언제나 좋지는 않았지만, 그녀는 정말 멋진 사람이었어. 너와 네 아버지가 상심이 크지 않았길 바란다. 전화번호 바꿨니? 전화했더니 없는 번호라는 말만 나오던데. 이 이메일 주소도 정확한 건지 모르겠구나.
평안을…….

알마 로젠블럼

뉴델리 소재 이스라엘 유대인 사무소

6

Alman1964@gmail.com

2009년 7월 17일, 11:56:20

제목 : 안녕, 율리

아래의 수신인에게 전송한 메일이 영구적으로 전달되지 않았습니다.

yuli.neuerman@gmail.com

영구적인 실패의 기술적 세부 사항 :

구글은 귀하의 이메일을 gmail-smpt-in.l.google.com.(2607:f8b0:4001:c1b::1a)에 의해 수신인 도메인 gmail.com의 서버로 전송하려고 시도했으나 거부되었습니다.

다른 서버가 반환한 오류:

550-5.1.1 존재하지 않는 이메일 주소입니다. 수신인의

550-5.1.1 이메일 주소에 오타나 불필요한 스페이스가 있는지

550-5.1.1 재확인하시기 바랍니다. 더 자세한 내용은

550-5.1.1 http://support.google.com/mail/bin/answer.

py?answer=6596 q18si1996584ico.33 — gsmtp

7

Alman1964@gmail.com

2009년 7월 17일, 11:56:20

제목 : 안녕, 율리

왜 이게 안 들어갔지??? 연락해야 하는데

평안을…….

알마 로젠블럼

뉴델리 소재 이스라엘 유대인 사무소

8

Alman1964@gmail.com

2009년 7월 17일, 12:16:34

제목 : 안녕, 율리

아래의 수신인에게 전송한 메일이 영구적으로 전달되지 않았습니다.

yuli.neuerman@gmail.com

영구적인 실패의 기술적 세부 사항:

구글은 귀하의 이메일을 gmail-smpt-in.l.google.com.(2607:f8b0:4001:c1b::1a)에 의해 수신인 도메인 gmail.com의 서버로 전송하려고 시도했으나 거부되었습니다.

다른 서버가 반환한 오류:

550-5.1.1 존재하지 않는 이메일 주소입니다. 수신인의

550-5.1.1 이메일 주소에 오타나 불필요한 스페이스가 있는지

550-5.1.1 재확인하시기 바랍니다. 더 자세한 내용은

550-5.1.1 http://support.google.com/mail/bin/answer.py?answer=6596 q18si1996584ico.33 — gsmtp

9

할아버지는 주말에 집에 왔다. 아버지랑 내가 할아버지 집으로 갔을 때 우리는 지붕 위에 혼자 앉아 있는 할아버지를 발견했다. 속옷과 흰 티셔츠까지 벗은 그는 발코니 입구 근처에 검은 군화를 벗어놓고 빨랫줄에 제복을 걸어놓은 상태였다. 할아버지는 한 손에 IWI 타이버 소총(이스라엘 IWI사(구 IMI)가 개발한 총 —역자 주)을 쥐고, 다른 한 손으로 블랙커피가 담긴 잔을 들고 있었다.

"무기 관리가 관대한 편이네요." 나를 향해 고개를 돌리는 할아버지에게 그렇게 말하자, 그는 만족스러운 표정으로 고개를 끄덕였다. 아버지는 의자를 하나 끌어 할아버지 옆에 말없이 앉았다.

"흠…… 지내시긴 어떠세요?" 내가 물었다.

"녹초가 되지." 할아버지가 대답했다. "특히 접수 초소 일이 힘들어. 사회보장국 사무실보다 더 일이 많을걸. 엄살이 아니야. 대기 초소 사무실에서 서류를 작성하는 데만 네 시간이 걸렸어."

"무슨 서류요?" 아버지가 묻자 할아버지가 미소지었다. "그렇지 않아도 복사본을 네가 원할 거라고 생각했어." 할아버지가 주머니에서 접힌 종이 몇 장을 꺼내 들며 말했다. "걱정 마라, 담당 장교가 이건 그냥 일상적인 절차라고 그러더라. 네가 노인 수발하는 돈이 걱정돼 나를 군대로 보낸 게 아니라는 걸 확인하는 서류다."

아버지가 서류를 쓱 훑어보더니 말했다. "잘됐네요, 조건이 괜찮은데요."

"솔직히 읽지도 않았다."

"이 서류를 보니까." 아버지가 말했다. "그냥 알아두세요, 우리가 얘기했던 것처럼 아버지가 돌아가시거나, 알츠하이머병에 걸리거나 해도 군대에서는 단 1셰켈도 지급하지 않는대요. 아주 강직한 조직이네요, 아버지의 이스라엘 방위군." 그가 나를 보며 말했다. 제대한 지 2년이 흘렀는데도 아버지는 여전히 나를 사령관 공식 대리인 취급했다. 아버지는 검정 패니팩(허리 벨트에 차는 작은 가방—역자 주)을 열더니 종이 몇 장을 꺼내며 말했다. "우리 개인 의료보험을 꼭 들어야겠어요." 그는 할아버지에게 펜과 서류 몇 장을 건넸다.

"아들이 신병 훈련소 부대 지휘관들보다 더 무섭죠? 그죠, 할아버지?" 아버지가 내 손에도 서류 몇 장을 떠안기자 할아버지를 보며 그렇게 말했다.

"뭐죠? 저도 다시 징집돼요? 지난번에 알아봤더니 골라니 복무 기간 이미 채웠다고 하던데." 내가 말했다.

"고용 및 은행 정보 서류다." 아버지가 설명했다. "네가 월급도 안 받고 두 달간 일했다는 걸 모르는 눈치구나."

"무슨 뜻이에요?"

"네 월급이 은행으로 송금된 내역이 없다는 말이야. 콜센터에서 봉사 활동하는 게 기특하다만, 재정적으로 안정됐다고 말할 수는 없지. 작성해라, 뭘 걱정이냐, 서류 작성하는 건 언제나 좋은 거다." 아버지는 진심이라는 듯 말했다. 그는 세상에서 관료주의를 좋아하는 사람들 중 한 명이다. 그가 관료주의에 맞춰 살아가는 법을 배웠다는 뜻은 아니다. 피스타치오 아이스크림이나 크파블름 키부츠(이스라엘 생활 공동체—역자 주) 단체 관광을 좋아하는 취향처럼 관료주의를 좋아할 뿐이다. 꼼꼼한 절차와 모호하지 않은 질문들이 그를 편하게 만들었다. 나는 금방 모든 서류 작성을 끝냈지만, 할아버지는 아버지의 질책을 마음에 새겼는지 모든 항목과 문장들을 조심스럽게 살폈다.

"이 서류에 작전 상황 중 다쳐도 혜택받는다고 돼 있나?" 할아버지가 물었다. "전쟁, 비밀 임무 수행 같은 것들 말이다."

"녹슨 스테이플러가 업무수행 상해 보장 혜택을 받을지는 모르겠네요." 아버지가 웃으며 말했다.

"무슨 스테이플러?" 할아버지가 어리둥절한 눈초리로 내게 시선을 돌렸다. "골라니 여단이 그렇게 만만하게 보이냐. 넌 다른 사람보다 그 점에 대해서는 분명히 알고 있어야 해."

나와 아버지는 웃었고 할아버지는 영문을 모르는 듯 보였다.

"누가 아버지를 골라니 병사로 뽑겠어요?"

"벌써 뽑혔다. 새로운 훈련 과정도 개설했더라." 할아버지는 대답하고는 다시 서류를 집어들었다.

"그게 무슨 말이에요?" 나는 아버지가 의아해하기 전에 할아버지에게 납득할 만한 이유를 듣고 싶어 물었다. 할아버지가 서류에 사인을 마쳤을 때 담당 장교가 등을 토닥거리며 할아버지 같은 사람이 훨씬 더 혁혁한 공을 세울 수 있을 거라고 말했다고 했다. 그렇게 멀쩡한 몸을 가진 참전용사들이 매일 재입대하는 것은 아니니까 당연히 그랬을 것이다.

"그러니까 입대 결정을 했다는 말이에요?" 아버지가 물었다.

"물론이지. 나라의 부름을 받았는데, 내가 어디 싫다고 말할 사람이냐? 동료 한 명은 내가 보병이 되기 위해 태어난 사람 같다는 말도 하더구나. 심지어 내게 장교 기질도 있다고 말했어. 율리, 이 말을 믿을 수 있겠니? 우리 둘 다 소대장이 될 수도 있다는 말이야!"

"지금 제게 바하드 1호, 그 장교학교 얘기하시는 거예요?" 아버지가 할아버지 말을 끊고 내게 시선을 돌렸다. "어떻게 노인들이 골라니에 입대할 수 있는지 제게 설명 좀 해주세요. 지금 저만 세상이 미친 것처럼 생각하는 거예요?"

할아버지는 커피를 한 모금 마셨다. 그는 화제를 다른 곳으로 돌리기 위해 냉동실에 미리암 할머니가 남긴 수프가 있으니 저녁을 먹고 가도 좋다고 말했다.

"완두콩 수프가 이 문제를 해결하지는 않아요." 아버지가 말했다.

그의 얼굴이 빨개졌다. 솔직히 말해서, 나도 그 순간에 아버지 생각에 동의했다. 노인 입영이 너무 지나치게 의미화되었다는 생각이 들었지만, 할아버지 혼자 반박하게 내버려두는 것도 싫었다.

"내일 당장 레바논에 배치하려는 것은 아니니까요." 나는 분위기를 진정시키기 위해 그렇게 말했다. "아마 할아버지에게 맞는 자리로 배치하겠죠. 연세에 맞는 특별한 부서. 안 그래요?"

할아버지가 고개를 끄덕였다.

"어떻게 골라니가 80세 노인 입대를 받아들이지, 이런 얘기 들어보기나 했니?"

"다 잘 알아서 하겠죠. 제 말은, 노인들에게 맞는 훈련을 시킬 거라는 말이에요. 요즘 노인들이 놀라운 행동을 많이 하잖아요. 어제 신문에서 보니 90세 일본 노인이 마라톤을 완주했다던데요. 그에 비하면 할아버지는 아직 아기죠, 뭐."

"넌 진심으로 마라톤과 신병훈련소 차이를 모른다는 말이냐?" 아버지가 소리쳤다. "군대가 지루한 홀아비들 근무처로 전락한다는 것 자체가 안 되는 말이야. 전쟁에도 참가했던 네가 어떻게 말귀를 못 알아들어?"

"그럼 학도병으로 텔아비브 본부에서 근무한 아버지는 그 차이를 이해하세요?" 나는 그에게 대들었다. "이게 뭐 그리 대단한 일이라고 그래요? 약간의 경계 근무나 하시겠지요. 뇌졸중 오기를 기다리며 침대에 누워 있는 것보다 나아요."

할아버지가 기침을 했다. 표정만 봐도 모욕감을 숨기기 위해 그런다는 걸 알 수 있었다. 짧은 몇 문장으로 우리는 그를 거의 생매장한 셈이 되어버렸다.

"너희들 얘기가 무슨 뜻인지 모르겠구나. 따끈한 수프나 한 그릇 먹어야겠다." 할아버지가 일어서며 말했다. 계단을 향해 몇 걸음을 떼더니 헐거워진 타일에 걸려 비틀거렸다. 순간 들고 있던 컵을 거의 놓칠 뻔했다. 남아 있던 커피가 흰 셔츠 위로 쏟아졌고 촉촉한 곡물처럼 검정 자국을 남겼다. 아버지가 재빨리 할아버지에게 다가갔다. 그를 조심스럽게 일으켜 세우고, 주머니에서 급히 꺼내든 휴지로 할아버지 손을 닦았다. 그러고는 아래층으로 내려가 젖은 키친타월을 가져왔다. 나는 할아버지를 부축해 아래층 계단으로 내려가는 걸 도왔다.

"부축하지 마라. 80이 되면 혼자 사는 법도 배워야지." 그가 선언하듯 말하고 계단을 거의 다 내려갔는데, 옥상에 소총을 놔두고 온 것이 생각났다며 다시 뒤돌아 계단을 올랐다.

10

Alman1964@gmail.com

2009년 7월 27일, 03:52:48

제목 : 안녕, 율리

알아, 네게 메일이 전달되지 않는다는 것. 자동 전송 실패 메시지 받았어. 그래도 네게 계속 보내볼 거야. 알았지? 이유를 뭐라 설명할 수가 없어. 네게 전달되지 않더라도 내겐 필요한 이 기분, 믿어 줘. 미리암 부고 기사를 본 이후로 내 머릿속을 헤집고 다니는 온갖 상념들을 같이 나눌 사람이 없다는 거. 알아, 불쌍하게 됐다는 거. 사실인데 달리 무슨 말을 하겠어. 누구에게 말할까? 매주 월요일과 목요일에 사무실에 오는 차바드 랍비에게 말할까? 모든 걸 다 뒤로하고 내가 어떻게 혼자 인도에 왔는지 여전히 이해 못하는 그 사람에게?

그래서 네게 쓸 거야. 어쨌든 그게 내 가장 큰 결점, 맞지? 늘 나는 자신만 먼저 생각해. 전에 우리가 통화했을 때 네가 한 말이야. 네가 말했잖아, 비행기에 오를 때 깨달았다고. 언제나 나는 내 입장만 생각한다고. 넌 늘 그런 눈으로 날 봤지만, 사실 내가 인도로 간 것이 그걸 증명하는 유일하면서도 전부의 사건일 뿐이야. 믿어 줘, 석 달 후에 네가 내 전화를 안 받을 거라는 걸 알았다면 난 전화를 끊을 생각조차도 못했을 거야.

나는 네게 전화하려고 노력했어. 너도 알고 있지? 지난주에도 다섯 번이나 시도했어. 넌 전화를 안 받았고. 네 탓을 하는 게 아니야, 사실을 말할 뿐이지. 놀랍게도 네 아버지가 받더구나. 솔직히 전혀 놀라지도 않았지. 모든 것이 괜찮은 척하는 게 네 아버지 전문이니까. 미리암이 욕실에서 넘어졌다고 말했어. 이상해, 그렇지 않니? 어떻게 사람이 욕실에서 넘어질 수 있고, 눈 깜짝할 사이에 모든 게 다 끝나는지. 그렇게 허무하게 말이야. 할아버지가 노인 전투부대에 입대했다는 말도 네 아버지가 했어(정확히 '노인병 부대'라고 부른다며? 농담이겠지). 내 말 좀 들어봐, 내가 우리나라를 비판할 수 있는 마지막 사람, 이 말이 좀 이상하긴 한데…… 군대가 노인들을 데리고 정말 뭘 어쩌자는 거니? 누구랑 싸울 거래? 이슬람 과격 단체, 하마스? 헤즈볼라? 네 아버지는 설명하지 않더라. 그런 적이 없으니까. 빚에 대한 얘기도 내게 안 했으니까. 나는 얘기하려고 노력했어, 믿어 줘, 내가 노력했다고. 아마 네게도 그런 말은 하지 않았을 거야. 모르긴 해도 다 해결됐다고 말했을지도 모르지. 꼭 네 아버지가 그래. 너에게는 면목이 없어, 율리. 아버지가 너에게 비밀을 조금이라도 털어놓으면 좋겠다. 너를 위해서가 아니라 그를 위해서. 비밀은 영혼을 갉아먹어. 그렇게 사는 건 건강에 해롭고.

이건 정말 말도 안 돼. 아무도 읽지 않을 편지를 쓰고 있다니.

이제 멈출게.

평안을…….

알마 로젠블럼

뉴델리 소재 이스라엘 유대인 사무소

11

할아버지는 다음 금요일에 집에 오지 않았고, 전화도 받지 않았다. 나는 군대에 아는 사람 몇에게 전화를 걸었다. 그러다 골라니 훈련소 부사관 복지센터에 문의하게 되었다. 그녀는 상황을 알아본 후, 할아버지가 '독거 군인' 신분을 받았다고 말했다. 할아버지가 혼자 지낼 수 없다고 호소해서 레호보트에 있는 노인회관으로 모셨다는 것이다. 부사관에 따르면, 할아버지가 가족들로부터 방치당했다고 말한다며, 사회복지사 개입 여부가 필요한 건 아닌지 은근히 물었다.

할아버지가 자신을 돌보았던, 세상에 단 두 명뿐인 우리를 그런 식으로 중상했다는 게 믿을 수 없었다. 미리암 할머니가 죽었을 때 나는 콜센터로 옮기기 전에 다녔던 레스토랑 일을 그만두었고, 아버지는 경제적으로 어려웠지만 한 달간 일을 쉬었다. 아버지는 할아버지와 30년 동안 데면데면했던 사이임에도 불구하고 옆에서 돌봤다. 둘이 대화 없이 지낸 이유는 나도 모른다. 아마도 알마 때문이거나 다른 이유가 있을 것이다. 부자 사이가 그렇다는 걸 두 사람도 느끼고 있었을까? 누구든 두 사람 사이의 거리감을 눈치채지 않을 수 없었는데, 그들은 마치 쓸데없는 모임에서 만난 비즈니스맨처럼 악수를 주저하는 이미지로 고정되었다. 아버지는 아슈케나지 가문의 방식일 뿐이라고, 그렇게 말하고는 웃어넘기려고 했다.

나는 아버지 서재로 들어갔다. 아버지는 서류가 잔뜩 쌓인 책상 앞에 앉아 있었다. 내가 들어서자 아버지는 읽고 있던 편지를 접었다. 편지 내용은 알 수 없었지만, 법률회사 로고는 눈에 띄었다. 물어보지 않는 게 더 낫다.

"아버지가 옳았어요." 나는 인정하며 모든 걸 얘기했다.

"당장 소대장에게 전화해서 할아버지를 집으로 보내라고 말할 거예요."

아버지는 서랍을 열더니 종이 뭉치를 꺼냈다. "두통." 그가 물도 없이 알약 두 알을 삼키며 말했다. "너는 그러지 않을 거다."

"어떻게 돌아가는지 알고 있어요? 순식간에 우리를 노인 학대로 잡아갈 거라고요."

"호들갑 떨지 마라."

"제 말 좀 들어 봐요. 여단 사람들이랑 얘기했는데, 할아버지가 그 사람들에게 우리를 어떻게 말했는지 아버지는 상상도 못할 거예요."

"알고 있어." 그가 대답했다. "부사관에게 전화 왔다."

"네?"

"어젯밤에 전화했던 여자 군인이 말하길, 할아버지가 노인 병사들 있는 곳으로 숙소를 옮겨 달라고 하길래, 부양가족이 없는 사람만 받아준다고 했대."

"그래서 바로잡아 설명했어요?"

"그럼, 우리가 전혀 돌보지 않는다고 말했어."

"지금 농담하시는 거죠?"

"당연히 농담 아니다." 아버지가 말했다. "그 회관에서 우리 대신 돌봐 준다면 우리야 행복하지요, 그렇게 말했다."

"뭐라고요? 아니, 어떻게 그렇게 말할 수 있어요?"

"쉽게 생각해. 만약 할아버지가 친구들과 들어와 여기서 같이 살겠다고 하면, 내가 누구라고 막을 수 있겠니?" 그는 차분하게 설명했다. 내가 아는 한 가장 이성적인 사람이 어떻게 그렇게 생각하는지 도저히 이해할 수 없었다.

"입대한다고 그랬을 때도 펄쩍 뛰더니, 사람들이 학대받은 노인이라고 생각할 텐데 아무렇지도 않아요?"

"아니, 그게 전부가 아니야."

"그럼 또 뭐예요?"

"중요한 것은, 노인들이 우리를 보호하면 안 돼……."

아버지가 말을 멈췄다. 내가 책상 위에 있던 압류 통지서를 쳐다보고 있다는 것을 눈치챈 것이다. 그는 통지서를 반으로 접어 봉투 안으로 황급히 밀어 넣었다.

"그게 뭐예요?" 내가 물었다.

"상관하지 마라." 아버지가 단호하게 대답했다. "네 할아버지 일도 마찬가지다. 네가 상관할 바 아니야."

"이제 제게 무슨 일인지 설명할 때가 됐다고 생각 안 해요?" 내가 물었지만, 아버지는 대답하지 않았다. 그는 서류 몇 장을 깔끔하게 정리해 쌓아 올리더니, 전등 스위치를 끄고 서재를 나갔다.

12

토요일 아침 나는 할아버지를 만나러 갔다. 첫 번째 이유는 따지려고, 두 번째 이유는 할아버지가 괜찮은지 살피고 싶어서였다. 상상했던 것보다 레호보트에 있는 노인회관은 초라해 보이지 않았다. 입구에 커다란 수족관이 있는 3층 건물이었다. 1층 로비에 몇 명의 노인들이 검은 가죽 안락의자에 앉아 사격장 연습 얘기를 하고 있었다. 대화의 주제만 빼놓고 보면, 그 장소는 노인정과 많이 닮았다. 접수 담당자가 즈비 노이어만 방은 3층에 있는 306호라고 말했다. 문은 열려 있었다. 나는 노크도 하지 않고 들어갔다. 할아버지는 다른 두 노인과 침대 위에 앉아 한창 주사위 놀이를 하고 있는 중이었다. 그는 주사위 놀이를 하는 방법은 몰랐지만, 다른 두 명의 노인들은 신경 쓰는 눈치가 아니었다.

"사람들이 할아버지를 제대로 돌보는 것 같아 기뻐요." 할아버지에게 말했다. 그러자 할아버지는 일부러 비꼬는 내 말투를 무시하며 미소로 답했다.

"고양이가 누굴 모시고 왔는지 보시오! 널 보니 정말 좋구나." 할아버지가 말했다. 그는 군용바지와 티셔츠를 입고, 목에는 이름이 새겨진 군용목걸이를 걸고 있었다. "소개하지, 여기는 내 동료 대원

나다니엘 샤피로, 교육 담당 부대에서 역사 과목을 담당하는 하사관 요시 부자글로." 그가 친구들을 가리키며 말했다.

"이 젊은 친구는 누구?" 샤피로가 물었다. 할아버지가 웃으며 내 어깨를 툭 쳤다.

"내가 심폐소생술 시험에서 최고 점수를 받았다는 얘긴 들었니?"

"그게 뭐가 중요해요? 지금 내게 심폐소생술 시험 얘기를 하실 때예요? 대체 무슨 마음으로 복지 하사관한테 그렇게 우리 얘기를……."

"전 소대에서 딱 한 명, 뭔가 특별하지 않아?" 그는 내 말을 중간에 자르더니, 군용 휴대용 무전기 AN/PRC 77 사용법 훈련과 사격 교련에 대해 열광적으로 자랑을 늘어놓기 시작했다. 처음엔 긴장했지만 차츰 즐기며 하게 되었는데, 심지어 왁스만 소대장은 한결같은 할아버지 사격 솜씨에 칭찬까지 해줬다고 한다.

"과녁 4센티 명중률이니까 양호하지?" 그가 물었다.

"그게 문제가 아니잖아요." 내가 으르렁거리는 목소리로 말했다. "할아버지가 한 말을 내가 믿을 수가 없어서……."

"별로라는 말이구나." 그는 시선을 아래로 내리며 말했다.

"사격과는 아무 상관없어요. 처음 사격 훈련치고는 4센티면 굉장한 거예요. 그런데 제 말 좀 들어봐요, 그 사람들에게 하신 말씀은 정말 말이 안 돼요."

"내 기분 좋게 해주려고 그런 칭찬을 하는구나."

"아, 진심이에요. 처음 시도치고 잘했어요, 정말."

"들었지, 부자글로? 골라니에서 군복무를 했던 내 손자가 증명하는 실력이라고! 대단하지 않아?"

나는 그만 포기했다. 그를 내가 원하는 대화로 끌어들이기에 실패했다.

"노이어만, 신참 티 좀 그만 내." 샤피로가 문가에 서서 말했다. "그리고 총을 멜빵끈으로 가슴에 묶는 건 그만두라고. 아무도 그렇게 하지 않아."

할아버지는 화가 났는지 안전에 대해서는 아무리 조심해도 충분하지 않다고 선언했다. 샤피로는 미소를 지으며, 할아버지가 지휘관 과정으로 진급하고 싶어 죽을 지경이라 '궁호(gung-ho, 미 속어로 싸움이나 전쟁 등에 너무 열광하는 걸 뜻한다 —역자 주)'로 행동하는 것뿐이라고 말했다.

잠시 후, 할아버지가 내게 '궁호'가 무슨 뜻인지, 좋은 의미인지 나쁜 의미인지 넌지시 물었다.

나는 어떻게 보느냐에 따라 의미가 달라진다고 거짓말을 했다.

할아버지는 머리맡 탁자 위에 놓여 있는 미리암 할머니 사진을 바라보았다. 6년 전 나이아가라 폭포 여행 갔을 때 찍은 사진이었다. 할머니는 빨간 우비를 둘러쓰고 있어서 얼굴이 거의 보이지 않았다. 할아버지 침대를 덮고 있는 하얀 시트에 '노인협회'라는 로고가 자랑스럽게 새겨져 있었고, 그 위 벽에 바브라 스트라이샌드의 낡은 포스터가 걸려 있었다.

"내가 저 여가수를 좋아한단 말을 듣고 부자글로가 어디서 구해줬다."

나는 할아버지에게 진짜 군인 침대 같다고 말했다. 할아버지가 만족스럽게 웃었다. 그러고는 할머니 사진을 흘깃 다시 보았다. "만약 네 할머니가 지금이라도 내 모습을 볼 수 있다면 아마 절대 믿지 않았을 거다."

할아버지는 조금 더 머물다 식당에서 같이 점심을 먹자고 제안했다. 오늘 요리는 근사한 굴라시(고기에 파프리카를 넣은 헝가리 스튜 요리—역자 주)라고 알려 주었지만, 난 그만 가봐야 된다고 말했다. 할아버지는 와줘서 고맙다고 말하더니 내가 서둘러 가는 게 미안할 정도로 꽉 안아주었다. 그리고 다시 게임으로 돌아가 주사위를 던졌다.

"와, 세 배다! 이런 개 같은 경우가." 샤피로가 말했다. 할아버지는 세 배가 정확히 무슨 뜻인지도 모르는 채 웃음을 멈추지 않았다.

13

Alman1964@gmail.com

2009년 8월 8일, 01:31:24

제목 : 안녕, 율리

한 달에 한 번, 율리. 한 달에 한 번 이상 네게 이메일을 쓰지 않겠다고 약속했는데, 쓰지 않고는 못 배기겠어. 노력해 봤어. 그래서 일기장까지 샀는걸. 브라운 커버로 된 멋진 걸로. 거기에 네게 몇 번 써봤지만, 느낌이 달라. 진짜 이 모든 게 얼간이 짓 같아. 나도 알아. 진심이야, 나도 안다고. 그런데 다를 게 뭐 있어, 그치? 이메일을 보내도 네게 닿지 않으니까. 벽돌담에다 쓰는 것 같지만, 어떡하겠어? 수신자에게 닿지 않는 이메일도 그렇지만, 일기장에 쓰는 건 정말 아무 위안을 안 주네. 그리고 나는 이미 내가 어디든 위안을 얻을 수 있는 곳이라면 굳이 이유를 찾지 않겠다고 마음먹었어. 그래서 네게 계속 쓸 거야. 한 달에 한 번만. 그 이상 말고. 알았지, 율리? 아, 내가 얼마나 이 이름을 좋아했는지. 내 사무실에 있는 달력을 계속 7월로 남겨둔 거 아니? 내가 원했던 것처럼 네 아버지도 네 이름을 나다브 대신 율리라고 지어야 한다고 주장해서 내가 얼마나 기뻐했는지, 늘 기억해. 상상해 보렴, 너를 떠올리게 하는 건 아무것도 없는, 냄새나는 델리 사무실에 갇혀 있는 내 모습을. 그 생각만으로도 견딜 수 없어.

너와 대화하는 중간에 전화를 끊으려고 마음먹었어. 내 자신을 납득시키기도 쉽지 않았지. 전화를 끊은 건—내가 언제나 내 입장만 먼저 생각한다는 네 말을 듣고 바로—마음먹었던 일이었다. 설명하기 어렵지만, 네 아버지와 이혼하기로 결심한 이후, 너와 그런 대화가 오갈 거라는 걸 예상했어. 머릿속으로 수천 번 그려 봤던 장면이야. 어떻게 네가 내게 소리를 지를지, 화를 터뜨릴지. 너무 두려워서 네게 어떻게 대답해야 할지 고민하며 거울 앞에서 그 장면을 연습까지 했단다. 너를 진정시키기 위해 내가 할 수 있는 말이 뭘까. 너 어렸을 때처럼, 기억나? 네 아버지가 네 게임보이 기계를 부숴뜨렸을 때 네가 발끈 성질을 냈지. 내가 그런 너를 꽉 껴안고 풍선처럼 네 화를 다 터뜨릴 때까지 팔을 풀지 않겠다고 했잖아? 그제야 네가 웃기 시작했었지.

이혼한 부모들은 대부분 아이들 인생까지 망쳤다는 생각에 괴로워해. 그런 감정이 그들을 집어삼킬 정도로. 내가 이런 말할 자격 있냐고? 양육권까지 포기한 엄마가? 그것도 모자라, 자신의 실수 때문에 생긴 빚을 전남편에게 다 떠맡기고 간 사람이? 율리, 내가 얼마나 깊은 자기혐오에 시달렸는지 설명조차 할 수 없구나. 정말 할 수가 없어. 그리고 날 믿어줘. 이 모든 이야기 속에 네가 연민을 느껴야 될 마지막 사람은 바로 나라는 걸 잊지 마. 이런 내 마음을 상기시키는 미리암의 목소리가 머릿속에서 계속 들려. 난 그녀에 대해 악의적인 말을 하고 싶지는 않아, 여전히 네 할머니잖아. 그냥 우리가 처음 만났던 순간부터 그녀가 나를 못 견뎌 했다고 말할게. 그녀 탓도 아냐, 알지? 그녀가 줄곧 옳았어. 서른 살 보험 계리사와 열여덟 살 군인의 만남을 어떻게 봤겠니? 너무 조심스러운 성격이라 무단횡단도 안 하는 네 아버지인데. 육군 본부에 예비군 복무를 나갔던 아들이 어느 날 고아가 된 여자와 함께 돌아온 걸 그녀는 이해하지 못했어. 신분도 셰켈 하나 없는 키부츠 출신 소녀였으니까. 내가 토를 달 이유가 있을까, 율리? 난 그녀를 이해해. 이상한 선택이었다는 거, 알아. 그런데 네 아버지가 오히려 더 이상했어. 처음 본 순간부터 알았어. 언제 필요할지 모른다며 셔츠 주머니에 패니팩과 계산기를 넣고 돌아다니는 남자를 평범하다고 말할 수 없지.
그런데 나 역시 그렇게 챙기고 다녔을 거야. 그래서 우린 잘 맞았어. 예후다 아미차이(이스라엘 시인—역자 주) 시가 어떻게 되더라? 사람들은 서로를 이용해. 맞아, 우리는 확실하게 서로를 이용했어. 우리 손과 입과 눈으로. 그리고 우리의 외로움으로. 우리는 사람들이 어렵지 않게 거리에서 마주치는, 조금 안쓰러워 보이는 한 쌍이었어. 너도 알다시피 우리가 매력이라곤 거의 없는 사람들이잖니. 사람들은 둘이 함께 하는 걸 선택하는 게 사랑이라고 확신하지. 하지만 난 항상 그걸 반대로 받아들여. 두 사람이 유일한 사랑의 기회라고 느끼는 어느 순간을 놓치지 않기 위해 서로를 꽉 잡고 함께 하는 거라고. 손가락 마디가 하얗게 될 때까지 서로 붙잡고 있는 것이라고. 왜냐하면 그들은 이 세상에서 단 한 사람만 사랑할 기회를 얻을 수 있음을 알기 때문에 기회를 잃고 싶지 않은 거야.
내가 언제 네 아버지와 내가 그런 한 쌍이었다는 걸 깨달았는지 아니? 나를 샬롬 메이어 타워(이스라엘 텔아비브에 있는 34층 사무실 건물로 1965년 준공되었을 때 중동에서 가장 높은 빌딩—역자 주)에 데리고 간 날이었어. 그 주말에 넌 보이 스카우트 첫 여름 캠프에 참석하기 위해 떠났지. 기억해? 네 아버지는 금요일 밤, 문 닫힌 사무실 건물의 18층에 나를 데리고 가는 이유를 설명하지 않았어. 네 아버지가, 그 엉뚱한 사람이 그런 짓을 했다는 걸 믿겠니? 그가 문을 열었을 때 미쳤다고 생각했어. 확실해, 그 장소도 몰래 문을 따고 들어간 것 같아! 그는 사무실에서 가장 아름답고, 제퍼 거리가 바라다보이는, 고급스럽게 쪽모이 세공을 한 마루가 깔린 거대한 공간으로 내 손을 끌고 들어갔어. 그리고 나를 창문 앞에 세워놓고 선언했지. "우리는 해낼 것이다." 그가 무슨 말을 하는 건지 깨닫기도 전에, 그 어설픈 사람이 나한테 키스하려다 발을 헛디뎌 둘이 함께 쓰러져 버리고 말았어. 내 다리에 깁스를 하고, 병원에 와서야 네 아버지가 내 귀에 대고 실토했어. 실은 그 사무실을 계약했다고. 그 사무실 전체를. 그것도 모자라 그 날 아침으로 보험대리인 일을 관뒀대. 결국 우리는 내가 언제나 꿈꾸었던 여행사를 그곳에 함께 차렸단다.
솔직히 나는 그가 미쳤다고 생각했어. 농담 아니다, 율리. 지금은 그런 대화를 나누기에 적절한 때가 아니라고 그에게 말했어. 한 마디로 말도 안 되는 소리였지. 바로 그 자리, 간호사가 있는 그 앞에서 소리쳤어. 그런 사무실을 임대하려면 2차 주택담보대출이라도 해야 겨우 세를 감당할 거라고. 국제 관광에 대해 그는 아는 것도 없었고, 나도 그 분야에서 겨우 4년간 근무한 알량한 경력뿐이라고. 그리고 우리는 허리띠를 졸라매야 한다고, '어른'들처럼. 그래야 다른 부모들처럼 널 대학에 보낼 수 있다고. 정신없이 네 아버지에게 퍼붓고 있을 때 네 아버지는 내 입술에 손가락을 대고 말했어. 최악의 시나리오는 우리가 서로에게 넘어지는 거라고, 그건 우리가 꽤 잘한다는 걸 이미 증명했다고 했지.
아, 네게 무슨 말을 할 수 있겠니, 율리? 전혀 낭만적이지 않은 사람이 처음으로 우스꽝스럽고 로맨틱하게 말한 순간이었어. 우리의 첫 데이트에서 그가 어떤 기념일도 축하하지 않겠다고 선언했다는 건 알고 있니? 그는 그런 것들이 결국 시간과 돈을 낭비하는 거라고 일축했어. 그리고 나는 그 말을 듣는 순간 우리 관계가 오래 지속될 거라고 느꼈어. 우리가 품고 있는 감정이 정확히 사랑이라기보다 뭔가 그것보다 더 강렬한, 뭔가 비루하면서도 동시에 서로에게 끈끈하게 묶여 있는, 내가 정의 내릴 수도 없는 귀한 것이라고 받아들였어.
그런데 왜 내가 이런 말을 네게 하지, 율리? 부부의 낭만적인 일화를 자식과 나누는 게 아닌데. 게다가 너는 우리랑 달리 아름답게 컸어. 네가 바라는 어떤 여자도 선택할 수 있을 정도로.
이 모든 말이 아무에게도 가 닿지 않을 테니 다행이야.
바라건대 한 달 동안 이메일을 안 써도 견딜 수 있기를. 진심으로 그러길 바란다, 율리.
평안을…….

알마 로젠블럼

뉴델리 소재 이스라엘 유대인 사무소

14

노인회관을 방문할 때마다 할아버지가 변해가는 모습을 볼 수 있었다. 올챙이배는 점차 납작해졌고 등은 약간 펴지기 시작했다. 할아버지는 수년간 미리암 할머니가 해준 게필테 피시와 치메스(야채, 고기, 말린 과일 등을 섞어 끓인 스튜—역자 주) 요리 덕분에 진짜 전사로 태어난 것 같다고 주장했는데, 이 사실을 그때는 몰랐었다고 말했다. 할아버지가 속해 있는 소대 대부분의 병사들이 여러 가지 면제를 누렸지만(한 시간 이상 연속 경계 근무를 할 필요가 없는 모셰 레비나, 300미터 이내에 화장실이 있는 곳에만 근무 배치를 받는 알렉스 리버만 경우), 할아버지는 다음 날 병가를 요구하지 않고 첫 훈련을 마쳤다. 심지어 젊은 지휘관들이 신참들 군기를 잡기 위해 하는 행동들마저도 신경 쓰지 않았다. 상관들이 그를 가장 힘든, 늦은 밤 경계 근무에 배치하거나, 혹은 부대 물품창고에서 '전력 파워'를 가져오라고 보내도 미소지으며 처리했다. 그는 심지어 그의 죽음에 대한 얘기, 왁스만 소대장 작전 경험에 대한 일화, 도시전(urban warfare, 특정한 무기나 방법을 이용한 도시 전투 시범—역자 주) 전시 주간에 깜짝 훈제 참치로 정교하게 대체된 병폐에 대해서도 더 이상 말하지 않았다. 나는 그런 변화들을 보면서 새 출발하는 데 너무 늦은 나이란 있을 수 없다고 이해하게 되었다.

아버지는 내게 단 한 번도 할아버지 안부를 묻지 않았지만, 내가 얘기할 때면 주의를 기울여 듣곤 했다. 할아버지가 행진에 신호수로 뽑혔다는 얘기를 들으며 옅게 미소를 지었다. 할아버지가 면도를 하지 않았다는 이유로 유대교 안식일을 빼앗겼다는 말에는 화를 참지 않았다. 그리고 아버지는 할아버지가 선서를 하는 입대 기념식에 참석했다. 챙이 넓은 하얀 모자를 쓰고 알마의 낡은 선글라스를 끼고 나타나 모든 순간들을 비디오로 녹화했는데, 할아버지가 골라니 배지를 받는 순간을 담을 때 그의 손이 조금 떨렸다. 성경에 손을 얹고 이스라엘 국가에 충성을 맹세하는 할아버지의 표정은 덤덤해 보였다. 집으로 가는 길에 우리는 조지안에서 팔라펠을 사기 위해 들렀다. 그제야 할아버지는 어젯밤 잠을 못 자 몹시 피곤하다고 말했다.

"자연스러운 현상이에요. 입대식은 정말 흥분되지요." 나는 할아버지가 입대식과 아무 상관없는 일이라고 말하자 그렇게 대답했다. "오늘은 우리의 기념일." 그는 자세한 설명도 없이 그렇게 선언했다.

15

나는 할아버지가 욕하는 것을 처음 들었다. 요르단 국경 근처 계곡 정착촌들 중 하나를 확보하기 위한 병력에 뽑혔다는 말을 하려고 내게 전화했을 때였다. 그들은 순찰 근무도 하지 않고, 그냥 거기 앉아 있을 예정이었다. 무의미한 임무들 중 하나에 배정될 것이 분명했고, 아무도 그들이 막중한 임무를 완수하리라고 기대하지 않았다. 그런데 할아버지는 이런 일을 하게 될 줄 몰랐는지 몹시 놀란 듯했다. 그는 그들이 가자Gaza 지구 전선에서 활동할 만큼 임무 수행 경험이 없다고 설명하는 왁스만의 말을 일축했다. 할아버지 의견은 달랐다. 대원 절반이 보청기를 끼고 있어 쌩소리가 나는 박격포 근처 어디에도 서 있을 수조차 없었다는 게 진짜 이유라고 여겼다. 그는 부대가 주말이면 필리핀 간병인이 있는 집으로 돌아가는 날만 손꼽아 기다리는 노인 겁쟁이들 집합소라고 전화로 일갈하더니, 내일 전역 확인서 사인을 받아 제대로 된 전투병 부대에 합류할 것이라고 말했다. 그것도 모자라 어떻게든 가자 지구로 내려가 테러리스트 한두 명과 맞닥뜨려, 그 망할 놈의 인간들에게 자신의 진면목을 보여주고야 말겠다는 거였다.

"할아버지가 지금 무슨 말을 하는지 알고 계시는 건가요?" 내가 물었다.

"난 내가 무슨 말을 하고 있는지 완벽하게 잘 알고 있다. 날 애 취급하지 마라."

"애가 말하는 것처럼 들려요." 내가 대답했다. "군대가 뭐 게임이에요?"

"네가 레바논에서 좀 싸웠다고 내게 뭘 가르칠 수 있다고 생각하니?" 할아버지가 말했다. "고작 머리 위로 총탄 몇 개 날아간 걸 봤다고? 나는 48(1948년 초 팔레스타인 전쟁으로, 제1차 아랍·이스라엘 전쟁이 발발—역자 주) 참전용사야. 네가 평생에 걸쳐 안 것보다 전쟁에 대해서만은 내가 훨씬 잘 알 거다." 그는 단호하게 말하고 전화를 끊었다.

두 번 전화를 걸었지만 할아버지는 받지 않았다. 그 날 밤, 아버지는 할아버지에게 전화했었다고 말했다. 할아버지는 그들이 이미 요르단 국경의 작은 모샤브(이스라엘의 자영 농업 협동 농장—역자 주), 로이에 있다고 했는데, 어디서든 차로 두 시간 걸리는 곳이라고 귀띔을 해주었다. 그들은 군장비를 하역했고 자신은 이미 경비 임무를 위해 파견된 상태였으며, 모셰 샤미르의 『그는 들판을 걸어다녔다』를 읽다가 들키는 바람에 왁스만에게 다시 한 번 유대교 안식일을 빼앗겼다고 했다.

"다른 선택의 여지가 없네." 아버지가 말했다. "고집쟁이 병사 면회나 가야겠어."

그때부터 아버지는 면회 준비로 완전히 지쳐버렸다. 세 권의 요리책을 샀고, 매일 밤 집에 오면 스토브 앞에서 무언가를 만들었다. 전에 아버지는 요리를 자주 했었는데, 알마가 떠난 후에는 주방이 그녀의 자리라는 생각 때문인지 주방에서 보내는 시간을 피하고는 했다. 점심도 식당이나 카페에서 해결했고, 밤이면 냉장고에서 요구르트를 꺼내고 다용도실에서 아몬드를 가져온 후 쏜살같이 주방을 벗어나 다른 방으로 갔다.

한때 그녀의 자리였던 주방에서 시간을 보내며 아버지는 알마에 대한 이야기를 했다. 의도적으로 보이지는 않았지만, 즉흥적으로 언급하며 그녀의 이야기를 집안으로 끌어들였다. 예를 들면 "이 믹서기 우리가 프랑스에서 산 거 알아?", "그녀는 마늘소스를 좋아한 적이 없었어.", "그녀의 커피 메이커도 수리해야 하는데." 같은 식이었다.

일주일 내내 일하고 집으로 돌아온 나에게 아버지는 직접 만든 요리들을 선보였다. 1에서 10 숫자로 점수를 매겨 달라고도 했다. 매운맛 생선은 5, 꿀 발라 구운 닭고기는 6, 버섯을 넣은 파스타는 3. 나는 그냥 좋은 식당에서 주문 포장해 가져가자고 제안했다. 요즘엔 거의 그렇게 한다고 했지만, 아버지는 화를 내며 요리를 계속했다. 그가 어떤 기준으로 내린 최종 결론인지는 잘 모르겠지만, 우리는 결국 설탕을 조금 넣고 찐 밥과 속을 채워 넣은 포도잎으로 함께 조리한 배트남식 닭고기요리 두 솥을 들고 기지로 향했다. 원래 요리책에 나온 조리법에는 스위스 샤드(잎이 넓은 배추 같은 채소—역자 주)를 넣으라고 했지만, 정확히 어떤 채소를 말하는지 둘 다 몰랐다. 운전은 아버지가 했다. 나는 아버지 말대로 내 무릎 위에 격자무늬 주방수건으로 꼭 싸맨 솥들을 단단하게 올려놓았다. 가끔 빨간 신호등에 차가 멈출 때면, 아버지는 솥뚜껑 하나를 열고 바다 향기를 맡는 진지한 표정의 아이처럼 향긋한 김을 들이마셨다.

16

Alman1964@gmail.com

2009년 9월 19일, 01:54:09

제목 : 안녕, 율리

어제 타지마할을 방문했어. 이곳에 온 지 3년이 되었는데 어제서야 갔다는 게 믿기니? 왜 그 전에는 안 갔어요, 네가 묻겠지? 아닌가? 잘 모르겠다. 어찌 되었든, 내가 여행사 직원이었을 때 인도 여행 기획하는 업무를 좋아했는데, 인도를 방문하는 거의 모든 사람은 타지마할을 향해 직행했지. 그래서 나는 그곳에 대한 모든 것을 알고 있었어. 그래, 모든 걸. 아그라에서 현지 가격으로 합의해 부를 수 있는 최고의 택시 기사 전화번호까지.

그런데 어제 갑자기 두 명의 이스라엘 사람들이 내 사무실이 차바드 하우스(정통 유대교 전파를 위한 공동체 센터—역자 주)로 착각하고 들어왔어. 데이비드와 타마르는 은퇴한 부부인데 믿을 수 없을 정도로 상냥했어. 그들은 단지 주변에 좋은 식당이 어디 있는지 알고 싶었는데, 우리의 대화가 두 시간을 넘기게 되었어. 무슨 얘기를 나눴냐고 네가 묻겠지? 별로 그렇지 않다고? 우리는 끝도 없이 대화를 했어! 인도를 여행하는 가장 좋은 방법, 여기에서 보낸 나의 3년, 데이비드의 공군 복무 이야기. 그가 조종사였거든. 대화 중에 데이비드가 그들이 키부츠 베리 출신이라고 말했을 때, 나는 키부츠 나할 오즈 출신이라고 했더니 그들이 몹시 기뻐하며 타지마할에 같이 가자고 초대하더구나. 처음엔 예의상 말하는 줄 알고 거절했어. 그런데 타마르가 거절을 대답으로 받아들이지 않기 때문에 논쟁할 필요가 없다고 말했어. 그리고 아침 7시에 날 데리러 오겠다고 했지. 이유를 설명할 수 없지만 율리, 그녀의 어조, 그리고 그 단호한 손동작이 문득 우리 어머니를 생각나게 했어. 나는 뜸들이지 않고 좋다고 대답했지. 마음을 바꿀 수 있는 여지를 남기지 않는 그런 예스! 다음 날, 그러니까 어제 그들이 날 데리러 왔고, 네 시간 후 우리는 타지마할 앞에 서 있었어. 정말 웃긴 일은, 그곳에 가본 적도 없는 내가 3시간이나 그들을 관광시켜 줬단다! 웃기지, 응? 모두 기억에서 나온 것들이니까!

오는 길에 나는 백미러로 데이비드가 타마르 손을 잡고 있는 모습을 보았어. 그들이 내게 물었어, 외국에서 사는 걸 늘 꿈꿨냐고. 그런데 이유는 정확히 알 수 없지만, 나는 아버지가 살해당했다는 말을 들은 뒤, 욤 키푸르 전쟁(1973년 10월 6일 유대교의 속죄일에 이집트·시리아가 이스라엘을 공격하여 일어난 제4차 중동 전쟁—역자 주) 나흘째에 대해서 그들에게 내가 말하고 있더라고. 나는 피비린내 나는 나라에서 벗어나는 첫 번째 기회가 온다면 스칸디나비아로 이사할 거라고 소리치며 키부츠 전체를 어떻게 뛰어다녔는지 얘기했어. 스칸디나비아 사람들은 혹독한 추위가 오히려 아이스박스처럼 그들을 보호해 죽지 않았다고. 참 기이한 일이야, 율리. 수년간 난 그 날에 대해 생각해 보지 않았거든. 그 날의 기억은 완벽하게 잊었어. 내가 자신과 한 모든 약속까지. 아이들은 잘 지키지 않는 약속을 많이 하지. 그런데 아그라에서 델리까지 오는 차 안에서 그 모든 기억들이 갑자기 수면 위로 떠오르는 거야. 그리고 너에게 이메일을 쓰고 있는 지금, 내 아버지가 죽임을 당한 그 날, 그 순간부터 이미 내 인도 여행이 시작되었다는 걸 깨닫게 됐어. 그리고 어쩌면, 그렇게 생각해 보니, 인도를 떠올린 것 자체가 10대 반항과 가장 근접한 행동이었어. 반항이라곤 해본 적이 없었으니까. 알아? 누군가에게 반항할 준비가 되어 있었을 때 우리 부모님이 모두 세상에 없었거든. 내 반항심은 성공도 못하고 꺾여버렸지.

그 다음 날 나는 키부츠를 뛰쳐나가 텔아비브로 이사 가서 군인이 되었어. 그리고 군대에 반항하려고 마음먹은 즈음 네 아버지를 만났지. 제대 후 3주가 지나자 난 네 아버지의 아내가 되어 있었고, 아홉 달 후에는 네 엄마가 되었단다. 엄마가 되어 보니까, 세상에 반항하는 건 이제 끝이라는 걸 알게 되었어. 엄마들은 반항이 허용되지 않거든. 알고 있니? 적어도 그때는 그렇게 생각했단다. 요즘은 정말 더 이상 내 생각에 확신을 가질 수 없어. 아마도 우리 가족들은 퇴보하는 경향이 있나 봐. 네 할아버지 좀 봐. 드디어 미리암에게 벗어났는데, 군대에 입대했잖아. 그리고 넌 몹시 특별한 아이인데, 지난 2년간 인생의 방향을 잃고 갑자기 주저앉았잖니. 솔직히 결코 반항하지 않을 단 한 사람을 알지, 바로 네 아버지. 왜냐하면 심약한 우리 같은 사람들과는 달리 그는 항상 그 자리니까. 그는 인도로 달아나거나, 골라니 입대도 결코 안 할 사람이지. 심리학자들은 네 아버지가 우리들 가운데 그 누구보다 상황을 잘 견디는 유형이라고 말할 거다. 그렇지만 내 생각엔 다 허튼소리다. 세상이 만든 운명에 스스로 체념하며 사는 사람이 오히려 더 유약해.

타지마할에서 돌아오는 순간 너에게 이메일을 쓰고 싶었어. 내가 이 사람들과 만난 얘기를 잊어버리기 전에 너와 나누고 싶었거든. 그런데 율리, 아그라로 여행 간 얘기를 쓰다 보니까, 갑자기 이상한 기분이 드네. 네가 이메일을 받지 못하겠지만, 그럼에도 불구하고 이 이야기는 꼭 네가 써야 될 것처럼 느껴져. 지금 우리가 자리를 바꿔 앉아 있는, 그런 기분. 내가 마치 네 여행을 훔친 것 같다고. 알아, 싱거운 소리라는 거. 그런데 아주 가끔, 좌석이 하나밖에 남지 않은 인도행 비행기에 탄 것 같은 느낌, 네 자리를 훔쳐 탄 그런 기분이 들곤 해.

그냥 하는 말이니 마음에 두지 않았으면 좋겠어, 정말이야.

평안을…….

알마 로젠블럼

뉴델리 소재 이스라엘 유대인 사무소

17

로이 정착지 입구에 이르렀을 때 우리는 검문소 옆에 방탄조끼를 입고 칙칙하고 낡은 헬멧을 쓴 샤피로를 보았다. 그는 하얀색 플라스틱 의자 위에 앉아 그늘의 마지막 순간을 만끽하며 눈을 감고 있었다. 경적을 울렸다. 그러자 그는 놀라 거의 의자에서 넘어질 뻔하더니 하품을 하며 일어섰다. 온 힘을 다해 기지개를 켜고 차 쪽으로 발을 끌며 느릿느릿 걸어왔다. 내가 창문으로 머리를 내밀며 물었다. "경비 임무 중에 앉는 거 허용돼요?"

"어떻게 생각하나? 거의 모든 소대원이 입식 근무 면제받고 있다네." 그가 웃으며 말했다.

"적어도 깨어…… 있어야, 하잖아요?"

그는 주머니에서 구겨진 종이 한 장을 꺼냈다. "낮잠 잘 수 있는 권한을 부여한다." 그는 자랑스럽게 종이를 흔들며 말했다. "한 시간에 10분씩. 부대에서 이런 혜택을 받는 사람은 나뿐이야."

"뭘 읽고 있었나?" 그는 차 뒤편 좌석에 놓여 있는 책을 가리키며 물었다.

"시시포스 신화요." 내가 대답했다. "앨버트 카뮈."

"아이고, 그거 징그럽게 지루해. 이 세상에 여유로운 프랑스 사람만이 한 문장 반이면 되는 이야기를 책 한 권으로 바꿀 수 있지."

샤피로는 할아버지가 방금 타워 보초 근무를 마쳤다고 알려주었다. 게이트를 열더니 관리사무소 앞 주차장에서 할아버지를 기다리라고 말했다. 그는 솥을 물끄러미 보며 덧붙였다. "경쟁이 치열할 거라는 건 알고 들어가게. 내 손녀딸이 수라상을 차려 가져왔거든."

아버지가 주차를 하자마자 고함소리가 들렸다.

"구르비치!" 한 남자가 소리쳤다. "30초 안에 안 나타나면 내가 널 쏴버린다."

할아버지 목소리라는 걸 단박에 알 수 있었다.

그 타워는 감시 타워가 아닌 물탱크였는데, '이탄 타에브(전 이스라엘 축구선수—역자 주)는 무죄다!'라고 적힌 구호 옆에 검은색 그래피티 'IDF(이스라엘 방위군—역자 주)는 적군을 모두 쳐부수고 머리를 박살내라!'가 탱크 한가운데에 그려져 있었다.

내가 도착했을 때 구르비치는 방탄조끼를 손에 들고 막 계단을 오르고 있었다. 그는 거의 모든 계단에서 미끄러질 뻔했고, 할아버지는 위에서 그가 카스트너(독일의 시인이자 작가. 제1차 세계대전에 포병으로 종군—역자 주)처럼 되고 싶지 않다면 엉덩이를 움직이는 것이 낫다고 계속 소리를 질렀다. 구르비치가 안간힘을 쓰며 거의 의식이 없을 정도로 계단을 끝까지 다 오르자 할아버지는 민첩하게 계단을 내려왔다. 그는 나를 포옹하더니 구르비치가 너무 신참 티를 낸다고 말했다.

우리는 주차장 근처, 나무 그늘 아래 잔디밭에 앉았다. 할아버지는 가슴에 멜빵끈으로 묶은 소총을 내려놓더니 아버지의 등을 한 대 쳤다. "무슨 일로 네가 요리를 다 했니?"라고 묻자, 아버지가 재빠르게 응수했다. "무슨 일로 입대를 결정한 거예요?"

그들은 서로 마주보며 웃었다. 아버지는 후추 분쇄기와 고춧가루 한 병을 테이블 위에 놓으며, 요리책에 적혀 있는 대로 먹기 직전에 향신료를 넣어야 한다고 말했다. 그는 이번 요리를 위해 특별히 준비한 파란 플라스틱 그릇에 음식을 담았다.

"그게 뭐냐?" 할아버지가 물었다.

"베트남 닭요리요." 내가 대답했다.

그가 냄새를 맡았다. "닭고기를 이렇게 차갑게 해서 먹는다는 말이냐?"

"이런 요리는 생각도 못해 봤는데요." 내가 대답했고, 아버지는 못

들은 척했다.

“걱정 마라.” 할아버지가 불쑥 말했다. “솔직히 난 정말 배가 고파서 아무 차이도 못 느낄 거야. 그런데 율리 먼저 주지 그러니, 아직 더 성장해야 할 나이인데.”

나는 한 입 베어 물자마자 할아버지가 견딜 수 있는 매운맛이 아니라는 걸 깨달았다. 그런데 내가 조심하라고 말하기도 전에, 그는 삽으로 떠 넣듯 포크로 음식을 잔뜩 집어 입에 넣었다. 순간 그의 얼굴이 일그러졌다. 간신히 삼키느라 총을 쥐고 있던 손에 힘이 몰렸다. 할아버지와 아시아 음식의 짧은 교전이 끝날 무렵, 할아버지는 간신히 고비를 넘겼다.

“야, 이거 나쁘지 않은데.” 그는 거의 재갈을 문 사람처럼 말했다.

아버지는 재빨리 음식을 맛보더니, “왜 맛이 이러지.”라고 중얼거렸다. “원래 달짝지근해야 하는데.”

“진짜 별미구나.” 할아버지는 태도를 바꾸지 않았다. “내 말이 사실임을 증명하마. 하나 더 먹어보자.” 낯빛이 선홍빛으로 변한 할아버지의 어처구니없는 제안에 아버지는 웃음을 터뜨렸고, 할아버지는 다시 그 도전에 직면할 필요가 없다는 것을 깨닫고는 안도의 한숨을 내쉬었다. 나는 그 순간이 몹시 아슬아슬하게 느껴졌다. 아버지는 다음에 조지안에서 팔라펠을 주문해서 가져오겠다고 말했다.

“아버지가 사실 우리를 조금 실망시켰어요.” 아버지가 그렇게 말했을 때 할아버지는 당황한 듯 눈썹을 치켜떴다. “아버지가 여기서 지내는 매 순간을 싫어할 거라는 건 예상했어요. 어쩌면 요르단 군대로 망명하기 직전에 우리가 찾아내야 하는 상황이 올지도 모른다고.”

할아버지는 어깨를 으쓱하며 자신은 특전사 부대에 복무하는 편이 어울리지만, 소대원들에게 다시 한 번 기회를 주기로 했다고 말했다. "여기 대부분의 소대원들이 낙오자들이지만, 몇몇은 아직 꽤 쓸 만해."

우리는 주차장으로 돌아오는 길에 샤피로와 몇몇 노인들이 소대 앞 벤치에 앉아 있는 걸 보았다. 할아버지는 자랑스럽게 그들을 우리에게 소개했다. 불과 며칠 전만 해도 소총 머리로 그들의 머리를 박살내겠다는 의지를 피력했다는 사실을 완전히 잊은 듯 보였다.

"네 할아버지가 진짜 전사라는 걸 알아야 한다." 그들 가운데 한 명이 지팡이로 할아버지를 가리키며 말했다. "그에게 대항하는 불쌍한 테러리스트들에게 신의 축복이 있길."

"아, 그만! 충분해." 할아버지는 그렇게 말하면서도 그런 칭찬이 계속되기를 바라는 마음이 그대로 얼굴에 드러났다. 똑같은 감탄의 어조로 서로의 차이를 계속 부각시켜, 궁극적으로 그가 그들과 확연히 다르다는 걸 드러내고 싶어 했다.

"내게도 뽐낼 만한 손녀가 여기 있네." 샤피로가 청록색 스웨터를 입고 있는 여자를 가리키며 자랑스럽게 말했다. 검정 선글라스를 쓰고 있어 어디에서 봤는지 기억나지 않지만 낯익었다.

"아비가일, 인사하렴. 이쪽은 율리."

"우리 예전에 한 번 만났어요." 그녀가 말했다.

"정말이냐?" 샤피로가 물었다.

나는 "아니요." 그리고 그녀는 "네."라고 동시에 말했다.

"아니라고 말하지 마세요." 그녀가 말했다. 특유의 자신감 넘치는 미소로. 접수 대기 초소에서 만났던 여자였다.

"좋아, 알고 싶지 않구나." 샤피로가 그렇게 말하더니 할아버지 쪽으로 시선을 돌렸다. "만약 얘들이 결혼한다고 하면 결혼식장 비용은 자네가 내."

할아버지가 웃으며 내 어깨에 손을 얹었다. "어찌 되나 지켜보자고. 내 손자 마음 얻기 쉽지는 않을걸." 그리고 그는 심각한 어조로 덧붙였다. "이 청년이 바로 제2차 레바논 전쟁 참전용사라는 건 알고 있나?"

그들의 미소가 호기심 어린 눈초리로 바뀌었다.

"정말?" 샤피로가 물었다. "어느 여단인가?"

"골라니." 내가 대답했다.

"엘리트 부대! 에고즈(엘리트 이스라엘 방위군—역자 주)." 할아버지가 덧붙였다.

존경의 눈빛이 나에게 쏟아졌다. 그 가운데 한 명은 손뼉도 쳤다. "그럼 로이 클라인(골라니 여단 이스라엘 장군—역자 주)과 함께 빈트 지벨 전투(2006년 레바논 전쟁의 주요 전투 가운데 하나 —역자 주)에 참전했단 말인가?" 그중 누군가가 물었다.

"아니요."

"그럼 어디에 있었나?"

"마룬 알라스(레바논 남부 아멜 산에 자리 잡은 마을 —역자 주)요."

"거기서 뭐 했나?"

"싸웠죠."

"그리고 헤즈볼라(레바논의 이슬람교 시아파 교전 단체이자 정당조직. 신神의 당黨, 이슬람 지하드라고도 한다.—역자 주)의 엉덩이를 걷어찼나?"

“네.” 내가 대답했다.

“왜 그렇게 대답이 심드렁해요?” 아비가일이 물었다.

“별일이 아니니까요.” 내가 대답했다.

“아니면 혼쭐이 났거나.” 그녀가 말했다.

잠시 동안 아무도 입을 열지 않았다.

“말 좀 해봐, 어떻게 나만 이걸 다 몰랐지?” 할아버지는 소대원들이 내게 관심을 갖는 게 기쁘면서도 궁금함을 참지 못하고 물었다. “여러분, 내가 손주에게 참전 얘기 좀 들려달라고 청하겠네. 율리, 정확히 거기서 무슨 일이 있었니? 프로에게 한 수 배우고 싶구나.”

“우리 그만 가봐야 돼요.” 아버지가 할아버지 말을 자르더니 나를 차 쪽으로 밀었다. “오늘 살펴봐야 할 보고서가 밀려 있어요.”

“잠깐 기다려라, 예미.” 할아버지가 내 손을 잡으려다 아버지에게 말했다. “우리랑 얘기 좀 하게 시간 좀 줘라. 율리가 무슨 말을 할지 모두 듣고 싶어 해.”

“다음에요.” 약간의 협상 의지를 남겨둔 목소리로 아버지가 말했다. “우리 가야 해요.” 할아버지는 집에 오는 내내 나와 아버지 사이를 감싸고 있던 똑같은 긴장된 침묵을 내가 받아들였던 것처럼 고개를 끄덕일 수밖에 없었다.

“네가 꽤 오랜만에 거기에서 있었던 일을 얘기했구나.” 아버지가 차를 집 근처에 주차하면서 말했다. “다시 상담을 받든 뭘 하든 해야 될 것 같다.” 그가 조심스럽고 힘들게 입을 열었다. “전문가를 좀 만나야겠어.” 아버지가 계속 말했다. “레바논에서 네가 겪은 일, 보통 일이 아니다.”

"저만 그런 시간을 통과한 게 아니에요."

"그렇다고 그게 보통의 일이 되는 건 아니다." 그가 답했다. "너는 마치 영화를 본 것처럼 말하잖니. 네가 거기에 없었던 사람처럼."

"걱정하는 건 알지만 괜찮아요, 정말."

"무슨 말을 하는 거냐, 율리?" 그는 아주 오래된 분노를 터뜨리는 사람처럼 말했다. "너는 지난 2년간 그 생각에 갇혀 있어, 율리. 2년이라고. 그렇게 네 인생을 낭비하지 마라."

"왜 안 되죠?"

"그보다 훨씬 가치 있는 인간이니까."

"아마 아닌가 보죠." 내가 말했다.

여과되지 않고 쏟아낸 말들이 아버지를 고통스럽게 만들었다. 그는 여전히 내가 거쳐야 하는 한 단계라고 받아들였다. 그리고 언젠가 내가 툭툭 털고, 그에게 오래전에 약속했던 대로 하버드나 다른 명문대에 진학할 거라고 생각하는 듯했다.

얼마나 오래였는지 모르지만, 우리 둘은 한동안 말이 없었다.

"내가 먹는 알약 봤잖니." 그는 모든 음절을 머뭇거리고 주저하듯 말했다. "두통 때문에 먹는 약 아니다. 네 엄마도 떠나고, 빚 때문에 벌어지는 이 모든 일, 네 할아버지까지…… 쉽지 않았어. 진심이다. 해결하려고 노력하고 있지만 쉽지 않아." 그가 한숨을 쉬며 말했다. "약이 도움되더라. 그래서 내가 그렇게 말한 거야. 어쩌면, 아마도 어쩌면, 적어도 치료를 고려해야 할지도 몰라."

그는 내가 대답이 없다는 걸 깨달을 때까지 조금 기다렸다.

"우린 너무 비슷해." 아버지는 차가운 솔만 내게 남겨놓고 차에서 내렸다.

18

Alman1964@gmail.com
2009년 10월 26일, 04:32:58

제목 : 안녕, 율리

제발, 율리. 가방 싸서 남미나 라플란드(유럽 최북부 지역—역자 주), 아니면 네가 가고 싶은 곳으로 떠나지 그래? 내가 지난번에 보냈던 이메일에 쓴 모든 것을 반증하기 위해서라도. 율리, 널 막는 게 뭐니? 이 생각이 나를 얼마나 고통스럽게 만드는지 네가 이해할 수 없겠지. 네가 이해할 수 있게, 쉽게 설명하려고 이론까지 만들어 봤어. 정말이다. 오랫동안 품고 있던 생각이야. 나는 그것을 '자리' 이론이라고 불러. 내가 보기에 모든 사람은 그가 연결된 세상에서 하나의 지점을 가지고 있는 것 같아. 당연하게 들린다는 것 나도 알아. 어찌 되었든, 모든 사람은 특정한 나라나 도시와 연결된 지점을 갖고 있으니까. 하지만 나는 나라가 우리를 연결해 주는 뿌리는 아니라고 생각하기 시작했어. 교육, 친구, 가족도 아니지. 뭔가 좀 더 구체적이고 훨씬 더 확실한 것이 있지. 자석처럼 우리를 끌어당기는, 세상에 있는 특별한 '나만의' 자리가 있어. 네 아버지가 좋은 본보기다. 그의 자리는 사무실이야. 15년 동안 그 작은, 1평방미터의 사무실에서 그는 내가 이해할 수 있는 것보다 더 행복하게 열심히 일했지. 지금 생각해 보니, 내가 얼마나 오만했었는지 믿기지 않지만, 종일 공식 계산만 하며 사는 사람이 행복하게 살 수 있을 거라고 믿지 못했어. 자신이 행복하다고 그가 믿는다고 해도, 자신을 속이는 거라 여겼어. 그래서 내 여행사 사업을 도와달라고 했던 거야. 맞아, 내 꿈이지 네 아버지 꿈이 아니었어. 하지만 난 그 이유가 실패의 원인이라고 생각하지는 않아. 더 이상 네게 무슨 면목이 있겠니, 율리? 나는 선의를 가진 바보였어. 네 할아버지 자리는 정말 확실하지. 라마트간에 있는 그의 집 지붕, 아직 기억해. 그는 지붕에만 올라가면 사람이 변했어. 정말이야. 다음에 할아버지가 계단을 올라 지붕으로 가면 잘 봐. 그의 영혼이 얼마나 평온해지는지 보게 될 거야. 어떻게 다르게 걷는지, 다르게 말하는지. 마치 지붕이 그의 현실 도피 장소 같았어. 그가 거기에서 무슨 영감을 얻는지 잘 설명이 안 돼. 하지만 할아버지를 보면 좋은 자리가 사람에게 어떤 영향을 줄 수 있는지 알 수 있단다.
내가 무슨 말을 하는지 이해할 수 있지? 확신이 안 드네. 내가 엉뚱한 말을 해서가 아니라, 우리 둘 다 아직 '자리'가 없기 때문일 거야. 내 말은, 우리가 아직 자신만의 자리를 찾지 못했다는 말이야. 솔직히 나는 네 자리가 어디라고 말할 수 없지만, 이스라엘에 있는 어느 장소겠지. 바로 네 코 아래. 어쩌면 우리 집 어느 곳일 수도 있겠지. 그 자리가 많은 걸 설명해 줄 텐데, 이해돼? 그런데 너는 왜 한 자리에 갇혀 있는 거니? 언젠가 내게 암흑의 기운에 대해 얘기했던 거 기억나니? 과학자들이 우주의 70퍼센트가 정체를 알 수 없는 무언가로 뒤덮여 있다고 말했다는 얘기. 그 무언가가 우주 안에 있는 우리의 모든 움직임에 영향을 미치는데, 그 방법을 어떻게 설명할 수조차 없다고. 나는 네가 하는 말을 한 단어도 이해할 수 없었어. 네가 그런 이야기를 꺼내도 전혀 이해하지 못하고 들었다고. 그런데 언제부턴가 그 이야기가 머릿속에서 떠나지 않더라. 뭔가 숨겨진 힘에 의해 우리가 영향을 받는다는 말. 자리 이론과 정확히 일치해. 우리가 우리의 삶을 완전히 통제하고 있다고 착각하고 있는 동안에도 우리를 밀고 당기는 알 수 없는 힘이 있다고 믿는 것. 하지만 그건 모두 믿는 척하는 것뿐이야. 인도로 왔다고 변한 건 아무것도 없으니까. 여전히 종일 사무실에 있고, 그냥 다른 대륙일 뿐 여전히 어딘가에 갇혀 있다는 건 변하지 않아.

너도 약간 갇혀 있는 그 상태구나, 맞지? 더 많은 것으로부터 고착된 상태. 네 아버지가 대학과 관련된 대화를 너와 나누기 힘들다고 했어. 그리고 네가 자신의 삶을 향해 앞으로 걸어가고 있는 친구들과도 소원해졌다고. 화내지 마렴, 아버지는 네가 비겁하게 도망치듯 회피하는 태도로 사는 것도 원하지 않는대. 내가 "율리는 내 아들이기도 해!"라고 소리쳤을 때 한 말이야. 내 잘못이 어느 정도인지 내 자신에게 묻는 게 아니야. 네가 이러는 데 내 탓도 분명히 있다는 거 알아. 그런데 나로 인한 결과가 얼마나 될까. 전쟁 탓도 확실히 있고. 그래, 전쟁. 네게 말하지 않은 그 전쟁. 내가 이 질문에 답하기 위해 2년 동안이나 마음의 준비를 했단다. 어떻게 내가 이 모든 혼돈이 시작되자마자 이스라엘행 첫 비행기에 탑승하지 않을 수 있었을까? 지난 2년간 나는 네게 궁색하게 대답할 것들을 떠올렸어. 그런데 너는 물어본 적이 없었어. 네가 전쟁에서 돌아오고 나서 통화했잖아, 너는 아무것도 할 얘기가 없다고 말했어. 나는 계속 얘기해 달라고 고집을 부렸지. 너는 내가 레바논을 절대 이해할 수 없으니까 의미가 없다고 말했어. 나는 마치 우리가 네 고등학교 시절, 네 아버지와 내가 이혼했던 그 시간으로 돌아간 것 같은 기분을 느꼈다. 네가 2주에 한 번씩 집에 와서 한 마디도 하지 않던 그 시절. 난 네 얘기를 너무 듣고 싶었어. 그래서 네 선생님이 전화했을 때 네가 스파르타식 접근법에 대한 윤리 에세이를 썼다고 해서 난 흥분했어. 그녀는 언제나처럼 네가 글을 잘 썼지만, 약간 문제가 있어 보인다며, 네가 정말 다 괜찮은 건지 확인해 보라고 제안하더구나. 나는 그 전화 통화가 네 생각을 엿볼 수 있는 기회라고 알아차렸지. 내가 그 에세이에 대해 언급하면, 네가 보여줄 리 없다는 걸 알고 있었기에 네 방으로 가서 서랍을 다 뒤졌어. 아마 너는 지금까지 그 일에 대해 화가 나 있겠지만, 날 이해해 주렴. 그때 넌 나한테 말도 안 했잖아. 정말 내게 한 마디도 안 했어. 전쟁 전에도, 후에도. 또 하루의 지루한 학교 얘기하듯 "괜찮아요." 그 말 외에 너는 아무 말도 안 했지. 네 선생님에게 받았던 전화처럼, 네 머릿속에 무슨 생각이 들어 있는지 말해 줄 누군가의 전화가 걸려오기를 내가 얼마나 간절하게 소망했는지. 하지만 그 어떤 지휘관도 전화하지 않았어. 그리고 우리가 대화할 때마다, 나는 네 감정이 어떤지 말해 달라고 구걸하듯 청했지. 아무 얘기라도 들려 달라고 말이야. 그리고 내가 그렇게 잘하지는 못했지만, 난 여전히 네 엄마야. 그때 율리 네가 뭐라고 그랬는지 기억하니? 기억 못할 거야. 네가 의식하기도 전에 너무도 자연스럽게 네 입에서 나온 말이었으니까. 그렇지만 난 영원히 못 잊을 거야. 진심이다.

"모든 여자가 엄마가 되는 건 아니죠." 네가 그렇게 말했다. 고통스러울 정도로 냉정하고 이성적으로. 내가 아니라, 네 아버지를 그대로 빼닮은 말. 가슴에 불길이 일었다, 율리. 완전히 재가 된 것 같았어. 나는 한 마디도 안 했다. 우리는 그 말에 대해 어떤 대화도 나누지 않았지. 네 입에서 그런 말이 나오지 않은 것처럼 서로를 대했지. 그래도 그 말은 계속 나를 물어뜯었다. 네가 나를 알마라고 부르기 시작한 건 그 대화 이후였다는 생각이 든다. 아니다, 이따금씩 나를 그렇게 불러서 처음엔 차이를 못 느꼈을 뿐이다. 시간이 좀 지나고 깨달았다. 네게서 엄마라는 단어가 완전히 사라졌다는걸. 오늘날까지 나는 그것이 네가 의식적으로 결정한 일인지 아니면 그냥 저절로 일어난 일인지 모르겠어. 왜냐하면 우리가 좀 더 친근했었다면, 용기를 내서 네게 물어봤을 테지만, 아니, 우리가 좀 더 친근했다면 여전히 나를 엄마라고 그냥 부르고 있을 테지. 맞지? 역설적이지 않니?

우리 사이에 끊긴 대화가 너무 많구나, 율리.

평안을…….

알마 로젠블럼

뉴델리 소재 이스라엘 유대인 사무소

19

다음 날 아침 6시, 샤피로가 전화를 했다. 할아버지가 해멕 병원에 입원했는데, 전화로 다 설명할 수 없으니 병원에 오면 말해 주겠다고 했다. 나는 침대에서 벌떡 일어나 아버지에게 메모를 남겨놓고 북쪽으로 질주했다. 무슨 일이 일어났을지 상상할 수도 없었다. 어떻게 병원에 있을 수 있지? 어제만 해도 척 노리스(미국 영화배우 겸 제작자—역자 주) 같은 캐릭터처럼 보였는데. 입원? 의식이 없는 것이 틀림없다. 할아버지는 결코 병원에 발걸음도 하지 않을 사람이다. 미리암 할머니가 폐렴 진단을 받고 사흘을 입원해 있을 때에도 방문을 거절했다. 그는 사람들이 죽음이 최악의 선택이 아니라고 생각하도록 일부러 병원을 삭막하게 만들었다고 주장했고, 그리고 그는 그 계략에 넘어갈 생각이 전혀 없는 사람으로 보였다.

차가 해드라 지역을 지날 때쯤 아버지가 전화했다. "메모가 무슨 뜻이니? 이렇게 일찍 어딜 간다고?"

"할아버지가 병원에 있대요." 내가 대답했다.

"네 할아버지? 누가 병원으로 모시고 갈 수 있었을까?"

"그걸 알아보려고요."

"알았다." 그가 짧게 대답하더니, 잠시 말이 없었다.

"심각한 게 아니어야 할 텐데요." 내가 말했다.

"그래, 그래. 나도 그래. 알았어, 소식 다오."

"그럴게요."

"좋아, 이따 얘기하자. 검토해야 할 서류들이 쌓여 있다."

"무슨 서류요?" 내가 물었다.

"언제부터 그런 관심을?" 아버지가 슬쩍 웃었다.

"관심 없어요." 내가 대답했다. "오래 운전할 일이나 신경 쓸게요."

그는 현재 아주 흥미로운 케이스를 조사하는 중이라고 말했다. 어느 남자가 3백만 달러 생명보험을 들었는데, 보험증서에 사인한 지 채 한 시간도 되지 않아 자살했다고 했다.

"계획적으로 그런 사람을 뭐라고 하더……."

"그래." 아버지가 말했다. "가족들도 보험금을 못 받아. 그런 경우에 지급 반대하는 법이 있거든. 그래야 사람들이 셰켈이 좀 모자란다고 지붕에서 뛰어내리는 일을 방지할 수 있지. 그러니까 약정서를 꼼꼼하게 읽는 게 얼마나 중요한지 그……."

"작은 활자들." 내가 그의 문장을 대신 완성했다.

"작은 글씨 얘기하니까 하는 말인데, 네 은행 서류들 정리 잘해라. 쓸데없는 비용들이 하수구로 그냥 흘러간다고 내가 몇 번이나 말했지?"

"벌써 했어요." 내가 대답했다.

"뭐? 언제?"

"어젯밤, 면화 갔다 와서요."

"어떻게? 온라인으로?"

"넵!"

"알았어, 잘했다."

다음 말을 기다렸는데, 그는 끊어야겠다고 말했다.

그들은 할아버지를 의무대 병동 213호실에 입원시켰다. 할아버지는 창문과 가장 가까운 침대에 누워 있었는데, 고개는 왼쪽으로 꺾여 있었고 오른손은 베드레일을 가로질러 툭 떨궈진 상태였다. 눈은 감고 있었다. 다리를 붕대로 감은 샤피로는 그의 왼쪽에 앉아, 총부리 부분으로 다리를 긁어보려고 시도했지만 불가능해 보였다. 나는 할아버지 어깨 위에 손을 얹어 살짝 흔들어보았다. 할아버지는 눈을 뜨지 않았다.

"걱정 마라, 네 할아버지는 괜찮다." 샤피로가 바로 말했다. "떨어져서 목을 좀 다쳤어. 아마 심각한 건 아닐 거다. 내 말 믿어도 돼. 실성했는지 알고 부대에서 이리로 데려온 거다."

"어떻게 병원까지 오게 됐어요?"

"작전 수행." 샤피로가 알려줬다.

"제발, 누구 놀리는 거예요?" 나는 화가 나서 말했다. "무슨 헛소리 같은 작전 수행이에요? 어제 만났을 때, 아무도 작전 수행에 대해 언급조차 없었어요."

"물론 아무도 입 뻥긋 안 했지." 샤피로는 무시하는 듯한 태도로 말했다. "비밀 임무라는 말이다. 네 할아버지가 세부 사항 공개를 우리에게 엄격히 금지시켰다."

"우리 할아버지가 샤피로 할아버지에게 금지시켰다고요? 뭐 이런 경우가 있어요? 아니, 할아버지들이 무슨 특공대예요? 정확히 누가 비밀 임무를 지시했어요?"

"그런 사람은 없었지. 네 할아버지가 우리 스스로 참가해야 한다고 결정했을 뿐."

맙소사, 할아버지가 도대체 무슨 말을 한 거야? 할아버지가 걱정되었다. 그는 야전바지에 땀 냄새가 밴 속옷 차림으로 뺨에는 까칠하게 수염이 자란 모습으로 누워 있었다.

"병원 가운은 안 입겠대." 샤피로가 말했다. 나는 할아버지 목 뒤에 있는 베개를 똑바로 놓아드리고 의자에 몸을 기대고 앉아 샤피로를 바라보았다.

"자, 할아버지랑 둘이 어디에서 이렇게 엉망이 된 건지 말해 줘요. 허락받지 않은 말은 못 한다는 헛소리는 하지 마시고요."

그는 할아버지를 보았다. 그러고는 잠깐 눈을 감더니, 다시 눈을 뜨고 내 쪽으로 시선을 돌렸다.

"네 할아버지가 지난 2주 전부터 계획하고 있었어." 그가 한숨을 쉬며 말했다. 할아버지가 신중하게 할 얘기가 있다며 그를 식당 한쪽으로 끌더니, 왜 부대에서 자신들을 실전에 참가시키지 않는지 이해할 수 없다며, 허수아비가 참전해도 그 골짜기 분쟁은 종식시킬 수 있을 거라고 화를 냈다고 한다. "말리려고 했지, 근데 네 할아버지가 101부대를 창설한 아리엘 샤론(이스라엘 국무총리와 장관을 역임한 정치인—역자 주)처럼 이제 틀에서 벗어나 생각해야 한다고 떠벌리는 거야. 최고의 적들에게 우리의 진가를 보여주자는 거지."

그들은 어젯밤 임무에 착수했다. 소대 운전병인 요시 구르비치와 알렉스 리버맨도 등장했다. 그들은 사람들에게 본보기를 보여주고 싶어 병참 장교의 르노 캉구(르노사의 다용도 차량 —역자 주)를 끌고 그 지역을 순찰했다.

"우리는 3시간 동안 그 지역을 두 번이나 돌았어, 챔피언들처럼." 샤피로가 말했다. "네 할아버지도 우리를 자랑스러워했어. 막 뒤돌아 가려고 했을 때 누가 우리 뒤를 쫓아온다는 걸 네 할아버지가 알아차렸지."

"정말이요? 누가요?"

"매우 의심스러운 남자!" 샤피로가 외쳤다. "네 할아버지가 차에서 내리려고 했는데, 너무 긴장해 손을 떠느라, 내릴 때까지 오래 걸렸어. 결국 다 내렸는데 아 글쎄, 그 빌어먹을 구르비치 녀석이 총을 손으로 더듬거리다 내 무릎을 치고 그것도 모자라 네 할아버지 바로 위로 꼬꾸라졌어."

세 사람이 겨우 차에서 내려 두 발로 디디고 섰을 때는 이미 그 수상한 남자가 200미터쯤 앞서서 계속 달아나고 있었다고 했다. "네 할아버지가 너무 화가 나서 총으로 바닥을 치며 우리에게 욕을 해대는 거야. 몹시 기분 나쁜 말들을 했지. 구르비치 탓만 할 수가 없어."

"무슨 탓을요?"

"총 쏜 거."

"총을 쐈다고요?" 나는 잘못 들었다고 생각하며 물었다.

"그래, 그렇다고. 총을 쐈어, 그 남자에게. 바로 그 남자가 비명을 지르며 바닥으로 넘어지는 걸 우리가 다 봤어."

"샤피로, 그냥 지어낸 얘기 아니죠?"

"사실이야. 겁나. 우리가 그 남자를 쐈어."

나는 일어나서 우리 얘기를 엿듣는 사람이 있는지 복도를 살폈다. 병실 문을 닫고 내 시선을 피하는 샤피로와 마주 앉았다.

"지금부터 정확히 말해요, 정확히요. 그다음부터 어떻게 했어요?" 내가 물었다. 그들은 사고 지점까지 걸어가 상처를 입고 바닥에 누워 있는 남자를 발견했다고 했다. "네가 믿지 못할 정도로 그 남자가 고통에 몸부림치고 있었어." 샤피로가 말했다. "무릎이 피범벅이었어. 이건 정말 일이 지나치게 커졌다고 네 할아버지에게 말했지. 살인 목적이 아니라, 사기를 북돋우는 활동으로 멋진 저녁이어야 했었다고. 그랬더니, 내 말에 네 할아버지가 마팜(이스라엘의 연합 노동자당. 좌파 정당—역자 주)에게 투표한 좌파는 평생 믿을 수 없다고 받아쳤어. 내가 과장이 아니라, 아마 우린 몇 시간 동안 계속 설전을 벌일 수도 있었는데, 구르비치가 갑자기 그 남자가 기절했다고 소리치기 시작했어. 솔직히 말해서, 만약 그 남자 목숨이 네 할아버지에게 달렸었다면, 그 불쌍한 남자는 벌써 바질 덤불 아래 묻혔을 건데, 나랑 알렉스가 구급차를 부르자고 고집했어. 결국 의료진들도 우리 셋을 모두 대피시켰어. 나는 무릎에 멍이 들었고, 네 할아버지는 목통증, 그리고 구르비치는 공황발작 때문이었지. 병원에서 뭘 줬는지는 모르지만, 네 할아버지는 아기처럼 3시간을 이렇게 내리 자고 있구나."

"누구에게 보고는 했어요?"

"아니." 샤피로가 대답했다. "이 일이 일어나고 한 시간 후, 왁스만에게 여기로 오겠다는 전화를 받았고, 간호사가 말해 줬는데, 우리에게 총 맞은 그 남자는 지금 3층에 누워 있어. 군인들에게 취조당하고 있대."

나는 너무 화가 나서 샤피로의 의자를 움켜쥐었다. 그러자 그가 깜짝 놀랐다. "아니, 정말, 진짜 정신들 나갔네요. 샤피로, 바보천치들 소대입니다."

샤피로는 아무 말도 하지 않았다.

"네 명이서 불쌍한 태국인 노동자 한 명을 쏜 거라는 건 인정해요?"

"동양인이라고 생각하지 않았는데……."

"아니, 정말 못 알아듣겠어요? 정신 차려요, 샤피로. 여생을 감옥에서 지내게 생겼다고요. 아시겠어요? 군교도소가 아니라 진짜 교도소요. 솔직히 샤피로, 당신에게 무슨 말을 해야 할지 모르겠어요. 사람을 그렇게 쏜다고요? 이건 부대가 그냥 숨길 수 있는 일이 아니에요." 나는 일어서서 할아버지 옆에 섰다. "제발, 그런 척하고 누워 있지 마세요. 이미 충분해요." 나는 할아버지에게 소리쳤다. "일어나세요. 이제 그만하시고 일어나라고요!" 나는 할아버지의 어깨를 조심스럽게 흔들었다. 그는 눈을 뜨지 않았다.

"자게 내버려둬, 율리. 할아버지에게 그러는 거 좋지 않아."

"정말 바보짓이야." 나는 그에게 씩씩거렸다.

나는 다시 의자에 앉으며 머리에 손을 얹고 바닥을 내려다보았다.

우리는 말없이 서로의 앞에 앉았다. 할아버지가 이따금씩 기침을 했지만, 지독한 그의 고집이 눈뜨기를 거부했다. 문 여는 소리가 들릴 때까지 얼마나 오래 앉아 있었는지 모른다.

중위 군복을 입은 장교가 병실로 들어섰다. 그는 내 나이보다 조금 많거나, 얼핏 또래로 보였다. 그 남자는 키가 크고, 머리가 벗겨지기 시작했으며, 아주 짧게 자른 머리에 빨간 베레모를 쓰고, 장교들에게서만 볼 수 있는 자세로 어깨를 뒤로 쫙 편 채 똑바로 서 있었다. 그의 M16 소총 멜빵끈에는 '노인 부대'라고 쓰여 있었다. 감지와 레이저 조준 기능을 장착한 부분이 높이 솟아 있어, 특별히 요르단 계곡에서 나이 든 병사들을 지휘하는 사람을 위해 우스꽝스럽게 조립된 무기로 보였다. 그는 나를 향해 침묵을 던지고 나서, 다른 시선으로 그의 병사들을 쏘아보았다.

"미안합니다, 왁스만." 샤피로가 말했다. "우리에게 무슨 일이 일어났는지 도무지 모르겠어요. 정말……."

"걱정 마세요." 그가 중간에 그의 말을 잘랐다. "생각할 시간을 충분히 갖게 될 겁니다. 일어설 수 있어요? 걷는 거는?"

"잘하지는 못해요."

왁스만은 그의 MIRS(이스라엘 병사들이 사용하는 구식 무전―역자 주) 송수신 겸용 무전기를 빼들더니 버튼을 누르고 이해할 수 없는 말로 툴툴거렸다. "곧 아래층에서 누가 도와줄 겁니다. 운전병이 기다리고 있다가 심문하는 곳으로 안내할 겁니다."

샤피로가 시선을 떨구었다. "거기로 오실 겁니까?"

"아니요. 지역 여단의 사령관이나, 아마도 중앙 사령부의 장군이 올 수도 있습니다."

몇 분이 흐르자 병사가 휠체어를 끌고 왔다. 그는 샤피로를 의자에서 일으켜 휠체어로 조심스럽게 옮겼다. "심문이 끝나면 여기로 다시 와 고관절 치환 수술을 받게 될 겁니다." 왁스만이 말했다.

"프라이팬에서 나왔더니 불길 속으로 뛰어들라는 말이군." 병사가 샤피로의 휠체어를 밀고 병실을 나갈 때 그가 흥분하여 고개를 저으며 말했다.

왁스만은 앉아서 말보르 한 갑을 꺼내들었다. "샤피로 손자인가?" 그는 내게 담배를 권하며 물었다.

나는 고개를 저으며 할아버지를 가리켰다.

"저분의……." 내가 말했다.

왁스만은 창문을 열더니, 라이터를 꺼내 담배에 불을 붙였다. "담배 피워도 괜찮죠?" 그가 물었다.

"개인적으로는 괜찮은데, 여기가 병원이라 좋은 생각 같지는 않네요."

"당신 말이 옳아, 젊은이. 당신이 옳은 말할 때 당신은 옳지." 그는 두 번 길게 빨더니 창유리에 담배를 비벼 끄고 휙 던졌다. "어찌 되었든 내 여자 친구도 끊으라고 애걸하니." 그는 벨트를 풀고 바지 안에 있던 셔츠 자락을 확 잡아당겨 꺼냈다. 그러고는 할아버지를 바라보았다. "당신 할아버지 정신이 좀 어떻게 된 거 아닌가? 샤피로가 당신 할아버지가 다 계획한 일이라고 말하던가?"

"아뇨." 내가 대답했다. "엉덩이 아프다는 말만 하던데요."

"내 말 좀 들어보게. 당신 할아버지가 액션 영화를 그대로 본떠 무언가를 계획했어. 내가 지금 할리우드 얘기하는 거라고."

"그걸 다 혼자요?" 내가 놀란 것처럼 물었다.

"다른 데서 발설 말게." 왁스만이 대답했다. "내 앞에서는 다 괜찮지만."

"그러면 또 안식일 휴무 금지 처분 받겠네요?"

왁스만이 웃었다. "안식일 금지령보다 더 센 걸 받을 걸세, 내 말

틀리나 보게.” 그가 말했다. “그러나 지금 상태를 보니, 아마도 네 사람이 표창을 받을 수도 있겠고.”

“네? 그게 무슨 말이에요? 샤피로가 내게 말하길…….” 나는 입을 다물었다.

왁스만이 내게 몸을 기댔다. “샤피로가 뭐라고 했는가?”

나는 입을 다물었다.

“구르비치가 그 남자 쏘려고 했던 건 알고 있네. 걱정 말게, 나도 다 알고 있어.”

“쏘려고 했다는 게 무슨 뜻이에요?” 내가 물었다. 입을 다물고 있을 수 없었다.

“내 말 그대로일세, 그 남자를 쏘려고 했다고.”

“구르비치가 쏘려고만 했다면 어떻게 그 남자가 다리에 총상을 입을 수 있어요?”

“다리에 총상이라니, 젊은이?” 왁스만이 말했다. 그는 할아버지를 쳐다보더니, 시선을 돌려 나를 보았다. “잠깐만, 그러니까 당신은 정말로 그들이 모두 구르비치가 쏜 걸로 알고 있다고 내게 말하고 싶은 건가?” 그가 묻더니, 폭소를 터뜨렸다. “맙소사, 내가 들었던 얘기 중에 제일 재밌는 부분이네. 아니, 200미터 떨어진 곳에 있는 목표물을 구르비치가 맞힐 수 있다고 생각하나? 사격장에서 5센티미터 떨어진 곳에 있는 목표물도 못 맞히는 영감일세. 그 남자는 돌인가 뭔가에 걸려 헛디딘 거야. 만약에 그들이 정말 마약 운반책을 쐈다면 자네 생각에 내가 지금 한가롭게 앉아 담배나 물고 있을 거 같은가?”

“마약 운반책이요?”

“아, 정말 어찌 돌아가는지 전혀 모르고 있었나? 오늘 뉴스 안 들었군? 의사들이 그 남자에게서 4킬로그램 코카인을 발견했네. 속옷 안에서. 진짜 빌어먹을 일이야."

그는 계속 표창 수여식에 참석할지도 모르는 모든 고위 장교들에 대해 얘기했지만, 나는 듣지 않았다.

나는 할아버지를 바라보며, 미리암 할머니가 바로 그 옆에 앉아 있는 상상을 했다. 만약 그녀 손에 결정권이 있었다면, 아마도 마음의 고통을 안겨 줬다는 이유만으로도 그를 교도소에 처넣었을 것이다.

20

왁스만은 할아버지가 깨어나길 기다리는 한 시간가량 내게 장황한 얘기들을 늘어놓기 시작했다. 그는 75세 이하의 사람과 이야기를 나눌 수 있는 기회에 흥분한 듯 보였다. 원래 그는 낙하산 부대에서 복무했다고 말했다. 이스라엘 방위군에서 기꺼이 임무를 맡고 있는 유일한 장교였는데, 예전 초소에서 실책을 저질렀다고 했다. 실종된, 아마도 끝내 자살로 끝난, 병사에 관한 일을 두고 하는 말이었다. 그는 불명예 제대와 형편없는 임무 중 하나를 선택해야 했다. 지휘관으로 근무하는 것은 어디에서나 똑같은데, 다만 다른 점은 노인 부대 내에서 허락된 면제조항들은 합법이라는 것뿐이라고 했다. 덕분에 그는 새로운 노인 질환에 대해 배우지 않은 날은 단 하루도 없었고, 그 정도라면 텔하쇼머 병원의 전문의로 남을 정도라는 것이었다. 소대에 언제까지 근무할 계획이냐고 묻자 그는 현재 직위에서 1년 정도 마치는 지점에 낙하산 부대에서 근무하던 자리를 되찾을 수 있는지 알아볼 것이라고 했다. 만약 불가능하다면 제대할 거라는 말도 했다. "그런 경우가 온다면, 내년이면 텔아비브 대학교 법대가 내가 있을 자리가 되겠지."

"근데, 젊은이는 학생이요?"

"아니요." 내가 대답했다.

"흠, 그럼 뭐 하시나?"

"최근에 제대한 군인입니다."

"어디에서 복무하셨소?"

"골라니."

"맙소사, 얌전한 책상물림인 줄 알았는데. 멋지네, 젊은이. 손자의 뒤를 따른 할아버지. 기분 좋은 신문 기사 같군. 그럼 언제 제대한 거요? 2009년 7월?"

"2007년 11월이요."

그가 다시 웃었다. "정말 재미있네. 아니, 그런데 여전히 최근에 제대했다고 여기는 거요? 언젠가 나도 그렇게 써먹어야겠군. 그럼 인도 여기저기 배낭 메고 돌아다니는, 혹시 포트헤드(마리화나 상용자 —역자 주)?

"그건 아닙니다." 내가 대답했다.

"남미?"

나는 머리를 흔들었다. 왁스만은 나를 의혹의 눈초리로 보았다.

"그럼, 여태 뭘 하고 지낸 거요?"

"이것저것 잡다한 일을 했어요, 제대로 된 일 말고요."

내 대답이 확실히 그를 당황하게 만들었다. "그러니까 자네가 말하는 게 뭐, 공부 이런 건 하고 싶지 않다는 건가? 미래 계획?"

"지금은 아닙니다." 내가 말했다.

"알았네, 무슨 말인지." 그가 말했다. "나도 자네 같은 친구가 있어. 바닷가에서 멍때리고 사는. 솔직히 난 자네 같은 사람들 좋아해, 흘러가는 대로 사는 사람들. 종일 마리화나나 피우며 지낼걸, 아닌가?"

"한 번도 시도조차 해보지 않았어요."

"한 번도?" 그는 믿을 수 없다는 듯 물었다.

"담배도 안 피워요." 내가 말했다. 거짓말이었다. 레바논을 떠나던 마지막 밤에 담배 한 대를 피웠다. 그런 대화를 그와 나누고 싶은 의도는 없었다. 왁스만 같은 사람—'자네'나 '젊은이'라는 단어를 쓰지 않으면 문장을 완성할 수 없는—에 대한 나의 경멸은 말로 표현할 수 없을 정도다. 자신이 모든 것에 대한 해명을 가지고 있다고 확신하는 사람들. "그래요, 선배, 날 완전히 이해했군요. 흘러가는 대로 사는 게 내 특기죠."

"그래, 내가 사람 보는 눈이 있지." 그가 그런 자신에 대해 흡족한 듯 말했다.

나는 그가 낙하산 부대로 복귀하면 후임으로 누가 오는지 물었다. "솔직히 젊은이, 나랑 자네 사이에 하는 말인데, 더 깎아 내릴 말이 없네. 이 노인 부대 자체가 빌어먹을 짓거리라고. 2년 안에는 무슨 일이 있더라도 해체될 거야."

"무슨 말씀이세요? 방금 마약 운반책도 잡고, 당신이 게임의 최고 수장이잖아요?"

"운발! 젊은이, 그건 완전히 요행이었어. 사실 이건 작전도 아니었고, 이 사건 때문에 부대 인상이 바뀔 수도 없지."

"작전이 아니라니 무슨 뜻인지, 소총수 07 훈련을 받은 사람들이잖아요. 아니에요?"

"훈련이라니, 그렇지는 않네. 사기를 북돋우는 활동 정도 시킨 거지. 소총수 01 훈련도 겨우 견디지."

나는 그들이 훈련의 양을 감축한다는 것은 알고 있었지만, 그렇게까지 심각한 줄은 생각지도 못했다. "그래도 국경에 가까운 초소 보초 임무는 하고 있잖아요. 그건 어떻게 가능하죠?"

"보초라고 말할 수는 없고, 그냥 그 주위에 엉덩이를 붙이고 앉아 있는 정도에 가깝지." 왁스만이 말했다. "요르단 계곡 초소 주변 사람들이 군대가 자기네들을 지켜주지 않는다고, 아무리 모래바람 말고는 싸울 게 없다지만 불만들이 많네. 어찌 됐든 만약 과시용으로 노인들을 위한 부대를 설립했다면 2년 전 연금수령부 장관 래피 아이턴이 참모총장에게 제공한 예산은 정신 나간 돈이 돼버리는 셈이네. TV에 등장하는 기회나 얻으려고 한 짓이지, 알고 있나? 그가 입법부에서 얻은 7개의 좌석을 가지고 뭔가를 했다는 걸 증명하기 위해서지. 그러나 가장 중요한 것은 젊은이, 노인 부대에 대한 환상을 가지고 있는 사람이 아무도 없다는 사실이야. 이스라엘 방위군도 심지어 정부도. 국경 지역 자체 예비군도 있고, 실제로 무슨 일이 일어나더라도, 그런 일이 사실상 일어나지 않지만, 그들은 두 번 생각하지 않고 바로 진짜 보병들을 배치할 테니. 그냥 이건 모든 사람들이 알면서 하는 게임일세. 노인들은 덕분에 뭔가 할 수 있고, 초소에 있는 사람들은 노인 부대라도 없는 것보다는 있는 게 낫고, 이스라엘 방위군은 이 계획에 대한 예산과 약간의 여분의 돈을 받고."

"이게 모두 엉터리라는 걸 소대원들이 알고 있어요?" 나는 화가 나서 물었다. "군대가 자기네 등 뒤에서 돈 번다는 거요?"

"이봐, 젊은이, 그들이 모를 거라고 생각하나? 스스로 다 알아냈어. 이스라엘 방위군 가운데 오직 자네 할아버지만 여전히 이 프로그램을 진지하게 받아들이고 있는 거지. 조금 쉽게 받아들이라고 설명할 방법이 이제 더 이상 내게 없네. 자네가 좀 설명해 드리게. 도움이 될 걸세."

왁스만의 무전기가 울렸다.

"사단장 호출이네." 그는 자랑스럽게 말하더니 밖으로 나갔다. 나는 할아버지 곁에 좀 더 머물렀다. 그의 설명이 나를 평온하게 만들었는지 동요를 일으켰는지 알 수 없었다.

노인 전투부대 요원들이 마약 운반책을 잡았다는 이야기가 뉴스와 언론에서 연일 보도되기 시작했다. 온 나라가 그 일로 떠들썩했다. 다음 날 깨어난 할아버지가 그 작전의 지휘관으로 묘사되었고 영웅으로 칭송받았다. 몇몇 기자들이 할아버지와의 첫 번째 인터뷰 기회를 차지하기 위해 병원까지 달려왔지만, 나는 아무도 들여보내지 않았다. 특별 면회를 허락받은 사람은, 할아버지가 이스라엘의 선하고 올바른 모든 것을 대표한다고 말한 네게브와 갤릴이 개발부 장관뿐이었다. 할아버지는 주위의 반응에 무관심하게 보이려 애썼지만, 나는 할아버지가 자신에게 집중된 그 순간들을 몹시 사랑하고 있다는 것을 너무나 잘 알고 있었다. 마침내 그는 자신이 받아야 할 존경을 받고 있다고 느꼈다.

일주일 후, 할아버지는 부대로 돌아갔다. 그 즈음에 참모총장은 노인 부대의 작전 수행 능력이 입증됐다며, 나할 여단과 낙하산 부대에도 설치될 가능성을 고려하겠다고 밝혔다. 이틀 후, 내가 예루살렘 히브리어 대학교 오픈 데이에 참석하고 있는 동안, 이스라엘 대통령 회의실에서 전화가 걸려왔다. 대통령이 4명의 노인 영웅들과 그들의 가족을 초대해 특별 감사 표창장을 수여하고 싶다고 말했다.

나는 할아버지에게 전쟁에 참가하고도 그런 영광스러운 상은 받은 적이 없었다고 말하자, 그는 내가 공손하게 그 방법에 대해 묻는다면 좋은 수를 가르쳐줄 수도 있다고 웃으며 말했다.

"상 받는 거 믿겨져요?" 나는 아버지에게 물었는데, 아버지는 상이 아니라 그냥 감사의 편지라고 말했다. 아버지는 모든 얘기를 듣고도 아무 말이 없었다. 할아버지 병실도 방문하지 않았다. 아버지는 요즘 맡고 있는 일들 때문에 정신없이 바쁘다고 말했지만, 나는 그가 줄곧 할아버지에 대해 잘못 알고 있었다는 사실 자체를 받아들일 수 없기 때문이라는 걸 모르지 않았다.

21

Alman1964@gmail.com

2009년 11월 1일, 02:28:43

제목 : 안녕, 율리

네 윤리 에세이를 찾았어! 내 침대 아래 신발 상자에 들어 있더라. 옛날에 내가 살았던 페타티크바 동네 그 아파트, 기억나지? 거기서 가져온 잡동사니들 속에 끼어 있더라. 그 아파트에서 내 인생의 3년을 허비했지. 내가 너무 바보 같았어, 그치? 솔직히 말해서, 매 순간 나는 후회했어. 낭비한 세월들……. 네 아버지와 갈라서고 나서 바로 인도로 왔어야 했는데. 너와 나 사이에 여전히 남아 있던 작은 것들이 그 아파트에서 다 틀어졌지. 매주 이주에 한 번씩 네가 왔지만 너는 한 마디도 안 했잖아. 너는 내가 최선을 다하지 않았다고 생각하지? 우리 솔직해지자, 율리. 너는 내게 충분한 기회조차 주지 않았어. 내가 완벽한 엄마는 아닐지라도, 너도 완벽한 아들은 아니었어. 내가 그런 말을 입 밖에 낸 적은 없지만, 내 생각엔 너도 알고 있다고 본다.
그 다음에 네 선생님에게 전화가 왔어. 이름이 뭐였지? 달리아? 내 생각엔 달리아가 맞는 것 같아. 내가 이메일에 적었듯, 그 순간 하늘에서 보낸 무슨 계시 같았어. 내 말이 네게는 허무맹랑하게 들리겠지만, 내가 네 물건들을 뒤지다가 걸려도, 네가 화내지 않을 것 같았어. 진심으로. 네 인생의 그 긴 시간을 함께했으니, 어쩌면 그렇게라도 내가 알게 되는 걸 네가 감사하게 생각할 수도 있겠다 싶었어. 어렸을 때 나는 엄마가 내 물건들을 뒤지길 얼마나 원했는지 아니? 나는 사적인 비밀들을 편지에 적어 집안 여기저기에 두었어. 엄마가 발견해 주길 바라는 마음으로 말이지. 그런데 엄마는 그것들을 만지지도 않았어. 신경도 쓰지 않았지. 그래서 내가 그 에세이를 발견했을 때 네가 나를 위해 거기에 남겨둔 거라고 믿었어.
'우리는 스파르타였다' 그렇게 지적인 제목을 붙였더구나. 나는 거기 그대로 앉아 커피 세 잔을 마시며 두 시간을 있었다. 율리, 내 아들, 내가 어떻게 말을 꺼내야 할까? 난 그 에세이를 이해할 수 없었어. 용어들은 외국어 같았고, 네가 세상을 바로 보는 시선은 판독 불가능했다. 아테네나 스파르타에 대해 아는 것도 거의 없었으니, 그게 무슨 의미를 품고 있는지 어떻게 알겠니? 네 아버지에게 전화해서 내게 설명 좀 해달라고 부탁했더니, 네가 직접 건네준 에세이가 아니니까 안 읽겠다는 말에, 나는 또 한 번 그에게 꺾인 기분이었어. 난 두말할 것도 없이 당신이 옳고, 내가 도를 넘는 행동을 한 엄마라고 말했어. 전화를 끊고 나서 나는 네 글을 처음부터 다시 읽었어. 무려 세 번을. 네 글을 이해했는지 알고 싶어서 고대 그리스에 관한 책을 찾아 읽었는데, 아마도 그때부터 너를 이해하기 시작했을 거야. 네 마음속으로 들어갈 수 있는 카드키 같았지. 그리고 어떻게 됐는지 알아? 서서히 어느 정도 이해가 되는 것 같았어. 이 세상에는 아테네와 같은 온건한 힘과 스파르타와 같은 강경한 힘, 두 종류가 있다고 네가 썼다. 너는 그 다름을 하가나(팔레스타인의 유대인 지하 민병 조직, 온건파의 한 예—역자 주)와 레히(대영제국에 대항해 팔레스타인에서 영국군의 완전 철수와 이스라엘 해방을 요구한 지하 조직. 강경파의 한 예—역자 주), 혹은 마틴 루터 킹과 말콤 엑스를 비교해 설명했더구나. 인류 역사 전반에 걸쳐 존재했던 그런 '2인'을 말하는 것이었지. 그리고 내가 오독한 게 아니라면, 그러니까 네 주장은 그들 사이에 한 가지 큰 차이가 있는데, 온건함의 미덕은 삶의 질을 신성시하는 반면 엄격함의 미덕은 삶 자체를 신성시한다는 것. 즉, 아테네는 시민의 삶의 질을 향상시키는 일을 우선시했고 스파르타는 불완전한 생존권을 놓고 끊임없이 투쟁했다고 설명했지.

넌 또 이런 말도 썼더구나. 인간으로서 우리는, 지배 권력을 온건한 힘에서 온 거라고 믿고 싶은 경향이 있다고. 말콤 엑스보다 마틴 루터 킹이 세상에 더 큰 영향을 끼쳤다고 하지만, 실은 우리가 진실을 감당할 수 없기 때문에 자신을 그런 착각 속에 빠뜨리는 거라고도 했지. 즉 인간의 역사는 투쟁적인 인물들이 주도한다는 것. 네 표현을 빌리자면 '암흑의 기운처럼' 말이다. 그리고 그 다음, 너는 정말 가장 이상한 것을 썼다. 내가 동의할 수 있는지 여전히 의혹이 남지만, 너는 생명 자체가 항상 우선시되어야 하기 때문에 어떤 위력은 도덕적으로 볼 수 있다고 주장했어. 너는 이스라엘이 21세기의 스파르타라고 말했고, 그리고 그것은 나름대로 설득력이 있었다. "위력이 있는 곳에 생명이 있기 때문이다." 나는 그 문장을 절대 잊지 못할 것만 같구나. 너는 사람들이 역사도 기억하지 못한다고 썼다. 아테네의 문화는 민주주의 이념과 세계에 기여했을지 모르지만, 사실 별 차이를 낳지 못한 거라고. 아테네와 스파르타의 대전만 보더라도 스파르타인들이 이겼다는, 우리는 그 점을 잊어서는 안 된다는 것. 내가 무슨 말을 할 수 있겠니, 아들아? 네가 쏟아낸 폭력의 언어들은 네 내면의 평화와는 무관해 보였다. 나는 계속 며칠 동안 그 모든 이론들이 어디서 왔는지 알아내려고 골몰했다. 생존의 필요성? 모든 희생을 감수해서라도 싸우려고? 우리가 이혼한 거 때문이니? 빚? 정말 모르겠구나, 율리. 오늘까지도 난 이해가 안 돼. 그리고 이제야 나는 네가 이런 사고와 확신을 갖고 전쟁에 나갔다는 것을 깨달았다. 맙소사, 이런 사상들을 다 끌고 레바논으로 간 거야?
내가 에세이를 읽었다고 네게 말했을 때가 기억난다. 금요일 저녁 식사 때였지. 우리 둘뿐이었어. 더 이상 숨길 수가 없어서, 네 선생님에게 전화 왔었다고 털어놨지. 그리고 네 에세이를 읽었다고. 나는 내가 너를 얼마나 자랑스러워하는지, 그리고 네가 원한다면 멋진 대학 강사가 될 수도 있을 거라고 말하기 시작했어. 넌 한 마디도 하지 않았어, 율리. 나는 네 생각을 더듬으며 너의 표정을 읽으려고 했지만, 너는 식사를 마치고 네 방으로 가버렸어. 나는 영문을 몰랐지. 네가 나에게 화가 났다는 사실을 깨닫는 데 며칠이 걸렸다. 내가 비밀 연애편지를 읽은 것도 아니고, 너무나 객관적이고 학문적인 주제를 다룬 윤리 에세이일 뿐인데. 내가 고작 2년 전에 알고 있던 걸 너는 레바논에 파병됐을 때 이미 이해했던 거야. 그 전쟁은 국가적 문제가 아니다. 그것은 언제나 개인적인 일이었고, 어쩌면 이 세상 그 어떤 것보다도 더 개인적인 문제였어.

나는 그때, 너의 에세이를 읽던 그 순간 너를 잃은 건 아니었을까, 가끔 생각한다. 그러나 그것은 사실이 아닐지도. 그것은 그렇게 간단하게 말할 수 있는 게 아니니까. 내가 분명하게 어느 순간을 가리키며, 바로 그때 아이를 잃어버렸다고 말할 수 있는 그런 시간이 있었으면 좋겠어. 그러나 그렇게 매달릴 수 있는 순간은 없구나. 너도 내게 말해 주지 않을 테니까.

평안을…….

알마 로젠블럼

뉴델리 소재 이스라엘 유대인 사무소

22

Alman1964@gmail.com

2009년 11월 1일, 2:59:49

제목 : 안녕, 율리

내가 예전에 집에 가려고 비행기 표를 산 거 알고 있니? 골드워서와 레게브(2006년 헤즈볼라 민병대에 납치되어 죽은 이스라엘 병사 —역자 주)가 납치되었던 날, 아, 그들의 명복을 빌며, 사람들이 그 도발이 전쟁이라는 것을 알기도 전에 나는 표를 샀어. 심지어 가방을 싸서 공항까지 차를 몰았지. 솔직히 나도 왜 내가 탑승하지 않았는지 몰라. 어쩌면 나는 네가 더 이상 내가 알고 있던 그 아이가 아니라는 것을 보는 것 자체가 두려웠는지도 몰라. 네 얼굴을 안 보면 최소한 네가 예전의 그 아이라고 생각하며 지낼 수 있을 것 같았어. 이해해? 별로 변명은 안 되는 거 알아. 어쩌면 네 말이 맞는지도 몰라. 어떤 여자는 엄마가 될 수 없다는 말.

평안을…….

알마 로젠블럼

뉴델리 소재 이스라엘 유대인 사무소

23

우리는 예루살렘에 있는 대통령 관저에 가지 못했다.

나는 그 날 아침 일찍 일어나 흰 와이셔츠를 입고 꼼꼼하게 면도를 했다. 준비를 마친 나는 아버지 방으로 갔다. 그는 이불 속에 몸을 웅크린 채 침대에 누워 있었다. 아버지는 자고 있었다. 나는 그를 깨워서 15분 후에 출발해야 한다고 말했다. 그는 중얼거리며 사과했고, 자명종 시계 맞추는 것을 잊어버린 게 틀림없다고 말했다.

"너만 가는 게 어떠니?" 아버지가 피곤한 목소리로 내게 물었지만, 나는 함께 안 간다는 사실을 수긍할 수 없었다.

"아뇨, 적어도 식장에 나타나는 예의 정도는 보여줄 수 있잖아요."

아버지는 침대에서 몸을 일으키며 바닥을 응시했다.

"네 말이 맞아." 아버지가 말했다. 그는 세수를 하고 구두를 신었지만, 정장풍의 옷은 거절했다. 단순한 회색 티셔츠를 입는 것으로 말없는 거부감을 계속 드러냈다.

"이해할 수 없어요. 할아버지가 자랑스럽지 않으세요?" 나는 집 밖으로 나오면서 물었다. "왜 그렇게 대립하죠?"

"그게 아니다." 아버지는 한숨을 내쉬며 말했다. "좀 번다하게 느껴져, 이 모든 것이."

전화벨이 울렸다. 등록되지 않은 번호였다. "아, 젊은이! 잘 있었나?" 누군지 알 수 없는 목소리였다. 스피커폰으로 연결했다.

"네, 잘 지내요. 그런데 누군지 말씀해 주실래요?"

"아이고, 자네 정말 마리화나꾼이라는 걸 까먹었네. 나, 왁스만일세." 그가 말했을 때 아버지는 얼굴을 찡그렸다.

"들어봐, 문제가 좀 있어요."

"무슨 문제요?" 내가 물었다. 아버지는 전화기 가까이 몸을 기댔다.

"이런 말하기 좀 그렇지만, 노이어만이…… 실은 자네 할아버지께서 파킨슨병을 앓고 계시네."

왁스만은 할아버지가 병원에 입원했을 때 몇 가지 일상적인 검사를 했다고 말했다. 나흘 전 나온 결과에 문제가 있어 보여, 할아버지를 다시 불렀는데 할아버지가 전혀 협조적이지 않다는 것이었다. "내가 전문가는 아니지만, 결과가 좋게 들리지는 않았소." 그는 의사들이 할아버지의 목 통증이 구르비치가 위로 넘어지면서 생긴 것이 아니라, 병의 한 증상으로 생긴 거라는 말을 듣고서야 뒤늦게 알게 되었다고 했다. 할아버지의 손이 떨리기 시작한 일을 예로 들었다. 그도 할아버지가 단순히 긴장해서 떠는 거라고 생각했다는 거였다.

아버지는 감정의 파편을 조금도 배반하지 않고 얼굴에 고스란히 드러냈다. 그의 시선은 도로에 고정된 채 얼어붙었고, 나는 대화를 어떻게 끌고 가야 할지조차 몰라 당황했다. 왁스만은 계속 말했다. 의사 말에 따르면 적어도 2년은 괜찮을 것이라고 했지만, 자세히 알려면 그와 만나야 할 것이라고 설명했다.

"부대에서 자네 할아버지가 몇 달 동안 할 수 있는 새로운 직책을 찾아줄 수 있을 것이야."라고 그가 말했다. "아마 병과 같은 곳에서 일하거나, 아니면 명예롭게 제대할 수 있는 선택권을 주거나. 아무튼 더 이상 소대에서 전투병으로 계속 복무할 수는 없다는 것을 이해했다고 믿겠소."

"할아버지는 어떻게 받아들이셨나요?" 나는 그들이 할아버지에게 소식을 전했을 때의 표정을 상상하려고 애를 쓰면서 물었지만, 아무것도 떠오르지 않았다.

왁스만은 대답하지 않았다.

"할아버지가 어떻게 반응하셨나요?"

"안 좋았지. 그래서 자네에게 전화한 거야. 처음엔 담담한 것 같더니, 헛소리라고 하더군. 내 눈엔 그가 대수롭지 않게 여긴다고 확신이 들어서, 곧 새로운 자리로 배치될 거라고 말하는 순간…… 글쎄, 그가 사라졌소."

"사라졌다고요?" 아버지가 물었다.

"사라졌어요."

"사라졌다는 게 무슨 말이에요?" 이 상황이 어디까지 나빠질지 염려하며 내가 물었다.

왁스만은 할아버지가 어디에 있는지 모른다고 했다. 아는 사람이 없다고 했다. 그들이 확실히 알고 있는 건 르노 캉구가 그와 함께 사라졌다는 것, 그리고 태국인 근로자 중 한 명이 새벽에 차가 초소를 빠져나가는 것을 봤다는 것뿐이다.

"문 앞에 있는 병사는요?"

"화장실 가는 시간이었고." 왁스만이 확신했다.

"이해할 수 없어요. 당신이 지휘관으로 있는 부대는 꼭 행방불명되는 병사가 있다는 말처럼 들리는데요?" 나는 사실 대답을 기대하지 않고 물었다.

"잘 듣게, 젊은이. 상황이 안 좋은 건 나도 알지만 모든 게 통제되고 있어. 지금 지휘부 병사의 반이나 풀어놨고, 모두가 그를 찾고 있소." 그는 특유의 장교 어투로 우리를 안심시키려고 애쓰며 말했다. "그가 무단이탈을 한 첫 번째 군인이 아니오. 구르비치나 뭐 친구들 협박하면 몇 시간 안에 틀림없이 그를 찾아낼 거요." 그가 웃으며 말했다.

우리는 웃음이 나오지 않았다.

"자네는 걱정할 것 하나도 없소. 수여식이 끝나자마자 나도 직접 수색 작업에 동참할 테니."

"식이 끝나고 합류할 거라고요?"

"물론, 식이 끝나면 5분 후에 당장 거기서 나올 거요. 어찌 되었든 내 소속 군인이니."

"지금 농담하는 겁니까?" 나는 그에게 큰 소리로 물었다. "당신 소속 병사가 무단이탈했어요. 어떻게 식장에 갈 생각을 할 수 있는 거죠?"

"이봐, 젊은이. 그냥 두어 시간이면 돼." 그가 방어적으로 말했다. 왁스만은 "내가 말한 대로, 지금 수백 명의 병사들이 그를 찾고 있는데, 한 명 더 간다고 해서 별 차이가 없을 거요." 왁스만이 거들먹거리는 어조로 말했다. "대통령이 오신다네, 젊은이. 내가 빠질 순 없지."

"진심이세요? 지금 하신 말? 제가……." 내가 말을 끝맺기도 전에 아버지가 갑자기 수화기를 뺏더니 전화를 끊었다.

"이 바보 같은 짓은 이제 질렸다." 아버지가 말했다.

나는 고개를 끄덕이며 동의했다. "다음 출구로 나갈게요. 할아버지 찾을 수 있을 거예요."

어디로 가자고 말하지 않았다. 우리 둘 다 어디 가면 그를 찾을 수 있을지 알고 있었다.

"정말 엉망진창이군." 아버지가 중얼거렸다. 그는 왁스만이 전해준 소식이 뒤늦게 자신을 덮친 듯 몸을 움츠렸다. "하느님, 정말 엉망진창이에요."

"우리가 찾을 수 있어요." 아버지에게 말했다. "골라니에서도 살아남았는데, 이런 일은 아무것도 아니에요."

아버지는 공기를 조금 들이마시려고 안간힘을 쓰며 차 창문을 열었다. "잘 모르겠어." 그가 말했다. "진짜 더 이상은 잘 모르겠다고."

24

문이 열려 있었다. 군화 발자국을 따라가 보니 계단이 나왔다. 할아버지는 우리가 생각했던 바로 그곳에 있었다. 그는 우리에게 등을 보이고 지붕에 서 있었는데, 지붕 턱에 가까이 다가가 있었다. 소총을 어깨에 걸친 채 셔츠는 바지 밖으로 삐져나와 있는 상태였다. 갈색 베레모는 바닥 위에 주인 없는 물건처럼 놓여 있었다. 할아버지는 잠시 우리 쪽으로 시선을 돌린 다음, 다시 자보틴스키 거리를 달리는 차들을 물끄러미 바라보기 시작했다. 천천히, 나는 앞으로 다가갔다. 아버지는 난간을 잡고 옥상 문 옆에 남아 있었다.

"파킨슨이라고 그 사람들이 말하더구나." 할아버지가 지친 목소리로 말했다. "믿을 수 있겠니? 사람들이 갑자기 내가 표창을 받는다고 하더니, 바로 다음 순간 필리핀 간병인 한 사람을 물색해야 한다고 말하고 있으니 말이다."

"왁스만은 병원에서 몇 가지 테스트를 더 진행해야 한다고 말했어요." 내가 말했다.

"아이고, 아니다." 그가 내게 얼굴을 돌리며 투덜거렸다. "나이는 먹었을지 몰라도 내가 바보는 아니야. 이게 믿기니? 내가 이 부대를 유명하게 만들었는데, 바로 그들은 나를 없애고 싶어 하다니!" 할아버지가 힘없이 웃으며 말했다. "73년 레바논 공습 직후 에후드 바락이나 욤 키푸르 전쟁 직후 카알라니에서 후퇴하는 것과 같아. 상상할 수 있겠니?"

뭐라고 대답해야 할지 몰랐다.

"상상할 수 있냐고?" 그가 다시 물었다.

"아니요, 솔직히 잘 안 돼요."

"당연히 상상 못 하겠지!" 그는 거침없이 소리를 지르며 화를 냈다. "내가 아니었다면 왁스만과 그의 비참한 늙은 멍청이들은 여전히 요르단 계곡에 갇혀 모기나 지키고 있을 것이다. 생각할 수도 없는 일이야!" 그는 감정이 북받쳤는지 목이 메어 소리쳤다. "그런 식으로 누군가를 걷어차려고? 그래, 내 손이 약간 흔들리긴 해. 그래서, 뭐 어때? 그럼 슈나이더 척추측만증은 어떻고? 카테터(체내에 삽입하여 소변 등을 뽑아내는 도관—역자 주)까지 끼고 사는 핀치스는? 사람을 쓰레기처럼 내팽개친다는 게 믿기냐?"

할아버지를 위로하고 달래는 말을 하고 싶었는데, 그 말이 입구가 꽉 막힌 M16 소총처럼 목구멍에 걸렸다. 나는 아버지를 바라보았다. 그가 빠르게 상황 판단을 해 할아버지가 이해할 만한 논리적인 말을 해주길 바랐다. 그러나 아버지는 입도 뻥긋하지 않았다. 계단에 계속 서서 난간을 움켜쥐고, 자신의 무력함을 감출 수 없다는 듯 힘겹게 숨을 내쉬고 있을 뿐이었다.

세 명의 노이어만 남자는 그 자리에서 서로를 마주 본 채 어찌할 바를 모르고 서 있었다.

"구르비치가 내게 멋진 양로원을 알고 있다고 말했다." 할아버지는 다시 그 이야기를 하려고 목소리를 낮추며 말했다. "양로원으로 이사하기 전에 나는 내 무덤으로 갈 거다!" 그는 소리쳤다. "억지다, 안 들은 거로 해라. 그렇게 될 리가!"

"할아버지, 아무도 양로원에 대해 말한 사람은 없어요." 나는 해명하려고 애썼지만 할아버지는 더 이상 듣고 있지 않았다.

"나는 그냥 다른 임무를 완수하러 갈 거다. 그래, 그렇게 하겠어. 그렇게만 되면 나 혼자 가자 지구로 진격할 테다."

"바뀔 건 없어요." 나는 낮은 목소리로 말했다.

"큰 도움이 될 거다. 그 바보 같은 왁스만을 마지막으로 한 번만 더 그 자리에 있게 만들어 줘야겠다."

"이미 끝났어요. 할아버지의 왁스만 타령은 이제 지긋지긋해요." 나는 할아버지에게 소리쳤다. "무슨 일이 잘못될 때마다 새로운 임무를 수행하러 간다는 말은 이제 그만두시라고요."

"어떻게 살아야 하는지 잔소리하지 마, 알았냐? 아무도 그런 말은 내게 안 해."

"중국이나 정복한다면 모를까." 내가 말했다. "할아버지는 그들로부터 벗어나려고 수년간 이 난리라고요."

"넌 정말 아무것도 몰라!" 할아버지가 고함을 지르며 총을 휘두르다가 발을 헛디디더니, 눈 깜짝할 사이에 비틀거리며 무릎이 접혔다. 나는 그의 얼굴이 바닥에 닿기 바로 직전 앞으로 튕겨 나가듯 양손을 뻗어 그를 잡았다.

"의자 좀 가져오세요!" 나는 우리 쪽으로 머뭇거리며 걸어오고 있는 아버지에게 소리쳤다. "어서, 빨리요!" 나는 소리쳤고, 할아버지의 어깨에서 소총 끈을 벗겼다. 아버지는 지붕 건너편에서 더러운 플라스틱 의자 하나를 가져왔다.

"할아버지 등을 잡으세요." 나는 여전히 혼란스러워 보이는 아버지에게 말했다. 우리는 그를 의자 위로 올렸다. 할아버지의 목은 옆으로 기울어진 채 두 손이 축 늘어졌다. 그는 간신히 눈을 뜨고 있었다.

"이제 충분히 버텼어." 알아들을 수 없는 말로 얼버무렸다.

"그냥 포기할 수는 없어요." 나는 의자 등받이에 머리가 부딪히지 않도록 할아버지 목을 받쳐주며 말했다.

"80세 노인이라면 무엇이든 마음대로 할 수 있다." 할아버지는 힘없는 목소리로 선언했다.

"마음대로 할 수 없을걸요." 내가 대답했다. "구르비치가 할아버지를 너무 그리워해서, 그렇게 내버려두지 않을 거예요."

할아버지 얼굴에서 엷은 미소를 본 것 같은데, 확실하다고는 말할 수 없다.

우리는 간신히 할아버지를 계단 아래로 내려오게 했다. 그의 다리는 계속 흔들렸다. 할아버지는 보기보다 훨씬 무거웠다. 나는 그를 침대에 눕히고, 유니폼과 부츠를 벗겼다. 아버지가 방 한쪽에서 우리를 바라보는 동안 나는 할아버지를 담요로 덮어주었다. 그리고 침대 옆에 붙어 서서, 그의 가슴 위로 시선을 고정시켰다. 숨을 쉬고 있는지 확인하고, 그가 코를 골기 시작한 후에야 나는 숨을 크게 내쉬며 안심할 수 있었다.

*

아버지와 나는 3시간마다 교대하면서 할아버지를 돌보았다. 우리 중 한 명은 항상 그의 머리맡에 있었는데, 할아버지가 필사적으로 도망치려고 하거나 심장마비를 일으키는 행동을 하지 않도록 단단히 살폈다. 하루 종일 우리는 한 마디도 주고받지 못했다. 할아버지는 한 번도 일어나지 않았고, 불과 몇 시간 전 가자 지구 침공을 위협했던 노인치고는 꽤 느긋해 보였다.

밤 10시쯤, 나는 아버지와 교대하기 위해 거실로 나왔다. 아버지는 하얀 안락의자에 앉아 어두운 TV 화면을 응시하고 있었다.

나는 부엌에서 물 한 잔을 들고 아버지 옆에 앉았다. 할아버지의 총이 탁자 위에 그대로 놓여 있었다.

"미안하구나." 아버지가 말했다. "그러니까, 그 순간, 난 그냥……."

"저도 어쩔 줄 몰라 당황했어요." 내가 말했다.

"네가 잘 대처했다." 아버지는 한숨을 쉬었다. "율리, 이건 네 책임이 아니야." 그는 바지 주머니를 뒤지기 시작했다.

"뭘 찾는데요?"

"약." 그가 대답했다. "아마 집에 두고 왔을 거야."

"아버지가요? 그렇게 잘 챙기는 사람이?"

"그러게, 이상하지?" 아버지는 여전히 주머니를 뒤지며 대답했다.

"가서 좀 주무세요." 아버지에게 말했다.

"내 교대야. 너나 가서 자라."

"괜찮아요, 할아버지랑 좀 더 있을게요. 안 피곤해요."

"좋아, 그럼 잠깐 눈 붙이면 되겠군." 그가 수긍했다. "하지만 한 시간 후에 깨워 줘, 알았지? 내가 교대할게."

"그럴게요." 나는 거짓말을 했다. "걱정 마세요."

아버지는 신발을 벗더니, 늘 하던 대로 그것들을 얌전하게 나란히 놓는 대신 거실 한가운데로 걷어찼다. 그러고는 안락의자에 기대어 편안한 자리를 찾으려고 안간힘을 썼다. 나는 아버지에게 소파에 가서 쉬라고 말하려다 잠자코 있었다. 나는 할아버지 방으로 돌아가 할아버지 옆에 앉았다. 몸을 숙이고 할아버지 얼굴에 거미줄처럼 연결된 주름과 점들을 자세히 살펴보았다. 그러고는 흰 머리카락을 부드럽게 매만졌다. 노인의 깔끔한 외모가 그를 잘 지켜줄 것이라는 은근한 기대를 품었다. 그러나 기대감은 오래가지 않았다. 할아버지는 더 이상 80세의 골라니치크(골라니 노인 병사 —역자 주)처럼 매력적으로 보이지 않았다. 그냥 그런 노인처럼 보였다. 아주 많이 늙은…….

나는 몸을 뒤로 젖히고 천장을 응시했다. 그러다 어느 순간 잠이 들었는지 아닌지 확언할 수 없다.

내가 말할 수 있는 건, 총소리를 들었다는 것.

25

Yulineuerman@gmail.com

2009년 11월 6일, 08:57:44

제목 : 소식

안녕.

사흘 전 아버지가 돌아가셨어요. 장례식은 크파르 사바에서 치렀어요. 시바(부모·배우자와 사별한 유대인이 장례식 후 지키는 7일간의 복상服喪기간 —역자 주)는 할아버지 집에서 하고 있고요. 안정될 때까지 할아버지네 집에서 지내려고 이사했어요. 전화해도 괜찮아요.

율리

26

Alman1964@gmail.com

2009년 11월 6일, 09:52:37

제목 : Re : 소식

전화 안 받는구나. 표 샀다, 내일 저녁에 도착할 거야.
평안을…….

알마 로젠블럼
뉴델리 소재 이스라엘 유대인 사무소

27

Yulineuerman@gmail.com

2009년 11월 6일, 10:03:04

제목 : 소식

오지 않아도 돼요, 율리.

28

Alman1964@gmail.com

2009년 11월 6일, 10:06:21

제목 : Re : 소식

허락해 달라는 거 아니다.

평안을…….

알마 로젠블럼

뉴델리 소재 이스라엘 유대인 사무소

29

우리가 요르단 계곡에 있는 할아버지를 방문했을 때 나는 사실 『시시포스 신화』를 읽고 있지 않았다. 입대하기 전에 한 번 읽었지만, 그 날 저녁에 다시 읽으려고 했을 때는 도저히 읽을 수가 없었다. 솔직히 말해, 군대 시절부터 나는 책을 많이 읽지 않았다. 아니, 아예 독서를 안 했다, 정말로. 가끔 책을 펼쳤지만, 집중할 수 없었다. 몇 줄만 지나면, 책의 단어들이 튕겨나가고 흐릿해지기 시작하면서 두통이 일었다. 책을 덮어야 했다.

하지만 그것은 중요하지 않다. 왜냐하면 내용을 파악하기 위해 책의 전부를 읽을 필요는 없기 때문이다. 샤피로가 옳았다. 카뮈는 한 문장 반으로 말할 수 있는 이야기를 한 권의 책으로 바꾸어 놓았다. 직시하면, 그는 첫 줄에서 이미 자신의 요점을 말했다. 책의 나머지 부분들은, 샤피로가 지적한 대로 여유로운 프랑스인의 지적인 수다에 불과하다.

"정말 심각한 철학적 질문은 단 하나."라고 카뮈가 말하듯 "그것은 자살"이라고 썼다.

바로 그거였다, 그가 하고자 하는 말의 요점은.

나는 그 어떤 평범한 사람이라도 적어도 한 번쯤 자살에 대해 생각할 때가 있다고 생각한다. 꼭 심각하지는 않더라도 생을 마감하면 어떻게 될지 상념에 젖어본 적은 있을 것이다. 한 번도 그런 생각을 해본 적 없는 사람은 할아버지뿐이리라. 비록 그가 늘 죽음에 대해 말하는 것을 멈추지 않았지만, 나는 그가 마음속에라도 스스로 삶을 끝내겠다는 생각은 해보지 않았을 거라고 확신한다. 그는 자신의 자유 의지가 하나의 선택 사항이었다는 것조차 모르는 듯, 미리암 할머니에게 연연하던 방식대로 삶에 매달렸다.

아버지는 할아버지와 달랐다. 그는 그 문제를 신중하게 접근했다. 분명한 것은, 그가 인생의 다른 모든 것을 대하는 방식과 마찬가지로, 그 문제에 대해 깊이 생각하고, 찬반을 저울질하며, 자신의 행동으로 인한 결과가 미칠 여러 가지 영향도 고려했을 것이다. 결국 그가 이 행성에서 마지막으로 선택한 것은 그가 알고 있는 유일한 방법, 즉 스스로 떠나는 것이었는데, 이는 충동적인 결정이 아니라 미리 계획하고 신중하게 실행에 옮긴 행동이었다.

아버지는 1년 반 전부터 생명보험에 가입하기 시작했다. 지금까지 적어도 네 개의 다른 보험에 들었다는 걸 알고 있다. 곧 몇 개가 더 나타날 것 같다. 가입 당시 그가 이미 이런 계획을 염두에 둔 것인지, 아니면 하나의 방법으로 자살을 선택한 건지는 모를 일이었다.

장례식이 끝난 지 며칠 지나지 않아, 아버지의 서재를 정리하던 중이었다. 나는 아버지가 남긴 작은 흔적들과 마주쳤다. 내가 전에 모르던 것들이어서 그에 대해 새롭게 알게 되었다. 몇 가지 서류를 통해 한 사람에 대해 얼마나 많은 것들을 알 수 있는지 놀라울 정도였다. 아버지 같은 경우는 더 그랬다. 그런 이유 때문이었는지 아버지는 굳이 유서도 남기지 않았다. 그는 아마 모든 것을 설명하기에 충분한 정보를 남겨두었다는 것을 이미 알고 있었을 것이다.

아버지가 받았던 정신과 치료 흔적들도 있었다. 수년간 복용한 약에 대한 수십 가지 처방전들이었다. 영수증에 적힌 날짜에 따르면, 대부분의 치료는 엄마가 떠난 후 이뤄졌지만 전부 그런 것은 아니었다. 그리고 항우울제에 대한 처방전은 내가 태어나기도 전에 받은 것도 있었다. 나는 아버지가 서명한 보험증서도 발견했다. 서명했던 기억은 없지만, 몇 군데에는 내가 직접 서명한 곳도 있었다. 할아버지가 입대하기 전, 개인 의료보험 서류에 서명하게 했을 때였을지도 모르겠다. 아버지는 내가 서류들을 읽지 않고 서명할 거라는 걸 알고 있었다.

빚에 대한 상세한 기록도 있었다. 이 사실을 몰랐다는 것은 아니지만, 관여하고 싶지 않아서 여전히 내게는 새로운 것들이었다. 아버지는 내가 상상했던 것보다 훨씬 더 많은 빚을 지고 있었다. 몇백만 달러. 일부는 은행, 일부는 친구들에게서. 경찰 수사관은 아버지가 악덕 고리대금업자들에게 시달렸을 가능성도 높다고 말했다. 모든 계산들이 앞뒤가 맞지 않다고 지적한 이유였다. 한 장부에는 드러나지만 다른 장부에는 없어 합계는 달랐다. 그는 아버지 같은 사람이 갑자기 자신의 장부에 부주의하게 기입할 가능성은 매우 낮다고 말했다. 그가 자살하기 전에 아마도 암시장에서 빚을 청산했을 가능성이 있다고 들었는데, 우리는 거기서 무슨 일이 일어났는지 결코 알 수 없을 것이다.

수사관이 자살의 동기 중 하나가 보험금이라고 말했을 때 나는 그럴 리가 없다고 말했다. 보험에 가입한 사람이 자살하면 보험사에서 보험금을 지급하지 않을 거라고 아버지가 직접 말해 줬다는 말도 했다. 수사관은 그것이 부분적으로만 옳다고 말했다. 진실은, 언제나 그랬듯, 작은 활자로 쓰여 있었다. 만약 당신이 보험을 들고 바로 다음 날 자살한다면 보험금을 받을 자격을 상실한다. 최소 1년은 가입해야 보험금이 지급된다. 그러나 일단 최소 가입 기간을 넘기면 고인의 가족은 법적으로 그 돈을 받을 권리가 있다. 아버지는 그것을 알고 있었다. 당연히 그는 알고 있었다.

"그래서 아버지가 내게 그 얘기를 했을까요? 그래야 내가 의심하지 않으니까?" 수사관에게 물었지만, 그는 그것에 대한 답을 알지 못했다.

나는 아버지가 그 날을 선택한 이유가 있다고 생각한다. 우리가 할아버지를 지붕에서 끌어내린 날. 그것 역시 잘 계획하고 실천한 일이었는지 모른다. 아버지가 우리에게 개 같은 날에 떠나기로 결심한 데는 충분한 이유가 있다고. 할아버지는 타이버 소총 때문이라고 생각했다. 기회를 엿보다 가져갔다는 것이다. 하지만 나는 동감할 수 없었다. 아버지는 언제든 원한다면 삶을 마감할 수 있는 충분한 방법과 알약이 있었다. 아마도 그는 할 수 있는 한 오래 버텨 보려고 했을지도 모른다. 엎친 데 덮친 격으로 할아버지의 병까지 맞닥뜨리자 모든 것을 자신이 감당할 수 있는 이상의 상황이라고 여겼을 것이다. 나는 그의 분석적인 성격이, 그 특정한 순간의 자살을 하나의 책임감 있는 일로 여겼을 거라고 추측한다. 내게 짐이 되지 않겠다는 그만의 방법으로.

그리고 어쩌면 이 모든 걸 논리적으로 설명할 수 없을지도 모른다. 어쩌면 아버지 같은 사람들조차 계획이 엉망이 될 때도 많으니까.

30

문을 두드리는 소리에 잠이 깼다. 거의 자정이 다 된, 시바의 넷째 밤이었다. 또 노크소리. 나는 일어나서 문을 열었다. 샤피로가 구겨진 군복을 입고 머리에 갈색 베레모를 쓰고 서 있었다. 그는 왼손으로 경례를 하고 더 일찍 오지 않은 것에 대해 사과하며, 그것이 모두 빌어먹을 왁스만이 안식일 근무를 빼주지 않았기 때문이라고 말했다. 그는 지팡이에 의지한 채 군화 신은 다리를 끌고 마루를 가로질러 안으로 걸어 들어왔다. 아비가일은 그의 뒤에 서 있었다. 샤피로는 가방을 거실 입구에 내려놓고 낡아빠진 가죽 소파에 털썩 주저앉았다. "오, 신이여!" 그는 한숨을 쉬며 심호흡을 했다. "내 말 잘 들어, 절대로 엉덩이 고관절 수술은 하지 마."

나는 커피를 내왔고 우리 셋은 거실에 앉았다.

"많이 힘들지요?" 아비가일이 내 손 위에 그녀의 손을 얹으며 물었다. 나는 그녀의 행동을, 우리가 얼마나 힘들었는지, 그리고 앞으로 어떻게 헤쳐 나가려고 하는지에 대한 진부한 걱정처럼 느껴져 슬며시 손을 뺐다.

"힘든 걸 일일이 말할 필요는 없어요." 그녀가 말했다. "얘기하고 싶지 않으면 안 해도 돼요."

"꼭 그런 것은 아니에요."

샤피로가 커피를 한 모금 마셨다.

"설탕이 하나도 안 들어갔구나!" 그는 낭패한 듯한 목소리로 말했다.

"설탕은 조금도 안 돼요." 아비가일이 다정한 목소리로 대답했다. "약은 드셨어요?"

샤피로는 대답하지 않았다.

"할아버지!" 그녀는 그가 어린아이처럼 행동하고 있다고 말하고 나서 일어나더니, 더플백이 있는 곳으로 다가가 알약상자와 큰 비닐백을 꺼냈다. 그녀는 그에게 알약 몇 알과 물 한 잔을 건네주고, 주머니에서 롤링페이퍼를 꺼내고 비닐백을 열더니, 롤링페이퍼 모서리를 접기 시작했다.

"뭘 주려고 이러는 거예요?" 나는 어이가 없어 물었다. "지금 여기에서 무슨 짓이에요?"

"나 주려고 그러는 거다." 샤피로가 말했다. "최고급 진통제지." 그는 자랑스럽게 말했다. "얘야, 율리에게도 친절하게 하나 말아줘라, 힘든 한 주를 보낸 사람이다."

"여기서는 절대 안 돼요." 나는 그들이 할아버지 집에서 마리화나를 피울 수 없다는 것을 분명히 하기 위해 화난 사람처럼 손을 흔들며 말했다.

"어때요, 무슨 걱정이에요?" 그녀가 말했다. "당신같이 힘든 사람이 핀다는데 누가 욕해요?"

"어떻게 마리화나를 허락해요?" 나는 샤피로에게 물었다. "군대에 소속된 군인이."

"자네 말이 맞네." 그가 대답했다. "합법적 의료용 마리화나 흡연이 허락된 최초의 이스라엘 방위군 병사!"

"가족들이 자랑스러워해요." 아비가일이 웃으며 덧붙였다.

"제 말 좀 들어보세요, 이건 멋진 일이 아니에요." 내가 말했다. "만약 할아버지가 당신이 자기 집에서 마리화나를 피운 것을 알게 된다면……."

아비가일은 손으로 마리화나를 말던 행동을 멈추고 내 어깨 너머 어딘가를 바라보았다. 샤피로는 망설이는 듯한 미소를 지으며, 그녀의 눈길이 머문 곳으로 시선을 돌렸다. 한순간 눈앞에 서 있는 남자가 누구인지 알아보려고 안간힘을 쓰는 것 같았다. 할아버지가 하얀 속옷을 입고, 검은색 긴 바지와 슬리퍼를 신은 채 피곤한 시선으로 우리를 바라보고 서 있었다.

"일어났어?"

할아버지가 머리를 끄덕이더니, 서 있는 자리에서 꼼짝도 하지 않았다. 잠시 침묵이 흘렀다.

"뭐 하는 거야?" 그가 물었다.

"할아버지 손자를 위로하러 왔어요." 아비가일이 대답했다. 샤피로는 걱정스러운 표정으로 할아버지를 계속 쳐다보았다.

"그걸 가지고 뭘 하고 있는 거냐고 묻는 거야!" 할아버지는 롤링페이퍼를 가리키며 말했다.

"아, 그건 내 요통 진통제야." 샤피로가 중얼거렸다. "이 약 없이는 잠이 안 와. 좀 피워볼래?"

"싫어." 할아버지가 말했다. "그리고 이 집 안에서 피우지 말게."

"미안해요." 아비가일은 사과하고 재빨리 그것들을 모두 가방에 집어넣었다. 할아버지는 잠시 내 의중을 헤아려 보더니 샤피로에게 시선을 돌렸다. "이층에서 하는 건 괜찮아." 그가 허락했다. "집 안으로 악취가 안 퍼질 걸세."

할아버지는 다리를 끌며 방으로 돌아갔고, 2분 뒤에 격자무늬 재킷을 입고 다시 나타났다. 그는 아무 말도 하지 않고 옥상으로 올라가는 계단을 오르기 시작했는데, 우리 셋은 재빨리 그 뒤를 따라갔다.

우리는 숨 막히는 침묵 속에 앉아 있었다. 샤피로와 할아버지는 더 이상 친한 친구처럼 보이지 않았다. 마치 사회보장국 사무실에서 우연히 순서를 기다리다 후줄근한 모습으로 마주친 두 노인처럼 보였다.

"불은 있니?" 샤피로가 물었다. 아비가일이 그에게 라이터를 건네주자 그는 종이 끝에 불을 붙이고 깊이 빨았다. "아!" 그가 감탄했다. "이거 좋네."

"불 좀 줘." 할아버지가 재킷 주머니에서 시가를 꺼내며 말했다. 그는 잠시 시가를 응시하다가, 코로 끌어당겨 냄새를 맡았다. 마침내 불을 붙이고 몇 번 깊이 빨았는데, 놀랍게도 단 한 번도 기침을 하지 않았다.

"노이어먼, 이게 무슨 일인가? 민간인 생활을 시작한 지 겨우 며칠 됐는데 벌써 쾌락주의자가 되었나? 정치꾼들이 당신을 자랑스러워할 걸세." 샤피로는 농담을 해도 되는지 여전히 확신하지 못한 채 조용히 말했다.

“난 군대에서도 쾌락주의자였어.” 할아버지가 말했다. 그는 초소에서 탈출한 날, 부대 차량뿐만 아니라 왁스만이 쿠바에서 사온 시가까지 훔쳤다는 자랑을 멈추지 않겠다고 우리에게 선언했다.

“빌어먹을 인간으로 기억되고 싶었다고!” 할아버지가 말했다.

샤피로가 정색을 하고 있는 동안, 아비가일은 참지 못하고 웃었다. 할아버지도 유쾌하게 웃음을 터뜨렸다.

“노이어만, 손자도 좀 뻐끔뻐끔 해봐야 하지 않겠어, 어때?”

“다 큰 남자지, 하고 싶은 대로 다 할 수 있는.”

“평생 아무것도 피워 본 적이 없어요. 시작하고 싶지도 않고요. 대신 손녀딸에게 기회를…….”

“나도 안 피워요.” 그녀가 말했다. “하지만 시도도 하지 않고 거절하다니 안타깝네요. 그게 정말 트라우마를 겪고 난 사람들에게 도움이 된다는 것을 알아야 해요.”

“트라우마라니, 그게 나와 무슨 상관이죠?” 나는 긴장하며 물었다.

“아 제발, 그렇게 자신을 속이지 마요. 완전 엉망이었잖아, 율리. 당신도 잘 알고 있는 사실이야. 지금도 마치 남의 시바에 앉아 있는 사람 같아요.”

“무슨 말이에요?” 나는 그녀에게 물었다. 할아버지와 샤피로를 바라보았지만 그들은 내 시선을 피하며 바닥을 응시했다.

“너무 힘들게 받아들이지 마요. 누구에게나 일어날 수 있는 일이니까.” 그녀는 그렇게 말하며 다시 한 번 내 손등 위에 손을 얹었다.

“지금 무슨 말을 하는지 전혀 모르겠어요.” 내가 화를 내며 말했다. 하지만 나는 그녀의 손 밑에 있는 손을 빼지는 않았다.

"율리, 아비가일 말을 들어야 해." 샤피로가 말했다. "여기 있는 이 아가씨는 의대생이야."

나는 현기증이 일기 시작했다.

"물 좀 마시고 머리 좀 쉬어요." 내 기분이 어떤 상태인지 알아채기도 전에 그녀가 말했다. 그녀는 내 머리를 그녀의 어깨에 기대게 하고 내 머리칼을 손가락으로 쓸어내렸다. 나는 그녀의 손길이 멈추지 않기를 바랐다.

샤피로는 할아버지에게 부대 안에 새로운 게임이 생겼다고 말했다. 구르비치가 경비 근무 중에 잠이 들 때마다, 누군가 뒤에서 몰래 다가와 귓가에 대고 "노이어먼이 온다!"라고 소리를 친다는 것이다. 그럴 때마다 구르비치는 매번 두려움에 떤다고 했다. 할아버지가 웃었다.

30분쯤 지나자 아비가일은 이제 가야 할 시간이라고 말했고, 나는 그녀의 부드러운 손길과 헤어져야 했다. 샤피로는 며칠 병가를 내고 다시 찾아오겠다고 약속했다. 아비가일은 아무 말 없이 그저 미소만 지었다.

할아버지와 나는 지붕에 그대로 앉아 있었다. 그는 다이아몬드 보석상 거리의 고층 빌딩숲을 응시했다. 나는 현기증이 지나가기를 기다리며 하늘을 올려다보았다.

"샤피로 손녀, 멋진 아가씨네." 할아버지가 말했다.

"네." 내가 대답했다. "멋져요."

"너 혹시, 옛날에 이 지붕에서 바다가 훤히 내려다보였다는 거 아니?"

온몸이 가라앉을 것만 같은 육중한 덩어리가 내 몸을 서서히 짓누르는 것만 같았다. 내 모든 근육이 반응했다. 아버지가 내 옆에 있었더라면, 할아버지가 또 헛소리를 하고 있다고 내 귀에 속삭였을 것이다. 난 그냥 다시 자고 싶었다. 현실을 직시할 필요가 없는 잠 속으로.

"엄마에게 이메일이 왔는데, 오는 길이래요." 내가 말했다.

"언제 도착할 것 같니?"

"벌써 비행기 탔을 거예요."

"네가 기쁘겠구나."

"이곳에 5분만 왔다 간다면 자신이 괜찮은 인간으로 느껴지는데 도움은 될 거예요. 그 뒤에 일어나는 일은 뭐든 좋을 대로 해석하겠죠."

"그만, 율리. 기회를 좀 줘."

"필요할 때 한 번도 옆에 있어 주지 못한 사람에게 기회를 줄 수는 없어요." 내가 말했다.

할아버지는 한숨을 쉬며 말했다. "아마 네가 다 모르는 게 있을 거야. 심지어 나도 모르는 일들 말이다. 그런 식으로 네 엄마를 판단할 수는 없어."

"그럼 누가 할 수 있어요?" 내가 물었다. "심판할 수 있도록 허락된 사람이 있나요?"

"모르겠구나, 율리. 솔직히 잘 모르겠다."

우리는 잠시 말없이 앉아 있었다.

"아버지한테 화났어요?" 내가 물었다.

"아니." 할아버지가 말했다. "너는?"

"많이요."

할아버지의 눈이 빨개졌다. 그는 다시 고층 빌딩숲으로 시선을 돌렸다.

"글쎄, 나도 좀 화가 난 모양이다." 그가 얼굴을 찡그리며 말했다. "내 말은, 어떻게 사람이 그렇게까지 망가질 수 있단 말이냐? 어떻게 갑자기 생을 마감하기로 결심하지?" 그는 힘없이 항의했다. "난 내가 화가 났는지조차 모르겠어. 그냥 이해가 안 돼."

"내겐 분명한 이유가 있던 것처럼 느껴져요."

"빚에 무겁게 짓눌려 있었다는 건 알지만……."

"채무는 핑계일 뿐이에요."

"무슨 뜻이냐?"

"채무가 이유가 아니었다고요."

할아버지는 정말 이유를 묻고 싶은 건지 자신도 모르겠다는 듯 머뭇거렸다.

"그래, 그럼 왜, 율리? 사람이 왜 그런 짓을 하겠어?"

"아버지가 감당하기 어려울 만큼 짓눌려 있었기 때문에요." 나는 대답했다. "그 모든 것에 넌더리가 난 거죠. 사는 게 지겨울 정도로요. 자기 생각만 하는 엄마 같아요."

나는 내 말이 그의 노쇠한 육체를 괴롭히는 것을 보았다. 그는 물어본 것을 후회했다.

"말해 봐, 정말 그런 말도 안 되는 말을 너는 믿는다고?"

"내가 무슨 말을 할 수 있겠어요." 내가 말했다. "그게 진실인데."

"됐다, 율리. 그만하자. 어떻게 그런 말까지 할 수 있어?" 그는 숨이 막히는 목소리로 말했다. "네 아버지는 빚이 있었어. 그가 필요한 건……."

"우리가 그럭저럭 해결했을 거예요. 우리가 그렇게 할 수 있다는 걸 할아버지도 알고 있잖아요. 그런데 그냥 쉽게 빠져나간 거라고요."

할아버지는 이마에 손을 얹고 고개를 저었다. "네가 모르는 거야, 율리. 넌 똑똑한 아이지만, 네가 다 이해하지 못하는 것들이 있단다."

현기증이 심해질 뿐이었다. 눈을 감으려 했지만 소용이 없었다.

"네가 담배를 한 번 피웠잖아." 할아버지가 말했다. "피운 거 알아."

"내가 담배 피우는 사람 같아요?" 내가 물었다. "냄새만 맡아도 머리가 아파요."

"적어도 한 번은 피웠지, 그 정도는 알고 있다."

"걸렸군요." 내가 말했다. "추측이 운 좋게 맞은 거네요."

할아버지가 가까이 다가왔다.

"추측이 아니야." 그가 말했다. "네 아버지가 말해 줬으니까."

나는 하늘을 바라보았다. 길 아래 차들의 소음이 나를 미치게 하고 있었다.

"어떻게 할아버지에게 그런 말을 할 수 있어요. 아버지는 잘 알지도 못해요. 군대에 있을 때 피운 거예요."

"네 아버지가 알고 있었다고 말하는 거야, 율리." 그의 목소리가 경직되어 있었다. "제 눈으로 직접 보았대."

차 두 대가 아래에서 경적을 울리기 시작했다. 참을 수 없을 정도의 소음이었다.

"할아버지, 헛소리 좀 그만해요."

"네가 레바논에서 돌아온 날 밤, 율리야. 나도 알아."

나는 의자에서 벌떡 일어났다. 할아버지의 말들이 들려오기 시작하자 편집증적인 증세가 일어나는 것만 같았다.

"네 아버지가 거기 있었다. 그는 전쟁이 발발한 지 이틀 만에 북쪽으로 차를 몰았어. 그 근처 키부츠에 방을 하나 빌렸지."

"정말 기억이 이상해졌군요?" 나는 으르렁거렸다. "제발, 그런 헛소리는 더 이상 듣고 싶지 않아요. 그리고 나한테 바보 같은 장난을 치는 건 할아버지답지 않아요. 이제 나 좀 내버려 둬요."

"율리, 이건 신만이 아는 진실이야. 네 아버지는 내내 북쪽에 있었다고." 할아버지 목소리가 터져 나오다 끊겼다. "정말이야, 나랑 매일 전화로 얘기했으니까." 할아버지는 나에게 레바논에서 나온 날 한 무리의 민간인들이 모여 군인들을 응원하기 위해 기다리고 있던 걸 기억하냐고 물었다.

"아니요." 나는 그렇게 대답했지만 사실은 달랐다. 내 기억 속에 몇몇 사람들이 숯불 그릴을 피우고 이스라엘 국기를 들고 그곳에 나타났던 모습이 어렴풋이 떠올랐다. 그들은 부대 전체를 위해 큰 바비큐 파티를 준비하고 있었다.

"율리, 거기엔 민간인이 많았어. 네 아버지도 그들 중 한 사람이었고."

"말도 안 돼." 내가 소리쳤다. "그건 말도 안 돼요."

"정말이야." 할아버지는 목이 멘 목소리로 더듬거렸다. "네 아버지가 나에게 다 말했어. 멀찍이 서 있었다고 했지만, 너를 찾아냈어, 금방. 네 아버지는 네가 부대에서 멀리 떨어진 곳에서 혼자 앉아 담배를 피우고 있는 것을 보았다. 그런 너를 보니 마음이 몹시 아팠다고 하더라."

"그만해요." 내가 소리쳤다. "그런 거짓말하지 말라고요."

할아버지의 마지막 말은 나를 못 견디게 했다. 나는 그것이 사실일리 없고, 말이 안 되는 일이라고 계속 소리쳤다. 나는 다리를 떨면서 의자에 다시 앉았다. 현기증이 나를 미치게 했다. 나는 제대로 생각을 정리할 수 없었다. 모든 것이 어떻게 내 의식을 헤집고 들어오는지 느꼈다. 할아버지가 일어나 다가오더니 내 어깨에 손을 얹었다.

"그런데 아버지는 왜 나한테 그 얘기를 안 했어요?" 내가 물었다. "지나가는 말로라도 왜 안 했을까요? 2년이나 말할 수 있는 시간이 있었는데."

"모르겠구나." 할아버지가 대답했다. "솔직히 말해 내 자신에게도 같은 질문을 던진 적이 한두 번이 아니었다."

나는 쓴웃음을 지었다. "가는 길 내내 아무 말 없이 운전하는 버릇." 나는 낮은 목소리로 중얼거렸다. "정말 아버지다워요."

우리는 어쩌면 간병인 같은 직업을 고려해야 할지도 모른다고 중얼거리며, 서로를 환자처럼 부축해 계단을 내려가기 시작했다. 나는 거실로 들어오자마자 소파 위로 쓰러졌다.

할아버지는 방에서 담요를 가져와 나를 덮어주었다. "그러니까, 아마 내가 간병인 직업에 더 어울릴지도 몰라." 그는 내 머리 위에 손을 얹으며 말했다. "나의 율린카."

나는 눈을 뜨고 할아버지가 연민에 가득 찬 눈으로 나를 바라보고 있는 것을 보았다.

"할아버지 버킷 리스트에 있었어요." 내가 말했다.

"뭐가?" 할아버지가 물었다.

"시가요." 내가 말했다. "그 리스트에 있던 소원이라고요."

할아버지는 미소를 짓고는 일어나 불을 껐다.

나는 눈을 감고 기억을 떠올렸다. 내가 어떻게 바위 위에 앉았는지. 부중대장이 가져온 담배를 내가 어떻게 피웠는지. 그는 내가 담배를 피우지 않는다는 것을 알았지만, 이런 상황에 중요하게 따질 일은 아니라고 말했다. 환영장 밖에 서 있는 시민들을 바라보던 기억이 났다. 그릴을 부채질하는 남자 바로 뒤, 슬픈 표정의 아저씨처럼 패니팩을 들고 서 있던 아버지. 얼핏 보면 그 남자를 도우려는 것처럼 보였지만, 케밥이 가득 담긴 접시를 넘어뜨려 도움은 고사하고 일만 저지르고 말았던. 하얀 담배 연기 속에서 아버지의 얼굴을 본 기억이 난다.

나는 지금껏 이 모든 것이 진짜 기억이 아니라고 생각하고 있었다. 하지만 그 순간, 내게는 모두 온전한 기억으로 되살아났다.

아니타 샤브타이

사람들과 대화를 시작하는 게 뭐 그렇게 어려운 일이냐고 당신은 의아해할지도 모르겠다. 택시 기사와 대화하는 게 뭐가 그렇게 힘이 드냐고 말이다. 이런저런 말들을 허공에 내던지면 된다고 생각할 수도 있다. 아마 당신에겐 세상에서 가장 쉬운 일일지도 모른다. 하지만 어떤 사람들은 머리에 떠오르는 대로 말하는 게 그렇게 간단하지 않다. 물론 모든 사람에게 해당되는 건 아니다, 어떤 사람들은 그냥 물처럼 떠오르는 대로 말을 쏟아낸다. 우리 아버지 같은 사람 말이다. 무슨 은총을 받았는지 정말 전문가라 할 만하다. 택시에 오르기도 전에 이야기를 시작하고, 내릴 때까지 멈추지 않는다. 그렇지만 오해는 금물이다. 아버지는 평소에 말을 잘 안 하는 사람이다. 사실 침묵하는 사람 쪽에 더 가깝다. 그는 매일 저녁 인쇄소에서 돌아오면 겨우 한 마디씩 했으니까.

숙제는? 저녁? 샤워?

이런 식으로 말이다. 마치 말에 인색한 사람처럼. 어떻게 설명할 수 있을까? 평소에 늘 침묵하던 아버지는 왜 택시만 타면 말이 많아

질까? 어렸을 때 나는 사람들이 하루에 쓸 수 있는 단어의 수가 제한되어 있다고 생각했는데, 아버지는 모든 것을 다 꺼내서 한꺼번에 '현금화'하는 것을 더 좋아한다고나 할까. 그런데 오늘은 잘 모르겠다. 내가 아는 거라곤 모든 대화가 항상 같은 식으로 시작된다는 것뿐이다. 아버지는 택시 기사에게 주소가 적힌 쪽지를 건네고 한숨을 쉬었다. 그러면 택시 기사는 "왜 그렇게 우울한 얼굴이세요?"라고 물었다. 그러면 아버지는 몇 마디 아는 히브리어로 엄마에 대해 말했다. 암에 대해서.

그게 끝이 아니다. "나를 불쌍하게 여기지 마세요."라고 덧붙였다. 불쌍한 건 여기 어린 소녀라고 말이다. 그리고 나를 하이파에 있는 그의 이모에게 데려가는 중이라고 설명했다. 진짜 이모도 아니지만. 아무튼 그 이모는 테살로니키에서 그에게 남겨진 유일한 인연이다. 아버지는 비록 월급의 절반이 들더라도 매주 텔아비브에서 하이파까지 간다고 말했다. 아이들은 꼭 껴안아줄 수 있는 여자가 필요하기 때문이라는 이유와 함께. 그리고 아버지는 약간의 슬픔을 쏟아낸 후 나머지 이야기를 시작했다.

그는 언젠가 내게 말하기를, 비밀은 돈과 같아서 정말 좋은 비밀을 공유하면 이야기를 듣는 사람이 빚진 느낌이 든다고 했다. 아버지가 그들에게 엄마에 대해 말하면 그들은 아티초크(엉겅퀴와 비슷한 국화과 식물 —역자 주)처럼 입이 열리더니 모두 한 마디씩 했다. 그들의 차례가 되어 아버지에게 뭔가 털어놓기 시작하는 거였다. 맙소사, 그들이 아버지에게 말했던 것들은 상상을 초월했다. 그들의 숨겨둔 애인 이름까지! 난 항상 대화에 끼어들고 싶었는데 그건 힘든 일이었다. 그래서 나는 택시를 타고 가는 내내 아무 말도 하지 않았다. 일단 집에 도착하면 거울 앞으로 달려가 몇 시간 동안 서서 아버지의 진지한 말투를 흉내 내곤 했다.

'엘리 코헨(시리아의 모든 정보를 빼내어 이스라엘에 넘긴 스파이—역자 주)을 어떻게 교수형에 처했는지 봤소? 그 시리아인들은 아무에게도 입을 열지 않아.' 아니면 '다얀(모세 다얀. 이스라엘 정치인. 건국의 국민적 영웅—역자 주)이 그 유물들을 훔쳤다는 것이 믿겨져요? 그가 한쪽 눈으로(다얀의 한쪽 눈은 실명—역자 주) 어떻게 그것을 해냈는지 이해할 수 없어요.'라는 식이다.

언젠가 택시를 타고 가다가 우리는 라디오에서 흘러나오는 〈황금의 예루살렘〉이라는 노래를 들었다. 그리고 나는 갑자기 아버지가 예전에 했던 말을 그대로 외칠 용기를 얻었다.

"슐리 나탄의 목소리는 정말 대단해, 천사 같다니까."

아버지와 택시 기사가 너무 심하게 웃어서, 나는 바로 그때 거기서 다시는 한 마디도 하지 않겠다고 맹세했다. 그래서 내가 어떤 사람들은 말하는 것 자체가 쉽지 않다고 말했던 것이다. 그것에 대해서는 이견의 여지가 없다. 어떤 이들에게는 존재한다는 것 자체가 너무 버겁다. 나는, 예를 들면, 몇 피트 차이로 인생을 놓쳤다. 어떻게 설명할 수 있을까. 뭔가 너무 빨리 진행되어서 내가 알아차리기도 전에 벌써 나를 남겨둔 채 앞서가고 있는 것들에 대해서. 당신은 아마 내가 이상한 말을 하고 있다고 생각할 것이다. 뭔가 내가 정말 최선을 다하지 않아서 얻은 결과들이라고. 솔직히 말해 난 노력했다. 누구보다 열심히. 그냥 결과가 없었을 뿐이다. 확실해, 이견의 여지가 없다. 항상 마지막 버스를 놓치는 사람이 있고 이번 생애에 내가 그 차례가 된 것뿐이다.

내가 언제 깨달았냐고? 뭐라고 정확히 말할 수는 없지만, 내가 어렸을 때는 괜찮았다. 거짓말이 아니라 나는 그저 호기심 많은 평범한 소녀였을 뿐이다. 모두가 아인슈타인이 될 필요는 없지 않은가. 하지만 난 친구가 없었다. 만약 아이들이 말을 걸었다면 나는 분명히 대답은 했을 테지만 그들이 말을 걸지 않으면 침묵했다. 문제는 그런 태도가 그 시점에 굳어져 버렸다는 것이다. 이 세상에 존재하기 위해 필요한 건 숨 쉬는 것이라고 생각하겠지만, 사실은 그것보다 훨씬 더 복잡하다. 가끔 양치질도 하고 밥도 먹고 샤워도 해야 하니까. 해야 할 게 너무 많은데 어떻게 다 기억하고 하지? 내 이름이 어떤 이유에서건 출석부에서 누락된 것은 8학년 때였다. 아마 7학년 때부터였을지도 모르겠다. 교무실 실수였을까. 어떻게 된 일인지 잘 모르겠지만, 어느 날 수학 선생님이 출석을 부르는데 내 이름을 부르지 않는 거였다. 며칠 후에 물어보려고 했는데 우리 반 아이들이 그러지 말라고 말렸다. 언제든 내가 원할 때마다 수업을 빼먹을 수 있다는 게 이유였다. 나는 마침내 얻은 행운의 휴식을 망쳐서는 안 된다고 혼자 생각했다.

고등학교 다닐 때 선생님들은 언제부턴가 내 과제 채점을 중단했다. 과제를 제출했지만 선생님이 종이를 허공에 흔들며 누가 제출한 거냐고 물을 때마다 내 거라고 대답하지 않았다. 처음에는 정말 그렇게 하는 게 낫다고 생각했기 때문에 잠자코 있었고, 나중에는 도저히 대답할 수 없었다.

난 당신이 무슨 생각을 하는지 안다. '손을 들어 이름을 말하는 게 뭐가 그렇게 어려워? 그게 무슨 큰일이야?'라고 물을 것이다. 그래서 지금부터 정리해 들려주려고 한다. 보시다시피, 오늘 나에게 대화는 문제가 되지 않는다. 그런데 그때는 누군가에게 다가가는 게 킬리만자로를 등반하는 기분이었다고나 할까. 한 마디로, 내가 당신한테 섣불리 판단하면 안 된다고 말하는 거다. 사람을 만나도 그 사람의 삶 일부만 볼 수 있을 뿐 영화 전체를 볼 수 없는 거랑 같다고 보면 된다. 조금 전에 누군가의 영혼에 화산이 폭발했다고 해서 알 턱이 없지 않은가. 나는 하나님이 십계명에 실수를 저질렀다고 생각하는데, 그 안에 '함부로 판단하지 말라'라는 문구를 넣었다면 상황이 다르게 보였을지도 모르기 때문이다.

군대는 굳이 내게 징집 통지서를 보내려고 하지 않았다. 나는 거의 매일 전화를 걸었다. 그들은 항상 친절했고 문제를 처리하기로 약속했지만, 40년이 지났고 나는 여전히 기다리고 있다. 결국 아버지는 충분히 기다렸다며 내게 헤드바에 있는 식료품점에 일자리를 얻어 주었다. 그는 내가 삶을 다 살아낼 때쯤이면 이미 내 손가락 사이로 삶이 다 빠져나가고 없을 거라고 말했다. 그런데 그 일자리를 시작으로 모두 내리막이었다. 30명의 아이들이 있는 학급에서 존재감 없이 지내는 건 있을 수 있는 일이지만, 작은 식료품 가게에서 그런다는 건 진정한 재능을 필요로 한다.

식료품 가게 일을 그만두고 아버지는 내게 세탁소 일을 소개시켜 주었다. 그것도 곧 못하게 되자 샤피라에 있는, 우리 집에서 멀지 않은 빵집에 일자리를 구해 주셨다. 그는 항상 가능한 한 많이 도와주려고 노력했지만, 사실 몹시 지쳤다는 사실을 받아들였다. 우리는 완전한 침묵 속에 빠진 채 매일 저녁 식탁 앞에 앉았다. 세월이 지날수록 우리가 어떻게 서로를 더 닮아 가는지 솔직히 알 수 있었다. 주름 하나까지도. 어느 날 저녁 아버지는 하루하루 지내는 게 어떠냐고 내게 물었고, 나는 이렇게 혼자서 계속 지낼 수 없다고 소리쳤다. 아무도 없는 삶을 사는 것은 건강하지 않다고. 아버지는 몇 초 동안 조용히 있더니 하나님이 우리가 짝을 지어 살기를 원하셨다면 처음부터 우리를 그렇게 창조하셨을 거라고 말했다. 당신은 아마 내가 그 말을 들으며 고통스러웠을 거라고 생각하겠지만, 사실을 말하자면 은근히 안심이 되었다. 그 순간 나는 비로소 이것이 곧 내 인생이라는 것을 깨달았으니까. 그리고 그때 내가 비밀을 털어놓듯 내일은 없다고 떠들기 시작했다. 어차피 듣는 사람이 아무도 없다는 걸 알았으니까. 사실 말처럼 그리 나쁜 상황은 아니었다. 길에서 지나가는 사람들을 봐도 그들이 별로 좋아 보이지 않았다. 만약 그들과 실제로 대화를 주고받는다고 해도 큰 차이는 없을 것이다. 역이 없는 곳에서만 정차하는 열차에 탄 것처럼 나를 조금 불편하게 하는 정도라고나 할까. 약간 제자리에 갇혀 있는 느낌 같은. 무슨 말인지 이해할 수 있을까? 다른 사람들도 이런 감정을 느끼는 것 같은데, 왜 나만 이런 불평을 하게 되는 걸까? 아버지가 죽었을 때 나 자신에게 이렇게 말했다. 내가 다른 사람들처럼 상처받았다면, 내가 어떤 것을 느끼더라도 그 감정에 감사해야 한다고.

사원에 온 사람은 많지 않았다. 동네 사람들 몇 명과 인쇄소에서 아버지와 함께 일했던 사람들 몇 명. 그들은 나에게 모든 것이 잘될 것이라고 약속했고, 인생은 이제 막 시작되었다는 말을 남기고 문을 나섰다. 그러고는 다시는 돌아오지 않았다. 아버지가 나에게 남긴 유일한 것은 매달 계속 나오는 홀로코스트 피해자 보상금뿐이다.

나는 아버지가 양동이를 걷어찼다고(올가미를 목에 두른 뒤 뒤집어 놓은 양동이에 올라간 다음 양동이를 걷어차며 스스로 목숨을 끊는—역자 주) 사회보장직원들에게 말하며 더 이상 보상금을 지급할 필요가 없다고 설명했지만, 그들은 듣지 않았다. 내 말은, 그들이 내 말을 듣고 아무 조치도 하지 않았다는 뜻이 아니라, 내가 그들에게 다가가 귀에 대고 말했는데도 반응조차 하지 않았다는 뜻이다. 마치 나를 존재하지 않는 사람처럼 취급했다. 마침내 나는 포기하고 아버지를 보러 묘지에 갔다. 버스가 너무 자주 방향을 틀어 묘지에 도착했을 때 나는 이미 기진맥진한 상태였고, 그저 쉬고 싶은 마음에 무덤 위에 누웠다. 하늘을 바라보며 어떻게 70억의 사람들이 잘 지내는지 이해할 수 없었다. 나는 아침에 일어나는 데 성공하는 것만으로도 기적 같은 느낌이었다. 어느 틈에 거기서 잠이 들었다. 얼마나 오래 잤는지 알 수 없지만, 무슨 소리에 눈을 떴다. 고개를 돌려보니 에게드 버스 운전사들이 울타리 저편에서 행진하는 것이 보였다. 그들은 모두 파란색 셔츠와 넥타이를 매고 항의성 집회를 하고 있었다. 무슨 항의냐고? 기억이 안 난다. 그들이 너무 큰 소리로 소리쳐서 다시 잠을 자려고 해도 소용없었다. 나는 그들을 보며, 함께 시위나 할까? 잠깐 무리들 속에 끼어드는 게 어때? 부끄러워할 필요 없어. 그렇게 혼자 생각했다. 그래서 나는 그들에게 다가가 한 시간, 아니 어쩌면 더 오래 함께 행군했다.

어느 틈엔가 그들과 함께 외치고 있는 나 자신을 발견했다. 처음에는 조용히, 거의 속삭이듯. 그러다 아무도 듣고 있지 않다는 것을 깨닫고 목청껏 외쳤다. 시장과 재무부 장관, 그리고 신과 아버지와 총리와 이모에 대해 반항했다. 욕먹어도 좋을 사람들을 떠올리며 분노를 터뜨리니 기분이 썩 좋았다. 누군가 내 어깨에 손을 얹을 때까지 계속 행진했다. 그는 노조에서 나온 사람이냐고 내게 묻더니 이렇게 진지한 시위자는 처음 본다고 말했다.

맹세하건대, 그 순간 나는 내 심장이 쿵 떨어져 거리로 구르는 듯한 느낌을 받았다. 어떻게 내가 갑자기 누군가의 눈에 띄었는지 이해할 수 없었다. 누군가 내게 말을 걸어주길 원했던 것은 사실이지만, 나는 항상 마음을 가다듬을 시간이 먼저 필요하다고 생각했었다. 이를테면 머리를 하고, 멋진 옷을 입는 것 같은 것 말이다. 그래서 나는 당황하기 시작했고, 그가 한 마디 더 하기 전에 최대한 빨리 그곳을 벗어났다. 집에 도착했을 때 숨이 턱까지 찼다. 그 날 이후 나는 사흘 동안 집 밖으로 나가지 않았다. 창문 밖을 내다볼 엄두도 못 냈다. 그리고 그 시간 내내 내가 갑자기 누군가의 눈에 띄었다는 게 어떻게 가능한지 이해하려고 애썼다. 처음엔 아마 상상이었을 거라고 스스로를 타일렀다. 시간이 흐를수록 시위대 함성과 관련이 있을지도 모른다는 생각이 들었다. 누군가 소리치면 나 같은 사람도 들을 수 있으니까. 그렇게 생각하니 납득이 되었다. 누군가 뒷문을 열어주며 다시 세상 속으로 들어가라고 기회를 만들어 준 느낌이었다.

그때부터 나는 온갖 시위에 나가기 시작했다. 내가 가야 할 곳이면 어디든 버스를 타고 갔다. 골란고원, 키랴트 슈모나, 사해와 남쪽 지방에 있는 공장까지. 내가 오기를 원하는 곳이면 어디든 가서, 누가 누구에게 반대하는지 이해한 다음 외치기 시작했다. 불과 몇 분 만에 사람들이 감탄의 시선으로 나를 바라보며 속삭였다. "저 여자 외치는 것 좀 봐, 보라고." 나는 얼굴을 조금 붉혔다. 그 속삭임이 멈추지 않기를 바라며 계속 외쳤다. 처음엔 시위자들의 주장에 내가 동의하는지 확인이 필요했지만, 곧 그럴 필요가 없다는 것을 깨달았다. 내 말은, 중요하지 않다는 건 아니다. 거기 가서 직접 들어보면 시위대들의 모습이 너무 비참하고 정당한 것처럼 보였기 때문이다. 만약 누군가 고통에 처해 진심으로 외친다면, 그가 틀렸다고 말할 사람이 어디 있겠는가?

버스 타는 건 곤욕이었다. 매일 골란 고원에 있는 키부츠나 나블루스 근처에 있는 정착지로 가려면 에너지가 필요했다. 내 나이엔 텔아비브 내에서 버스로 이동하는 것조차 간신히 감당해 낼 수 있을 정도다. 다행히 약 2년 전에 우리 집 근처에서 시위가 시작되었다. 레빈스키 공원에서 노숙하는 모든 아프리카 사람들을 상대로 벌어진 시위였다. 어느 날 중앙버스 정류장 근처에서 시위용 전단지를 보았고, 몇 시간 후 나는 안면이 있는 동네 사람들 시위대 옆에 서 있었다. 나는 너무 행복해서 누군가 나만을 위해 시위를 조직했다는 엉뚱한 생각까지 들었다. 모두들 그 자리에 서서 구호를 외치려고 했지만, 솔직히 말해서, 그들은 정말 어떻게 해야 할지 모르는 것 같았다. 나는 생각할 필요도 없이 누군가의 메가폰을 잡고 "비비(유럽 여성에 대한 경칭 혹은 주부 — 역자 주) 고 홈!" 하고 외치기 시작했다. "경찰 국가를 원치 않아요!" 그리고 평소와 같은 구호들, 특별한 건 없다. 그러자 당장 모든 사람들이 에디트 피아프를 바라보듯, 정말 그런 동경의 눈초리로 나를 쳐다보았다. 누군가는 손뼉을 치기도 했고 내 옆에 서 있는 것만으로도 천운이라고 했다. 솔직히 나도 같은 심정이었다. 그래서 우리는 매주 동네에서 시위를 했다. 하지만 그것만으로 나는 성이 차지 않았다. 당신은 무슨 말인지 알 것이다. 나는 적어도 이틀에 한 번꼴로 시위가 필요했다. 일주일에 한 번만으로는 허전했다. 매일 상징적인 뭔가를 하자고 제안했다. 내가 다과를 제공하겠다고 했더니 그들은 시간이 없다고 했다. 일, 가족, 아이들이 있으니까. 나는 그들에게 정말 화가 났는데, 고맙게도 아프리카인들을 지지하는 다른 시위가 시작되었다. 나는 모르는 사람들과 함께 아프리카인들을 위해 불쌍한 영혼들을 머물게 해야 한다며 시위에 참여했다. 처음에는 참가할지 말지 망설였다. 어느 날엔 반대를, 다음엔 찬성을 한다는 게 모순이라고 여겼지만, 어쩔 수 없는 노릇이라고 스스로에게 말했다. 내 영혼을 위해서가 아니라, 내가 어떤 쪽이 옳다고 말할 수 없기 때문이었다.

처음 몇 달 동안 나는 불확실 속에서 갈등했다. 그러나 마이어를 만난 날 모든 의혹들이 사라졌다. 그는 동네에서 과일과 야채를 파는 가게를 운영하고 있다. 항상 다림질한 셔츠를 입고 아프리카인 거주를 반대하는 모든 시위에 참석했다. 마이어라는 사람은 나와는 달리 별로 구호를 외치지 않았다. 그는 나서서 말하는 것을 좋아하지 않지만, 말을 하면 아름다운 말을 하는 사람이다. 그는 아프리카에서 온 불쌍한 영혼들에게 마음이 간다고 말했다. 그들에게 아무런 불만이 없다고. 그들에게 대항하는 것이 아니라, 단지 자신의 안전을 위해 싸우는 것이라고. 다른 세상에서 만난다면 그들과 주사위 놀이를 할 수 있고, 심지어 그들이 게임에 이겨도 좋을 것이라고 했다. 그는 바질 냄새가 풀풀 나는 가게에서 시위 때마다 곧장 달려오곤 했다. 나는 그 사람 뒤에 서서 셔츠 냄새를 맡곤 했는데, 어느 날 그가 돌아서더니 악취를 풍겨서 미안하다고 내게 말했다. 나는 전혀 그렇지 않다고 크게 소리쳤다. 마이어가 왜 항상 소리를 지르느냐고 물었을 때 나는 깊이 생각하지도 않고 귀에 문제가 있고 잘 들리지 않는다고 꾸며댔다. 그러자 그가 문제가 있으니 그렇게 소리치는 게 이상할 게 없다고 말하며 웃었다. 그 대화를 제외하고 우리는 다른 얘기를 나누지 않았지만, 시간이 흐르면서 서로 더 가까이 서기 시작했고, 시위 때마다 나는 그에게 더 가까이 다가가기 위해 기다리곤 했다. 그는 아무 말도 하지 않았는데 그것이 좋은 징조인지 나쁜 징조인지 확실하지 않았지만, 나는 이 삶에서 더 이상 잃을 것이 없다는 생각 때문에 계속 그렇게 행동했다.

그런데 결과적으로 내가 틀렸다. 아프리카인들을 지지하는 대규모 시위가 있던 날에 그 사실을 발견했다. 모든 채널에서 떠들었으니 당신도 아마 들었을 것이다. 내가 카메라를 직시하고 이스라엘이 인종 차별주의 국가라고 외치고 있을 때 온 동네 사람들이 나타났다. 그들은 반대 시위대들이 있던 장소를 빼앗아 반격 시위를 결정했다. 그 사실을 깨닫고는 즉시 몸을 숨기려고 했는데, 때는 이미 늦었다. 나를 알아본 사람이 "어머 저기 봐, 아니타야!"라고 소리친 것이다. 그러자 곧 사람들이 이스라엘의 반역자, 좌익, 적이라고 나를 향해 소리치기 시작했다. 재미있는 것은 친─아프리카 시위대들이 나를 스파이라고 생각한 나머지 맹렬한 비난을 퍼부었다는 것이다. 사람들이 나를 시위대 밖으로 밀어냈고 나는 뜻하지 않게 찬성파와 반대파 사이에 딱 버티고 서서 떨고 있었다. 그리고 가장 난감했던 부분은 마이어가 내 앞에 서 있는 모습이 눈에 들어왔다는 것이다. 그는 아무 말도 하지 않고 몇 걸음 더 다가서더니 내 귀에 대고 속삭였다. "말해 봐요, 우리 편이요, 아니면 반대편이요?" 나는 내 대답이 그의 귀에 가닿기를 바라며 크게 소리쳤다. "나는 당신과 함께 있어, 당신과 함께 있다고!"

마이어는 내 손을 잡더니 거기서 나를 끌어냈다. 모든 사람들이 우리에게 계속 소리쳤지만, 누구의 말도 듣지 말라고 그가 말했다. 우리는 버스를 탔고, 마이어는 나를 위로하기 위해 시내에 있는 레스토랑으로 초대하겠다고 말했다. 나는 옷차림도 변변치 않아서 그럴 수 없다고 거절했지만, 마이어는 그런 건 신경 쓸 필요가 없으니 가자고 말했다. 그리고 이젠 더 이상 외칠 필요가 없다고 했다. 내 말이 완벽하게 그에게 들렸으니까.

우리는 이븐 그비롤 거리에 내려서 정말 멋진 프랑스 식당으로 들어갔다. 전에는 가 본 적이 없는 훌륭한 식당이었다. 그는 우리 둘을 위해 애피타이저와 메인 코스, 와인을 주문하며 오늘은 왕처럼 먹자고 했다. 나는 내가 만난 사람 중 그가 가장 로맨틱하다고 소리쳤고, 그는 얼굴을 조금 붉혔다. 그러고는 다시 나에게 좀 더 조용히 말하라고 부탁했다. 그곳은 고함치는 손님이 전혀 어울리지 않는 고급 식당이니까.

대화를 시작하는 것이 그에게도 쉽지 않은 일이라는 것을 알 수 있었지만, 그는 최선을 다했다. 생계를 위해 무슨 일을 하냐고 내게 물었고 나는 별로 소리치지 않았다. 그리고 그는 아이가 있느냐고 물었고, 나는 없다고 대답했다. 마이어는 한동안 조용히 있다가 말했다. 시위대에서 소리치던 사람이 말없이 앉아 있는 모습을 보니 이상하다고. 나는 그의 말이 옳다고 말했고 다시 존재감이 사라질지도 모르겠다고 느꼈다. 어느 순간 그는 내가 창백해 보인다고 말했다. 세수라도 해야 할 것 같다고 걱정했을 때 나는 좋은 생각이라고 대답했다. 나는 화장실로 가서 세면대 앞에 섰다. 마음을 가라앉혀야 한다고 스스로에게 말했다. 마침내 내 인생으로 걸어 들어온 한 사람을 그냥 보낼 수 없다고. 그러나 그때 나는 거울을 보고 거의 비명을 지를 뻔했다. 내 피부는 너무 창백해서 속이 거의 훤히 들여다보일 정도였다.

나는 화장실을 그대로 박차고 나와 이 나라 사람들은 모두 타락했고 이제 더 이상 아무도 믿을 수 없다고 마이어를 보며 소리치기 시작했다. 재무부 장관도 실없는 사람이라고 덧붙였다. 식당에 있던 손님들은 나를 방금 정신병원에서 탈출한 이상한 사람처럼 바라보았고, 마이어는 여기에서 이런 식으로 하지 말라며 진정하라고 내게 속삭였다. 나는 그의 표정에서 그도 이제 더 이상 내 편이 아니라고 느꼈지만 참을 수 없었다. 그 순간 나는, 심지어 아버지의 무덤을 팔아서라도 다시는 유령처럼 살지 않기 위해 무슨 짓이라도 해야겠다고 생각했다. 마이어는 포기한 사람처럼 담배에 불을 붙이고 조용히 앉아 있었다. 나는 계속해서 세상이 이상하게 돌아가고 있고 이 나라에서는 한순간도 평화와 고요를 얻을 수 없다고 외쳤다. 결국 그는 계산서를 달라고 부탁했다. 나의 돌발적인 행동에 부끄러움을 느낀 나머지 팁을 100세켈이나 남겼다. 식당 밖으로 나왔을 때 나는 그의 귀에 대고 내 생애 최고의 날이었다고 빽 소리쳤다. 그는 그 말을 들으니 기쁘다고 대답했다. 그리고 그는 그 동네에서 처리할 일이 있으니 나 혼자 집에 갈 수 있냐고 물었다. 나는 그를 이미 충분히 당혹하게 만들었기 때문에 아무 대답도 하지 않았다.

그게 다다. 사실 난 방금 식당에서 나왔다. 이 동네 시위에 가는 건 이제 그만둘 생각이다. 다른 도시에도 가난한 영혼들이 넘쳐나고, 그들이 항의할 이유는 충분히 있으니까. 장시간 버스를 다시 타야겠지만, 나는 견뎌낼 것이다. 마이어와 다시 마주치는 것보다 그게 낫다! 뭐야, 벌써 중앙버스 정류장에 온 거야? 순식간에 와버렸어! 여기서 샤피라로 돌아 들어가나요? 아, 여기서 멈추는구나. 괜찮아요, 내릴게요. 50세켈 지폐는 여기 놓을게요, 알았죠? 내 말 듣고 있는 거죠? 여기 좌석 옆에 놔둔다고요, 알았죠? 음, 어찌 되었든 난 내려야 한다. 최악의 경우, 내일 아침에 지폐를 발견하게 될 것이고, 아마도 자기 주머니에서 떨어진 돈이라고 생각하겠지만.

중앙버스 역에서 레논*은

1

엘빈의 열 번째 생일날, 턱에 수염이 난 — 키— 큰 — 여자가 검은 귀를 가진 흰 토끼를 주었다. 좁은 플라스틱 타파웨어 통 안에서 반쯤 갉아먹은 상추 위에 앉아 있던 토끼는 눈을 뜨고 앞다리로 계속 통을 긁어댔다. 엘빈은 얼굴을 뚜껑 가까이 대고 토끼의 휘파람 소리를 신기하게 여기며 귀를 기울였다.

"애야, 마잘토브(히브리어로 '행운을 빈다'는 뜻 — 역자 주). 맘에 들어?" 여자가 엘빈의 머리를 쓰다듬으며 물었다.

엘빈은 대답하지 않았다. 그녀의 손은 거칠었지만 손길은 부드러웠다. 그녀는 지갑에서 구겨진 50세켈 지폐를 꺼내더니 엘빈에게 건넸다. "토끼가 슬퍼하면 당근을 사줘." 그녀가 말했다. 엘빈은 지폐를 두 손으로 받아들고 왼쪽 주머니에 쑤셔 넣었다.

---

* 레논 : 비틀즈 멤버 존 레논을 의미함.

여자가 토끼의 등을 쓰다듬자 토끼가 몸을 웅크렸다. 엘빈은 둘의 모습을 호기심 어린 눈으로 쳐다보았다.

"쓰다듬어 줘. 얘야, 쓰다듬어 봐. 뭐가 무서워?"

엘빈은 손을 뻗어 쓰다듬고는 움찔하며 손을 옆으로 떨구었다. 그러고는 털의 부드러운 감촉에 익숙해질 때까지 몇 번 더 시도했다. "항상 토끼를 갖고 싶었어요." 엘빈이 속삭였다.

"이건 토끼가 아니야, 얘야." 여자가 웃으며 말했다. "이 동물 이름이 뭐였지? 음…… 잊어버렸어. 코바, 카바, 카비아, 오! 젠장. 내가 무슨 말 하려는지 알지?" 엘빈은 얼굴을 찡그렸다. 턱에 수염이 난 — 키— 큰 — 여자가 한숨을 쉬었다. "얘야, 너는 단어를 더 배워야 해." 그녀가 말했다. "어휘력 부족이 아니라면, 나는 계속 너희들과 태국 사람들은 하나고 똑같다고 생각할 거야." 그녀는 셔츠 주머니에 손을 넣어 벌거벗은 여자 사진이 붙어 있는 라이터를 쥐더니 힘겹게 담배 한 대를 꺼냈다. 담배에 불을 붙이려다가 엘빈의 얼굴을 보더니 다시 주머니에 넣었다. "어찌되었든, 엄마에게 왜 학교에 안 보내는지 물어봤니?"

엘빈은 고개를 끄덕였다.

"뭐라셔?"

"엄마는 나를 사랑한다고 말했어요." 엘빈은 '아마도—토끼'라고 여기며 털을 쓰다듬었고 엄마가 좋아할지 궁금해하며 말했다.

"그게 무슨 말이야?" 여자가 엘빈에게 몸을 숙이며 물었다. "설명해 봐, 얘야. 그래야 내가 이해하지."

엘빈은 입 안에 공기를 가득 채우고 숨을 참고 있다 잠시 후 내쉬었다. "엄마는 다른 부모들이 실제로 자식들을 사랑하지 않는다고 말했어요." 이번에는 더 많은 공기를 들이마신 후 내쉬었다.

"무슨 말이야?" 그녀가 물었다. 이번에는 엘빈이 볼이 홀쭉하게 오그라들 때까지 조금 더 오래 숨을 버틸 수 있었다. 턱에 수염이 난 — 키— 큰 — 여자가 그의 머리를 쓰다듬었다. "말해 봐. 귀여워라, 어서 말해 봐."

"다른 부모들은 자신들이 직접 돌볼 수 없기 때문에 다른 사람들에게 맡기는 거라고 했어요."

"그러니까 네 엄마는 널 사랑하기 때문에 옆에 끼고 있는 거라고? 엄마가 그렇게 말했어?"

엘빈은 고개를 위아래로 끄덕이며 과장되게 까딱거렸다.

"거룩한 헛소리군." 여자가 중얼거렸다. "그런데 괜찮아? 이 쓰레기 같은 역에서 하루 종일 있는 게? 학교에 안 가고?"

"네." 엘빈은 얇은 눈썹을 아치 모형으로 치켜뜨고 입술을 구부려 삐뚜름한 미소를 지었다. "네, 네, 네." 그는 되풀이했다. 엘빈은 그녀가 바깥세상에 대해 묻지 않기를 바랐다. 중앙버스 역 너머에서 일어난 일들에 대한 생각은 불안감을 안겨줬다. 때때로 그는 멀리 있는 건물들을 신기하게 바라보며 커다란 창문들을 엿보곤 했다. 그것들을 견뎌낼 수 있을 만큼 그들의 존재를 받아들이게 되었지만, 그들 뒤에 있는 어떤 것, 볼 수 없는 모든 것들에게 그런 마음이 드는 건 아니었다. 엘빈은 언젠가 그 거대한 검은 얼룩을 상상하려고 노력한 적이 있었는데, 생애 처음으로 보이지 않는 것들이 안겨주는 불안을 느꼈을 뿐이었다.

"뭐 하는 거야?" 턱에 수염이 난 — 키— 큰 — 여자가 머리를 흔들며 비명을 질렀다. 엘빈의 손가락은 하얀 털로 덮여 있었다. "왜 털을 뜯었어?" 엘빈의 작은 손을 잡으며 그녀가 투덜거렸다. '아마도—토끼'의 등 피부가 분홍빛으로 드러났을 거였다. 여자는 그를 억지로 잡아당겨 근처 벤치에 앉혔다. 엘빈은 눈을 붉히며 시선을 내렸다. "엘빈, 이러면 안 돼. 내 말이 무슨 말인지 알아듣겠어?" 여자가 꾸짖었다. "이런 식으로 계속하면 안 된다는 말, 이해하겠어?"

"상관없어요." 엘빈이 투덜거렸다. "토끼 키우고 싶지 않아요."

턱에 수염이 난 — 키— 큰 — 여자가 엘빈 옆에 조용히 앉았다. 그리고 그녀는 '아마도—토끼'의 이름을 '피터'로 하자고 제안했고, 그녀는 그 이름이 아주 마음에 든다고 말했지만 엘빈은 어깨를 으쓱했을 뿐이었다. 둘은 한동안 말이 없었다. 엘빈은 손가락 하나로 '아마도—토끼'를 부드럽게 쓰다듬었다. 턱에 수염이 난 — 키— 큰 — 여자가 그의 머리에 키스했다. 그가 사랑스럽다고 말했다. 엘빈은 여자 옆에 누워 있는 작은 동물에게 시선을 모으고 엄마가 일주일에 한 번 주던 RC콜라보다 얼마나 더 작은지 생각했다. 그가 고개를 들었을 때 턱에 수염이 난 — 키— 큰 — 여자는 사라지고 없었다. 그녀는 벌거벗은 여자 사진이 붙어 있는 라이터를 두고 떠났다. 엘빈은 라이터를 들여다보다 주머니에 넣은 다음 양손으로 통을 끌어안고 산책을 나갔다.

2

엘빈은 6층 주변을 돌아다니며 버스에서 내려 역 안으로 들어가는 승객들을 보기 위해 출입문에 시선을 고정했다. 그는 콧수염을 기른 남자에게 손가락이 멈출 때까지 여기—저기—거기—여기 놀이를 하며 승객들을 훑었다. 엘빈은 남자를 뒤따르기 시작했으나 잠시 후 싫증을 느꼈다. 그래서 몸을 돌려 계단을 내려가 헐떡거리며 4층 맥도날드 옆에 멈췄다. 그는 창문에 얼굴을 들이밀며 감자튀김을 먹고 있는 노부부를 발견하고는 여자가 호기심을 가질 수도 있을 거라는 기대에 '아마도—토끼'가 들어 있는 통을 창가로 바짝 끌어당기며 시선을 끌었다. 여자 입에서 감자튀김 하나가 떨어지자 그녀의 남편은 엘빈을 향해 팔을 휘저으며 위협적인 표정으로 쫓아버렸다. 엘빈은 재빨리 뒤로 물러나 다른 계단을 뛰어올랐다. 성탄절 트리가 많은 작은 숲 한가운데에 딱 멈춰 섰다. 나무들 사이로 형형색색의 크리스마스 장식품들과 뚱뚱한 산타 모형들이 놓여 있는 테이블들이 보였다. 그는 나무를 향해 손을 뻗어 뾰족한 잎들을 만졌다. 따끔하면서도 부드러웠다. 그러다 나뭇잎이 고통을 느끼는지 궁금했다. 엘빈은 작은 나무에서 잎을 뽑아 다른 한 손으로 플라스틱 통을 열고 안으로 던졌다. 잎이 '아마도—토끼' 머리 위로 떨어졌다. 토끼는 무관심하게 반응했다. 상자가 작아 고개는 들지 못할 것이다.

"요 말라깽이, 거기서 뭐 하는 거야?" 판매원이 소리쳤다. "뭔가 사든지 꺼지든지."

엘빈은 더러운 타일만 뚫어지게 보며 그 자리를 피해 달아났다. 공중전화 박스에 이르러서야 비로소 자신이 위험에서 벗어났다고 느꼈다. 그는 벽에 기대어 왼손을 가슴에 대고 심장이 여전히 뛰고 있는지 확인했다. 통을 들어올려 '아마도—토끼'가 숨 쉬고 있는 것을 확인한 뒤에야 마음을 겨우 진정시켰다. 그러고는 산책을 다시 시작했고 문을 닫기 몇 분 전의 레코드 가게로 뛰어들었다.

"비블스 CD 있어요?" 그는 여점원에게 물었고, 턱에 수염이 난 — 키— 큰 — 여자가 준 지폐를 주머니에서 꺼냈다.

"그런 이름 가진 밴드는 없어." 여점원이 뭉툭한 회색 풍선껌을 씹으며 대답했다.

"베어브스, 비털즈, 빌베즈." 엘빈이 말했다. "아, 빌어먹을. 내가 무슨 말 하는지 알죠?"

"제대로 좀 알고 와." 여점원이 그를 꾸짖었다. 엘빈은 움츠러들었다. 그녀는 뒤돌아서더니 《애비 로드》(비틀즈 앨범 중 하나—역자 주) CD를 계산대 탁자 위로 던졌다.

"비틀즈." 그녀는 그의 손에서 지폐를 낚아채며 말했다. 지폐를 불빛에 비춰보며 위조지폐가 아님을 확인했다.

표지 사진은 색이 바래 있었다. 조지 해리슨의 몸은 가운데가 잘려져 있었다. 통과 CD를 모두 잡으려고 안간힘을 쓰다 엘빈은 CD를 통 안에 억지로 쑤셔 넣기로 했다. '아마도—토끼'는 반대하지 않았다. 오히려 CD 위로 폴짝 올라서더니 매카트니의 맨발에 머리를 얹고 잠이 들었다.

커다란 전광판 시계가 반짝이며 9시를 가리켰다. 엘빈은 엄마, 프루덴스가 일하는 액세서리 진열대가 놓여 있는 좌판을 향해 깡충깡충 뛰기 시작했다. 그는 약국 앞에서 잠시 멈춰 서 멀리 그녀의 가짜 금 귀걸이를 한눈에 알아봤다. 그녀의 검은 머리는 한 올 흐트러짐 없이 뒤로 묶여 있었고, 붉은 스웨터는 불꽃을 품은 성냥처럼 보였다. 에리트레아인 젊은 부부가 좌판 반대편에 서서 진열대 안의 반지들을 살펴보고 있었다. 피부가 검은 여자는 흰 자수가 수놓인 드레스를 입고 있었고, 이마에는 색이 바랜 십자가 모양의 문신이 새겨져 있었다. 그녀는 엘빈이 자신을 응시하고 있는 것을 알아차리고 미소지었다. 엘빈은 얼굴을 붉히더니 그녀를 이마 —위에 — 문신이 —있는 여자라고 이름 붙였다. 엘빈은 항상 자기가 좋아하는 사람들, 역에 있는 군중들에게 가려져 사라지지 않기를 바라는 사람들에게 이름을 지어주었다.

부부가 떠나자 프루덴스는 푸른 천을 펴서 진열장을 덮기 시작했다. 엘빈은 그녀를 향해 달려갔다. 그는 진열장 한 켠에 모습을 드러내더니 발끝으로 서서 육중한 덮개 천을 한 손으로 잡아당기려다가 그 안으로 말려들어갔다.

"움직이지 마!" 프루덴스가 명령했다. 엘빈은 움직임을 멈췄다. 그는 눈을 감고, 두 손이 자신을 풀어주러 오는 것을 느꼈다. 그러고는 잠시 애정의 손길을 느꼈다. 그리고 끝.

"뭘 하려고 그랬어?" 프루덴스가 속삭이더니 다시 진열대를 정리하러 갔다.

엘빈은 감히 엄마를 쳐다보지 않았다. 다만 곤히 잠든 '아마도—토끼'를 응시하고는 통을 두 번 홱 돌렸다. 그러자 '아마도—토끼' 머리가 플라스틱 벽에 부딪혔다. '아마도—토끼'는 바로 잠에서 깨더니 안전하게 몸을 기댈 곳을 찾으려고 애썼다. 엘빈이 미소지었다.

"자, 이제 가자." 엄마가 말했다. 그녀는 빨간 가방 두 개를 들고 진열대를 뒤로하고 나서며 '아마도—토끼' 통을 힐끗 쳐다보았다.

"뭐야, 햄스터?" 엄마가 대답을 기다리지 않고 물었다. 엘빈은 자신의 애완동물을 바라보았다. 혼란스러웠다.

"햄스턴가……." 엘빈이 말했다.

그들은 6층에 있는 푸드 코트로 가서 철문을 통과하고 밖으로 나와 커다란 녹색 쓰레기통 앞에 섰다. 구석에 쌓여 있는 물건들이 무질서하게 놓여 있었다. 우산 다섯 개, 주전자 두 개, 컴퓨터 키보드 몇 개, 망가진 TV 세트 등이었다. 프루덴스는 물건들을 꼼꼼히 바라보더니 마침내 검은 주전자 하나를 집어들고 자세히 살펴보았다.

"우리가 가져 가자." 엄마가 주전자를 가방에 넣으며 말했다. "자, 집에 가자."

그들은 매점 옆 계단으로 내려가 냄새나는 욕실과 토요일에는 임시 교회 역할을 하는 폐쇄된 사무실 옆을 지났다. 엘빈은 교회에 가는 것을 좋아했다. 노래하는 것과, 설교가 끝날 때 나눠주는 과자와, 언제나 맨 앞줄에 앉아 머리띠를 — 한 — 여자아이를 곁눈질하는 걸 좋아했다. 그러나 그녀와 이야기를 나누지 않았고 시선이 마주치면 언제나 피했다. 엘빈은 엄마가 의자를 발로 걷어차며 목사에게 소리친 후에는 더 이상 교회에 가지 않았다. 자신에게 아이를 어떻게 키우라고 말하지 말라고, 하나님이 더 잘 알 거라고 엄마는 소리를 질렀다. 엘빈은 엄마가 어떻게 그를 꼭 끌어안았는지, 그런 그들을 사람들이 어떻게 바라보았는지 떠올리기를 좋아했다. 머리띠를 —한 — 여자아이도 쳐다보았다. 엘빈은 미소를 감추지 못했다.

그들은 텅 비어 있는 3층 끝에 다다랐다. 아래층으로 통하는 넓은 복도 앞에 멈춰 섰다.

"저 아래엔 노숙자와 마약밖에 없어요." 네온 오렌지색 조끼와 검은 키파(남자 유대인 전통 의복 — 역자 주)를 입은 청소부가 그들 뒤에 나타나 말했다. 그는 엘빈이 들고 있는 통을 보았다. "더 큰 집이 필요하겠군, 차디크('덕이 있는 사람'이라는 히브리어—역자 주)."

엘빈은 그 남자에게 토끼인지 햄스터인지 묻고 싶었는데 엄마가 그를 끌어당겼다. 그들은 다시 매점을 향해 몸을 돌렸고 청소부가 사라지기를 기다렸다가 넓은 복도로 돌아왔다. 회색 난간을 움켜쥐고 계단을 뛰어 내려갔다. 창백한 형광등이 버려진 가게들을 비추었다. 아래층으로 내려올수록 시큼한 오줌 냄새가 더욱 강렬하게 코에 닿았다. 가슴을 드러낸 여자의 포스터 옆을 지나갈 때 엄마는 엘빈의 눈을 황급히 가렸으나, 그는 손가락 틈으로 계속 엿볼 수 있었다. 위층 승객들의 커다란 실루엣이 타일 위에서 춤추듯 움직였다. 엘빈은 실루엣 중 하나를 밟으며 위층으로 올라오는 누군가의 실루엣은 아닌지 두려웠다.

그들은 옆 복도로 빠르게 들어갔다. 찢어진 판지로 덮여 있는 세 개의 큰 창문 앞에서 잠시 멈추었다. 엄마는 열쇠를 찾으려고 가방을 뒤지기 시작했다. 엘빈은 엄마의 다리에 비스듬히 기대어 섰다. 군복에 검은색 크록Croc을 신고 수염을 기른 남자가 그들을 향해 비틀거리며 다가오더니 '햄스터—토끼'를 쓰다듬기라도 하듯 손을 뻗었다. 엘빈은 플라스틱 통을 움켜쥐고 그에게서 등을 돌렸다. 엄마는 문을 열고 나서야 그 남자가 거기 있었다는 걸 알아챘다. 그녀는 비명을 지르려고 했지만 아무 소리도 새어나오지 않았다. 엘빈은 엄마를 재빨리 어두운 방으로 밀쳤고 뒤로 문을 닫아 간신히 잠갔다. 빨간색 가방들이 엄마의 손에서 떨어졌다. 그들은 칠흑 같은 방 안에서 숨을 꾹 참으며 몸을 더 작게 웅크린 자세로 완벽하게 움직임을 멈췄다. '햄스터—토끼'가 소리를 내기 시작했다. 엘빈은 뚜껑을 열고 쓰다듬어 보았지만 계속 그의 손길을 피했다. 몇 분 후 엄마는 몸을 돌려 창 위에 붙은 판지를 들춰내고 복도를 엿보았다. 남자가 떠났다고 자신했을 때 비로소 불을 켰다. 노란색으로 칠한 방이 환해졌다. 엄마는 벽에 기대어 자신의 머리에 손을 얹더니 바닥으로 미끄러지듯 주저앉았다. 주전자는 신발 한 켤레, 벽시계 몇 개, 깨진 의자, 낡은 신문지 등 바닥에 가득 찬 물건 더미 곁에 제자리를 찾았다. 프루덴스가 언젠가 쓸모 있기를 바라며 역 건너편에서 끌어모은 수백 개의 물건들이었다.

엘빈은 물건들을 헤치며 구석에 있는 매트리스까지 걸었다. 그는 통을 내려놓고도 여전히 뚱하게 있는 '햄스터—토끼'를 살피려 하지 않았다.

"하나님 맙소사." 프루덴스가 힘차게 원을 그리며 가슴을 문지르고 속삭였다. "하나님, 결국엔 그들이 우릴 찾아낼 거야. 너 이게 얼마나 위험한지 아니?"

엘빈은 솔직히 이해되지 않았지만 고개를 끄덕였다. 그는 정확히 누가 그들을 찾고 있는지 몰랐다. 예전에 프루덴스는 그들을 국외로 쫓아내려던 경찰들을 언급했다. 엄마는 그들이 역에 머무르는 이유라고 설명했다. 감히 그들을 체포할 수 없는 유일한 장소라고. 그러나 시간이 흐르면서 경찰은 범죄자로 변한 노숙자와 창녀처럼 주변을 서성거리며 마침내 이름도 없고 얼굴도 없는 인물로 변신해 위협했다. 엘빈은 역에 있는 누군가가 실제로 그들을 찾고 있거나, 그들의 존재를 알고 있을 거라고 의심하고 있었다. 그러나 그는 엄마에게 감히 묻지 않았는데, 무엇보다도 대답할 수 없는 질문을 묻는다는 게 두렵기 때문이었다.

프루덴스는 바닥에서 일어나 깊은 한숨을 내쉬었다. 그녀는 작은 보폭으로 방을 가로질러, 녹색 호스가 달랑 매달린 변기가 놓여 있는 구석으로 갔다. 그곳에서 작은 의자를 끌고 와 벽을 향해 돌아서서 옷을 벗어 의자 위에 걸쳐놓았다.

"보지 마." 엘빈에게 말하고, 차가운 물을 틀었다. 엘빈은 재빨리 시선을 피한 채 매트리스 위에 누워 천장을 응시했다. 라이터가 그의 주머니에서 떨어졌다. 엘빈은 벌거벗은 여자를 잠시 노려보다가 손가락으로 라이터 휠을 만지작거렸다. 몇 번 시도하자 불꽃이 솟아올랐다.

그는 옆으로 누워 라이터 불을 '햄스터—토끼' 통까지 끌어당겼다. 불에 그슬린 플라스틱 냄새가 대기 속에 퍼졌다. 등을 돌리고 샤워를 하고 있는 엄마를 슬쩍 훔쳐보고는 다시 통에 불을 갖다 댔다. 통에 작은 구멍이 생겼다. '햄스터—토끼'는 불꽃을 올려다보고는 즉시 종종거리더니 벽에다 몸을 붙이고 반대편으로 피했다. 엘빈은 통을 조심스럽게 돌려 통 벽 쪽으로 불을 바짝 끌어당겼다. '햄스터—토끼'는 다시 한 번 반대편 구석으로 놀라 도망쳤다.

"바보." 엘빈은 라이터를 쥐고 애완동물을 놀렸다. '햄스터—토끼'는 도망치려고 했지만 그는 기회를 주지 않았다. '햄스터—토끼'가 짜증나는 끼익 소리로 꽥꽥거리기 시작했다. 짧은 털들이 하나둘씩 타들어가자 분홍색 피부가 드러났다. 불꽃이 피부까지 태우는 소리가 났을 때 '햄스터—토끼'는 저항을 멈추고 모서리에 숨어 공 모양으로 웅크렸다. 숨소리도 들리지 않았다.

"이게 무슨 냄새지?" 엄마가 소리를 지르며 수도꼭지를 잠갔다. "여기서 왜 이런 냄새가 나?"

엘빈의 손에서 떨어진 라이터가 CD 커버에 닿으며 탁 소리를 냈다. 그는 한 마디도 하지 않았다. 프루덴스는 다시 수도꼭지를 틀었다. 그는 '햄스터—토끼'를 바라보며 후회했다. '햄스터—토끼'가 얼마나 빨리 자신의 손길을 받아들이는지 놀라며 쓰다듬기 시작했다. '햄스터—토끼'의 작은 코가 그의 손가락에 닿아 끙끙거렸다. 그가 상추를 잘게 찢어 내밀자 갉아먹기 시작했다.

3

프루덴스는 수도꼭지를 잠그고 수건으로 몸을 두른 다음 엘빈 옆에 앉았다. 그녀의 검은 머리카락에서 작은 물방울이 매트리스 위로 미끄러져 떨어졌다. 엄마는 벽에 걸려 있는 금박을 입힌 예수 그림 세 점을 응시하더니 엘빈에게 자신이 예쁘다고 생각하느냐고 물었다. 엘빈이 그렇다고 대답하자, 엄마는 그의 등을 어루만지며 냉장고 문을 열고 어제 남은 삼부삭(중동 지역 전통 음식으로 속을 꽉 채운 빵—역자 주)을 먹으라고 말했다. 그가 나눠 먹자고 말했지만 엄마는 대답하지 않았다. 프루덴스는 차가운 빵을 천천히 먹는 엘빈을 지켜보며, 침대 위에 떨어진 참깨를 끌어 모았다.

"엄마 줄 선물을 샀어." 엘빈이 빵을 씹는 중간에 말했다.

"축하할 일이 뭐지?" 엄마가 물었고, 엘빈은 손을 약간 떨더니 재빨리 '햄스터—토끼' 통에서 CD를 꺼냈다.

프루덴스는 손을 뻗어 CD를 받아들었고 엘빈은 잠깐 엄마가 미소 지었다고 생각했다. 커다란 유리창 옆에 서서 따뜻한 햇볕을 쬐는, 보통 7층에서나 느낄 수 있을 정도로 드문 경우지만, 그런 기분이었다.

"멋지네." 엄마가 말했다.

"그룹 이름이 빌럴." 엘빈이 대답했다. "엄마 성과 똑같지, 그 이름 때문에 샀어."

프루덴스는 아무 말도 하지 않고 무겁게 눈을 끔벅거렸다. 엘빈은 침대에서 빠르게 몸을 일으키더니 몇 달 전 그들이 쓰레기 더미에서 발견한 깨진 붐박스를 꺼냈다. 그는 그것을 작은 냉장고 위에 올려놓고 콘센트에 꽂았다.

프루덴스는 긴 팔을 뻗어 엘빈의 어깨를 잡았다.

"시끄럽게 하면 안 돼." 엄마가 말했다. 엘빈은 몇 분만이라도 듣자며 고집했다. 프루덴스는 안 된다고 말했다. 결국 타협이 이루어졌다.

"들어도 돼." 엄마가 말했다. "하지만 소리는 나지 않게."

엘빈은 CD를 엄마 손에서 낚아채더니 조심스럽게 케이스를 열고 CD를 넣었다. 엄마의 마음이 바뀔까 봐 아무 소리도 새어나오지 않도록 단단히 살폈다. 그는 엄마 곁에 앉기 위해 다시 제자리로 갔다. 그들은 어깨를 나란히 하고 앉아서 디스플레이 창에 파란 숫자들이 바뀌는 모습을 바라보고 있었다. CD는 계속 건너뛰었다. 엘빈은 엄마가 손으로 그의 머리를 빗기는 동안 똑바로 앉아 있었다. 마침내 엘빈은 피곤해져서 침대에 누웠고, 옆에 있는 '햄스터—토끼'를 노려보다가 눈을 감고 잠이 들었다.

엘빈이 깨어났을 때 엄마는 보이지 않았다. 그는 다시 눈을 감았으나 이미 잠은 달아났다. 다시 눈을 뜨고 '햄스터—토끼' 통이 붐박스 위에 놓여 있다는 것을 알아차렸다. 순간 침대에서 벌떡 일어나 통 쪽으로 뛰어갔다. 통이 깨끗하게 닦여 있었다. 텅 비어 있었다. 공기가 그의 몸속으로 들어가려다 말고 코끝에서 멎었다. 엘빈은 냉장고 안을 뒤졌지만 깨진 유리잔에 녹아서 응결된 초콜릿 조각 외에는 아무것도 없었다. 잡동사니를 뒤적거리며 방 안을 헤집기 시작했다. 옷과 프라이팬을 발로 걷어차며 더러운 타일 위를 헤쳐 나갔다. 그는 발로 바닥을 쿵쾅거리며 주전자를 찼다. 그리고 돌아섰을 때 엄마를 발견했다. 엄마는 문 옆에 있는 플라스틱 의자에 앉아 두 판지 사이의 작은 틈 속으로 얼굴을 내밀고 밖을 보고 있었다. 엘빈은 엄마에게 다가갔다. "어딨어?" 그가 물었다.

프루덴스는 대답하지 않았다.

"어디 있어?" 엘빈은 엄마의 바지를 힘껏 잡아당기며 다시 물었다. "왜 어디로 보낸 거야?" 엘빈이 울었다. 엄마는 그의 기척을 눈치채지도 못했다.

엘빈은 문밖으로 걸어 나와 엄마 앞에 섰다. 그는 두려움에 가득 찬 시선으로 그를 응시하는 엄마의 눈과 엄마가 손을 뻗어 네모난 판지를 끌어내리자 엄마의 모습이 완전히 시야에서 사라지는 것을 지켜보았다. 엘빈은 거기서 몇 분 동안 기다렸다가 포기했다.

4

엘빈은 사방을 둘러보았다. 1층 공중전화 뒤, 5번 버스 정류장 옆 벤치 아래, 4층 전화 가게 진열대 사이. 그리고 아는 사람과 마주칠 때마다 물었다. 가방을 — 든 — 남자부터 오렌지 — 스카프를 두른 — 할머니까지. 그는 말이 혀 안으로 녹아드는 것만 같았다. 아무도 그가 무슨 말을 하는지 이해하지 못했다. '햄스터—토끼'? 그게 뭐야? 그래도 엘빈은 필사적으로 찾아다녔다. '햄스터—토끼'를 걱정해서인지, 아니면 벌을 주고 싶어서인지, 그냥 찾고 싶은지 몰랐다.

몇 시간이 지났지만 사라진 '햄스터—토끼'는 찾을 수 없었다. 엘빈은 천천히 자신의 첫 번째이자 유일한 애완동물을 잃어버렸다는 사실을 받아들였고, 저녁이 되었을 때 잊어버리겠다고 스스로 다짐했다. 그러다 그가 슈퍼마켓을 세 번째로 지나쳤을 때 '햄스터—토끼'를 발견했다. '햄스터—토끼'는 난간을 끙끙거리며 냄새를 맡더니 4층 에스컬레이터 주변을 서성이고 있었다. 엘빈은 뛰었다. 엄마가 항상 참을성 있게 기다려야 한다고 말했는데도 엘빈은 에스컬레이터 앞에서 세 사람을 밀쳐내고 내렸다. 그는 좌측으로 빠르게 몸을 돌렸고, '햄스터—토끼'가 재빨리 피자집 테이블 밑으로 미끄러져 들어가 전쟁에서— 아들이 — 죽은 —보안요원의 다리 사이를 빠져나오더니 열린 문틈으로 달아나 역 밖으로 사라지는 것을 보았다.

그가 밖으로 나왔다는 것을 깨닫게 한 것은 냄새였다. 버스와 택시에서 뿜어져 나오는 휘발유와 디젤의 매캐한 공해. 엘빈은 기침을 하며 주위를 둘러보았다. 그가 알고 있는 단어들은 그가 본 것들 중 일부만을 겨우 묘사하고 정의할 수 있었다. 사람들이 그를 양옆으로 지나쳐 갔다. 차량 경적 소리와 고층 건물들. 그가 알고 있는 것과 비슷하지만 똑같지 않은 것들이 주변을 둘러싸고 있었다. 각각 색깔과 모양이 조금 다른, 유난히 작아 보이는 버스들. 빨간색, 노란색, 녹색으로 거리를 환하게 비추는 간판들. 역 안에서 본 그 어떤 나무들보다 유독 커 보이는 나무들이 싹을 틔우고 하늘로 소용돌이치는 모습도 달랐다. 선명함에 대한 놀라움. 엘빈이 역의 창문을 통해 바라본 하늘보다 훨씬 파란색인 것만 같았다. 그러나 이 모든 것을 깊이 받아들이기도 전에 공포가 밀려오는 것을 느꼈다. 미지의 것들을 응시하고 있는 것이었다.

뒤죽박죽 섞인 잡음 속에서 엘빈은 '햄스터—토끼'의 삑 소리를 들었다. 그에게서 멀지 않은 곳에 수많은 사람들의 발을 피해 도망가려고 애쓰고 있는 모습이 눈에 들어왔다. 큰 더플백을 든 뚱뚱한 군인의 걸음을 피해 연석으로 밀려나 있었다. 군인이 허리를 굽혀 '햄스터—토끼'가 괜찮은지 보려고 했지만 '햄스터—토끼'는 이미 빠르게 길을 건너고 있었다. 엘빈은 서둘러 뒤쫓았다.

"에이, 저런 멍청이." 엘빈을 피하려고 급히 차를 세우던 운전사가 소리쳤다. 엘빈은 번잡한 대로에서 벗어나 크고 기묘한 모양의 주차장에 이를 때까지 계속 달렸다. 그의 눈에는 '햄스터—토끼'가 보이지 않았지만 어디에선가 휘파람 소리가 여전히 그의 귀에 가득했다. 그래서 차가운 아스팔트 위에 엎드려 주위의 물체들을 훑어보았다. 엘빈이 '햄스터—토끼'를 다시 발견하기까지 몇 분이 걸렸다. '햄스터—토끼'는 엘빈 앞에 서 있었는데, 더 정확히 말하면 건조하고 갈라진 발이 신고 있는 갈색 샌들 옆이었다. 그때 두툼한 손이 뻗어 나와 엘빈의 시야에서 '햄스터—토끼'를 들어올렸다. 그는 바닥에서 일어나 미니버스에 몸을 비스듬히 기대며 차 유리를 통해 엿보았다. 멀지 않은 곳에 키 작고 몸집이 있는 여자가 큰 검은 셔츠를 입고 서 있었다. 그녀는 짙은 곱슬머리에 이중턱이었고 코끝에 작고 동그란 안경이 걸쳐져 있었다. 엘빈은 미니버스를 돌아 나와 그녀 앞에 섰다. 그녀가 '햄스터—토끼'를 진지한 표정으로 바라보며 커다란 두 손으로 끌어안고 동그란 손동작으로 계속 쓰다듬는 모습을 지켜보았다. 여자가 '햄스터—토끼'에게 뭐라고 속삭였다. 그의 엄마와 키는 비슷한데 나이는 더 들어 보였다.

엘빈이 가까이 서 있는 것을 발견한 그녀는 너무도 놀라 하마터면 '햄스터—토끼'를 떨어뜨릴 뻔했다. 그녀의 얼굴이 빨개졌다. 그녀가 큰 소리로 외치기 시작했고 엘빈은 그녀의 말을 이해하는 데 시간이 걸렸다. "이거 네 거야?…… 내 말은…… 미안해…… 방금 봤는데…… 정말 미안해."

그녀는 그에게 '햄스터—토끼'를 건네주었지만 그는 받지 않고 계속 작은 동물의 휘파람 소리를 들었다. 경쾌하고 침착한 소리였다. 그와 함께 있었을 때 들었던 소리와는 전혀 달랐다.

"내 것이 아니에요." 그가 말했다. 그러고는 "근데 아줌마 이름이 뭐예요?"라고 물었다.

"샤브타이. 아니, 미안. 아니타." 그녀가 대답했다. "미안해, 오늘은 머리가 제대로 돌아가지 않네." 그녀가 대답하고 침묵을 지켰다.

"저 동물이 뭔지 아세요?"

여자는 안경을 콧잔등 위로 밀어올리고 가까이서 동물을 응시했다. "이건 기니피그야, 내 생각엔." 그녀는 크고 또렷한 목소리로 엘빈에게 말했다.

그는 재미있는 이름이라고 생각했다. '기니—피그'(기니는 영국의 구 금화. 지금도 가축을 매매할 때 쓰는 단위—역자 주). "집에 데려다 키우시게요?" 엘빈이 물었다.

샤브타이— 아니—미안 — 아니타는 망설이다가 낄낄거리기 시작했다. "거절할 이유가 없지. 키울 공간도 있고, 작은 친구가 있으면 좋지." 그녀가 중얼거리더니 곧바로 뒷걸음질 쳤다. "혹시라도 네가 원한다면 물론 네게 줘야지."

엘빈은 '햄스터—토끼'를 쓰다듬기 위해 손을 들다가 마음을 바꾸었다. "아니요." 대답하고는 돌아서서 역 쪽으로 다시 뛰어갔다. 그는 샤브타이 — 아니— 미안 — 아니타가 뭐라고 소리치는 것을 들었다고 생각했지만 정확하지 않았다.

길을 건너온 엘빈은 걸음을 늦추고 입구에 있는 큰 쓰레기통으로 다가갔다. 역 안에 있는 나무들이 언젠가 역 밖에 있는 나무들만큼 자랄지 궁금했다. 엘빈은 역에 있는 사람들을 바라보았다. 초록색 셔츠를 입은 사람 열 명을 셀 때까지 자리에서 움직이지 않겠다고 결심했다. 거의 한 시간 동안 서 있었다. 초록색 셔츠를 입은 여덟 번째 사람을 발견했을 때 엄마가 지나가는 것을 보았다. 엄마는 가방을 들고 빠르게 걷다가 오렌지색 조끼를 입고 커다란 수레를 밀던 청소부와 부딪쳤다. 낡은 컴퓨터 키보드와 찢어진 우산들이 바닥에 그대로 흩어졌다. 엄마는 몸을 굽히고, 사방에서 걸어오던 수많은 사람들에 둘러싸인 채 쓸 만한 것들을 고르느라 분주했다. 엘빈은 역으로 들어서서 엄마를 향해 달려갔다.

해왕성

1

여자는 피가 모래 속으로 스며들기 며칠 전에 기지에 도착했다. 전초 기지와 '*당신은 세상 끝에 이르렀다*'라는 하얀 분필 낙서가 있는 버스 정류장 사이, 300미터, 어쩌면 400미터 거리쯤에 그녀가 서 있는 모습이 보였다. 그녀가 그 거리를 다 지나 기지에 도착했을 때는 이미 수수께끼 같은 대원에 대한 소문이 맹렬한 속도로 부대를 휩쓴 뒤였다.

청소 임무는 즉시 중단되었다. 우리는 차례대로 빗자루와 쓰레기 봉투, 그리고 모래와 담배꽁초가 가득 담긴 플라스틱 병을 내려놓았다. 그녀가 목에 카메라를 걸고 검은 부츠에 멀리서도 반짝거리는 하얀 선글라스를 끼고 우리를 향해 다가오는 모습을 바라보았다.

입구에서 경계 근무를 서던 야나이까지 경계초소 밖으로 뛰쳐나왔다. 그는 문밖에 걸려 있는 금이 간 거울을 들여다보더니 입고 있던 전투용 조끼를 매만지고 짧게 자른 머리를 손으로 쓸었다. 그러고는 우리에게 윙크를 하며 말했다. "저 여자야, 저 여자는 내 아내가 될 사람이야."

여자가 경계초소에 이르렀을 때 대원의 절반이 기다리고 있었다. 야나이가 귀에 거슬릴 정도로 끽끽거리는 철문을 여는 동안 우리는 팔꿈치와 팔꿈치를 맞대고 서 있었다. 그녀는 하얀 선글라스를 슬며시 올리더니 얼굴의 땀을 닦고 이상한 두 눈을 드러냈다. 파란색 하나, 갈색 하나.

"전초 기지에 발을 들여놓은 사람 중에 가장 멋진 여자다." 누군가 속삭였고, 우리는 고개를 끄덕였다.

"해왕성에 온 걸 환영합니다." 야나이가 인사를 건넸다.

"왜 해왕성이죠?" 그녀는 처음부터 준비한 질문을 던지는 것처럼 물었다.

"이 전초 기지가 지구에서 해왕성 거리만큼 세상과 뚝 떨어져 있다는 소문에서 유래됐답니다. 더 멀지 않다면요."

그가 대답했다. 그러자 그녀는 그가 문장을 완성하기 전에 마치 이런 종류의 농담에 익숙한 사람처럼 잠깐 웃었다. 그러면서 군 신문을 발행하는 부대에서 복무한다고 자신을 소개했다. 우리는 그 순간까지 그런 데가 존재하는지조차 몰랐다. 그녀는 전국의 부대를 돌아다니며 흥미로운 사연을 가진 대원들을 찾는 것이 자신의 임무라고 말했다.

"그런데 공주님, 여기는 어쩐 일로 오셨습니까?" 야나이가 물었다.

"왕자님, 당신을 위해서요." 재치 있는 대답이었다. 그녀는 눈 덮인 골란고원에 있는 키부츠에서 왔다고 했다. 영국에서 가장 권위 있는 대학을 졸업한 법학도가 모든 것을 뒤로한 채 이스라엘 방위군에 입대한 대원이 있다는 소식을 듣고 취재차 왔다고 설명했다. 그녀는 사람들이 그 대원의 사연을 듣고 싶어 할 거라고 말한 뒤, 어디에 가면 그를 찾을 수 있는지 물었다. 여자 목에 무당벌레 문신이 새겨져 있는 게 내 눈에 들어왔다.

우리는 그녀가 누구를 찾고 있는지 알고 있었지만, 아무도 대답하려는 사람이 없었다. 바로 대답하면 그녀가 나타난 속도만큼이나 재빨리 사라질까 봐 두려웠기 때문이었다.

"누구를 말하는지 잘 모르겠는데요." 야나이가 대답했다. 그는 기회가 있을 때마다 히브리어 기말고사에서 96점을 받았다는 사실을 우리에게 일깨워 주었지만, 정작 '포기하다'는 말의 의미는 전혀 파악하지 못한 남자로 보였다. 그는 총구를 등 뒤로 돌리며 그녀에게 몇 걸음 다가갔다. "도움이 필요하다면 좀 더 자세하게 알려주셔야 할 겁니다. 이를테면 이름, 계급, 취미 같은 거요."

여자는 쑥스러운 듯 웃었다. 나보다 더 용감한 사람이 그에게 헛소리 좀 그만하라고 말해 주길 바랐는데, 누군가 아주 작은 목소리로 "야나이, 그만해."라고 중얼거렸을 뿐이다. 우리 중 누구도 대놓고 말하는 사람은 없었다.

"잠깐 여기 앉아요. 우리가 정리해 줄 테니, 걱정하지 말아요." 야나이가 그녀 머리께로 손을 뻗었다. 여자는 놀란 표정으로 고개를 홱 돌리더니 두 걸음 뒤로 물러섰다. 그녀의 검은 가방이 울타리 철망에 눌렸다. 그러자 오른쪽 소매가 철사에 걸려 조금 찢어졌다. 한 방울의 피가 모래 위에 떨어졌다. 오직 내 눈에만 그 장면이 보인 것 같았다.

“사소한 일에 화내지 마세요, 아가씨.” 야나이가 외치며 그녀에게 바짝 다가갔다. “안 깨물어요.”

여자의 얼굴이 빨개졌다. 그녀는 그를 외면하고 우리를 바라보았지만, 우리는 한 마디도 하지 않고 서 있었다.

몇 년 동안 나는 그 후에 일어난 모든 일은 야나이 탓이라고 여겼다. 그녀가 몇 초 안에 그의 매력에 빠질 거라는 우스꽝스러운 생각으로 똘똘 뭉친 그의 허영심과 자제력을 상실한 행동들이 불러온 결과라고. 그러나 지금 생각해 보니, 야나이가 아니라 부대 자체의 문제였다는 생각이 든다.

그들은 이 모든 것이 2002년 11월에 입대한 한 명의 대원 때문에 시작되었다고 말한다. 그는 부대 화장실 깨진 소변기 위 벽에 ‘해왕성에 나무가 쓰러지면 소리가 나는가?’라는 질문을 자랑스럽게 새겨 전시한 사람이었다.

이는 또 다른 창의력의 폭발로 이어졌다.

“만약 해왕성에서 대원이 ‘더 이상 안 돼!’라고 소리친다면 그는 정말 소리친 것일까?”

“만약 해왕성에서 대원이 헛소리하면 정신과 의사를 볼 수 있을까?”

“만약 해왕성에서 왁스만 지휘관이 낙타를 쏜다면 그는 결국 정찰부대에 합류하게 되는가?”

천천히 그러나 확실히 이러한 농담들은 몇 시간 동안 토론 가능한 심각한 철학적 논쟁으로 변했다. 우리는 ‘해왕성 나무’ 현상이 전초기지의 경계선 안에만 존재하는지, 아니면 버스 정류장으로 이어진 길까지 범위를 확대해서 생각해야 하는지에 대해 열띤 논쟁을 벌였다. 심지어 태곳적부터 이곳에 존재한 것들만 범위에 넣을지, 아니면 전초 기지가 세워졌을 때 심어진 것들로 시기를 정해야 하는지도 따졌다. 그래서 예상조차 못했지만, 우리는 해왕성에서 일어나는 일들이 시공간 연속체를 벗어났기에 벌어진 현상일 수도 있다는 기이한 감정에 휩싸이기 시작했다. 심지어 고양이가 실제로 존재하지 않았기 때문에 고양이 꼬리를 잡아당겨도 괜찮다는 식으로 받아들였고, 만약 다른 여자와 잠시 연애할 수 있다면 여자 친구를 속이는 것도 허용된다는 무언의 합의에까지 이르게 되었다.

2

그 상황을 중단시킨 사람이 사칼이었다. 그는 우리 중 누구보다도 오래 대원으로 복무해 왔다. 부대장과 태국의 해변에 서서 조기 제대에 관해 면담한 지 한 달도 안 되었다. 사칼은 대원으로서의 역할을 수행하느라 다치고 지친 모습으로 변모한 선임하사관이었지만, 진급과 만기 제대업무를 총괄하는 더 높은 직급의 지휘권도 갖고 있었다. 그는 내 고등학교 2년 선배다. 우리는 둘 다 음악을 전공했다. 그는 클래식을, 나는 재즈를 공부했다. 그는 후배 부대원들과 대화하지 않는 규칙을 엄격히 지켰지만, 나는 그가 내게 호감을 갖고 있다는 것을 알고 있었다. 가끔, 그는 내가 식당에서 순서를 기다리고 있을 때 슬쩍 내 등을 툭툭, 치며 지나갔고, 언젠가 내 침대 밑에 핑크 플로이드 CD를 놓고 간 사람이 그라는 것도 확신한다. 어쩌면 이

황무지 이전에도 삶이 있었고, 그 이후의 삶도 있다는 것을 상기시켜 주려고 했는지도 모를 일이다.

"도대체 여기서 무슨 일이야?" 야전바지를 입은 그가 한 손에 젖은 칫솔을 들고 다가오며 소리쳤다. 나와 다른 대원 몇 명을 밀치고는 요란하게 호루라기를 불었다. 야나이가 이 상황을 파악하기도 전에 사칼은 여군에게 다가가 여기서 뭘 하고 있는지 물었다. 그녀는 똑바로 서서 설명하더니, 야나이의 발을 밟을 기회를 놓치지 않고 한 걸음 앞으로 나아갔다.

"코르작을 찾고 있다는 말이군." 사칼이 말했다. 그는 돌아서서 발꿈치를 들고 사람들 뒤에 서 있는 나를 발견할 때까지 쭉 훑어보던 시선을 멈추지 않았다.

"저 대원과 함께 가시도록, 저 곱슬머리 뚱보가 당신을 안내할 것이오." 그가 나를 가리키며 말했다.

사칼의 묘사에 기분 상하지는 않았다. 내 모습이 그렇게 보인다는 것은 이미 의식하고 있었다. 그런데 순간 나는 내 커다란 몸이 내 앞에 버티고 있는 것처럼 느껴졌고, 군중 속에 숨는다는 건 불가능하다는 사실을 깨달았다. 어찌 되었든 나는 그녀를 코르작에게 안내하는 임무를 수행하고 싶지 않았다. 야나이가 그녀에게 호감을 표시한 것만으로도 부담스러운데, 다른 대원들은 해왕성에 스스로 걸어 들어온 유일한 여군을 내가 독차지했다고 떠벌릴 것이었다. 나는 최대한 몸을 작게 만들려고 목을 움츠렸고, 숨바꼭질 놀이를 처음 했을 때를 떠올리며 시선을 떨어뜨렸지만, 바로 눈에 띄었다.

"그 대원이 어디 있는지 나를 데려가 줘요." 그녀가 말하더니, 내 왼쪽 팔꿈치를 잡고 한 줄로 늘어선 건물 쪽으로 나를 끌어당겼다.

그녀는 우리가 대원들의 시선 밖으로 벗어나자 내 팔을 놓으며 선글라스를 끼고 걸음을 옮겼다.

“정말 코르작을 찾는 겁니까?” 나는 그녀에게 뭔가 말하게 하려고 질문을 던졌다. 그녀는 내가 헐떡이면 속도를 늦추었고, 빠르게 움직이면 따라잡기 위해 안간힘을 썼다.

“그런지 아닌지 함께 알아보자고요.” 여자가 편안한 미소를 던지며 말했다. 공유된 미래를 암시하는 듯한 그녀의 말은 내가 부대원들에게 시기의 대상이 되었다는 염려를 덜어주었다.

“야나이는 그냥 실없는 놈일 뿐입니다.” 우리가 다시 걷기 시작할 때 내가 말했다.

“그게 그 사람 이름이에요?”

나는 고개를 끄덕였다.

“불행하게도, 아니 어쩌면 다행스럽게도 더 못된 사람도 만났는데요, 뭘.” 그녀는 우리가 전초 기지에서 얼마나 오래 복무했는지 물었다. 나는 그녀에게 선배들은 6개월이면 끝나겠지만, 우리 동기들은 훈련소를 나와 입대한 지 겨우 3주째라고 말했다.

“그렇게 어려 보이지 않아요.” 그녀가 나에게 말했다.

“당신도 그렇게 안 보여요.” 내가 말했고, 나는 즉시 함부로 표현해서 미안하다고 깊이 사과했다. 그녀가 웃었다. 나는 기분이 좋아졌다. 그녀는 코르작이 나의 선배인지 동기인지 물었다.

“동기예요, 하지만 스물네 살이죠. 최근에 여기로 이민 왔어요.”

“농담 아니죠? 그런데 그 사람 이름이 정말 코르작?”

“닉네임이에요.” 나는 그녀에게 해왕성 첫날밤 일을 털어놓았다. 선배 대원들이 한밤중에 우리를 깨웠다. 사칼이 우리를 광장에 도열

해 놓고 선배들에게 무조건 경례해야 한다는 조항부터 초콜릿 푸딩 간식을 먹지 말라는 엄격한 규정까지 열 가지의 신참 계명을 낭독했다. 사칼은 계명을 읽고 나서 코르작을 줄 밖으로 불러내 그가 세 살 더 많다는 걸 알고 있으며, 할아버지뻘 되는 사람에게 군기를 잡을 생각은 없다고 말했다.

"그런데 코르작이 받아들이지 않았어요. 다른 모든 사람들과 똑같이 대우받기를 요구했어요. 그래서 사람들이 그를 코르작이라고 부르기 시작한 거죠. 아이들과 함께 홀로코스트로 간 그 남자(폴란드의 유명 의사, 작가, 교육학자인 그는 유대인으로서 200여 명의 유대인 고아들을 돌보다 독일 침공 때 지인들의 탈출 권유를 뿌리치고 "자식을 버릴 수 없다."며 아이들과 함께 가스실에서 생을 마감했다 —역자 주)와 같기 때문에요."

"의로운 사람이군요." 그녀가 말했다. 나는 그를 미화시켜 묘사했던 것을 즉각 후회하면서, 단순히 상황에 맞는 닉네임이고, 코르작이 외톨이였기 때문에 재밌게 만들어 주려고 했을 뿐이라고 말했다.

"당신을 보고 별 반응이 없더라도 신경 쓰지 마세요. 그냥 그런 사람일 뿐이니까요."

"나는 이 부대에 있는 어느 누구에게도 열광하는 모습을 기대하지 않았어요." 그녀는 대답을 마치고 계속 걸었다.

3

코르작은 내무반에 죽 늘어선 2단 침대들 중 한 침대의 위층에 누워 있었다. 커다란 판지 조각이 창문에 덧대어 있어서 햇빛은 차단했지만 열기까지 막을 수는 없었다. 그가 그 안에 있을 거라는 확신 없이 들어섰다. 코르작은 보초 임무가 없을 때면 몇 시간 동안 보이지 않았고, 우리는 그가 어디에서 나타날지 추측해 보곤 했다. 우리의 추측은 대개 빗나갔다. 신병 훈련소 2주 차 때 코르작이 무기고 뒤에 있는 정원에서 약초를 심는 모습을 주임 하사가 발견했다. 야나이는 그가 화장실에서 오전 내내 교육 부대 안내서를 뒤적이다 걸어 나오는 모습을 일주일 전에 봤다고 맹세했다. 우리는 모두 코르작의 책 집착에 익숙해져 있었다. 전투 준비에 대한 그의 생각은 그에게 뭔가 읽을거리가 생겼다는 것이었고, 이번에도 예외는 아니었다. 우리가 그를 내무반에서 발견했을 때 그는 침대에 엎드린 채 머리에 손전등을 끈으로 묶고 책 속에 얼굴을 파묻고 있었다. 그의 머리와 눈은 작고 검은 책에 고정되어 있었다. 군대용 침대는 그처럼 키가 큰 사람들을 위해 고안된 것이 아니었다. 한쪽은 양말이 벗겨진 채였고, 다른 한쪽은 회색 양말을 신고 있는 그의 큰 발이 침대 끝에 매달려 있었다.

"방문객이 왔어요." 내가 말했다. 그는 대답하지 않았다.

여자는 침대로 다가가 고개를 갸우뚱하며 그에게 『이방인』을 읽고 있는지 물었다.

"당신이 이스라엘 방위군에 입대했다면 읽을 수 있는 인지 능력은 증명된 셈이겠죠." 그가 대답했다. 그가 손전등을 머리에 매단 채 그녀를 올려다보느라 그녀는 눈을 질끈 감았다. 그러자 그는 책 쪽으로 다시 고개를 돌렸다. "사실은……." 그가 작은 목소리로 말했다. "전에는 내가 잘못 알고 있었어요."

"무슨 내용을 담고 있는 책이죠?" 그녀는 모욕감을 감추려는 듯 무심한 말투로 물었다.

그는 완전히 명확하지는 않다고 대답했다. "기본적으로, 태양 때문에 다른 남자를 죽이는 사람에 대한 얘기죠."

여자는 잠시 생각을 하더니, 예전에는 태양 때문에 살인을 저지른다는 게 말도 안 된다고 여겼는데 입대 후에는 그렇게 억지스럽게 들리지 않는다고 말했다.

코르작은 다시 그녀를 바라보았다. "여기서 며칠 보내면 왜 매일 그런 일이 일어나지 않는지 궁금할 겁니다."

그녀는 침대 위에 손을 올려놓더니 그가 이렇게 복잡한 내용의 책을 읽을 수 있다는 게 인상적이라고 말했다.

"사실은 얼개만 훑어보고 있을 뿐이죠, 제가 이스라엘 방위군이라는 사실을 잊지 마세요."

그녀는 미소를 지으며 그가 최근에 이민을 왔다고 들었기 때문에 언어의 난이도를 의미한 거라고 설명했다.

"실은 예전에 여기서 몇 년 살았죠. 내가 속였다고 말할 수도 있겠네요."

"정말요?" 내가 놀라 물었다.

"정말." 그는 더 이상 아무 말도 하지 않고 대답했다. 만약 그녀가 물었다면 이유를 설명했을 거라는 생각이 들었다.

"런던에서 오셨다고요?"

"정확히는 체셔, 그 장소가 당신한테 무슨 의미가 있다면."

"아! 당신이 그 고양이(『이상한 나라의 앨리스』에 등장하는 웃고 있는 고양이와 비슷한 모양의 체셔 치즈를 의미—역자 주)!"

코르작은 책을 내려놓았다. "당신이 원더랜드에 도착했다는 사실을 아직도 깨닫지 못했군요?"

그가 웃음을 터뜨리며 물었다. "저 사람이 흰 토끼고요." 그가 나를 가리키며 말했다. "그리고 당신, 당신은 앨리스."

"왜 이분이 앨리스죠?" 내가 물었다. 코르작은 대답하지 않았다.

여자는 단지 그를 만나기 위해 전초 기지에 왔으며, 옥스포드 대학을 졸업한 법학도가 낙하산 부대에 입대했다는 소식을 들었다고 말했다. 그녀는 그것이 대단한 기사가 될 거라고 말했다.

"사람들은 우리나라에 얼마나 멋진 대원이 있는지 알고 싶어 해요." 그녀는 그에게 방문 취지를 언급하고 카메라 렌즈의 캡을 벗겼다. "당신 얘기를 들으면 그들이 기뻐할 거예요."

그는 잠시 말이 없었다. "그럼 당신도 우리 엄마처럼 실망하게 될 겁니다, 난 학위가 없거든요."

그녀는 그가 농담을 하는 게 아니라는 걸 깨닫기도 전에 웃었다. "하지만 당신의 지휘관…… 내게 말했는데, 내 말은…… 내가 지휘관님과 몇 번 얘기를 나눴는데……."

"그 지휘관은 자기 대원들에 대해서도 모르는 바보죠." 그가 그녀의 말을 가로막았다. "장담하는데, 내 이름도 모를 겁니다." 코르작은 로스쿨 3학년 초에 중퇴했으며, 황폐한 시청 건물에서 접수계 직원으로 2년을 보내고 입대했다고 설명했다. "이 내용을 넣어도 좋아요. 틀림없이 퓰리처상을 수상할 테니."

나는 그녀의 얼굴 근육이 어떻게 반응하는지 보았다. 그녀의 방문 목적이 모두 무의미해졌다고 깨닫는 표정이 천천히 드러나고 있었다. 그녀는 침대에 걸터앉으며 두 손으로 머리를 감싸 쥐더니 다시 일어났다.

“좋아요, 들어봐요. 우리가 어떻게 해야 할지 알겠어요. 로스쿨을 졸업했는지에 대한 언급 없이 로스쿨 학생이라고만 말하면 돼요. 선의의 거짓말을 몇 번 한다고 사람이 죽지는 않아요.” 그녀는 그의 손에 손을 얹으며 말했다.

코르작은 얼굴을 찡그리며 그녀의 손을 뿌리치더니 그의 책으로 시선을 돌렸다. “나 없이도 나라는 잘 돌아가요.” 그가 선언했다.

그녀는 자신이 이미 그의 의도를 놓치고 있다는 사실을 깨닫지 못하고 있었다. 그를 괴롭힌 것은 단순히 거짓말을 하는 것 자체가 아니라 전체 대화가 분명한 목적성을 가지고 만들어지고 있다는 사실이었던 것 같다.

여자는 그를 설득하려고 애썼다. 처음에 그는 단음절 대답을 했지만 결국 반응을 보이지 않았다. 마침내 그녀는 포기하고 나를 끌고 내무반을 나왔다. 그녀는 연석에 앉아 담배를 꺼냈다. 나에게 라이터가 있느냐고 물었지만, 난 없다고 했다.

“정말 형편없는 날이야.” 여자는 길바닥에 있는 깨진 유리 조각을 밟으며 숨죽여 중얼거렸다.

“이해할 수 없어요. 여기서 복무하려면 멍청해져야 하나요?” 그녀는 의아해하는 표정으로 묻더니 얼른 자신의 말을 바로잡았다. “제 말은, 당신을 말하는 게 아니에요. 당신은 정말 친절해요.”

나는 여자를 다시 경계초소로 안내했다. 헤어지기 전에 그녀는 내게 포옹을 건네더니 주머니에서 펜을 꺼냈다. 그러고는 내 오른쪽 소매를 걷어 올리고 팔뚝에 번호를 적었다.

“코르작에게 얘기 좀 해봐요.” 그녀가 말했다. “그의 마음을 돌리게 되면 전화해 줘요."

여자는 또 한 번 나를 안아 주었고, 이번에는 뺨에도 키스를 했다. 그녀는 다른 대원들이 그런 모습을 보길 바랐던 것 같다. 그리고 돌아서서 버스 정류장으로 다시 걸어갔고, 그녀가 왔던 사막 쪽으로 사라졌다.

뒤에서 박수를 치는 소리가 들렸다.

"그래, 그 여자랑 했어?" 야나이가 경계초소 창밖으로 소리쳤지만 나는 못 들은 척했다. 나는 눈을 마주치지 않으려고 애쓰면서 재빨리 내무반으로 들어갔다. 꺼끌꺼끌한 그녀의 펜 끝에서 흘러나오는 푸른 잉크가 내 피부에 새겨지던 순간을 계속 마음속으로 떠올려보았다.

4

나는 그녀의 전화번호를 '북쪽에서 온 소녀'라는 이름으로 휴대폰에 저장했다. 휴대폰 말고도 세 군데 더 번호를 적어 놓았고, 내 팔뚝에 휘갈겨 쓴 필체의 흔적을 보존하려고 애썼다. 이틀이 지나자 대부분의 숫자가 희미해졌지만, 주말 휴가 브리핑을 듣는 목요일 저녁까지 여전히 4와 7은 눈으로 읽을 수 있을 정도였다.

이 날 브리핑은 왁스만과 다른 장교들이 '연대 세미나'를 위해 훈련기지에서 하룻밤을 묵어야 했기 때문에 평소보다 일찍 이뤄졌다. 왁스만은 시계를 힐끗 보면서 주말 휴가 시작이 열두 시간도 채 남지 않았다고 우리에게 발표했다. 그는 대원들이 베이비시터 없이도 하룻밤을 지낼 수 있다는 걸 믿고 싶다고 말했다. 그의 말이 끝나자 모두들 흩어졌고 나는 보초 근무를 위해 망루로 올라갔다.

나는 밤 보초를 좋아하지 않는다. 나뿐만 아니라 대부분의 대원들은 망루에서 꼬박 밤을 지새우는 건 싫어한다. 내가 좋아하지 않는 이유는 피곤과 수면 부족 때문이 아니었다. 내게 만약 정신을 잃는 경우가 생긴다면 아마도 망루에서 일어날 것이라는, 이해하기 힘든 느낌 때문이다. 마치 영혼의 방어 기제가 밤에 약해지기라도 하는 것처럼 말이다. 망루에서의 밤은 세상과 동떨어져 있다는 느낌을 확대시켜, 미사일이 전초 기지를 파괴한다 해도 어느 누구도 의식하지 않을 거라는 감정으로까지 극대화시키는 무언가가 있다. 나는 언젠가 먼 훗날 해왕성이 세계의 중심이 될 수도 있을 거라는 상상을 하며 몇 시간 동안 어둠으로 뒤덮인 모래를 바라보곤 했다. 어쩌면 지금으로부터 100만 년 후, 내가 서 있던 바로 그곳에 수영장이 생길지도 모를 일이고, 차례로 물속으로 뛰어 들어가는 수십 명의 아이들은 어느 젊은 병사가 그곳에서 필사적으로 밤새 보초를 섰다는 사실을 모를 것이다.

교대 근무가 끝나기 직전인 새벽 2시쯤이었다. 전초 기지 내무반 옆 샤워실 주위로 대원들이 몰려드는 모습이 눈에 띄었다. 그 시간에 흔하지 않은 일이었다. 나는 무슨 소동이 벌어지는지 보려고 쌍안경을 들여다보았지만, 한 대원이 무리를 뚫고 뛰쳐나올 때까지 아무것도 알아낼 수가 없었다. 야나이였다. 그는 속옷에 수건만 두른 채 자기 내무반을 향해 달려가고 있었는데, 분명히 불안해 보였다. 그의 뒤를 슬며시 따라 나타난 사칼은 느리고 자신만만한 걸음으로 대원들이 정사각형 모양으로 정렬되어 있는 곳을 향해 걸었다. 그는 플라스틱 의자를 들고 광장 한가운데에 놓더니 그 위에 올라섰다. 웃음을 참지 못한 다른 대원이 확성기를 건네자, 사칼은 그것을 받아 몇 번 두드려 보았다.

"흠, 예, 들리나!" 그는 다른 대원들이 흐릿한 눈으로 당황해 내무반에서 나오기를 기다리며 소리쳤다. 사칼은 손을 들어 그 날 밤 해왕성에서 중범죄가 발생했음을 알렸다.

"간 큰 그 대원은 신참 재판을 받게 될 것이다." 그가 외쳤다. 피고인은 변호인과 함께 반드시 참석해야 하며, 규정을 어긴 신참들의 운명을 직접 목격하기 위해 모두 초대받은 거라고 말했다.

교대 근무가 끝나기 20분 전에 교대 대원이 도착했다. 그는 골치 아픈 폭풍이 몰아닥쳐 가능한 한 멀리 떨어져 있고 싶다고 말했다. 나는 그가 옳다는 것을 알았지만 내 호기심을 억누를 정도는 아니었다.

5

문이 열려 있었다. 몇 명의 대원들이 야나이의 흔들리는 목소리를 들으며 2층 침대에 걸터앉아 있었다.

"베조가 나보고 샤워실에서 당장 나가라고 소리쳤어. 그가 다른 두 남자랑 구내식당 밖에 앉아 있다가 내가 구운 치즈를 들고 지휘관 방에서 나오는 것을 봤다는 거야. 난 아니라고 펄쩍 뛰었지. 샤워실에서 한 시간 동안 소녀처럼 머리를 감고 있던 내가 어떻게 거기에서 나올 수 있어? 그런데 베조가 내 말을 믿지 않아. 그때 사칼이 나타난 거야. 베조에게 자초지종을 듣고는 나를 재판에 회부한 거라고." 그의 왼손은 말을 마친 후에도 계속 떨렸고 눈은 빨갛게 달아올랐다. 그런 모습을 본 것은 처음이었다. "그들이 날 엿 먹일 거야."

"이봐, 골라니에서는 신참들을 정말 개 패듯 패지만, 여기선 그냥 재미로 하는 수준일 거야. 실제로 널 엿 먹이지는 않을 거라고." 누군가가 말했다.

야나이가 고개를 끄덕였다.

"그래, 네 말이 맞아." 그는 일어나서 내무반 안을 서성거리기 시작했다. "그들은 더 이상 나를 화나게 하지 않는 게 좋을 거야. 그들이 그렇게 한다면 나는 마지막 한 명까지 때려눕힐 테니까." 아마도 그는 이런 공허한 위협들을 내뱉는 것이 기분을 가볍게 해줄 거라고 기대했을 것이다.

"좋아, 그러니 나와 함께 이 지랄 같은 경우를 반박해 줄 변호인이 필요해. 누구 동참할 사람?"

어느 누구도 나서지 않았다.

"뭐야, 여기에 나 혼자만 진짜 남자야?" 그는 짜증 섞인 불안한 어조로 의아해했다. 야나이는 그것이 이유가 아니라는 것을 알고 있었던 것 같다. 아무도 그의 편에 설 수 없다는 간단한 사실이었다. 그는 시선을 떨구고 울퉁불퉁한 바닥 타일을 뚫어지게 바라보았다.

"네가 정말 그랬어?" 구석에서 목소리가 들렸다. 웅크린 자세로 앉아 있던 코르작이었다. "구운 치즈는 먹었어?"

"아니, 내가 그냥 눈에 가시니까 한 수 가르쳐 주려는 수작일 뿐이야."

"그럼 내가 갈게."

"정말?"

"정말." 코르작이 대답했다.

야나이는 입술을 깨물었다. "고마워, 형제. 감사해."

코르작은 일어서서 내무반을 훑어보기 시작했다.

"케난 본 사람 있어?" 그가 물었다. 처음에 나는 내가 잘못 들었다고 생각했다. 그러나 잠시 후 그는 나를 본 사람이 있는지 다시 물었다.

"아마 피타(납작한 빵—역자 주)로 얼굴을 가리고 어딘가에 숨어 있을 거야." 야나이 옆에 앉은 어떤 대원이 말했다. 야나이는 즉시 그의 머리를 후려쳤다. "이 병신아, 케난이 여기 있잖아."

다른 누군가가 내 쪽으로 농담이라고 소리쳤지만, 나는 코르작의 의도에 더 신경이 쓰였다.

"우리와 함께 가자."

"난 방금 경계 근무에서 벗어났어, 너무 피곤해." 나는 하품을 하면서 다시 한 번 모든 일의 한가운데서 왜 내게 이목이 쏠리는지 이해하지 못하고 말했다. "왜 내가?"

"사칼이 너에게 관대한 점이 있기 때문에, 그게 이유야."

"맞아, 사칼이 내게도 관대하게 나올지 몰라." 야나이가 말했다.

"아무 해를 입히진 않을 거야, 그건 확실해! 걱정하지 마, 네게 아무 짓도 하지 않을 거라고." 코르작이 덧붙였다.

나는 최대한 빨리 장단점을 저울질해 보았지만, 결정적인 결론에 이르기도 전에 코르작은 돌아서서 야나이 머리에 손을 얹더니 좌우로 움직였다. "오늘 머리를 잘랐다고?" 코르작이 그에게 물었다. "몇 번 클리퍼로 자른 거야?"

"3번."

코르작은 재판 전에 처리해야 할 일이 몇 가지 있다고 중얼거리며 내무반을 나갔다.

그가 두 번 생각하지 않고 나를 이 난장판으로 끌고 와 짜증나게 만든 건 처음이었다.

"저 코르작은 이상한 놈이야." 야나이가 내 옆에 서서 말했다.

"짜증나는 사람." 내가 대답했다.

"그래, 맞지?" 야나이는 머리를 긁적였다. "너무 부담스러우면 안 와도 돼, 서운하지 않아."

그의 목소리에 무력한 빛이 역력했고, 아무리 애를 써도 그를 향한 어떤 연민을 느끼지 않을 수 없었다. "나도 갈게. 도움이 됐으면 좋겠는데."

"네가 진정한 승자야, 형제." 그가 내 등을 부드럽게 쓰다듬으며 말했다.

30분 후 우리 둘은 지휘관 방 밖에 서 있었다. 코르작은 재판이 시작되기 몇 분 전에야 모습을 드러냈는데, 그의 얼굴은 이유를 알 수 없는 미소로 덮여 있었다.

"어디 갔었어?" 나는 화가 나 물었다. 코르작은 말이 없었다.

"머리를 숙이고 바닥에서 시선을 떼지 마." 코르작이 야나이에게 말했다. 뭐라고 더 설명하기 전에 문이 열리더니 베조가 그곳에 서 있는 모습이 눈에 들어왔다.

"베레모를 뒤로 젖히고 부츠 고무링 풀고 조용히 방으로 들어갈 수 있는 시간은 딱 20초다." 그가 말했다. 우리는 재빨리 명령을 따랐다.

6

코르작이 제일 먼저 들어갔고, 야나이와 내가 그 뒤를 이었다.

"선배님들께 경례!" 베조가 우리에게 벽에 기대어 서라고 말하며 명령했다. 우리는 복종했다. 여덟, 아홉 명의 선배들이 우리 왼쪽에 있는 낡은 가죽 소파 두 개에 나눠 앉아 엄숙한 배심관의 표정으로 우리를 바라보고 있었다. 사칼은 우리 앞, 방 한가운데, 털이 북실북실한 양털 재킷과 녹색 야구 모자를 쓰고 서 있었는데, 뒤쪽 벽에는 이스라엘 국기와 부대 깃발이 걸려 있었다. 그는 한 손으로 스틱을 잡고 있었다. 선후배 문제에 대한 지배권을 사용자에게 부여한다는 의미가 작은 글씨로 새겨진 나뭇가지였다. 제대를 앞둔 사람들에게 결코 편하다고만 할 수 없는 위로의 선물 같은 것이었다.

"대원들, 이름과 계급, 군번을 말하라!" 사칼이 말했다.

야나이가 대답했다. 그의 베레모가 바닥에 떨어졌지만 그는 알아차리지 못했다.

"야나이 대원은 세 가지 규칙을 어긴 혐의를 받고 있다." 사칼이 발표했다. "무단으로 지휘관실에 들어가 치즈를 먹고 토스터를 무단으로 사용한 것. 배심관들 앞에서 신참 재판을 받을 준비는 다 됐나?"

야나이는 고개를 끄덕였다.

"훌륭하다. 그리고 죄를 인정하나?"

"아, 아닙니다." 그는 코르작이 시키는 대로 여전히 바닥을 응시하며 더듬거렸다.

사칼은 미소지었다.

"그럼 목격자 진술로 넘어가기로 한다." 그는 소파에 앉은 선배들에게 고개를 돌리면서 말했다.

"구내식당 근처에 있다가 어느 대원이 구운 치즈를 들고 이 방을 나가는 걸 본 사람?"

세 명의 대원이 손을 들었다.

"여기 서 있는 사람들 가운데 가해자를 지목할 수 있는가?"

세 사람은 야나이 쪽을 가리켰다. 사칼은 이 모든 상황이 즐거운지 어깨를 으쓱했다.

"3 대 1!" 그가 말하고는 스틱을 허공에 흔들었다. "이놈 머리를 날려버려!" 그가 소리쳤다. 야나이는 길 잃은 공이 갑자기 자기를 향해 날아온다고 느낀 사람처럼 뒤로 물러서며 움찔하더니 끙 소리를 냈다. 그는 오른손으로 얼굴을 가리려고 했다.

소파에 앉아 있던 대원들이 웃기 시작했다.

"우린 그냥 장난치는 거야, 귀엽네." 사칼이 히죽히죽 웃으며 말했다. "걱정 마, 우리가 30초 동안 군기 잡고, 하루라고 부를 테니까."

"사칼, 넌 정말 잔인해, 좀 느슨하게 하라고." 한 선배가 소리쳤다. "쟤가 바지에 오줌을 싸려고 하잖아."

사칼은 두 걸음 뒤로 물러섰다. "네 말이 맞아, 29초!" 그렇게 말하더니 야나이의 목을 움켜잡았다. "그리고 내가 모질지 못해서 살살 한다는 걸 명심해. 너는 더 세게 해도 달게 받아야 하는 거 알잖아."

야나이가 고개를 들었다.

"기다려요!" 코르작이 큰 소리로 외쳤다. "내가 그의 변호인, 맞죠? 1분만 시간을 주면 그가 결백하다는 것을 증명해 줄게요."

"구운 치즈를 먹은 건 뚱보야!" 베조는 코르작의 영국식 억양을 패러디했다. 그 제안에 흥미를 느낀 듯한 사칼을 제외한 모든 사람들이 다시 웃음을 터뜨렸다.

"잠깐만 기다리면 그가 하지 않았다는 것을 증명한다고?"

"코르작, 그만둬." 야나이가 그에게 속삭였다. "그냥 그들을 더 화나게 만들 거야."

"이제 그만해." 나는 야나이의 말에 동조하며 말했다.

"난 원하지 않아!" 야나이가 소리쳤지만 사칼은 무시했다. "그런 생각은 변호인으로 고르기 전에 했어야지." 그는 야나이와 소파에 앉아 있는 다른 선배들을 보며 말했다. 그는 자기 옆에 놓여 있던 메가폰을 집어들고 말했다. "잠깐만, 변호인들! 우리에게 1분만 줘."

"넌 빌어먹을 망나니야." 야나이는 코르작을 향해 낮은 어조로 말하며 나를 바라보았다.

코르작은 한 손을 뒤로한 채 선배들을 향해 몇 걸음 내디뎠다.

"그가 이 방에서 나오는 걸 누가 보았다고 했죠?" 코르작이 물었다.

세 사람은 다시 손을 들었다.

"그런데 셋은 구내식당 밖에 앉아 계셨어요, 맞죠? 그러니까 사실 야나이의 등을 본 거였단 말입니까?"

"애야, 우리는 늙었지만 시력은 아직 스물두 살이야." 베조가 말했다. 코르작은 한 걸음 물러섰다.

"좋아요." 그는 아무 말 없이 야나이 옆에 섰다.

"그게 다야?" 사칼의 목소리가 메가폰을 통해 요란하게 울려 퍼졌다.

"넵, 그게 내 유일한 질문이었어요."

"와, 옥스퍼드에 진짜 천재가 있었구나, 응?" 사칼이 말하자 뒤에 앉아 있던 나머지 선배들이 잘 연습한 합창단처럼 킥킥거렸다.

"이제 문을 열고 불을 꺼주실 수 있다면." 코르작이 가볍게 덧붙였다.

"뭐라고 했지?" 사칼이 물었다.

"불을 끄고 문을 열어." 코르작이 느리고 또렷한 어조로 되풀이했다. "정말 간단한 행동이죠. 원한다면 내가 직접 할 수 있고."

베조는 손을 들어 반대했다. "됐어, 이제 서커스를 보여주겠다는 거군." 그가 말했다. 사칼은 호기심 어린 눈빛으로 코르작을 바라보며 침묵을 지켰다.

"1분만, 내가 증명해 줄게요."

사칼은 선배들의 스틱에 체중을 싣고 몸을 일으키더니 변호인들을 향해 걸어갔다.

"한 번 기회를 주는 거야. 하지만 너희 둘 중 한 명이라도 빠져나갈 수 있기를, 신이여 나를 도우소서." 그가 말했다. 그들의 얼굴이 서로 몇 인치 떨어져 있을 때 비로소 나는 그곳에 친절 이상의 것이 있다는 것을 깨달았다. 아마도 사칼은 코르작의 검증을 기대했는지 모를 일이다. 그는 부대의 지성으로 그의 능력이 인정받기를 원했을 것이다.

선배들 중 누구 하나 반대하기 전에 코르작은 이미 불을 껐고 문을 열어 놓은 상태였다. 전초 기지 반대편 가로등 불빛이 막 안으로 들어선 두 사람의 흐릿한 형상에 희미한 빛을 던졌다. 코르작은 문을 닫았고, 방은 완전한 어둠으로 가득 찼다. 두 손이 나를 앞으로 끌어당기는 것을 느꼈다.

"움직이지 마." 코르작이 속삭이며 내 몸을 돌려 방 어딘가에 세워 놓았다.

코르작이 다시 불을 켰을 때 눈앞에 온통 하얀 벽만 보여서 내 얼굴이 짓눌릴 것 같았다. 내 옆에 사람들이 있었지만 나는 그들을 알아볼 수 없었다.

"이게 무슨 장난이야?" 한 선배가 외쳤다.

"당신은 뒷모습만 봐도 야나이를 알아본다고 했죠." 코르작이 말했다. "그러니까 당신 말이 맞는지 확인만 하자고요." 그 순간, 그의 목소리 외에 매달릴 것이 없는 나는 그의 말투에서 대담함을 느꼈다. 자격이 없는 사람들에게 한 조각의 존경도 베풀지 않겠다는 그의 고집이라는 걸 깨달았다.

"난 이런 장난은 싫어." 누군가가 소리쳤다. "다른 부대라면 지금쯤 엉덩이에 불났을 거다."

"베조, 씨발. 진정해!" 사칼이 말했다. "너 그거 알아? 이 사람 말이 일리가 있어. 네가 진짜 누구를 봤는지 말해 주면 우린 이 일을 끝낼 수 있어."

방 안이 조용해졌다. 나는 차가운 벽에 코가 닿도록 고개를 앞으로 기울였다. 옆에 서 있는 사람들 중 한 사람의 조용하고 긴장된 숨소리가 들렸다. 야나이였다, 나는 확신했다.

"그렇다면 나는 무죄를 선고한다." 사칼이 선언했다.

"지금 뭐라고 했어?"

"구운 치즈를 훔친 사람을 지적할 수 없다면 나는 그에게 무죄를 선언한다고!" 사칼이 목소리를 높였다.

"젠장!" 베조는 씩씩거리더니 성난 걸음걸이로 우리가 있는 쪽을 향해 두 발짝 내디뎠다. 내 주변에 긴장감이 확 느껴졌다. 무슨 뜻인지는 정확히 알 수 없지만 윙윙거리는 속삭임이 들렸다.

"바로 저 사람이야." 베조가 마침내 말했고, 나는 얼어붙었다.

"확실해?" 사칼이 물었다.

다시 한 번 속삭이는 소리가 이어졌다. "확실해." 베조가 대답했다. "왼쪽에 있는 사람, 정확하다니까."

"뒤돌아!" 사칼이 우리에게 명령했다. 우리는 즉시 복종했다. 야나이는 다시 한 번 헉, 소리를 냈고 그 소리가 방 전체에 메아리쳤다. 이번만은 두려워 끙끙거리는 게 아니라 안도의 한숨소리였다. 그는 줄 한가운데, 부대 식당 요리사 옆에 서 있었다. 그의 왼쪽에는 2주 자숙기간 명령을 받고 전초 기지에 오게 된 포병이 있었다. 얼굴은 서로 닮지 않았지만, 야나이와 그 포병은 키가 비슷했고 피부색이 같았다. 그때 나는 마침내 코르작이 모든 변론의 마지막 세부사항까지 이미 치밀하게 계획했다는 것을 깨달았다. 코르작은 심지어 그 포병의 머리를 야나이와 똑같이 짧게 잘라놓았던 것이다.

야나이와 코르작은 웃지 않으려고 최선을 다하며 서로를 힐끗 쳐다보았지만 결국 얼굴에 번지는 미소까지 막지 못했다. 그들의 순간적인 연대감에 나는 약간의 질투심을 느꼈다. 아연실색한 선배 대원들은 다리를 펴고 일어나서 우리 앞에 서더니, 이해하려고 안간힘을 썼다. 항의의 발언이 다시 시작되었지만 사칼은 곧 한 마디로 그들의 입을 틀어막았다.

"좋아. 누가 그랬는지 확실하지 않다는 사실을 인정해." 판사처럼 말하더니 소파에 앉았다. 야나이는 못 믿겠다는 듯 가슴을 움켜잡았고, 베조는 살인적인 눈빛으로 그를 쏘아보았다. 사칼은 다시 메가폰을 집어들며 볼륨을 높였다.

“새로운 조사 결과로 인해 평결을 다시 내릴 수밖에 없다.” 그는 말을 마친 뒤, 잠시 침묵했다. “네 사람은 엉덩이를 맞고 온전한 1분으로 꽉 채울 테니, 아무도 소외감을 느끼지 않을 것이다.”

“하지만 누가 그랬는지 모르잖아요!” 코르작이 비명을 질렀다.

“맞아.” 사칼은 득의양양한 미소를 지으며 대답했다. “네가 뭐 어떤 방면에서는 천재일지 모르지만, 여기에서는 그게 그닥 중요하지 않다는 것조차 모르고 있잖아.”

코르작의 외침은 선배들의 휘파람과 환호에 묻혀버렸다. 내가 어떻게 피고인 중 한 사람으로 변했는지 겨우 이해하기도 전에 베조와 다른 선배들이 우리에게 달려들었다. 야나이가 나를 보호하려고 내 몸을 뒤로 밀쳤다. 그러나 별로 도움이 되지는 않았다. 첫 번째 펀치가 내 배와 아래 갈비뼈를 가격했다. 나는 손을 뻗어 머리를 감싸려고 했지만 소용없었다. 펀치가 더 강력해졌다.

그게 얼마나 지속됐는지 모르겠다. 아마 그렇게 길지는 않았을 것이다.

7

나는 그가 총을 낚아채는 것을 보지 못했다. 그러나 거기, 코르작이 내게 등을 보이고 서서 베조의 이마를 향해 짧은 바렐 M—16인치 총을 겨누고 서 있었다. 다른 선배 대원 두 명이 코르작에게 총을 겨눴고, 방 안은 마치 우리 모두가 빨간색 파란색 신호등 놀이를 하는 것처럼 숨소리도 들리지 않았다.

적어도 네 명의 남자들이 코르작에게 무기를 버리라고 소리쳤다. 그러나 그는 응답하지 않았다.

"넌 감히 쏠 수 없을 거야." 베조가 말했다.

"나도 정말 모르겠어." 코르작이 대답했다. 그의 불확실성의 대답은 노골적인 위협보다 더 불안했다.

베조는 눈을 감았다. "넌 빌어먹을 미친놈이야." 그가 말했다. 그의 대들보 같은 이마에 땀방울이 송골송골 맺혔다.

"좀 반응이 과하네, 아닙니까?" 사칼은 침착하고 정중한 어조로 소리쳤다. 겉으로는 무관심한 듯 소파에 앉았다. "아쉽네, 우리 너무 좋은 시간 보내고 있었는데."

코르작은 베조를 향해 총을 겨눈 채 계속 소파에 앉아 있는 판사 쪽으로 시선을 옮겼다.

"그들을 그냥 보내."

사칼은 일어나서 문 쪽으로 걸어갔다.

"그래." 그가 대답했다. "모두 내보내 줄 테니 진정하고 총을 버려. 다 괜찮아."

코르작은 바로 항복하는 태도를 취하는 사칼의 행동이 의심스러운지 베조의 머리에 총구를 더 바짝 끌어당겼다. 그리고 그는 우리 넷을 바라보며 나가라는 신호를 보내더니 문 쪽으로 고개를 끄덕였다.

우리 중 움직이는 사람은 아무도 없었다.

"다 괜찮아, 대원들." 사칼이 문을 열면서 말했다. "가, 걱정 마. 다 잘됐으니까."

포병과 요리사는 밖으로 뛰어나갔다. 나는 움직이지 않았다. 야나이는 코르작을 향해 걸어가 그의 어깨에 손을 얹었다.

"뭐, 이렇게까지 할 필요가." 야나이는 코르작의 행동이 자신과 아무 상관없다는 것을 확실히 알리기 위해 큰 소리로 말했다.

"자, 가자!" 그가 문 쪽으로 걸음을 옮기면서 나에게 말했으나 나는 꿈쩍도 하지 않았다.

"이봐, 여기서 꺼져!" 사칼이 투덜거리며 나를 밀었다. 나는 꿋꿋하게 서려고 노력했고, 항의의 뜻으로 손을 흔들었으며, 소리까지 질렀다. 그러나 그것은 모두 과시용이었다. 사실은, 내가 원했던 건 거기서 벗어나고 싶은 것뿐이었다. 문이 닫히기 전에 나는 한 번 더 뒤를 돌아보았다. 코르작이 항복하는 모습이 보였다. 그는 천천히 그의 발 근처로 총을 떨어뜨렸다. 베조가 잽싸게 바닥에 쓰러진 키 큰 영국인을 향해 덤벼드는 것을 보았다.

문을 열려다가 잠길 때까지 기다렸다. 누군가 이런 나를 봤다면 내가 도와주려고 했다고 생각할 것이었다. 그리고 나는 돌아섰다. 야나이는 더 이상 그곳에 없었다. 아무도 없었다. 나는 거의 뛰다시피 하면서 내무반으로 도망쳤다. 군복을 입은 채 신발도 벗지 않고 침대에 누웠다. 어렸을 때 엄마가 했던 것처럼 이불로 몸을 최대한 꽁꽁 감쌌다. 그리고 내 위층 침대의 금속 스프링을 올려다보았다. 나는 양 숫자를 세며 잠을 청했다. 실패했다.

8

새벽에 침대에서 일어나 주말 가방을 싸기 시작했다. 그리고 코르작의 내무반으로 가서 반쯤 열린 문 옆에 서 있었다. 나는 문을 1인치 더 밀어 안을 엿보았다. 창문에 붙은 판지 조각을 관통한 몇 개의 빛이 코르작의 몸에 닿아 있었다. 코고는 소리가 들렸다. 그의 뺨에 있는 큰 찰과상을 보자 몸이 오싹했다. 다른 상처는 없는 것 같았다. 얼마나 오랫동안 그를 응시하며 서 있었는지 모른다. 어느 순간 그가 기침을 하기 시작했고, 나는 두 발짝 뒤로 물러서며 움찔했다.

내가 그의 내무반을 나왔을 때 나는 무슨 말을 하려는지 모르는 채 왁스만에게 전화를 걸었다. 그는 받지 않았다. 두 번째도 연결되지 않았다. 나는 급한 일이라는 문자를 그에게 보냈고, 해가 사막을 비추는 모습을 지켜보며 기지 주변을 배회하기 시작했다. 누군가에게 말해야 했다. 그 세세한 것들이 간신히 해왕성을 벗어나 현실 세계, 저 바깥 어딘가에 확실하게 가 닿도록.

그녀에게 전화를 걸었다. 그녀가 이해할 것 같은 느낌이 들었지만, 이해하지 못한다고 해도 중요하지 않았다. 나는 그녀와 얘기하고 싶었다. 그녀는 세 번째 신호음 뒤에 상쾌한 아침 같은 목소리로 전화를 받았다. 나는 그녀가 북쪽에 있는 그녀의 집, 눈 덮인 침대에서 일어나는 상상을 했다. 그녀에게 모든 것을 말했다. 구운 치즈와 재판, 사칼과 코르작, 구타와 총에 대해. 그녀는 내게 천천히 설명해 달라고 부탁했고, 세부적인 것들에 대해 집중했다. 내 표현을 존중하며 나를 이끌었고, 나는 그녀의 부드러운 말투에 젖어들었다.

그녀는 내가 더 이상 할 말이 없을 때까지 듣고 있다가 말없이 나를 안심시켰다. 부드러운 숨결로. 그녀는 조사해 보겠다고 했다. 그 일에 대해 뭔가 조치를 취할 사람들을 알고 있으며, 그들은 이런 종류의 행동을 그냥 넘어가지 않을 것이라고 말했다.

"필요하다면 군 기자 카르멜라 메나셰에게 전화를 걸겠어요." 그녀가 밝혔다. "야나이가 좀 실없지만, 그렇다고 이런 대접을 받아야 하는 건 아니죠." 그녀는 시간이 좀 걸릴지 모른다고 못을 박았지만, 할 수 있는 모든 것을 하겠다고 약속했다.

"거기서 잘 버틸 수 있겠죠?" 그녀가 물었고, 나는 그녀를 위해서라면 무엇이든 할 수 있다고 말할 뻔했다.

"그럼요." 내가 대답했다.

"용기 있는 사람이네요, 잘됐어요."

전날 밤 일어났던 모든 끔찍한 일을 털어놨음에도 불구하고, 나는 감출 수 없는 미소를 지으며 버스에 탑승했다. 뒷줄 한 좌석에 자리를 잡고 앉아 아무 소리도 듣고 싶지 않아서 이어폰을 꽂았다. 잠이 들락날락하는 사이 그녀의 목소리를 상상했다. 텔아비브에 도착하기 한 시간쯤 전, 사칼이 버스에 오르더니 내 옆에 앉았다.

"저 노파가 말을 멈추지 않네."

나는 혈관을 통해 피가 점점 더 빠르게 흐르는 것을 느꼈다. 나는 무관심한 것처럼 보이려고 했다.

"뭘 듣고 있는 거야?" 그는 가방을 좌석 밑으로 밀어 넣으며 물었다. 나는 그 질문을 못 들은 척했고, 잠시 후 그는 포기했다. 사칼은 고개를 오른쪽으로 돌려 맞은편 줄에 앉은 노파를 바라보았다. 그녀는 식료품으로 꽉 찬 장바구니 두 개를 뒤지며 안경을 찾을 수 없다고 중얼거리고 있었다. 그는 앞으로 몸을 굽혀 핸드폰 스크린으로 바닥을 비추고는 검은 테 안경을 바닥에서 주워 여자에게 건네주었다.

"복 받으세요." 그녀가 말했다. 사칼은 빙긋이 웃으며 다시 고개를 돌려 앞을 응시했다.

"나는 네가 생각하는 그런 개자식 같은 선배는 아니야." 그가 말했다.

"뭐라고요?" 나는 못 알아들은 체하며 물었다.

"나에 대해 어떻게 생각하는지 알아. 나도 한때는 너 같았으니까."

"나처럼요?"

"후배, 아! 이런 일이 일어날 줄 몰랐어."

나는 응답하지 않았다. 우리는 잠깐 눈을 마주쳤다.

"그 사람은 괜찮아, 네가 알고 있으라고 하는 말이야. 멍은 좀 들었지만 심각한 것은 아니야." 그가 말했다. "다 끝나고 베조가 혹시 녀석의 뼈가 부러진 곳은 없는지도 확인했어. 만약 부대장이, 후배가 총으로 선배를 위협한 것을 알았다면 그가 어떻게 됐겠어. 그것과 비교하면 아무 일도 아니라는 말이야. 내 말을 믿어도 좋아."

선배들의 친절에 대해 콧방귀를 뀌고 싶은 생각이 들었지만, 감히 그럴 엄두가 나지 않았다.

"너도 똑같이 될 거야." 그가 다시 눈을 감으며 말했다.

"아니, 안 그럴 겁니다." 나는 그의 기이한 주장에 당황하여 얼른 쏘아붙였다.

"그냥 기다리라고." 그가 말했다. "해왕성이나 다른 힘든 전초 기지에서 몇 달만 더 있으면 바로 그렇게 돼. 내 말 믿어, 곧 알게 될 거야."

나는 그와 논쟁하고 싶었다. 그가 얼마나 잘못했는지 설명하기 위해, 나는 그와 같지 않다고 말하고 싶었다. 그런데 갑자기 두려웠다. 내가 어떤 식으로든지 논쟁을 하려고 하면 그는 내가 틀렸다는 것을 증명해 보일 것만 같았다. 그래서 아무 말도 하지 않았다.

텔아비브에 있는 중앙버스 정류장에서 내렸을 때 그는 나에게 오후 콘서트가 있는 클럽으로 바로 간다고 말했고, 내게 같이 가고 싶은지 물었다. 내게 정식 사과는 하지 않았지만 그가 내 기분을 풀어주기 위해 뭔가 애쓰고 있다는 점은 고마웠다.

"이 모든 걸 폭로할 거예요." 나는 그에게 말했다. 귀띔이라도 하지 않는다면 친절을 베푼 그에게 불공평하다는 생각이 들었다. 군신문 기자와 이야기를 나눴다고도 말했다. 나는 그녀가 콜 이즈라엘(이스라엘 공영 라디오 방송국—역자 주)의 기자를 알고 있다고 말했다. "난 누구도, 사칼, 적어도 선배를 망칠 생각은 없어요. 하지만 누군가는 이 일을 책임져야 해요."

사칼이 웃었다. 그가 평결을 내릴 때 보였던 바로 그 짓궂은 미소였다.

"너 정말 어린애구나." 그가 말하고 나더니, 자세히 설명해야 할지 말지 고민하듯 잠시 말을 멈추었다. "이것이 우연이라고 생각해? 야나이가 지휘관의 여자 친구에게 수작을 걸고 3일 후에 우리가 그를 때려눕힌 게?"

나는 그의 말을 완전히 파악하기 위해 애썼지만, 그럴 수가 없었다.

"누구 여자 친구요? 왁스만? 무슨 말이지?" 내가 그에게 물었지만 그는 대답하지 않았다.

"무슨 말이야, 사칼?" 나는 그에게 소리쳤다. 그는 내 어깨에 손을 얹었다. "무슨 말이냐고요?"

사칼은 한 마디도 하지 않았다. 그는 돌아서서 사람들 사이를 뚫고 역 안으로 들어섰다. 나는 생각하지 않으려고 애쓰며 가만히 서 있었다. 그러다 역 밖에서 목적 없이 배회하기 시작했다. 너무 많은 생각들이 머릿속을 질주하고 있어서 하마터면 새끼 고양이를 밟을 뻔했다. 발을 헛디뎠다. 새끼고양이가 놀라 길을 건너다 두 번 치일 뻔했다. 나는 연석에 앉아 주머니에서 핸드폰을 꺼냈다. 연락처에서 '북쪽에서 온 소녀', 그녀에게 지어준 이름을 잠시 응시했다. 통화 버튼을 눌러 그녀에게 전화를 걸어 보았다. 그녀는 받지 않았다.

9

해왕성으로 돌아온 지 일요일이 되어서야 코르작의 실종 소식을 듣게 되었다. 그를 마지막으로 본 사람은 같은 내무반에서 잠을 잔 포병이었다. 그는 잠들기 전에 코르작이 침대에서 책을 읽고 있는 것을 보았다고 말했다. 그러나 그가 깨어났을 때 코르작은 사라지고 없었다. 다른 대원 여섯 명은 총소리를 들었다고 했다. 그들은 토요일 내내 그를 찾느라 시간을 보냈다. 그들이 발견한 유일한 증거는 구내식당 근처 탄약통과 몇 피트 떨어진 곳에 모래를 적신 피 웅덩이뿐이었다.

그들은 코르작을 찾지 못했다. 그의 몸도 총도 없었다. 범죄수사과에서 온 대원들이 조사했지만 빈손으로 돌아갔다. 그들은 그를 실종자로 분류했다. 나는 그들에게 재판 얘기를 해줬고, 그것과 관련이 있을지도 모른다고 했지만 별로 관심 없어 보였다. 소문이 퍼지기 시작했다. 그 날 밤 망루에서 경비를 섰던 한 대원은 버스 정류장에서 키 큰 사람이 히치하이킹을 하는 것을 보았다고 주장했고, 베조는 부관 출신의 친구가 전산기록에서 코르작의 기록을 찾을 수 없다고 말했다. 며칠 사이에, 해왕성인들 사이에 슬금슬금 구체적인 이야기로 번져가기 시작했는데, 코르작이 우리 상상력의 산물일 수도 있다는 것이었다. 전초 기지의 유령처럼.

만약 그의 어머니가 아니었다면, 나는 아마도 이 사건을 기괴한 군대 경험의 긴 목록에 기록했을 것이다. 그러나 그가 사라진 지 2주 뒤 그의 어머니가 나타났다. 스카프와 빨간 코트에 싸인 쪼글쪼글한 여자였는데, 어느 날 아침 그녀만큼 큰 여행 가방을 끌고 부대 정문에 나타났다. 그녀는 기지에 있는 모든 대원들에게 다가가 심한 영국식 억양으로 그녀의 아들을 본 사람이 있는지 물었다. 그녀는 강렬한 겨울 햇살 아래서 온종일 내무반을 돌아다니며 사물함까지 흥분해 뒤졌으며, 떨리는 손으로 아들이 사라진 시간과 공간의 정확한 지점을 찾아 헤매느라 하루를 보냈다.

녹색 쓰레기통 뒤에서 그를 찾던 그녀의 모습은 몇 년 동안 나를 괴롭혔다. 몇 년 전, 나는 그에게 무슨 일이 일어났는지 알아내기 위해 사설탐정까지 고용했다. 그 시도만으로도 마음이 편안해지기를 바라고 있었다. 유일하게 찾아낸 것은 북쪽의 집단농장 중 한 곳에 있는 작은 도서관에서 나온 벌금 기록이었다. 남아메리카 작가들이 쓴, 연체 도서 6권. 나는 실마리를 찾을 수 있기를 바라며 그들 중 몇 권을 읽었지만 그 어떤 것도 찾을 수 없었다. 그리고 여전히, 이상하게도, 이 발견은 어쩌면 코르작이 일종의 초월적인 인간으로서— 육체적인 의미로— 존재했을지도 모른다는 나의 비밀스럽고 비합리적인 생각에 위안을 안겨주었다. 그 날 밤 발생한 폭력으로 비틀거리던 그는 두려움을 느꼈고, 자신의 몸이 한없이 불편하게 느껴져 원상태—그가 읽은 책의 줄 사이사이에만 존재하고 있는 의식—로 되돌아갔다는 내 상상력에 힘을 실어주었다.

파리와 고슴도치

요나단 형이 입대한 날부터 나는 시간을 잡아보려고 노력했다. 말 그대로 붙잡으려고. 양손을 뻗어 손가락 사이를 지나갈 때를 기다렸다가 주먹을 재빨리 쥐고 최대한 많은 덩어리를 잡으려 했다. 처음에는 아무것도 잡지 못했다. 시간을 잡는 것은 정말 까다로운 일이었으니까. 어찌 되었든 난 어설픈 파리 한 마리조차 잡아 본 적이 없다.

내가 그 날 이런 얘기를 했던 걸 기억한다. 금요일이었다. 형은 2주간의 보초 근무를 마치고 피곤한 모습으로 집에 왔다. 우리는 모두 식탁에 둘러앉았고, 어머니와 아버지는 형이 두 접시를 게걸스럽게 먹어치울 때까지 앞에 놓인 음식은 쳐다보지도 않았다. 저녁 식사 후 우리는 거실에서 형 얘기를 들었다. 이타이가 근무시간 내내 전화 통화를 하며 보낸다는 것과 어떻게 형과 로이가 로즈너 경위에게 장난을 쳤는지에 관한 이야기였다. 형은 계속 말했다. 전초 기지에서 아무 일도, 정말로 아무 일도 일어나지 않는 걸 믿을 수 없다고. 오히려 집에 있는 것보다 북쪽에 있는 그곳이 훨씬 더 안전하다고.

그 날 저녁 늦게 형은 집안을 서성거렸고 나는 그림자처럼 졸졸 따라다녔다. 형은 친구들과 약속이 있다며 면도를 했지만, 실은 고슴도치 쓰다듬는 느낌을 싫어하는 메이탈을 위한 거였다. 안방에서 스위치를 끄는 소리가 들리자 그제야 형은 내게 다가오더니 할 말이 있다고 조용히 말했다. 이타이가 경계 근무를 섰던 날 누군가 전초기지에 잠입할 뻔했는데, 마침 순찰 중이었던 로즈너가 그를 붙잡은 것은 정말 행운이었다고 했다. 그리고 형은 2주 안에 한창 분쟁 중인 가자 지구로 보내질지도 모른다는 거였다. 어머니와 아버지에게는 아무 말도 하지 말아 달라고 했다. 어머니는 이미 충분히 스트레스를 받고 있고, 혈압이 높은 아버지에게도 좋은 소식은 아니기 때문이었다. 하지만 나한테는 말하고 싶다고 했다. 몇 년 후면 나도 그들처럼 될 테니까.

나는 모든 것을 기억하기 위해 노력했다. 충고 하나, 경고 하나, 그리고 형의 새로운 군대 언어들까지. 형이 로즈너에게 했던 속임수도 기억난다. 마침내 형이 외출을 하려다가 그제야 생각난 듯 물었다. 예전에 얘기했던 그 여자아이와 무슨 진전이 있느냐고. 나는 그냥 계속 바빴다고 대답했다. 그러자 형은 무슨 일로 바빴냐고 물었다. 나는 잠시 어색하게 우물쭈물하다가, 시간을 붙잡아 보려 한다고 중얼거렸다.

"열 살짜리 아이에게 가장 필요한 것은 시간이지." 형이 말했다. "그걸 가지고 뭘 할 수 있을까?"

솔직히 나도 몰랐기 때문에 그만둘 생각이라고 말했는데, 그 말이 형을 답답하게 만들었다. 형은 즉시 어떻게 잡으려고 했냐고, 방법을 보여 달라고 했다. 나는 손을 뻗었고, 손가락을 넓게 벌렸다. 형은 내 손 사이의 거리, 잡는 속도, 그리고 손아귀의 힘을 검사했다.

"어쩐지. 그러니 당연히 못 잡지, 게다가 인내심까지 없으니." 이미 약속 시간이 늦었음에도 불구하고 형은 큰 손을 펼치더니 어떻게 손가락 사이로 시간을 끌어모아야 하는지 시범을 보였다. 그리고 덩어리를 움켜잡은 순간 병을 가져오라고 소리쳤고, 손가락 사이를 빠져나가려는 덩어리와 형이 씨름하는 동안 나는 주방으로 재빨리 달려갔다. 마지막 순간에야 겨우 병 속에 밀어 넣을 수 있었다. 우리는 땀에 젖은 채 숨을 헐떡이며 덩어리가 어항의 구피처럼 병 속에서 소용돌이치는 것을 보았다. 형은 만족스러운 목소리로 이제 외출한다고 말하더니 내게 걱정 말라고 했다. "보초 근무를 오래한 내 손으로 시간을 엄청 모아놨거든, 내가 좀 아껴서 줄게."

그리고 어머니가 뉴스에서 눈을 떼지 않았던 그 날에도 아버지는 거실에 조용히 앉아 있었다. 좀 지루하게 느껴졌던 나는 형이 가르쳐준 대로 하려고 해봤다. 그리고 잠시 후, 나는 그것을 느꼈다. 거의 보이지 않았고 손가락 사이로 미끄러져 사라질 뻔했지만, 내 손에 쥐어진 것이 시간 덩어리라는 것을 알아차릴 수 있었다. 나는 그것을 놓치지 않기 위해 가까이 끌어당겼고, 내가 무슨 짓을 하고 있는지 알 수 없었던 아버지는 아이처럼 행동하지 말라고 핀잔을 주었다. 그러자 어머니가 내게 다가와 아버지가 야단치려고 그런 건 아니라고 달랬지만 꾸짖는 말이라는 걸 모르지 않았다.

그 순간부터 나는 점점 더 큰 덩어리를 끌어모아 시간을 움켜쥐는 시도를 멈추지 않았다. 내가 시간을 붙잡는 걸 시간은 좋아하지 않았던 것 같다. 시간은 무한한 것이니 내게 필요한 몇 개의 작은 조각이라도 달라고 떼를 썼지만, 시간은 관대하지 않았다. 작은 입자 하나도 허용하지 않았기에 나는 계속 싸웠다. 밤이 되면 덩어리들이 병에서 빠져나가려고 애쓰며 말썽을 일으켰지만, 나는 뚜껑을 더 세게 닫아 밖으로 새어나가지 못하게 막았다. 나는 형이 내게 들려주었던 모든 이야기의 시간을 끌어모아 계속 병을 채웠다. 형의 동료들과 로이도. 로즈너도 잠깐 담겼고, 심지어 조금 울기까지 했다. 메이탈은 잡지 못했지만 걱정하지 않아도 된다. 그녀도 결국 담길 거라고 확신했다. 형이 어떻게 생각할지 모르지만, 나는 그녀가 항상 형을 사랑했다는 걸 알고 있다. 심지어 그녀가 고슴도치를 쓰다듬는 것 같다고 느낄 때도 말이다.

모두들 조의를 표하러 왔다. 나는 성숙하고 진지하게 보이려고 노력했지만, 솔직히 그들에게 관심을 기울이지 않은 채 시간을 붙잡기 위해 계속 노력했다. 애도 기간이 끝난 이후에도. 그리고 마지막 조각을 병에 쑤셔 넣고 형 방으로 갔다. 한 달이 넘도록 아무도 들어가지 않은 방. 기타가 놓여 있는 곳을 지나, 바닥에 쌓여 있는 〈핑크 플로이드〉 레코드 더미를 지나, 침대 머리맡 『반지의 제왕』 책 어느 페이지에 꽂혀 있던 책갈피까지 눈에 들어왔다. 어머니가 형 생일 선물로 만들어준 사진 보드 쪽으로 갔다. 사진 하나하나를 정말 천 번 만큼이나 가까이 들여다보았다. 나는 보드를 들여다보며 마음에 드는 것을 고르기 위해 손가락으로 사진들을 짚어가며 살폈다. 드디어 형 생일에 해변에서 찍은 것을 골랐다. 모두가 그 안에 있었다. 어머니와 아버지는 중간에, 그리고 형이 한쪽 팔로 메이탈을 껴안고, 다른 한쪽 팔로는 내 등을 툭 치던 그 순간의 모습이 담겨 있었다. 그리고 사진을 찍어준, 야구 모자를 쓴 미국인은 어떤 버튼을 눌러야 할지 잘 이해하지 못했기 때문에 우리 모두 배꼽을 잡고 웃었던 그 순간까지도.

나는 조심스럽게 보드에서 사진을 떼어 침대 위에 올려놓았다. 병을 열고 아주 천천히, 그 모든 시간을 끌어모아 사진 위에 쏟았다. 그리고 3초 동안 나는 다시 그 순간 속에 있었다. 사실대로 말하면, 나는 그 순간을 빠져나오는 데 무척 힘이 들었다.

나는 그 후 기술을 발전시켜 하루에 세 병을 채웠다(이미 한 손으로 잡을 수 있는 파리들이지만 항상 놓아준다). 그리고 새로운 계획도 짜고 있다. 그러느라 성적도 떨어졌고, 친구를 사귈 시간도 별로 없다. 주변 사람들은 병과 상자를 모두 형 방에 채우는 것이 어리석은 짓이라고 말한다. 만약 그들이 힘이 있었다면 나에게 더 많은 잔소리를 했겠지만, 불행히도 그렇지 못했다. 하지만 형이 잠깐 내게 들를 수 있다면 바로 이해했을 것이다. 나는 이 집 전체를 시간으로 채우고 싶다. 내 평생 갈 만큼. 그리고 내 혈압뿐만 아니라 아버지도 혈압이 그렇게 좋지 않고 어머니는 너무 피곤해 아무것도 할 수 없다. 우리가 형과 함께했던 그 모든 시간을 되찾을 수 있다면 마침내 우리는 생기를 되찾았을지도 모른다. 한순간의 고요 속에 영원히 갇혀 있는 대신.

사막을 기억하는 방법

1

하얀색 칠을 한 대기실에 들어서자마자 루시는 아미차이가 옳았다는 것을 깨닫고 갑자기 움츠러들었다. 줄곧 옳았었다. 기억을 공유하면 두 사람이 실제로 같은 분자를 공유하듯 똑같은 장소에 있을 수 있다고 했다. 그런 기술들을 이용해 상대방의 마음을 꽉 잡고 도망가지 못하게 붙들 수도 있는 것이다.

"공간은 언제든 있어." 루시는 아미차이가 그런 제안을 할 때마다 거부하면서도 공간을 남겨둔 누군가에게 은근히 감사하는 마음을 가졌다. 그러나 아미차이는 언제나 요지부동이었다. 그는 몸을 옆으로 돌려 으스러질 정도로 집요하게 파고들었고, 그녀는 그가 계속 시도하도록 내버려 두었다. 그는 정말로 노력했다. 침실, 화장실, 차 어디에서든 그녀와 친밀감을 느끼기 위해 몸을 밀착했다. 그의 기괴한 시도로 인해 그녀의 피부가 붉게 물들었지만 그는 헤어지기 전까지 그 방법을 고수했다.

수술복을 입은 젊은 여성이 들어서며 대기실 사람들의 이름을 불렀다. 루시는 그녀의 눈썹이 멋지다고 생각했다. 그러다 주변에 앉아 있는 어느 한 커플을 보았다. 그들이 그 방에서 가장 오래 사귄 커플일 거라고 생각했다. 몇 년쯤 되었을까? 20년? 어쩌면 30년?

"일란과 루시 자미르?"

"그가 자미르고요, 나는 매이너예요." 그녀는 서둘러 성을 바로잡았다. "내일 결혼해야 우리 둘 다 자미르 성을 갖게 되죠." 루시는 일란이 서운하게 생각할지도 모른다고 걱정하며 힐끗 쳐다보았지만 그는 상관하지 않는 것 같았다.

"괜찮아요, 요즘은 결혼식 후에 하이픈을 넣기도 하더라고요. 자미르—매이너라고 하세요." 여자가 말하자 일란이 웃으며 대답했다. "고치기엔 너무 늦었어요, 우린 구식이거든요."

대기실에 있던 몇 사람이 웃음을 터뜨렸다.

"루시드 메머에 온 걸 환영해요." 여자가 결혼 전 기억 공유시술을 받은 커플들이 안락한 스파 치료를 받는 방이라고 안내해 주었다. 그러고는 과정을 설명했다. 안전 규정을 먼저 말했고 관련 서류를 건넸다. 시술이 끝나면 가벼운 현기증이 올 수도 있다고 덧붙였다. "특히 고령인 분들!" 루시는 마지막 말이 자신들을 가리키는 것인지 문득 궁금했다. 시술실을 나가기 전, 여자는 한 번에 한 커플씩 부를 거라고 알려주었다. 왼쪽에 앉은 두 남자가 손을 잡고 속삭이고 있었다. 그들 중 한 남자가 루시에게 고개를 돌리며 물었다.

"궁금해서 꼭 물어봐야겠어요, 혹시 매이너 창업주 친척인가요?"

"꼭 물어볼 필요가 있는 게 아니라 꼭 알고 싶은 거겠죠." 그녀가 대답하자 일란이 재빨리 끼어들었다. "그 사람이 이 사람의 전 남편이죠. 아주 멋진 사람."

"최소한 할인이라도 해주겠네요?" 남자가 묻자 다른 사람이 웃으며 말했다. "할인? 거짓 기억을 심어주지 않는 것만으로도 감사할 일이지."

"그는 점잖은 사람이죠." 일란이 말했다. 그녀는 사람들이 아미차이에 대해 말할 때 늘 하던 버릇대로 그의 손을 꽉 쥐었다.

2

여자가 그들을 시술실로 안내했다. 방 한가운데에는 둥글고 넓은 기계 두 개가 놓여 있었다. 여자는 그 기계들이 MRI 기계의 외관과 작동이 비슷하다고 설명한 다음 녹색 병원 가운을 건네더니 커튼 뒤에 있는 작은 탈의실에서 갈아입으라고 했다. 일란이 먼저 들어가고 그녀가 뒤따랐다. 가운은 작았지만 그녀는 불평하지 않았다.

"흥분되죠?" 여자가 물었다. 일란이 그렇다고 말하자 루시가 고개를 끄덕였다.

"그럼 오늘 몇 개의 기억을 공유할 거죠?"

"두 개요."

"등록하실 때 적어도 다섯 개는 공유해야 한다고 설명해 주지 않던가요?"

"두 개 이상은 공유하지 않을 거예요." 루시 말에 일란이 덧붙였다. "우리와 통화할 때 두 개만 공유해도 된다고 합의했어요."

"죄송해요, 두 개 선택은 진료비 명목에도 없던 거라서요."

"그럼 다섯 개 계산하고 두 개 공유할게요." 일란이 대답하자 루시가 빙그레 웃었다. 그녀는 다투지 않고 문제를 해결하는 그의 태도를 좋아한다. 그녀 뒤에서 묵묵히 방패 역할을 하는 모습까지도.

여자가 재빨리 어딘가로 전화를 걸었다. "미안해요, 업데이트 정보를 내게 알려주지 않아서 벌어진 일이군요." 여자가 말했다. "두 개입니다." 여자는 그들에게 시간과 장소가 정확히 정해져 있는 기억을 공유하는 게 매우 중요하다고 상기시켰다. 그렇지 않으면 기계가 정교한 기억을 복사하는 데 애를 먹는다는 게 이유였다. 추상적인 기억들은 소환이 불가능하다고 덧붙였다. "모든 과정은 30분 정도 소요됩니다. 둘 중에 한 분이 먼저 시작하세요. 이제 공유할 시간이에요."

"집에서 연습해 봤어요." 일란이 말하자 여자 얼굴에 미소가 지어졌다. 맑은 액체가 담긴 유리컵을 하나씩 나눠 주면서 새로운 기억을 뇌에 입력시키는 데 도움을 줄 것이라고 설명했다. 덧붙여, 눈앞이 흐려질 거라고 했다. 일란은 천천히 마셨고 루시는 단숨에 잔을 비웠다. 지독하게 달았다.

"시작합시다."

일란은 루시 뺨에 키스하고 그의 기계가 있는 쪽으로 걸어갔다. 루시도 그녀의 기계 쪽으로 다가가 길고 좁은 공간 위에 누웠다. 얇은 매트가 차갑게 느껴졌다. 아마차이는 이런 것 따위는 고려하지 않는 전형적인 성격의 사람이다.

그녀는 자신을 향해 손으로 키스를 보내는 일란을 바라보자 순간 수줍은 감정이 일어서 애써 기계의 윙윙거리는 소리에 집중하며 천장에 시선을 고정시켰다. 그녀의 몸이 안으로 다 들어갈 때까지 하얀 터널 속으로 밀어넣으며 기계가 움직였다.

"눈을 감으세요." 스피커를 통해 부드러운 목소리가 흘러나왔다. "깊게 숨을 들이켜세요."

그녀는 애써 집중하려고 노력했다. 그녀와 아미차이 사이에서 태어난 아들을 생각했다. 아들이 기억 공유 기계에 들어간 날, 그녀는 자신의 생각이 틀렸다는 사실을 깨달았다. 아들은 더 이상 사람들이 떠돌이처럼 이 세상을 혼자 방황할 이유가 없다고 말했다. 그가 아내 나오미와 기억을 교환했을 때의 얘기를 그녀에게 들려주며 이렇게 말했다. "말이 실패한 자리, 기술이 해내죠." 그렇게 말하는 아들의 모습이 행복해 보였다. 루시는 기억 공유 기계에 대해 자신과 다른 생각을 가진 아들에 대해 유감스럽게 생각하지 않으려고 애썼다.

"나는 공유하는 게 꼭 좋다고 생각하지 않아." 그녀가 아들에게 고백했다. 너무 가깝게 느껴져 싫다고도 했다. 하루 종일 사람들이 주고받는 메시지나 기억, 사진들 때문에 불편할 정도라고. 그러자 아들은 이해할 수 없다는 눈초리로 그녀를 바라보았다. 아마도 그는 아내에게 "어머니가 받아들이지 못하시네."라고 말할 것만 같았다. 마치 다른 사람에 대해 말하는 것처럼, 툭. 그녀의 경로 우대카드가 우편으로 도착한 이후 몇 년 동안 아들은 그녀를 다르게 대했다. 그녀가 열쇠를 잃어버릴 때나 옛 동창의 이름을 기억하려고 안간힘을 쓸 때마다 아들은 그녀를 시험하려 들었다.

"루시, 당신 맥박 수치를 보니 스트레스가 좀 있습니다." 목소리가 들려왔다. "그러나 걱정 마세요, 모든 게 우리 관찰 아래 안전하게 진행되고 있습니다."

"알고 있어요."

"좋아요, 계속 호흡에 집중하세요. 이제 두 분에게 함께 나누고 싶은 첫 번째 기억을 생각해 보라고 할 겁니다."

그녀는 생각을 집중하며 기억들을 떠올렸다. 그제야 그녀는 단 하나의 기억도 공유할 생각이 없음을 깨달았다. 아들이 너무도 단호했기 때문에 그녀가 이 모든 헛짓거리 같은 걸 끝까지 해내기로 동의했다는 것도. 그녀는 잠시, 여기에서 멈출까, 아니면 그냥 사소한, 하찮은 기억 따위나 불러올까, 고민했다. 점심 시간을 사무실에서 보낸 거, 뭐 그런 거. 일란과 공유해 보는 게 뭐 어때서? 결국, 그를 매우 행복하게 해줄 거야. 두 사람 모두 행복하게. 그녀는 자신이 세상의 흐름에 저항하고 있다고 느꼈지만, 그 이유를 알지 못했다.

"그 순간 주위에 무엇이 있는지, 무엇을 보았는지, 무슨 냄새를 맡았는지 기억해 보세요."

루시는 몸의 모든 근육이 자신에게 반항하는 것을 느꼈다. 하나둘씩 팽팽하게.

"지금 있는 곳의 온도를 느껴 보도록 하세요."

그녀의 몸이 그 요청을 거부했다. 그녀의 눈에는 오직 검은 것만 보였다. 그 검은 무리가 이제 곧 그녀에게 다가와 물어볼 것이다. 왜 기억이 안 나는지, 뭐가 문제인지.

"곧 진행을 시작하겠습니다." 목소리가 들려왔지만, 그녀는 이미 진행이 시작되었다는 것을 안다.

기계 소음이 잦아들었다.

"죄송합니다, 약간의 결함이 있었습니다. 당신의 동의하에 모든 단계를 반복해야 해요. 심호흡을 하고 생각에 집중……."

"잠깐만요." 루시가 말했다. "화장실에 가야겠어요."

"잠깐만 참으면 안 되나요?" 목소리가 대답했다. "그렇게 오래 걸리진 않을 겁니다."

"아니, 못 참겠어요."

"중간에 진행을 방해하는 것은 좀 문제가 있어요. 잠시 기다려 주시겠어요?"

"아니, 안 돼요. 소변이 마려워요. 여보세요? 내 말 들려요?"

잠시 침묵이 흐른 뒤 몸이 천천히 기계에서 미끄러져 나가기 시작했다. 젊은 여자가 그녀 오른쪽에 서 있다. "그럼, 빨리 다녀오세요, 알았죠?" 여자는 약간 짜증나는 미소를 지으며 말했다. "화장실까지 바래다 줄게요."

"호위할 필요 없어요."

"제가 함께 가는 게 안전해요." 그녀가 말했다. "약물 투여를 해서 혼자 걷기는 좀 어려울 거예요."

"괜찮아, 루시?"

"응, 일란. 그냥 갑자기 화장실에 가고 싶었어요."

"그래, 여기서 기다리고 있을게. 사랑해."

"잠깐이면 돼."

루시는 여자의 도움을 받으며 기계에서 내려왔다. 그러고는 탈의실로 가 바지를 집어들고 주머니에서 핸드폰을 꺼냈다. 여자는 아무것도 가지고 갈 필요가 없다고 말했지만 루시는 그녀의 말을 무시했다. 복도를 지나갈 때 약간 현기증을 느껴 여자를 붙잡았다. "같이 들어갈까요?"

"아니, 난 괜찮아요."

"좋아요, 여기서 기다리고 있을게요. 같은 문으로 나오시면 돼요."

"걱정 말아요." 루시는 대답을 하고 잠시 아들을 떠올렸다. 때때로 아들은 그녀가 자신의 말을 이해했는지 확실하지 않을 때 여자와 똑같은 표정으로 그녀를 바라보곤 했다.

두 칸뿐인 화장실이 모두 비어 있었다. 그녀는 왼쪽 화장실로 들어가 문을 잠그고 화장지를 빼서 조심스럽게 변기 위에 길게 깔았다. 변기 위에 앉아서 핸드폰을 어딘가에 놓으려고 손을 뻗었지만 평평한 곳을 찾을 수 없었다. 문자 메시지가 들어오는 알림소리가 들렸다. 그녀는 화면을 열려고 해보았지만 열 수가 없다. 아직 스마트폰이 익숙하지 않다. 아니 싫다. 아이폰은 두 달 전에 아들이 사준 것이다. 아들이 사준 아이폰 대신 그녀가 여전히 옛날 전화를 갖고 다니자 아들은 몹시 화를 냈다. 사흘 동안 그녀와 대화하기를 거부하기까지 했다. 그녀는 결국 낡은 전화를 아들에게 넘겨주고 혼자 터치 기능을 배우느라 전화기와 씨름해야 했다.

루시는 어쩌다가 연락처 목록을 열었다. 다른 기능으로 되돌리려고 시도할수록 연락처 목록들이 아래로 밀려 내려갔다. 그녀는 아미차이의 이름 앞에서 멈추었다. 번호를 응시했다. 그녀가 홈 화면으로 돌아가려고 뭔가를 계속 누르다 우연히 그에게 전화가 연결되었다. 그녀는 통화 종료 버튼을 누르려고 애를 썼지만 소용없었다. 액정화면이 검은색으로 바뀌더니 통화가 연결됐다.

"빌어먹을." 그녀는 아미차이의 음성 메시지를 듣고는 끙 소리를 냈다.

"안녕하세요, 메시지 남겨 주세요."

사회적 위치에 걸맞지 않게 이토록 간단한 메시지? 좋아. 그녀는 통화가 저절로 끊어지길 바라며 한 마디도 하지 않았다. 그를 알고 있다. 10초간 침묵이 흐르면 당장 끊어버릴 사람이라는걸. 그런데 만약 그렇지 않다면? 그는 그녀가 자신을 스토킹하고 있다고 생각할 것이다. 그 남자는 왜 그녀가 결혼식 하루 전에 전남편에게 전화를 하는지 이해하지 못할 것이다. 그가 오해하지 않도록 무슨 말이라도 남겨야 한다.

"안녕, 나야. 내가 지금 어디 있는지 당신은 믿지 못할 거야." 그녀는 계속 말해야 할지 망설이며 말을 이어갔다. "당신 건물 안이야. 회사 건물. 일란과 기억을 나누고 있어. 믿을 수 있겠어? 우리 아들, 그 작은 악마 덕분에 내가 당신과 통화까지 하게 되네."

루시는 화장실 문이 열리는 소리를 들었다. "괜찮아요?" 여자가 물었다.

"네." 그녀는 화장실 변기 시트 위에 앉아서 대답하며 손으로 전화를 가렸다. "몇 분 더 걸릴 거예요."

"좋아요, 서둘러 주세요. 도움이 필요하면 부르고요."

"고마워요." 그녀는 대답하면서 어떤 도움이 필요할지 궁금해졌다. 문이 닫히는 소리를 듣고 아무 변화가 없는 액정화면을 보았다. "어찌 되었든, 당신이 같은 건물 안에 있을지도 모른다는 생각이 들어 전화했어. 시술이 거의 다 끝났으니 신경 쓰지 마. 내일 결혼식에서 봐요. 좋아, 이제 안녕."

루시는 전화를 끊으려고 몇 번이고 시도했지만 성공했는지는 장담할 수 없다. 일어나서 시트 위에 깔았던 종이를 변기에 넣고 물을 내렸다. 세면대 앞에 선 그녀는 다리가 풀리는 것을 느꼈다. 여자가 밖에서 기다리고 있어 다행이라고 생각했다. 그녀는 일란이 걱정하고 있을 거라고 생각하며 거울을 보았다. 건조기 아래 젖은 손을 내밀고는 뜨거운 공기가 닿자 안도감이 느껴졌다. 그리고 문을 열었을 때 문이 그녀를 향해 쏟아져 내리듯 온몸이 휘청했다.

차가운 물이 그녀의 온몸 위로 쏟아졌다. 그녀의 어깨 위로 폭포처럼 떨어져 내렸다. 온몸이 움츠러들었다. 어떻게든 벗어나려고 애썼지만 방법을 알 수 없었다. 이런 느낌은 어디서 오는 거지? 그녀의 몸이 다르게 느껴졌다. 뻣뻣하다. 흠뻑 젖어서 얼었다. 그녀는 두 손을 보다 당황했다. 완전히 건조하다. 물 한 방울 없다. 그러다 감각이 되살아나면서 진정되었다.

루시는 잠시 멍했다. 몸을 펴며 자세를 가다듬었다. 그러나 혼란을 떨쳐 버릴 수 없었다. "약에 뭐가 들었어요?" 여자에게 물었지만 여자는 거기 없었다. 그녀 자신도 거기 없었다. 그녀가 걸어왔던 복도와는 달랐다. 검은 타일. 어두운 창문을 통해 흐릿한 햇빛이 들어온다. 그녀는 밖으로 나가기 위해 문을 밀었지만 잠겨 있었다. 순간 벽에 부착된 은색 디지털 도어 잠금 장치가 눈에 들어왔다. 비밀번호를 모른다. 누군가에게 전화하고 싶은데 누구에게 해야 할지 모른다. 일란에게 통화를 시도했지만 연결되지 않았다.

"여보세요, 나 갇혔어." 그녀가 소리쳤다. "누구 없어요?"

아무 소리도 없다. 그녀는 걸을 때마다 지금 상황을 의심하며 복도를 따라 비틀거리며 걸었다.

"거기 누구 있어요?"

대답이 없다. 그녀는 왼손으로 손을 뻗어 벽에 기대고 몸을 지탱하며 복도를 지났다. 비틀거리며 다른 방들의 문을 열어보았다. 그녀는 자신이 어디에 있는지 알 수 없었다. 어떻게 되돌아 나갈 수 있는지도.

그리고 두 번째. 그녀 머리 위로 한꺼번에 물이 쏟아졌지만 흔적이 남지는 않았다. 이번에는 부드러운 이슬비 같다. 더 이상 얼음처럼 차지 않다. 기분 좋은 애무 같다. 막연한 이미지가 그 감각을 뒤따르며 떠오른다. 그녀 앞에 아들이 있다. 큰 폭포 밑에 셔츠 없이 회색 속옷만 입고 서서 웃으며 떨고 있는 모습이 보였다. 그녀가 아들의 이런 모습을 본 지 이미 수년이 흘렀다.

그녀는 비로소 이해한다.

이건 그녀의 기억이 아니다. 일란이 그녀와 나누고 싶어 했던 기억이다. 두 달 전 그가 그녀의 아들과 함께 갔던 여행의 기억. 오직 그와 그녀의 아들 둘만 떠났던 유대 광야, 주다이안 사막. 그녀는 머릿속에 있는 이미지를 빨리 되감으려 시도해 보지만 그럴 수 없었다. 일란의 몸이 구부정하고 뻣뻣한 그녀의 몸을 통해 온전히 드러나는 느낌이었다. 언젠가 아들이 나오미의 기억 속으로 들어간 날 자신에게 했던 말이 기억났다. 전에는 느껴보지 못했던 그녀를 느꼈다고 했다. "우리 둘 다 정확히 같은 시간, 같은 자리에 있는 것 같았어요."

그리고 그녀도 그것을 느꼈다. 일란의 발 아래 까칠한 돌멩이들, 지난 1년 동안 그가 앓아온 둔탁한 요통까지.

그때 그녀의 전화벨이 울렸다. 그 소리가 몸에서 그녀를 끌어냈다. 화면이 다시 어두워졌다. 그녀는 벨이 멈출 때까지 버튼을 누르며 전화기와 싸웠다.

"여보세요. 여보세요? 들려? 난 꼼짝도 못하겠어. 들려요?"
"루시?"
그녀는 움찔했다.
"아미차이야. 어디에 갇혀 있다는 거지?"
그녀는 깊게 심호흡을 한다. "아, 아니. 난 그냥, 그냥 여기서 누구랑 얘기하고 있었는데, 어떻게, 잘 지내지?"
"잘 지내. 메시지 들었어. 당신과 일란은 아직 건물 안이야?"
"응, 아직." 그녀는 대답하고 벽에 머리를 대고 눌렀다. 춥다, 물의 기억을 불러온다.
"잘됐네, 소식 줘서 고마워. 직원들이 잘 대해 주지?"
"응, 모두들 정말 친절해."
"잘됐네, 내 사무실에 들러서 커피 마시고 갈래?"
그녀는 눈을 감았다. 아들이 그녀 앞에 서 있다. 폭포 아래, 흠뻑 젖었다. 그 이미지가 점점 선명해지더니 몸의 선들이 분명하게 보였다.
"사실 우리는 아직 시술 중이야."
"알았어. 아무 때나 들러도 돼. 내 사무실은 14층에 있어."
그녀 발밑에서 미끌미끌한 이끼가 느껴졌다.
"알았지, 루시?"
"물론이지, 알았어. 상황 봐서. 꼭 가겠다는 약속은 못해."
"의무감 느낄 필요 없어. 내일 만날 거잖아." 그가 말했다. 루시는 아미차이의 얼굴을 떠올려보았다. 결혼식 날 입었던 구겨진 흰 셔츠……. 전화가 끊겼다. 그녀는 전화를 바닥에 놓고 타일을 응시했다. 발 아래 물이 소용돌이치고 있었다. 무릎까지 잠겼다. 눈을 감고 기억이 자신의 의식을 영화처럼 휘젓기 시작하는 걸 느꼈다. 주변이 안개로 뒤덮여 있고 물결이 굽이쳐 흘렀다. 부드러운 바람이 그녀의 목덜미를 스쳐갔다. 그녀의 시선 한쪽에는 아이들이 노는 모습이 보이지만, 흐릿했다. 초점이 맞지 않았다. 그녀는 전적으로 모든 초점을 아들에게 맞추었다. 건강하고 활짝 웃는 얼굴. 아들이 소리쳤다. 환하게 웃으며……. 하지만 그녀는 들을 수 없었다. 아들의 입술도 읽어낼 수 없었다. 물이 그 모든 이미지를 가리고 있었다. 그녀는 일란의 몸이 뭐라고 말하며 대답하는 것을 느꼈지만, 그 말을 알아들을 수도 없었다.

일란은 틀림없이 그녀에 대해 생각하고 있었을 것이다. 그녀는 추호도 의심하지 않는다. 그녀가 아들과 그런 순간을 얼마나 고대했는지 그는 알고 있다. 아들과 더 가까워지기를 그녀가 얼마나 원했는지……. 그녀는 일란이 좋은 의도를 갖고 있었다는 것을 알지만, 그런 의도에 대해 생각할수록 화가 치밀었다. 그녀에게 결핍된 것을 눈으로 직접 보게 해준 것에 대해. 그녀는 몇 분 더 그 순간에 멈춰서 더 깊은 기억을 헤집어보려고 시도했다. 사막 냄새가 느껴지자 그녀는 미츠페 라몬에서 일했던 2년을 떠올렸다. 모든 기억이 더욱 선명해지고 명료해졌다. 그러나 그녀는 여전히 소리를 들을 수 없다. 그녀 앞에 서 있는 아들이 소리치는 걸 들을 수 없다.

루시는 천장을 응시했다. 여기서 뭘 하는지 이해할 수 없었다. 시술을 원하지도 않았다. 자기 안에 뿌리내린 낯선 기억을 뽑아내기를 바라며 두 손으로 머리를 감쌌다. 소용없다. 그녀는 양쪽을 다 살피고 복도에 아무도 없다는 것을 확인하더니 힘없는 울음을 쏟아냈다.

비명을 지르고 싶었지만 다른 사람이 듣는 건 싫었다. 그녀는 다시 복도를 걷기 시작했다. 기진맥진한 상태로 승강기로 가서 현기증이 약간 가라앉는 것을 느끼며 버튼을 눌렀다. 승강기 문이 미끄러지듯 열렸다. 안으로 들어가서 층수 버튼들을 바라보았다. 결정하지 못한 채 14층과 1층 모두 눌렀다.

3

루시는 곧장 아미차이 사무실로 갔다. 문을 열고 아름다운 목재 바닥과 대리석 벽으로 장식된 곳에서 걸음을 멈추었다. 그들은 그녀의 존재를 금방 알아채지 못했다. 안내데스크 앞까지 다가간 그녀는 몇 명의 직원이 자신을 응시하는 것을 바라보았다.

"괜찮습니까, 부인?" 안내 직원이 물었다. "좀 창백해 보여요."

"네, 멀쩡해요." 그녀는 녹색 가운과 지친 몸을 어루만지며, 미소 띠는 걸 잊지 않고 말했다. "아미차이를 만나러 왔어요. 사무실이 어디죠?" 일란을 떠올리며 물었다. 그녀가 아마차이를 만났다는 것을 일란이 알았을 때 느낄 슬픔을 생각했다. 안내 직원이 컴퓨터 화면을 들여다보았다.

"죄송한데, 일정이 잡혀 있지 않네요."

"내가 그의 전 아내예요." 그녀가 말했다.

안내 직원이 머뭇거리더니 옆에 앉은 여직원에게 신호를 보내며 귀에 대고 속삭였다. 여직원은 여러 문들 가운데 하나의 문으로 다가가 노크를 하고 안으로 들어갔다.

"저기가 아미차이의 사무실인가요?"

"잠깐만 기다리세요, 부인."

여자가 걸어 나오더니 안내 직원에게 뭐라고 속삭였다.

"지금 중요한 회의 중이라네요." 직원이 그녀에게 말했다. "적어도 30분은 걸릴 겁니다."

"그냥 인사만 하고 싶은데, 그래도 되죠?"

"죄송합니다, 중간에 방해하지 말라는 지시가 있어서요."

"좋아요." 루시가 한숨을 쉬며 대답했다. "괜찮아요, 그럼 다음에 다시."

"네, 물론이죠. 자미르 부인, 다시 시술실로 모셔다 드릴까요?" 안내 직원이 미소지으며 물었다. 그녀는 그들이 자기에게 부탁하고 있다는 것을 안다.

"그래요." 그녀가 부드럽게 대답했다. "화장실이 어디 있는지 말해 줄래요?"

"물론이지요, 여기 왼쪽입니다."

루시는 고마운 마음을 담아 고개를 끄덕이고는 좌회전하더니 아미차이의 사무실 문 쪽으로 뒷걸음질 쳐 문을 열었다. 안내 직원이 뭐라고 소리를 질렀다. 그녀는 큰 걸음으로 걸어 들어가 부드러운 흰색 안락의자에 자리를 잡고 시선을 바닥에 떨구었다.

"괜찮으니 문 닫아요." 그녀의 귀에 아미차이의 단호한 목소리가 들리더니 이어 문이 닫히는 소리가 들렸다. 그녀는 고개를 들고 그의 눈을 마주보았다.

4

아미차이는 전보다 늙어 보였지만 예전의 모습이 그대로 남아 있었다. 백발인데 피부는 여전히 매끄럽고 팽팽했다. 그의 자세는 그녀가 기억하는 것처럼 성실하고 침착해 보였다. 그가 그녀를 쳐다보며 통화를 마쳤다. "지금 내가 처리해야 할 일이 있어서. 금방 다시 연락할게." 전화를 끊은 그는 그녀를 빤히 쳐다보았다.

"오랜만이야." 그가 말했다.

"정말 오랜만이에요."

그는 그녀가 어떻게 지내는지 물어보았다. 그녀는 잘 지낸다고 말했다.

"차 아니면 커피?"

"됐어요." 그녀가 대답했다.

"시술 어땠어?"

"내가 무슨 말을 할 수 있겠어, 당신의 이 모든 기술은 정말 굉장해요." 그녀는 말하면서 아랫입술을 깨물며 주춤거렸다.

"괜찮소, 루시?"

"지쳤어요, 아미차이." 루시는 한숨을 내쉬었다. "못 하겠어."

"뭘 못 하겠다는 말이지?" 그는 몸을 앞으로 숙이며 테이블 가운데로 손을 뻗었다. 그녀는 공감과 무관심을 동시에 표현하는 그의 이상한 능력을 떠올렸다.

"지금 내가 여기서 뭘 하고 있는지 모르겠어요." 그녀가 책장으로 시선을 보내며 말했다. 깔끔하게 잘 정돈된 책장이다. 그녀는 그들의 관계가 무르익기 시작했을 때 하이파에서 함께 살았던 집을 떠올렸다. 이삿짐 차량이 그들의 짐을 갖고 사라져버려 한 달 가까이 바닥에서 잠을 잔 적도 있었다.

"루시, 당신이 무슨 말을 하는지 잘 모르겠어."

그녀는 그들이 그 후 라마트간으로 이사한 집에 대해서도 생각했다. 그리고 그들의 요르단 여행도. 그녀 머릿속은 여전히 폭포수 아래 있는 아들로 꽉 차 있었다. 그녀는 이 모든 기억들이 다시 떠오르는 것을 막으려고 애썼지만 소용없었다.

"나 좀 그 기억 속에서 건져 줘요." 그녀가 말했다.

"무슨 기억에서 건져 달라는 말이오?"

"당신이 내 안에 심은 기억. 지워줘."

"무슨 기억 말이야, 루시? 방금 시술로 재생된 기억?"

그녀는 고개를 끄덕였다.

"무슨 기억이지?"

"그게 무슨 상관이야? 내 머릿속에 아무것도 남기고 싶지 않아. 아무도 그 근처를 들쑤시고 다니지 않으면 좋겠어."

그녀는 자신의 말을 어떻게 받아들여야 할지 모르는 그의 모습을 바라보았다. 그녀가 미쳤다고 생각할 것이다. 그녀는 그를 너무 잘 알고 있다. "그렇게 간단하지 않아, 루시. 그냥 지울 수는 없고, 기술은 아직……."

"하지만 나는 원하지 않아요." 그녀가 소리쳤다. "그만! 난 원하지 않아."

그는 머리를 긁적이며 책상 서랍에서 종이 한 장을 꺼내더니 그 위에 끼적이기 시작했다. 그녀는 그만의 특유한 버릇을 알고 있다. 일이 스스로 풀릴 때까지 바쁜 척하는 것. 그녀는 그런 그를 내버려

두지 않을 것이다.

"당신을 고소할 거야." 그녀가 팔걸이를 움켜잡으며 말했다.

"뭐라고?" 당황한 그가 그녀를 올려다보았다.

"내가 한 말 들었지? 고소하겠다고! 내가 고용할 수 있는 최고의 변호사를 통해 당신을 고소할 거야. 온 나라가 뉴스를 보겠지."

아미차이는 의자에 몸을 기댄 채 굳은 표정으로 그녀를 바라보며 손가락으로 턱을 문질렀다. 그의 내면에 어떤 변화가 생겼다. 이제 비로소 그녀는 그가 달라졌다는 것을 느낀다. 그녀가 처음 터키 시장에서 우연히 만난 아미차이가 아니라, 모든 사람들이 얘기하듯 진지하고 권위 있는 CEO라고.

"루시, 여긴 왜 왔어?"

"모르겠어." 그녀가 시선을 떨구며 고백했다. "솔직히 정말 모르겠어."

"돈? 그거요?"

"미쳤어?" 그녀가 두 팔을 쓰다듬으며 외쳤다.

"얼마요?" 그가 물었다.

"당신한테 바라는 건 아무것도 없어." 펜을 쥔 그의 손이 떨리고 있는 것을 보며 그녀가 대꾸했다. 그도 그녀의 마음을 안다는 듯 테이블 밑으로 손을 내렸다. 그는 컴퓨터 화면을 힐끗 쳐다보고 나서 그녀에게 다시 시선을 돌렸다.

"모두 당신의 발상이었어."

"뭐라고요?"

"이 회사 전체."

이제 그가 좀 이상해 보였다.

"도대체 무슨 말이야? 나는 당신의 실험에 전혀 관심이 없었어." 그녀가 말했다. 그는 그녀의 말 뜻을 알고 있다.

"맞아, 그래서 당신이 그렇게 말한 거잖아."

"내가 뭐라고 했는데, 아미차이? 무슨 말이에요?"

그는 온몸으로 주저하고 있었다. 마치 그녀에게 할 말을 억지로 누르고 있는 것처럼 보였다. 그는 더 이상 그녀를 믿지 않는다. "몸과 상관없이 친밀감을 느낄 수 있는 다른 방법을 찾아야 한다고 당신이 말했잖아."

루시는 그가 무슨 말을 하는지 이해할 수 없었다. 갑자기 창백해진 그의 얼굴을 보니 거짓말을 하고 있는 것 같지는 않았다. "그런 말을 한 기억이 없어요." 그녀가 조용히 말했다.

"기억은 이상한 거야." 그는 기술적인 과정을 상세히 설명하기 시작했다. 기억이 뇌에 어떻게 각인되는지, 그리고 그의 기계가 어떻게 작동하는지.

"뭘 그렇게 횡설수설하는 거야? 당신이 사막을 어떻게 기억하지?" 그녀가 그의 말을 끊었다. 그는 뇌의 뉴런에 대해 말했다. 기억은 간단히 지워질 수 없는 거라고. 그녀가 관심 없는 그 모든 것들을 그가 설명했다. 그녀는 그를 보고 있지만 그녀의 모든 의식은 폭포 아래에 있다.

누군가 문을 두드렸다.

"들어와요." 그가 말했다.

5

루시는 집으로 가는 내내 일란의 손을 놓지 않았다. 꽉 움켜쥐고 있었다. 그가 무슨 말이라도 꺼내기를 기다렸다.

"내가 찾으려고 한 기억이 뭔지 모르겠어."

"난 알아." 그는 부드럽고 온화한 어조로 대답했다. 그들은 고속도로를 벗어나 도시로 들어갔다.

"기억 하나가 나에게 전달되었어." 그녀가 차창 밖을 내다보며 말했다.

"알고 있어."

"문제는……."

"아무 소리도 나지 않았어."

"어떻게 알았어?"

"그들이 알려줬어. 기억이 잘 재생되지 않았다고 설명했어."

그녀는 그가 뒤돌아보기를 바라며 백미러로 바라보았지만 그의 시선은 도로에 고정되어 있었다.

"두 달 전에 갔던 여행 기억?"

"응, 사막에서."

"추웠다며?" 그녀가 말하며 웃었다.

"응." 그는 웃음을 애써 참으며 대답했다. 그녀는 그의 기분을 알아차리고, 그의 다른 쪽 손을 꼭 쥐었다.

"내가 당신과 나눈 기억 속에 소리가 있었나?"

"나랑 단 하나의 기억도 나누지 않았어."

"뭐라고?"

"당신은 나와 아무것도 공유하지 않았어."

그녀의 다리가 뻣뻣해진다. 그녀는 다리를 누른다.

"그들이 그렇게 말했어?"

"아니, 난 당신을 알아."

그녀는 깊게 심호흡을 했다. 좋아하는 노래가 흘러나오길 기대하며 라디오를 켰다. 듣고 싶지 않다.

"무슨 얘기를 나눴어?"

"누구랑?"

"당신과 내 아들. 그 폭포 밑에서 아이가 뭐라고 했어?"

일란은 도로로 재진입하기 전에 재빨리 그녀를 쳐다보았다. 그들은 묵묵히 계속 앞을 바라보았다. 10분. 아마 15분쯤.

"당신이라면 한 시간 동안 폭포 아래 서 있었을 거라고. 함께 못 와서 정말 아쉽다고 소리치더라." 마침내 그가 웃으며 말했다. "그래서 내가 그 말이 맞다고 말해 줬어."

루시가 그의 손을 슬며시 놓았다.

"이해할 수 없어, 내 말에 당신이 기뻐할 줄 알았는데."

그녀는 숨이 막힐 것만 같아 크게 들숨을 삼켰다.

"세워요." 그녀가 소리쳤다.

"뭐라고?"

"차 세워요. 당장."

"차 세울 데가 없어, 루시. 금방 집에 도착할 테니 집에 가서 얘기합시다."

"다른 차선으로 바꿔 세우면 돼." 그녀는 온몸으로 옆 차선을 가리키며 단호하게 말했다.

"차선을 바꿀 수 없는 곳이야."

루시는 몸을 숙이고 차가 없는 것을 확인하더니 왼쪽으로 운전대를 급히 돌렸다.

"루시, 그만해!" 그가 그녀를 밀쳐내며 소리쳤다. 주차된 차를 거의 들이받을 뻔하며 차가 방향을 틀었다. 일란은 가까스로 브레이크를 밟았다. 앞쪽 범퍼가 주차된 차의 뒤쪽 범퍼를 긁을 뻔했다. 경고음이 꺼졌다.

"당신 완전히 정신이 나갔군." 그가 차를 뒤로 빼며 말했다. 그는 중간 차선을 벗어나려고 안간힘을 썼지만 그녀가 그를 놓아주지 않았다. 그녀는 팔을 들어 그에게 온몸을 던지며 최대한 그를 끌어안았다. 처음에 그는 운전을 계속하려고 안간힘을 썼지만, 곧 아무 소용이 없다는 것을 깨달았다. 뒤차가 계속 경적을 울려댔으나 그들은 꼼짝도 하지 않았다. 그녀가 그에게 더 가까이 몸을 기대자 그도 두 팔로 그녀를 감쌌다.

"숨쉬기 힘들어." 그가 말했다.

"괜찮아질 거야." 그녀가 대답했다.

그는 크고 포근한 두 팔로 그녀를 끌어안았다. 그녀는 그의 품속으로 계속 파고들며 그를 꼭 붙들었다.

고객서비스 지침서

부록 G 특이한 대화 주제 처리

친애하는 서비스 담당자에게,

고객과 대화할 때 기술 지원 문제와 직접 관련이 없는 대화 주제와 자주 마주치게 된다.

다음은 녹음된 대화의 몇 가지 기록이다.

전화번호 _ 20437654

일자 _ 2015년 3월 5일

시 간 _ 12:37

상담시간 _ 5:37분

고객서비스 담당자 전화(회사명 언급) 주셔서 감사합니다, 제 이름은 나탈리입니다. 무엇을 도와드릴까요?

고객 안녕하세요, 나탈리. 제 이름은 아니타인데, 지난달 청구 금액을 확인하고 싶어서요.

고객서비스 담당자 알겠습니다, 확인해 볼게요. 전화번호 좀 알려 주시겠습니까?

고객 054-659-8676

고객서비스 담당자 마지막에 6이었나요?

고객 네.

고객서비스 담당자 아니타 샤브타이 씨?

고객 네, 네.

고객서비스 담당자 네, 잠깐만 기다려 주세요. 여기 있네요. 2월에 고객님은 69세켈이 요금으로 청구됐습니다. 고객님의 플랜에 맞춰 매달 책정되는 고정 요금입니다.

고객 아, 좋아요. 나도 그렇게 생각했어요. 정말 감사합니다.

고객서비스 담당자 도움을 드려 저도 기쁩니다. 또 다른 불편 사항은 없으세요?

고객 네, 새로운 플랜 있으면 좀 알려주실 수 있나요?

고객서비스 담당자 물론이지요, 잠시 기다려 주세요. 불과 2주 전에 69세켈 플랜으로 변경하셨군요.

고객 네, 그랬어요. 매일 새로운 상품 광고가 쏟아져 나오니 더 좋은 플랜이 있을지도 모른다고 생각했거든요.

고객서비스 담당자 알겠습니다만, 사실 없습니다. 고객님의 현재 플랜이 요금 대비 가장 효율적입니다.

고객 오, 그래요?

고객서비스 담당자 물론 업그레이드하고 싶지 않다면요. 노키아 1616을 가지고 있으신데, 꽤 오래된 모델입니다. 1년 치 3G를 포함해 삼성 갤럭시 S4를 좋은 가격에 제공할 수 있습니다.

고객 정말 친절하시네요. 하지만 사양할게요. 내가 가지고 있는 것도 어떻게 사용하는지 거의 이해하지 못하거든요.

고객서비스 담당자 알겠습니다. 저는 고객님이 현재 플랜을 계속 유지해야 한다고 생각해요. 정말 최고의 플랜입니다.

고객 그렇게 생각한다면 맞는 거겠죠. 다시 이름 좀 말해 줄래요?

고객서비스 담당자 나탈리입니다.

고객 아름다운 이름이네요. 정말 친절하시군요, 나탈리. 고마워요.

고객서비스 담당자 기꺼이 도와드려야지요. 좋은 하루 보내세요. 안녕히 계세요.

고객 사실, 기다려요. 나탈리, 잠깐만.

고객서비스 담당자 네?

고객 들어봐요, 제가 좀 이상한 부탁이 있는데.

고객서비스 담당자 말씀하세요, 제가 어떻게 도와드릴까요? 고객님을 돕기 위해 제가 있습니다.

고객 네, 알아요. 그래서 전화한 거고. 언제나 전화를 잘 받아주시니, 그냥 혼자 생각한 거지만…… 음…….

고객서비스 담당자 무슨 일이라도 도와드리고 싶습니다.

고객 오, 당신은 정말 친절하군요. 말해 주세요, 거기 무료 인터넷이 있어요?

고객서비스 담당자 무료요?

고객 내 말은, 거기서 모든 종류의 것들을 검색할 수 있냐고 묻는 거예요.

고객서비스 담당자 구글 말씀이신가요? 네, 할 수 있어요.

고객 아, 좋아요. 집에 인터넷이 없어서 궁금한 게 있는데…….

고객서비스 담당자 네?

고객 구글에서 뭔가 확인해 줄 수 있죠?

고객서비스 담당자 휴대폰 요금과 관련된 것인가요?

고객 사실은 그렇지 않아요.

고객서비스 담당자 아, 그렇군요. 그런데 지금 여기가 좀 바쁩니다, 부인. 23명의 고객님들이 상담하기 위해 기다리고 있습니다.

고객 네, 물론 그렇겠죠. 내가 가끔 이렇게 멍청해요. 솔직히 내가 왜 물어봤는지도 모르겠어요. 신경 쓰지 마세요.

고객서비스 담당자 죄송해요, 시간이 조금만 더 있었다면…….

고객 아니, 사과할 거 없어요. 당신 말이 맞아요. 귀찮게 굴었네요. 정말 고마워요. 안녕히 계세요.

고객서비스 담당자 안녕히 계십시오. 잠깐만요, 부인. 잠깐만요!

고객 네?

고객서비스 담당자 정확히 뭐가 필요한데요?

고객 걱정 말아요, 정말. 내가 알아서 할게요. 정말 다 괜찮아요.

고객서비스 담당자 오래 걸리지 않는 일이라면 제가 도울 수 있어요. 뭘 찾아야 할지 말해 주시면 금방 할 수 있을 겁니다.

고객 묘비 전화번호를 찾을 수 있을까요?

고객서비스 담당자 묘비요?

고객 네. 묘비를 만드는 회사 말이에요. 묘지 앞에 서 있는 거요. 전화번호부를 들춰도 아무것도 찾을 수 없고, 인터넷은 없어요.

고객서비스 담당자 가족 중 누군가 돌아가셨습니까, 부인? 애도를 표합니다.

고객 오, 아니에요. 아무도 안 죽었어요. 나를 위한 거지.

고객서비스 담당자 고객님을 위해서라고요?

고객 네. 아뇨. 내가 떠날 때, 이 말이 무슨 뜻인지 알지 모르겠지만, 그냥 모든 걸 잘 처리해 놓고 가고 싶습니다만.

고객서비스 담당자 부인, 이해가 안 됩니다. 자살 충동을 겪고 계신가요? 만약 그렇다면 응급전화나 정신 건강 전문가에게 문의하시는 게 더 나을 듯합니다. 그들이 저보다 고객님께 도움을 줄 수 있을 거예요.

고객 오, 정말 친절한 안내지만, 아니에요. 다 괜찮아요. 내가 자살하고 싶어도 그럴 배짱이 없어요. 믿어도 돼요.

고객서비스 담당자 정말입니까, 부인? 당신이 더 이상 말하고 싶지 않다면, 이해합니다만…….

고객 정말 마음씨가 곱네요. 다 괜찮고 멋져요. 그냥 지금 처리해 두고 싶은 거예요. 내가 아니면 누가 대신할 수 있을지 몰라서요, 알겠죠?

고객서비스 담당자 자녀가 없으신가요? 죄송해요, 고객님이 말씀하고 싶으시다면…….

고객 불행히도 자식이 없어요.

고객서비스 담당자 다른 친척들은요? 형제? 친구들? 분명히 누군가가 있을 거예요. 다시 말씀드리지만, 제가 상관할 일이 아닌 건 알지만, 잘 모르겠어요. 때가 되면 누구든 알아서 처리하게 맡기시는 게 좋을 것 같아요.

고객 난 아무도 없어, 아가씨. 솔직히 아무도 없어요.

고객서비스 담당자 유감이네요. 죄송합니다.

고객 미안해할 거 없어요, 아가씨. 내게 미안한 말 안 했으니 사과할 필요도 없고요.

고객서비스 담당자 네, 고객님 말이 맞는 것 같아요. 좋아요, 잠깐만요, 제가 그 번호를 찾아줄게요.

고객 고마워, 아가씨. 정말 고마워.

고객서비스 담당자 하나 찾았어요. '바카트 묘비'. 어디에 사세요?

고객 텔아비브, 샤피라 인근.

고객서비스 담당자 좋아요, 근처군요. 적으실 수 있어요?

고객 잠깐, 펜을 가져올게요. 잠시만. 듣고 있지요? 여기 펜 있네. 아직 전화 안 끊겼죠? 여보세요?

고객서비스 담당자 네. 좋아요, 적으세요. 회사 이름은 '바카트 묘비'고요, 번호는 03-542-8837입니다.

고객 3 다음이 5라고요?

고객서비스 담당자 네.

고객 마지막이 7?

고객서비스 담당자 맞습니다.

고객 좋아, 알았어요. 정말 고마워요. 아가씨가 내 생명의 은인이야. 이름이 뭐였죠?

고객서비스 담당자 나탈리요.

고객 정말 친절한 아가씨야, 나탈리. 정말 고마워. 내게 소개한 새 전화기도 생각해 볼게요. 마음이 결정되면 다시 전화해도 될까?

고객서비스 담당자 물론입니다.

고객 잘됐네, 고마워. 정말 고마워.

고객서비스 담당자 저도 감사합니다. 비상시 고객님이 누구에게 전화할 것인지 정말 고려해 봐야 한다고 생각해요.

고객 생각해 볼게요, 아가씨. 행운을 빌어요.

고객서비스 담당자 통화 반가웠습니다.

전화번호 _ 20438862

일자 _ 2015년 3월 8일

시간 _ 09:14

상담시간 _ 4:48분

고객서비스 담당자 전화 주셔서 감사합니다(회사명 언급) 제 이름은 에이넷입니다. 무엇을 도와드릴까요?

고객 안녕하세요. 궁금한 게 있어서요. 누가 일주일째 나한테 전화를 계속하는데 연결이 안 되나 봐요.

고객서비스 담당자 전화번호 좀 알려주시겠습니까?

고객 054-683-4404예요.

고객서비스 담당자 잠깐만 기다려 보세요. 확인해 볼게요. 아, 알겠어요, 니콜라이? 니콜라이 구로프?

고객 네, 저예요. 니콜라이.

고객서비스 담당자 문제를 다시 한 번 설명해 주시겠습니까?

고객 일주일 전에 한 여자가 나한테 전화한다고 그랬거든요. 그 이후로 그녀에게 전화 한 통 걸려오지 않았어요. 내 핸드폰에 뭔가 문제가 있는 것 같아요.

고객서비스 담당자 그분에게 전화해 보셨어요?

고객 아니요, 저는 그 여자의 전화번호가 없어요.

고객서비스 담당자 그분이 고객님에게 전화하려고 한 건 확실한가요?

고객 물론 확신하죠. 하루나 이틀 뒤에 전화한다고 했거든요.

고객서비스 담당자 고객님, 러시아어 기술 지원부로 연결해 드릴까요?

고객 그럴 필요 없어요. 난 여기서 9년 동안 살았어요, 하느님 감사합니다. 왜 아무에게도 전화가 안 오는지 이해가 안 돼요.

고객서비스 담당자 그분에게 연락할 다른 방법은 없나요?

고객 그러면 좋겠는데, 없어요, 우린 술집에서 만났거든요. 살롱 베를린. 나는 평소 여자들에게 추파를 던지지 않는데, 그녀는 특별했어요. 달랐어요.

고객서비스 담당자 고객님, 제가 어떻게 도와드려야 할지 모르겠어요. 그분에게 연락할 다른 방법이 있지 않을까요?

고객 그녀가 타란티노 영화를 좋아한다고 했어요, 특히 〈저수지의 개들〉을 좋아한다고요. 또 남쪽의 키부츠에서 4개월을 보낸다는 것도 알고 있는데, 그녀 이름은 기억나지 않아요. 아, 그리고 수의사가 되고 싶다고 했어요. 지금은 은행에서 일하지만요. 그렇게 세세한 이야기를 나누었어요. 제 말 알겠지요?

고객서비스 담당자 니콜라이?

고객 그녀가 말을 끊을까 봐 아무것도 묻지 않았어요. 이름, 페이스북, 심지어 그녀가 살고 있는 곳조차도. 실은, 난 여자한테 먼저 다가갈 만한 부짱이 없어요.

고객서비스 담당자 부짱이라고요?

고객 배짱, 배짱. 맞죠? 그녀에 대해 말하는 것만으로도 정신없어요. 앨리스의 고양이 문신이 있는 거 알아요?

고객서비스 담당자 앨리스의 고양이요?

고객 『이상한 나라의 앨리스』. 그녀가 가장 좋아하는 책이라고 말했어요. 모두가 디즈니 영화만 떠올리지만, 책이 훨씬 더 낫다고 하더군요. 어제 한 권 샀는데 곧 읽어 보려고요. 그녀 말이 맞는지. 루이스 캐럴이 수학자였다는 거 알고 있었어요?

고객서비스 담당자 아니요. 몰랐어요.

고객 그래요, 나도 놀랐어요.

고객서비스 담당자 니콜라이?

고객 네?

고객서비스 담당자 제가 도와줄 수 있는 일이 없는 것 같아요. 원하신다면 전화기에 문제가 있는지 확인해 볼게요. 고객님 집 근처에 수리 센터가 있네요. 디젠고프 센터. 그런데 솔직히…….

고객 당신 생각에 그녀가 전화할 것 같은지 말해 줘요.

고객서비스 담당자 네?

고객 당신이 만약 수의사가 되고 싶어 하는 누군가와 앨리스에 대해 얘기했다면, 그런 얘기를 적어도 30분 동안이요. 전화하지 않겠어요? 싫다고 해도 돼요, 괜찮아요. 그냥 알고 싶어요.

고객서비스 담당자 전화는 하고 싶겠지만…… 그렇지만 그건 그냥…….

고객 정말요?

고객서비스 담당자 잠깐요, 솔직히 잘 모르겠지만, 설명한 거에 따르면 전화할 사람 같아요. 하지만 니콜라이, 들어보세…….

고객 그쵸? 친구들은 내가 너무 집착하고 있는 거래요. 하지만 고

장난 전화기 때문에 내 이상형을 놓치고 싶지 않아요. 끔찍해요, 알죠? 술집에서 30분 동안 그런 사람과 얘기해 본 적 있어요?

고객서비스 담당자 내 사생활에 대해 묻지 않으시면 고맙겠어요.

고객 미안, 미안. 시까럽게 할 생각은 없어요(아마도 시끄럽다는 뜻). 난 그냥 이해하려고 노력하는 중이에요. 우리 사이에 뭔가 특별한 게 있었다고 느꼈거든요. 오늘 신문에서 읽었는데 4년 이상 사랑을 지속할 수 없대요. 내 말은, 그건 모두 화학과 생물학적 감정이고, 4년 후에는 더 이상 사랑이 아니고, 뭔가 다른, 더 좋은 게 아니라는 거예요. 케임브리지의 어떤 교수가 한 말이래요. 문제는 앨리스와 나, 우리는 일주일을 뺀 4년밖에 안 남았다는 거예요.

고객서비스 담당자 앨리스? 니콜라이, 들어봐요.

고객 앨리스는 본명이 아니라 내가 그녀를 찾을 때까지 그렇게 부를 거예요. 그나저나 뭐가 웃긴지 알아요?

고객서비스 담당자 뭔데요?

고객 인터넷에서 그 교수를 검색해 보니 지난 20년간 같은 여자와 결혼해 살고 있더라고요. 웃기죠? 20년 동안 같은 여자와 함께 살면서 사랑이 지속되지 않는다고 말하는 거니까요. 그거 이상하다고 생각하지 않으세요?

고객서비스 담당자 이상한 것 같아요.

고객 나도 그렇게 생각해요.

고객서비스 담당자 니콜라이? 니콜라이? 내 말 듣고 있어요?

고객 NI-co-lai가 아니라 ni-co-LAI. 이스라엘 사람들, 당신들 억양이 너무 웃겨. 기분 나빠하지 마세요, 알겠죠? 그냥 뭐랄까…….

고객서비스 담당자 걱정 마세요, 악의 없다는 거 알아요. 죄송하지만, 다른 상담 전화를 받아야겠어요. 저희가 지금 매우 바빠서. 23명의 고객님들이 대기하고 있어요.

고객 아, 그럼요, 물론이죠. 이해해요. 그런데 부인, 마지막으로 한 가지만 더 묻겠습니다. 내가 가는 게 좋을까요?

고객서비스 담당자 어디를 말하는 거죠?

고객 살롱 베를린. 그 술집이요. 거기 가면 그녀를 다시 볼 수 있을까요?

고객서비스 담당자 솔직히 말씀드리면 좋은 방법 같지 않네요. 기대감이 높으면 실망도 크니까 안타깝죠.

고객 아, 그래요. 맞아요. 좋은 방법 같지 않아요.

고객서비스 담당자 네, 아마 그게 최선일 겁니다.

고객 네, 물론. 최선이죠. 어쨌든 수리 센터에 전화기를 맡기러 가야겠어요. 어디 있는지 알아요.

고객서비스 담당자 네, 좋은 생각인 것 같습니다. 좋은 하루 보내세요, 선생님.

고객 감사합니다.

고객서비스 담당자 네, 별 말씀을요. 도움을 드리게 되어 좋았습니다. 좋은 하루 되세요.

고객 잠깐, 부인. 부인!

고객서비스 담당자 저 이제 정말 끊어야 해요.

고객 그래요, 이해해요. 혹시라도 그녀가 전화가 안 된다고 전화하면 내가 찾고 있다고 전해 줘요, 알았죠?

고객서비스 담당자 물론이죠. 안녕히 계세요.

고객 안녕…… 안녕.

전화번호 _ 20439002

날짜 _ 2015년 3월 12일

시간 _ 17:54

상담시간 _ 1:58분

고객서비스 담당자 전화 주셔서 감사합니다(회사명 언급). 제 이름은 율리입니다. 어떻게 도와드릴까요?

고객 형이 음성 메시지를 남겼어요. 어디 있는지 알아요?

고객서비스 담당자 미안해요, 못 알아들었어요. 다시 한 번 말해 줄래요?

고객 형이 방금 메시지를 남겼다고요, 내 핸드폰에. 지금. 어디 있는지 꼭 알아내야 해요. 확인해 줄 수 있어요?

고객서비스 담당자 다시 전화해 봤어요?

고객 전화가 꺼져 있더라고요.

고객서비스 담당자 그럼 메시지를 남겨요. 아마 곧 전화가 올 겁니다.

고객 그럴 수 없을 거예요. 형은 죽었어요.

고객서비스 담당자 미안하지만, 뭐라 그러셨죠?

고객 죽었다고요. 1년 전에 군대에서. 그런데 지금 음성 메시지가 날아왔다고요. 나한테 줄 술이 두 병 있다고. 토요일에 가져올 거라고요.

고객서비스 담당자 형이 보낸 음성 메시지가 확실해요?

고객 확실해요. 난 알아요, 형이라는 거. 여섯 번이나 다시 전화를 걸었는데, 전화기가 꺼져 있더라고요. 확인해 줄래요? 정말 중요한 일이에요.

고객서비스 담당자 잠깐만…….

고객 할 수 있어요?

고객서비스 담당자 그냥 할 수…….

고객 여보세요? 여보세요? 안 들려요. 제 말 들려요?

고객서비스 담당자 네, 저…… 얘야, 어떻게 말해야 할지 모르겠지만, 그냥 오류 같아.

고객 아니, 분명히 내게 메시지를 남겼어요. 어디서 전화했는지 꼭 확인해 봐요, 내가 알아야겠어요.

고객서비스 담당자 얘, 그건 오류야. 음성 메일함으로 들어가지 않으면 1년이 지나도 메시지가 뜰 수 있어. 다시 재생해서 듣고 메시지 남긴 날짜와 시간을 확인해 봐. 아마 오래된 걸 거야. 여보세요? 얘? 내 말 들리니?

고객 그럼 전화를 안 했다는 거예요?

고객서비스 담당자 전화했다고 생각하지 않아. 미안, 그렇게 작동되지는 않아.

고객 아, 알았어요. 알겠어요.

고객서비스 담당자 뭐 다른 도움이 필요하니? 전화기 업그레이드 할래? 정말, 궁금한 건 뭐든지 물어봐.

고객 아니, 고마워요.

고객서비스 담당자 정말 다른 거 필요한 거 없어? 솔직히, 얘, 필요한 게 뭔지 말해 봐.

고객 형이 방금 남긴 메시지가 아니라는 건 확실하겠죠…….

고객서비스 담당자 다시 한 번 그 메시지를 들어봐. 기술적인 결함에 의해 생긴 일이라고 거의 확신해. 불편하게 해서 정말 아쉽지만. 신경 쓸 일이 아니야.

고객 알았어요, 끊을게요.

고객서비스 담당자 그래, 잘 지내. 힘내고. 상심이 크겠구나.

전화번호 _ 20439006

날짜 _ 2015년 3월 12일

시간 _ 18:01

상담시간 _ 10:48분

고객서비스 담당자 (회사명 언급) 전화 주셔서 감사합니다. 제 이름은 율리입니다.

고객 안녕하세요, 나탈리 있어요?

고객서비스 담당자 나탈리가 누구입니까?

고객 거기 콜센터에서 일하는 여자 말이에요. 젊은 것 같던데. 내 기억이 틀리지 않았다면, 며칠 전 분명히 통화했거든요.

고객서비스 담당자 무슨 말씀인지 잘 모르겠어요. 무슨 도움이 필요하세요?

고객 새 핸드폰으로 바꾸라고 제안해서 뭐 좀 물어보고 싶었는데. 아, 신경 쓰지 마세요. 그럼 다음에 또.

고객서비스 담당자 알겠습니다, 전화 감사합니다.

고객 사실 우리가 이미 얘기 중이라서 하는 말인데…… 새 플랜에 대해 물어보고 싶었어요. 아마 더 좋은 플랜을 소개해 줄 수 있을 것 같은데.

고객서비스 담당자 전화번호가 어떻게 되시죠?

고객 054-659-8676

고객서비스 담당자 잠깐만요. 이미 69셰켈 플랜에 가입하셨군요, 바로 몇 주 전인데요.

고객 네, 그냥. 난 당신이 뭔가 더 좋은 걸 소개할 수 있을 거라고 생각했어요.

고객서비스 담당자 더 좋은 플랜은 없습니다.

고객 확실해요? 항상 새로운 걸 광고하던데.

고객서비스 담당자 더 좋은 건 없어요. 맹세해요.

고객 오, 그래요? 고맙습니다. 당신 이름을 말해 줄래요?

고객서비스 담당자 율리.

고객 정말 고마워요, 율리. 당신은 정말 착한 젊은이야. 거기서 일한 지 얼마나 됐지?

고객서비스 담당자 한 달.

고객 아, 얼마 안 됐는데 잘하네. 아주 전문가처럼 들려. 이 분야에서 계속 일할 계획이에요?

고객서비스 담당자 헛소리는 그만하세요.

고객 뭐라고?

고객서비스 담당자 이걸로 충분해요. 엉터리 질문을 하는 당신들. 정신 건강 핫라인 전화가 아니라고요. 전화기에 문제가 있으면 어쩔 수 없지만, 그게 아니라면 부탁이에요. 정신과 의사에게나 전화하세요.

고객 미안, 미안해요. 귀찮게 할 생각은 전혀 없었는데. 다시는 전화하지 않을게요. 끊을게요.

고객서비스 담당자 잠깐, 잠깐만요.

고객 네?

고객서비스 담당자 그런 말 하지 말았어야 했는데, 제가 부적절했어요. 사과할게요. 고객님에게 그렇게 대하는 게 아니었어요.

고객 정말 부적절했어요. 그건 손님에게 말하는 태도가 아니야. 손님뿐만 아니라, 누구와도 그렇게 대화하면 안 돼요.

고객서비스 담당자 고객님 말이 맞아요, 적절하지 않았어요.

고객 아니, 어떻게 나한테 그렇게 소리를 지르는지 이해가 안 가. 이건 정말 완전히 부적절해. 어떻게 해야 할지 모르겠네. 생각 좀 해봐야겠어.

고객서비스 담당자 고객님 말씀이 전적으로 옳습니다. 그냥 힘든 하루였어요.

고객 변명의 여지가 없어, 젊은이. 내 말 허투루 듣지 말게. 전화 때문에 바쁜 건 알지만 그래도 네 엄마뻘 되는 나이 든 사람에게 그런 식으로 말하면 되겠어?

고객서비스 담당자 아니, 업무량 때문이 아니에요. 실은, 어떤 아이가 전화했는데, 형이 죽었대요.

고객 그것 참 안됐군. 하지만…….

고객서비스 담당자 자기가 저장한 음성 메시지가 재생되었던 걸 전화가 온 걸로 착각했더라고요.

고객 오, 끔찍하다.

고객서비스 담당자 네, 그리고 가장 안타까운 건 형이 아직 어딘가에 살아 있다고 믿고 있더라고요.

고객 가엾은 아이네. 하느님이 자비를 베푸시길. 정말 그렇게 생각했대? 안타깝고 끔찍해. 그래서 뭐라고 했어?

고객서비스 담당자 그래서 힘들었어요. 무슨 말을 해야 할지 모르겠더라고요. 그냥 그것은 오류라고 말했어요, 바보처럼. 어떻게 견디고 있냐고 물어보지도 않았고요. 그냥 기술적인 결함이라고 말할 수밖에 없었어요. 바르게 작동된 게 아니라고요.

고객 그래, 그건 젊은이 잘못이 아니야. 아무도 그런 경우에 대비해 가르치지 않았구나. 회사에서 그럴 때 어떻게 대응해야 하는지 안내서라도 제공해야지.

고객서비스 담당자 고객님 말이 맞아요. 하지만 저는 여전히 이해가 안 돼요. 정말 모르겠어요. 어쨌든 고객님한테 소리 질러서 죄송해요. 일부러 그런 것은 아니었어요. 오늘은 정말 힘든 날이었어요.

고객 누구나 그럴 수 있어. 정말 마음이 고운 젊은이야.

고객서비스 담당자 감사합니다, 부인.

고객 교대 근무가 끝날 때까지 잘 버텨줘. 엄청난 트라우마처럼 들리는데.

고객서비스 담당자 네, 저도 그랬으면 좋겠어요.

고객 다 괜찮을 거야. 강한 사람 같네.

고객서비스 담당자 감사합니다.

고객 천만에요. 좋아, 나라도 젊은이 머리에서 벗어나 줄게. 조금만 더 참아 봐요.

고객서비스 담당자 잠깐만요.

고객 응?

고객서비스 담당자 좀 이상한 부탁인 건 알지만…….

고객 뭐?

고객서비스 담당자 잠시라도 저랑 계속 통화할 수 있을까요? 지금 당장 다른 전화를 받고 싶지 않아서요. 솔직히, 그 애가 다시 전화하면 총으로 내 머리를 쏠 것 같아요.

고객 물론이지, 내가 계속 붙들고 있을게. 전혀 어렵지 않아.

고객서비스 담당자 고마워요. 몇 분만이라도요.

고객 젊은이가 필요한 만큼 계속 붙들고 있을게.

고객서비스 담당자 고마워요. 어디 사세요?

고객 메실라트 예샤림.

고객서비스 담당자 남쪽에 있는 키부츠 맞죠?

고객 아니, 중앙버스 정류장 근처 텔아비브의 한 동네야.

고객서비스 담당자 좋은 곳일 것 같아요.

고객 응, 좀 부실하긴 하지만 좋아요. 내 말은…….

고객서비스 담당자 숨을 못 쉬겠어요.

고객 뭐?

고객서비스 담당자 숨을 쉴 수가 없다고요.

고객 그럼 말하지 마. 호흡에 집중해.

고객서비스 담당자 네, 알았어요. 그럴게요. (몇 분 동안 말없이 통화가 이어진다.)

고객 숨 쉬고 있지?

고객서비스 담당자 그런 것 같아요. 저랑 좀 더 오래 통화해 줄래요? 몇 분만 더요.

고객 응, 계속 전화기 붙들고 있을게. 걱정하지 마.

고객서비스 담당자 고마워요, 정말.

고객 걱정 마, 나 여기 있어. 계속 숨을 쉬라고. 부탁이야, 숨쉬라고.

옮긴이의 말

1

『예루살렘 해변』이 나를 데려간 곳은 지명이 없는 장소였다. 치열한 '현재'의 시간과 꿈꾸는 '미래', 사유하는 '소년'과 농담하는 '노인'이 함께 사는 곳이었다. 이스라엘이면서 '해왕성'이었고 '해변'이면서 '사막'이었으며 '기억'과 '꿈'이 환상처럼 펼쳐지는 가보지 않은 땅이었다. 소설 속 인물들은 이스라엘 사람이면서 어느새 나이, 국적, 성별과 상관없는 보통의 '우리' 얼굴로 바뀌며 내게 말을 걸었다. 무거운 주제도 가벼운 유머의 옷을 입고 나타나 툭 건드리는 식이었다. 혼돈과 의문이 있던 자리는 치유와 환희로 채워졌다. 인간에 대한 사랑과 연민이 흐르는 그곳을 나는 딱히 하나의 이름으로 부르고 싶지 않다.

2

예루살렘엔 해변이 없다. 그런데 해변이라니. 제목의 역설이 불러일으킨 호기심이 나를 끌어당겼다.

작가의 이력을 먼저 보았다. 1992년 이스라엘 출생. 뇌 연구원. 스토리텔링이 어떻게 인간 정신에 대한 이해를 증폭시킬 수 있는지 탐구하는 작가. 2017년에 출간한 첫 소설집. 중단편, 총 14작품.

짧은 소개만으로도 궁금증이 일었다. 게다가 '박경리 문학상'과 '프란츠 카프카 문학상'을 수상한 아모스 오즈가 극찬한 소설가라니. 호기심과 궁금증이 기대감으로 바뀌는 순간이었다.

히브리어로 쓰인 원작을 영어로 번역한 원고를 받았다. 두 언어의 징검다리를 건너 한글로 번역되는 언어의 긴 여정. 어쩔 수 없이 마모되는 언어의 결과 무늬를 상상했다. 그래서 더 세심하게 문장들을 살폈다. 혹시라도 내가 읽어내지 못한 언어의 파편들을 주워 담느라 자주 생각에 잠기곤 했다. 의문이 들 때마다 작가와 메일을 주고받았다. 낯선 지명들이 나올 때면 이스라엘 지도를 컴퓨터 화면에 띄워놓았다. 키부츠, 시오니즘, 코르작의 생애와 골라니 부대의 용맹과……. 문장의 이해만으로 완성할 수 없는 번역임을 실감했다. 나는 점점 더 미지의 세계로 빠져들었다. 그곳의 강렬한 태양과 사막의 건조함이 내 작업실 안으로 깊숙이 스며들었다. 작업에 속도가 붙기 시작했다. 어느 해보다 긴 장마가 끝났다는 뉴스가 소문처럼 오래전에 사라진 뒤였다.

3

좋아하는 작품과 문학적 의미가 있는 작품이 모두에게 일치하지는 않을 것이다. 그럼에도 이 책에 수록된 작품들 거의 전부가 내게는 위의 두 가지 측면에서 모두 만족했다고 해도 과언이 아니다.

21세기 문학이 서정성에만 기댈 수 없다는 것을 이도 게펜은 작품들을 통해 충실히 보여준다. 작가는 기술과 상상력만으로 다 말할 수 없는 것들과 인간의 서정만으로 다 보여줄 수 없는 것들을 문학이라는 이름으로 함께 품었다. 서로 상반되는 둘 —기술과 서정을 매끄럽게 빚어 새로운 서사를 우리에게 선사한 것이다.

그렇다고 그의 작품을 이해하는 데 과학적 상식이 필요한 것은 아니다. 모든 이야기들이 결국 인간의 문제로 환원되는 지점에 있으며 기술이 장악한 미래는 결국 지금의 우리와 친숙한 다른 시간일 뿐이라고 말해 준다.

타인의 목소리가 라디오 주파수에 잡히는 설정의 「101.3FM」, 돈을 더 벌기 위해 악몽을 제조하는 직업을 가졌지만 차마 사랑하는 여자에게 악몽을 제조하지 못하는 「데비의 드림 하우스」, 페이스북에 거짓 포스팅을 올리고 거짓말이 얼마만큼 뻗어나갈 수 있는지 의문이라며 가상 공간에서의 생을 끌고 가는 두 젊은 남녀의 「베를린에서 3시간 떨어진」, 결혼 전 서로의 기억을 공유하는 시술을 받는 「사막을 기억하는 방법」, 모든 꿈이 몇 년씩 지속되는 것처럼 느끼며 잠에 취해 있는 딸을 키우는 「엑시트」, 홀로그래픽 전화기가 등장하고 태양계를 순항하는 버스로 이동하는 「태양 근처 행성에 사는 여자」, 시간을 움켜쥐어 병 속에 넣는 「파리와 고슴도치」. 이 모든 설정 속에서 기술은 단지 인간의 문제를 환기시키기 위한 문학적 도구에 불과하다.

4

청춘과 노동이라는 키워드로 읽은 작품들도 있다. 어쩌면 이제 모든 청춘들의 고민은 자본주의라는 거대한 파도 속에 비슷비슷한 모습으로 표류할 수밖에 없다는 사실에 고개를 끄덕인다. 그곳에는 꿈과 좌절이 있고 소유의 욕망과 현실의 비루함이 한 몸인 듯 꿈틀거린다.

내 집 갖기가 소원이었던 데비와 밤낮이 바뀐 채 일에 묻혀 살아가는 '나'가 등장하는 「데비의 드림 하우스」. 데비는 "함께 더 많은 시간을 보낼 수만 있다면 평생 작은 임대 공간에서 살 수 있을 것만 같다"고 고백하며 인생에 더 소중한 것이 무엇인지 깨닫는다. 그리고 한 마디 덧붙인다. "난 30년 동안 그런 집 없이도 완벽하게 잘 지내왔어"라고. 둘은 시간이 흐른 후 꿈에 그리던 집을 갖게 되지만 "항상 원했던 삶을 실제로 살고 있다는 것을 믿을 수 없다"고 속삭인다.

콜센터 직원들의 애환과 습관적으로 전화를 걸어오는 고객들의 심리가 번득이는 작품 「고객서비스 지침서」. 지침서에도 나와 있지 않은 고객 응대법 가운데 하나가 타인과의 인간적 교감일 것이다. 그렇지만 때로는 콜센터 직원들도 누군가에게 힘들다고 털어놓고 싶어 한다는 것. 고객에게 전화를 끊지 말아 달라고 부탁하며 주절대는 장면은 압권이다. 한 편의 희곡 대본을 번역하는 마음으로 그들의 대화를 옮겼다. 고객과 콜센터 직원들의 위치가 순간적으로 바뀌며 우리는 결국 외롭고 나약한 인간이라는 오래된 서정을 재확인시켜 준다.

어디 그뿐인가. 고뇌하는 청춘들의 모습이 담긴 「태양 근처 행성에 사는 여자」. 대학생인 '나'는 개강을 앞두고 전공을 결정하지 못한다. '나'는 3개월 전 토성의 고리에서 있었던 파티에서 만난 여자를 만나기 위해 태양 근처 어느 행성에 도착한다. 그녀는 "정말 원했던 것은 망고나 파인애플이었지만" 행성에서 살아남을 수 없는 나무들이었다는 현실을 깨닫고 선인장을 키우며 산다. 그리고 그녀는 "솔직히 사람들이 평생 태양 아래 살면서 어떻게 한 번도 정면으로 보지 않는지 이해할 수 없어요"라고 말한다. 고민의 답을 찾기 위해서는 현실을 직시하는 게 먼저라고 작가는 말하고 싶은 게 아니었을까. 방황하는 자체가 이미 답의 반을 찾았다는 의미였으니 결국 모든 걸 직면해야 끝나는 것이 인생이라고.

「삶의 의미 주식회사」라는 제목은 철학적이지만 사실 누군가 한 번쯤 느껴봤음 직한 청춘의 고민을 담은 이야기가 펼쳐진다. 삶의 의미를 추구하는 사람들을 위해 고안된 특별 프로그램에 등록해 의미를 찾고자 하지만 끝내 모든 질문은 '나'에게로 귀속된다. 아침에 눈을 떠야 하는 이유는 뭔가. 번역가로서 이런 사소하면서도 본질적인 질문을 던진 '젊은' 작가가 어떻게 이야기를 끌고 나갈지 몹시 궁금했다. 늦은 밤까지 번역에 빠져들게 만들었던 작품이다. 현대인의 철학적 고민마저 다단계식으로 운영되는 자본주의 민낯의 실태는 이제 우리에게 그리 낯설지 않은 세상이다. 아이러니하게도 그 프로그램에 가입한 사람들은 어떤 식으로든지 나름 '의미'라고 여기는 답을 찾게 된다. 내면의 해답을 찾는 여정을 "포기할 수 없다"는 말이 결국 삶의 의미는 아니었을까. 정작 작가가 남기고 싶은 한 마디를 다음 문장에서 찾았다. "굳이 그 의미를 알 필요 없이" 포기하지 않는 것이 바로 삶이라고.

5

번역을 하면서 내가 가장 염려했던 것은 이스라엘에 대해 아는 게 그리 많지 않다는 사실이었다. 단순히 문장과 맥락을 이해하는 것만으로 완성할 수 없는 게 문학 번역이고, 역사와 문화적 배경에 대한 이해가 함께 동반되어야 소설 속 인물들 심리를 이해할 수 있기 때문이었다. 내가 아는 이스라엘은 대부분의 사람들이 알고 있는 상식적인 배경에 불과해서 자주 멈칫했던 부분들이 많았다.

그런데 그곳의 불안정한 지정학적 위치 때문인지 현재 한국의 상황과 맞물려 돌아가는 면들이 없지 않았다. 작품 곳곳에 드러나는 사회적인 분위기가 전혀 낯설지 않게 다가왔다. 여든의 나이에 혼자 된 할아버지가 군대에 입대해 벌어지는 일을 손자의 시점으로 들려주는 「노인 부대」는 이 작품집에 수록된 소설 가운데 가장 길다. 한 가족이 들려주는 이야기를 통해 이스라엘에 살고 있는 '보통의 가족'을 만났다. 할아버지는 "자신이 죽을 날에 대해 끊임없이 말하는 걸" 멈춘 적이 없었고 "곧 지상을 떠날 거라고 모든 사람에게 말하곤" 했으며 심지어 "자신의 장례식에 찾아온 조문객들의 세심한 배열까지 포함해, 정확히 언제 어떻게 자신에게 죽음이 찾아올 것인지 사람들에게 말하는 걸" 즐기는, 노인 같지 않은 노인으로 등장한다. 이스라엘에 대한 역사적, 사회적 배경이 이해되지 않았다면 아마도 내게는 한 가족의 평범하면서도 비극적인 이야기를 제대로 옮기지 못했을 것이다.

집회에 참석하면서 내면의 소리를 외치는 여자. 「아니타 샤브타이」는 또 다른 이스라엘 사람의 삶을 보여준다. 그녀는 양쪽 진영의 모든 목소리를 실어 나른다. 어쩌면 그녀는 모이고 외치는 '모임' 자체에 의미를 두고 있는지 모른다. 그녀는 이렇게 말한다. "역이 없는 곳에서만 정차하는 열차에 탄 것처럼" 타인들이, 대화가 불편하다고. 그녀가 읊조리듯 중얼거리는 문장들은 청자와 화자의 방식을 빌려 구어체로 옮겼다. 작가가 한 인물에 대해 품고 있는 애정은 존재의 여러 방식 가운데 '말하기'를 통해 드러난다. 홀로코스트 피해자 보상금을 받아 살던 아버지가 택시만 타면 말이 많아지는 것과 달리 그녀는 더 넓은 곳으로 나아가 외치는 방법을 택한다. 부녀의 '말하기' 방식이 이토록 다르면서 같다. 마치 작가가 그녀의 내면을 그대로 받아 쓴 것처럼 몰입감을 느끼며 번역한 작품이었다.

아무리 사랑하는 사이라고 해도 과거의 기억 속에서 "둘 다 정확히 같은 시간 같은 자리에 있는 것"이 가능할까? 이번 작품 가운데 제일 고민을 많이 했고 마지막까지 붙들고 있던 작품 「사막을 기억하는 방법」은 나에게 난해한 숙제였다. 작가에게 가장 많은 질문을 던졌던 작품이기도 했다. 몇몇 문장들은 모호해서 히브리어에서 영어 그리고 한국어로 넘어오는 과정의 어쩔 수 없는 공백처럼 느껴졌다. 아무것도 없는데 분명 존재하는 공터처럼 막연한 문장들을 내 상상력으로 함부로 채워 넣을 수 없었다. 작가는 내 모든 질문에 성실하게 답했다. 세세하게 창작 동기, 주제도 밝혔던 작품이었다. 작품 전체를 이해하는 데 도움이 되었지만 여전히 몇몇 문장들은 번역가인 내 몫이었다. 나는 그런 문장들을 '번역'이라는 숙명에 기인한 모호함으로 남겨두고자 한다. 꿈속까지 따라올 정도로 진지하게 고민해 봤으니 최선을 다했다는 점에서 만족하려고 한다. 눈 밝은 독자들의 독해가 기다려진다.

"전초 기지가 지구에서 해왕성 거리만큼 세상과 뚝 떨어져 있다는 소문에서 유래"한 작품이 「해왕성」이다. 「노인 부대」의 주요 인물들이 유머 있는 노인들이었다면, 「해왕성」에는 이스라엘 방위군에 입대한 혈기왕성한 청년들이 등장한다. 군대 용어에 상대적으로 서툴 수밖에 없는 나로서는 용어 해석에 어려움을 겪었다. "시공간 연속체"에서 벗어난 외톨이 '코르작'의 등장과 죽음 그리고 그를 일종의 "초월적인 인간"으로 여기는 결말 부분에 이르러 「해왕성」은 나에게 또 다른 소설적 미학을 선사했다. 그리고 두 작품 모두 등장하는 왁스만이라는 동일 인물, 서로 다른 시각이지만 카뮈라는 동일 작가 작품에 대한 언급들이 연작소설처럼 읽혀지던 부분도 있었다.

6

동화처럼 아름답고 애틋한 작품들은 내게 긴 여운을 남겼다. 원작의 표제작이기도 했던 「예루살렘 해변」을 가장 먼저 번역했다. 이스라엘이 지중해와 홍해 연안에 위치한다는 사실은 알고 있었지만, 예루살렘에 해변이라니. 나는 내 상식을 의심하며 지도를 다시 살폈다. 그리고 원작을 읽으며 비로소 이해했다. 알츠하이머에 걸린 아내를 요양원에 보내기 하루 전 노부부가 예전에 살던 곳을 찾아가는 로드무비 형식의 이 소설은 애잔하다. 놀이터의 모랫바닥에서 두 노인은 물살을 헤집듯 함께 논다. 이미 '해변'은 꿈이나 기억, 환상이나 사랑의 다른 말로 존재하는 공감의 언어로 바뀐다. 사실보다 진실한 것은 공감의 행위라는 걸 보여준다. 그것이 거짓 기억이든 꿈이든 상관없다. 없는 것도 있는 것이라고 믿을 수 있는 공감이 바로 사랑이라고 말하는 것이다. 길지 않은 분량의 소설인데 여운이 오래 남았고 긴 작업 시간 동안 문득문득 다시 읽어본 작품이다. 없지만 '있는' 이야기. 거기에 예루살렘 해변이 있다.

「파리와 고슴도치」는 내게 특별한 감상으로 남는다. 문장들을 옮기다 처음으로 눈가가 젖어들었던 작품이다. 채 20매가 되지 않는 원고지 분량의 짧은 이야기로, 형을 잃은 상실의 아픔을 어린 동생은 흘러간 시간을 병에 채우며 애도한다. 소중한 시간을 손으로 끌어모아 병에 담아둘 수만 있다면, 그리고 언제든 그 시간을 꺼내 보며 상실의 아픔을 어루만질 수 있다면……. 가능의 불가능성을 그린 작품이다. 작가는 그런 어린 동생의 마음을 잊지 못했던 걸까. 이 작품에 등장하는 동생을 떠올리게 만드는 소년이 「고객서비스 지침서」에도 잠깐 등장한다. 형의 죽음을 믿지 않고, 형에게 분명 전화가 왔다고 믿는 인물. 작가는 같은 인물을 한 번 더 등장시킴으로써 애도는 끝날 수 없다는 또 다른 말을 하고 싶었던 것은 아니었을까.

중앙버스 역에 사는 또 한 명의 소년 이야기를 다룬 작품이 「중앙버스 역에서 레논은」이다. 난민이거나 소외된 자의 비유로서 존재하는 그를 위로하는 건 '이름 짓기'다. 역 너머의 바깥세상은 동경이면서 동시에 불안한 세계다. 그가 이해하는 세상은 '토끼'에서 '아마도—토끼' 그리고 '햄스터—토끼'에서 결국 '기니피그'로 인식하는 전 과정이다. 나만의 언어로 세상을 쓰는 소년, 엘빈. 평등과 평화라는 단어를 단 한 번도 언급하지 않았지만 작가가 '비틀즈' 멤버 레논을 제목에 넣은 이유를 독자들은 눈치챌 것이다. 번역하는 내내 감탄하며 자판을 두드렸다. 몹시 섬세하고 따뜻한 작품으로 오래 기억에 남을 것이다.

7

여름 막바지에 시작한 번역이 겨울의 문턱에서 끝을 맺었다. 코로나로 모두 힘들었던 2020년이 그렇게 등 뒤로 흘러가고 있었다. 번역은 고되나 늘 '첫 독자'라는 기쁨이 있다. 이도 게펜의 데뷔작 『예루살렘 해변』은 그 이상의 기쁨을 내게 선사했다. 문학은 결국 인간에게 선한 영향을 끼치는 낮은 목소리라는 사실을 다시금 확인한 소중한 시간이었다. 처방약 같던 번역 작업으로 기억할 것이다.

며칠 전 작가에게 이메일을 받았다. 출간에 맞춰 한국을 꼭 방문하고 싶다는 작가의 소망이 이루어지길 바란다. 곧 두 번째 소설이 출간된다는 반가운 소식도 있었다. 벌써부터 기대된다. 한 작가의 작품을 꾸준히 번역할 수 있는 행운이 내게 오길 소망한다. 이 소설이 한국 독자들과 만나는 시간을 상상하는 것만으로도 행복한 겨울 아침이다.

2021년 1월

임재희

예루살렘 해변

발행일
2021년 3월 2일 초판 1쇄

지은이 ● 이도 게펜
옮긴이 ● 임재희
펴낸이 ● 김종해
펴낸곳 ● 문학세계사
출판등록 ● 1979. 5. 16. 제21-108호

주소 ● 서울시 마포구 신수로 59-1(04087)
대표전화 ● 02-702-1800
팩스 ● 02-702-0084
이메일 ● mail@msp21.co.kr
홈페이지 ● www.msp21.co.kr
페이스북 ● www.facebook.com/munsebooks

ⓒ 이도 게펜, 2021
ISBN 978-89-7075-990-6 03890

● 책값은 뒤표지에 있습니다.
● 파본은 구입하신 서점에서 교환해 드립니다.
● 이 책은 저작권법에 의해 보호받는 저작물이므로 무단 전재 및 복제를 금합니다.